變局

秘

柯映安 著

權力製造

家族

意外

血緣

康興生技

PURSUIT
OF POWER

奪權

相

目次

CONTENTS

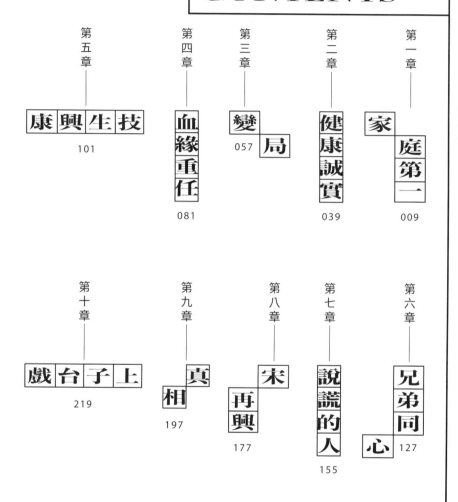

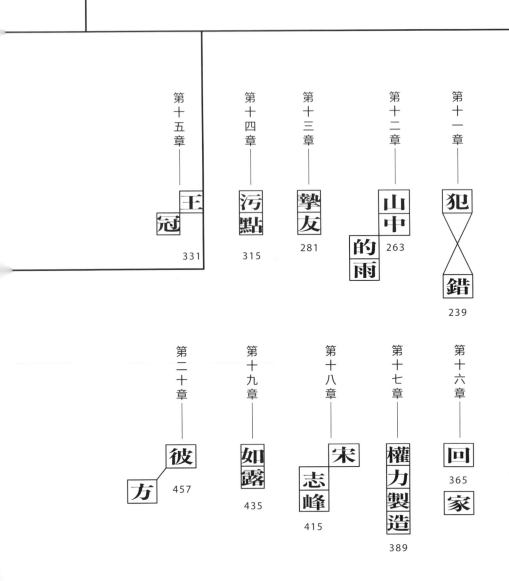

▲情節純屬虛構，如有雷同純屬巧合。

序章　遠方

獨入獸徑。鈍劍般的草鋒團團刺出，在赤裸的手臂、後頸上不經意地劃下痕跡。嚴酷的荒草藤蔓幾乎纏住了行人的步伐，若有似無的泥巴路，也僅能容下半隻腳掌的寬度。突然岔出的枝幹像是圓潤黏滑的巨蛇，男人不得已地壓低背脊，手腳並用的姿態，且走且爬地走入老林，被自然淹沒時感覺到自己正在縮小，山則越來越大，唯有如雨點般掉落的天光，證明此處還在人間。男人停下腳步，想起上山前當地人說，若是沒有嚮導，恐怕難找到那片在地人口中所稱的、荒山中的大水。

他停下腳步。密林已經稀釋了時間與方向。

第一章

家庭第一

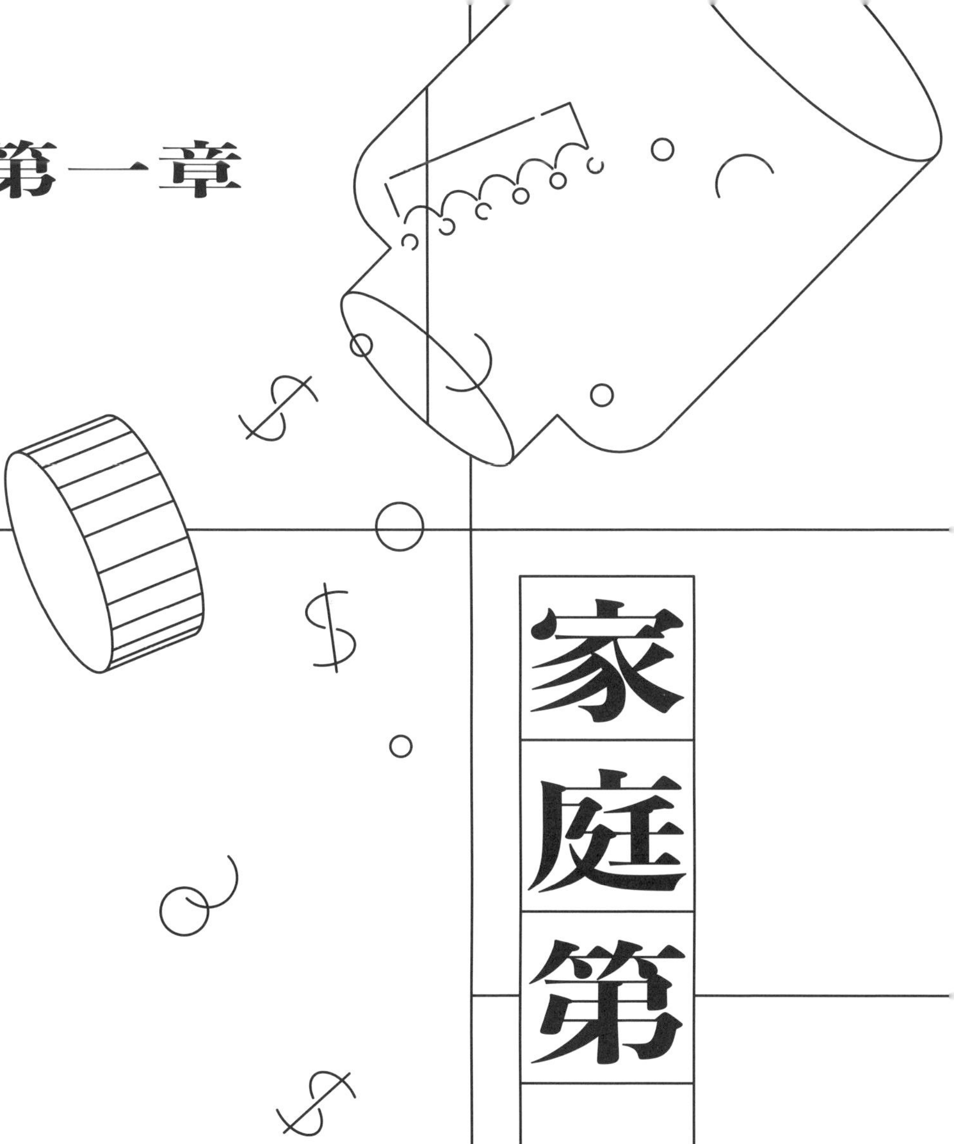

◈

一九六九年。臺灣，嘉義。

鄉間小徑，一場小雨過後，滿地濕泥，兩側亂草野花，隨著傍晚微風，一陣陣地垂落花瓣和草葉上的水珠。

仔細一看，濕泥土上，一條歪歪斜斜的車痕，不斷向前延伸，軌跡越來越歪、越來越歪，猛然一個轉彎，岔向了亂草旁的大水溝。

水溝旁，歪七扭八地倒著一台腳踏車，後輪兀自空轉，前輪還卡在水溝深處。站在腳踏車旁邊的，是一個滿臉慘白絕望的青年，好半晌他才回過神來，趕緊搶救他的貨物。

「慘了慘了。」他撩起白色長袖襯衫，兩條長年在外送貨、結實黝黑的手臂深入半個人高的雜草深處，慌亂地拉出一包包五顏六色的藥包……。

眼角餘光瞄到兩包寫著「萬通堂」、「長盛製藥」的藥包被水溝沖走，他嚇得彈起身，趴在水溝邊長手一撈，總算即時攔截住半途逃跑的藥品。

片刻，他將搶救回來的藥包攤在地上細數，確定數量沒有錯，倒是幾包藥已經濕透、無法使用了……他嘆了口氣，抽出襯衫下襬將每項還能使用的藥品細緻地擦拭一遍，方才小心翼翼地放進他的藥箱當中。

此時，不遠處的村落已響起一串鞭炮聲。他探頭一看，天空中冒出屬於年節的白煙與喜慶的碎紅紙。顧不了卡在大水溝裡的腳踏車了，他背起藥箱，小跑步趕路。他希望能在日頭下山、年節開始之前，將這批藥包送到他的客人手中。

他越走越快，見到熟悉的身影。青年臉上帶著燦爛笑意，朝村口的長輩們用力揮手。

◈

二〇一九年，臺灣。

「宋先生，宋先生。」

空姐的聲音像一盞盞亮起的燈泡，從鮮艷恐怖的夢境中將他喚醒。

「宋先生，您還好嗎？」

肺裡吸進一口涼氣，從夢境回到現實世界，他花了一點時間理解空姐的話，後知後覺地發現自己一頭的冷汗。他抱歉地調整坐姿，說：「我沒事，謝謝。」

空姐微笑，說：「宋先生，我們即將要降落了，麻煩您將小燈關上，椅背豎直，謝謝。」

他頭上這盞小燈，從登機後就沒有關過，歷經十幾小時飛行，像一個稱職的守夜人，替他驅逐夢中難纏的惡夢。

抹掉臉上的睡意，他關了燈，雙手放在腹部，試圖緩和體內難以被排解的焦慮。離家十多年，終於下定決心要回家長住，不知道這個決定好壞，也難以預見未來。他自嘲地想，自己可能只是不斷地在逃。年少時逃離紛擾的血緣關係，現在則要逃出未婚妻死亡的陰霾。諮商師問他，回到臺灣，能解決你痛失摯愛的創傷嗎？他其實答不上來，只知道這半年來，活得半點都不像人，像是在汪洋裡四處漂流，沒有去處、喪失軌道，他迫切需要一個地方令他靠岸。他不曾告訴家人未婚妻的死訊，僅是敷衍地說分手。如何向他人說明摯愛的死因，以及這半年來他的浮沉？於是苦痛全藏進心裡，期待有一天，身體能夠消化這些負面與痛苦，緩慢地新生。只是內心的忐忑未曾消滅，他知道諮商師直指了問題核心：這個家真的能幫助他復原嗎？

往窗外看去，北臺灣夜景像童話故事裡引主角入洞穴的兔子一樣，搖曳著燈火、不懷好意地朝他招手。

飛機上的廣播輕輕柔柔，又重複了一次：「各位旅客晚安，我們將在三十分鐘後降落在桃園國際機場，預計抵達時間為晚間七點整，氣溫為攝氏十九度。請您繫好安全帶準備降落，非常感謝您的搭乘，祝您有美好的一天。」

◈

機場大門外。身穿深灰色針織外套，身材修長瘦削的青年歪歪斜斜地倚在牆邊。隨意挎在身上的黑色背包將他的襯衫擠得又軟又皺，腳邊放了一只輕便的行李袋。透過身後的玻璃牆面，正好看見機場大廳內的電視牆，正播放著喜氣洋洋的年節廣告：新年時，年輕父親歷經一天辛勞，趕著回家。一進家門已是火鍋圍爐的熱鬧場面，小女兒為他獻上一盒保健食品……不管賣的是什麼，反正這團熱鬧的氣氛，與自成一道陰影的青年完全扯不上邊。

他皺著眉端詳一份剛拿到的免費雜誌，隨意一翻，跨頁的版面寫著「從送藥包仔到生技龍頭——宋再興的傳奇人生」。他嚇了一跳，雜誌險些掉到地上。

此時，一台計程車開到他身邊，司機搖下車窗，朝他喊：「先生，要搭車嗎？」

青年再三猶豫，手勢一下像好、一下又不好。

司機：「啊是要不要？」

「要要要。」他點頭，慢吞吞地上了後座。「要到這裡。」他翻出手機裡的地址，亮給司機看。只看一眼司機就知道這是什麼位置，甚至都不需要導航。他轉動方向盤，調轉車身，確認：「是那個飯店喔。」

「對。」青年一雙長腿塞在狹窄的轎車後座，模樣很難受。

司機約莫五十幾歲，跟這個看起來瘦瘦扁扁的青年乘客不一樣，他一顆圓肚正好卡在方向盤下方，向左轉、向右轉，都會摩擦到他的肚皮，但他開車二十幾年從不以為意。有一點摩擦力，反而讓他的車身更穩更有力。他從後照鏡看這個年輕男性，猜測頂多三十來歲，累到雙眼浮腫無神的模樣，一看就知道剛搭長途飛機回來。

司機主動開啟話匣子：「先生，你是出差去哪裡？」

青年雖然疲倦，倒是不介意跟計程車司機聊聊天。他維持著把自己卡在角落、雙手抱胸的姿態回答：「美國，我在那裡工作。」

「哦。」計程車上了快速道路，夜景在窗面上快速飛掠而過，金色、紅色的燈光貼滑過司機冒著鬍渣的臉廓。他一副跟小老弟講話的口吻繼續問：「啊你是回來過年是不是？」

「算是吧，不過主要是因為我父親……」他突然注意到駕駛座旁的杯架上，放了兩瓶暗色玻璃瓶身、包裝老派的養生飲品。瓶內液體隨車子行進搖晃，其中一瓶喝得見底。話鋒一轉，他問：「那個好喝嗎？」

「哪個？」司機看一眼，哦了一聲。「還好啦，我是喝來提神。」

青年來了興趣，傾身向前追問：「您常喝嗎？」

「差不多每天上班都喝吧。這老牌子你沒喝過嗎？」

「喝過啊，您不覺得中藥的味道怪怪的嗎？」

司機瞭然地笑起來。「靠夭，那是人蔘。少年仔，你不識貨喔。」

「喝這個有效嗎？」

「你是在查戶口喔？」他粗糙脫皮的手指在方向盤上敲了敲，抱怨歸抱怨，還是好好思考了這個問題。「我是一次都喝兩瓶啦，喝這個比喝咖啡好，比較不傷身體。」

青年彎起眼睛笑。眉眼嘴角一牽動，原先的疲勞無力瞬間像一個面具，從他臉上被撕下來，露出一張俊逸親和的臉。

「您是老顧客。」他不帶痕跡地確認掛在椅背後的司機姓名。「陳大哥，那是您的女兒嗎？」一只鑲嵌著父女合照的吊墜掛在後照鏡上，輕輕擺動。合照裡的陳大哥與女兒靠在一塊自拍，兩人有非常相像的鼻子跟臉型。車子駛下交流道，城市的流光映在父女臉上，晶瑩閃爍。前方路牌寫著：臺北市。

「是啊。」司機看了一眼相片，難掩語氣中的驕傲。「她也跟你一樣在美國工作啦，明天就回來過年了，我都會去機場載她。」

青年瞭然地說：「那大概跟我一樣，一年回來一次吧。」

青年靠回椅背上，沒了方才孤僻畏縮的陰鬱模樣，他的身體舒展開來，雙手輕鬆地交疊於腹部上。歷經長途飛行，他凌亂的黑色髮絲掛在額前，幾綹髮尾不注意地遮到了眉前。他有一雙好看的淺茶色眼睛和挺直的鼻梁，即使那對眉毛像了他父親一樣濃密精神，整體而言這張臉仍是很俊秀斯文。

司機說：「當然啦，路途這麼遠。她自己很努力，啊又很孝順啦，」方向盤向右，轉過了一個大十字路口，逐漸接近目的地。「像你就很清楚，那個長途飛機是很累的耶，我本來叫她不要回來了，結果她就自己說家庭第一⋯⋯。」

聽到這裡，青年苦笑說：「這麼巧，剛好是我們家的家訓。」

黃色計程車開入飯店前的花園、噴泉，來到華美的金黃色大門前停了下來。青年從錢包中掏出車資，閒聊的語氣說：「陳大哥，您的名片給我一張吧。」

「好啊。」司機一口答應，從口袋裡拉出一張有點摺到的名片。「有要叫車都能找我。」

青年打開車門，一腳踏在車外，客氣禮貌地對司機說：「很高興認識您陳大哥，過陣子我會請人聯繫您，寄給您一箱人蔘飲。新年快樂。」

司機還沒來得及反應，青年笑著朝他揮揮手，關上車門。

計程車內，司機恍然大悟。「靠夭，我是載到業務喔？」

◈

飯店前，計程車已經離開。「康興生技」的次子宋志誠，此時單肩背著背包，盡力想將皺成抹布的襯衫拉平，動作不協調地邁著大步，匆匆進了飯店，站在大廳中央一時間失去方向。寬敞的大廳簡直像個車站，人來人往不說，隨便一瞥就能看見數個前往某某宴會廳的大門。LED螢幕上列了一排名單，誰家的家宴在一樓A廳、某間公司尾牙在三樓C廳，光是婚宴同時就有三場在這裡舉辦，看來是個絕佳的好日子。簡直像在解析通關密碼，他站在螢幕前看了半天，好不容易才從中找到了「宋家壽宴」一行字。

等到宋志誠又迷路一陣，找到壽宴會場時，廳內一片漆黑，配樂響起，預示著節目即將開始，會場內靜得只剩細碎低語。宋志誠生怕打擾了這個安靜的場面，將背包抱在肚子前，矮著身子摸黑進場，隨意挑了有空位的桌子坐下。

舞台上逐漸亮起一束光，灑落在宋曉立身上。

宋曉立今晚一身典雅脫俗的深藍色禮服，剪裁合宜地貼伏在她窈窕纖細的身姿上。今年剛滿三十七歲的她，肌膚如月色皎潔，烏黑長髮挽起，幾綹髮絲彎著輕柔弧度，落到雪白細膩的頸側。她顧盼生波的杏眼裡，既有成熟女性的魅力韻味，又留有幾分屬於少女的慧黠，輕易能讓人意亂神迷。

此時台上的宋曉立開口：「謝謝各位今晚來參加我的父親，宋再興先生的七十歲壽宴。」她清麗乾淨的聲音首先感謝各界前輩好友赴宴，並一一點名幾位聲名顯赫的親戚。宋家三代前就是地方上的頭人仕紳，歷經百年，開枝散葉，在政商界裡紮實了根。宋再興一支是偏房，在大家族裡排行第四，資源不多，但宋再興少年爭氣，硬生生在後援有限的狀況下，將自己這支枝葉給撐了起來，如今成為雄踞一方的商界霸主。

舞台降下巨大的投影幕，畫面投放宋再興二十歲時的照片，長相英俊，身材壯碩，濃眉讓他的笑容誠懇緬靦——看著這張照片，宋志誠不禁又想，父親年輕時的樣貌，跟大哥真是一模一樣。

照片裡的宋再興倚著一台腳踏車，身上掛著一只郵差包形狀的深綠色布箱，裡頭塞滿五顏六色的藥品。當時是臺灣一九六〇年代，藥房還沒有很普及，鄉間仍仰賴這樣送藥包的青年投遞藥物。宋再興自幼聰敏，二十歲應徵上大藥房的外務員，青年歲月裡，就這麼挨家挨戶地將藥包送進深山與港岸，紮紮實實地服務過每一個村莊的長輩兒童；二十五歲時與相差七歲的劉瑾嫻結婚，夫妻倆互相扶持之下，宋再興在二十八歲時脫離外務員身分，轉作起雲林、嘉義一帶的藥品經銷商，事業逐漸站穩腳步。宋再興和劉瑾嫻結婚幾十年，至今仍是有名的恩愛夫妻。

很快地，三十歲他就成立了自己的品牌「康興生技」。從此，宋再興這個名字，不再只是影片裡笑容靦覥的小青年，他的經商哲學穩健精準、雷厲風行，讓「康興生技」在幾十年間以驚人的速度不斷成長，幾乎成為了臺灣保健品牌的代名詞。

畫面上浮現宋再興的近照，縱使容貌蒼老、頭髮花白，仍是眼神灼灼。照片上的他穿著休閒，墨鏡掛在頭髮上，臉上是他常見的似笑非笑神情。台下起了掌聲，宋曉立含笑致謝，說：「現在讓我們邀請……」話說到這裡卻斷了，她側耳聽著耳機裡的訊息，臉上表情不變，立刻換一套台詞：「邀請我們今晚的第一個表演，請各位在樂曲中享用佳餚。」

服務生們捧著餐盤自門後現身，依序上菜。

敞亮的燈光下，一桌分辨不出是誰的面孔。宋志誠看了桌上的立牌，寫了某某部門。他向他們微笑道歉，說自己走錯地方了，攏了攏外套起身，掃視整個會場，他望向主桌，深吸口氣想，他該找到屬於自己的位子。

◈

燈一亮，站在小陽台上跟人寒暄的宋志峰笑聲中斷。他尚舉著酒杯，笑容中參雜困惑，喃喃問：「搞什麼？」他招來服務生低聲說：「去問宋曉立怎麼不照流程走。」回過頭還是方才那些西裝筆挺的青年們，一群人年紀相仿，全是熟識的二代。

其中一人揶揄問：「志峰，聽說你弟要回來？」

宋志峰喝了口酒，側著臉挑了下眉頭，意在不言中。

「什麼時候回來？」

「不知道，大概是今天。」

「都忘了你弟長什麼樣子。」

又有人問：「回來做什麼？你爸有給他安排工作？」

「不是聽說在美國創業？」

宋志峰打圓場。「別亂猜，就是回家，有什麼？」

「所以回來做什麼？」

宋志峰抿了口酒，語氣含糊地說：「聽說我爸想給他做行銷。」

「行銷？」那個人喊太大聲了，趕緊壓低聲音說：「你爸什麼時候在乎這個？」

「那是年輕人在玩的東西。」另一個人說，刻意粗著嗓音，好像在學誰說話。

宋志峰扯扯嘴角，方才的服務生回來了，靠在他耳邊說了句話。宋志峰嘆氣，朝幾個人舉杯致意，匆匆離開。

宋曉立站在巨幅的油畫底下，克制著心中不耐。身邊站著一個高她半個頭的俊秀青年，在一群政商名流裡面，他的西裝顯得不夠有派頭，神情也特別厭煩。

宋曉立說：「爸爸希望大家都到了他才說話。」

徐子青語氣也很堅硬，說：「大家不包括我，妳不要擔心。」

兩人靠著肩說話，宋曉立還得留心在場賓客動向，隨時對投來的視線報以微笑。徐子青於是又湊到她耳邊說：「不用這麼辛苦，妳回去一家團圓不是更好？」

宋曉立表情一僵，偏過頭看他，徐子青本就蒼白的膚色在水晶燈下更顯冷漠。她說：「你是我先生，只有我一個人坐在那裡，別人要怎麼看我？」

「那別人怎麼看我？」徐子青反問。

宋曉立啞口無言。「你有時候真的是反應過度，爸媽對你根本沒有意見。」

徐子青好像很訝異。「是嗎？哇，我第一次知道。」

宋曉立又想再說，一旁服務生來找，她側耳聽一會，皺眉說：「告訴宋志峰，一家人沒有上桌董事長不想說話。他自己溜去哪了？」講完，又攔住服務生問：「還有，能不能麻煩問一下工作人員，有沒有人看見我弟弟宋志誠？聽說他到了，我到處都沒看見他……。」

徐子青卻代答了。他指著斜前方，說：「不是在那裡嗎？」

曉立一愣，果然是宋志誠，背著背包，手臂上掛著外套，側著身子閃過眾多賓客桌，往前方走去。

暖黃色燈光的洗手間內，七十歲的宋再興注視著鏡中的自己。

他的臉是一塊貧瘠的土地，佈滿深淺不一的皺紋，有時又令他聯想到果園裡過熟的水果，又皺、又軟，藏不住老去的味道。他一把將水掬在臉上，不消片刻，水珠就被深深地夾入皮膚皺摺當中。而他的眼睛呢？他連眼睛都混濁了。他觀察自己，並不是嫌惡，但總好像體內那個三十歲的青年，看著鏡中這個七十歲的老人。

他從胸口口袋裡抽出藥盒，各式藥丸倒在手心上要往嘴裡塞，突然又看見鏡子裡的這個老頭子，竟然連手都握不穩，這派景象令他生氣，什麼沒用的手，舉到眼前竟然還會抖。手一甩，他將藥丸全扔進垃圾桶裡，反手抽來紙巾，擦拭臉上的水漬。

他一走出洗手間就看見九歲的孫子宋千光。千光穿著西裝，胸前打了蝴蝶結，一張嫩白的小臉無聊地望著自己的鞋，聽見聲音，趕緊抬起頭，望向宋再興的眼神裡透露著緊張。

宋再興停到他面前，扯了嘴角哼笑，問：「你在這裡做什麼？」

千光猶豫地踢踢腳尖，不說話。

宋再興又問：「阿嬤叫你來？」

千光點頭。

宋再興嘆氣。「有夠會操煩。」

他邁開腳步，每個步伐都很謹慎，至少對千光來說，他肯定走得奇慢無比。宋千光一步退兩步地跟在他身邊，好一會，朝宋再興伸出手。

宋再興看著他，瞭然地說：「這是你的任務是吧？」他確實有些氣餒，但不至於不高興，粗糙的手握住了宋千光。這下他能走得快一點，一步抵剛剛的兩步。重回會場，面前燈光漸亮，前方主桌回過頭的是他的妻子劉瑾嫻。她看見千光帶著他回來，眼裡有讚許的神色。

再往前走兩步，他就看見宋志誠。

宋再興的視線停留在他身上許久，臉上讀不出表情。也許才一兩分鐘時間，志誠不確定，在宋再興的審視下時間總是很漫長。

「爸，生日快樂。」

宋再興掀了掀嘴唇，說：「以為你不回來了。」

志誠笑說：「我這麼聽話，哪一次不回來？」

宋再興不回答，但原本緊繃的表情鬆了開來，還是有點高興。

人一一地回座，首先是宋曉立，她看見志誠時，臉上難掩的開心，悄悄地給志誠一個眼神，在旁人都還沒察覺時就形成默契。他們這個眼神，讓坐在一旁的大嫂吳思瑀多看了兩眼，但不作聲。

徐子青不來，曉立身邊的座位就空下來，她拉著志誠到自己身旁坐下。

大哥宋志峰姍姍來遲，臉上掛著從容的神情，始終盯著志誠看。他說：「志誠，好久不見。」

兄弟倆久未見面，表達得很生疏。大哥與父親長得像，湊在一起，簡直是老少對照版，就連嘴角要笑不笑的表情也像了九成。但宋志誠看了這麼多年，總是在心底毛骨悚然，知道大哥連舉手投足都與父親越見相似。

燈光突然又暗了下來。舞台前方降下大螢幕，司儀宣佈今天第二段影片開始播放，介紹宋再興一家。首先這張小嬰兒的照片，是大兒子宋志峰、大女兒宋曉立，最後是與大哥相差五歲的弟弟宋志誠……。

宋志誠看著螢幕上的家族照片，感到恍惚，彷彿一切離他很遙遠。投影片在掌聲中結束，大嫂吳思瑀率先發表感想，說：「志誠真可愛，長得像媽。」她在結婚前本來是個歌手，嫁入豪門之後，將豪門媳婦的樣子學了十足十。吳思瑀五官精緻，是個令人印象深刻的美女，嗓音輕柔地說話，在身材偉岸的大哥身邊，顯得格外像個娃娃。她說：「對嗎？媽媽。」

劉瑾嫻說：「志誠比較秀氣，比曉立好，曉立太剛強。」宋曉立也不為自己叫屈，她假笑一下，就當作是表態了。劉瑾嫻特別介意她在眾人面前不像個淑女。

宋志峰坐在志誠左手邊，趁著眾人笑談聲裡低聲問：「聽說你賣掉了你在美國的公司。」

志誠坦白地說：「我只是賣掉了自己的股份而已。」

「創業不容易。」他始終沒有往志誠的方向看，視線隨著眾多長輩的話題與談笑聲走，適時迎合每個人的眼神。這是他從二十幾歲練起的業務直覺，不能漏招呼了誰。他的側臉鼻梁挺直，眉間似乎嵌著一塊皺摺，連睡覺拿不下來。志誠看著他，覺得家族企業的痕跡簡直在他身上套上了一層鋼板，釘成了一個企業家長子該有的模樣。

「是啊，我可能沒有遺傳到爸爸的創業性格。」志誠這個話是信口說的，帶著幾分玩笑性質，沒想到立刻引起宋志峰的注意。

「你覺得誰有？」這句話裡，志誠感覺到宋志峰心裡有股火氣，像被悶住的熱水壺一樣在體內燒。他識相地閉上嘴，宋志峰倒是立刻將注意力轉到其他人身上。

同桌還有一些叔伯長輩，與父親感情最深厚的大伯宋再盛沒有出席。宋再盛早年繼承家裡中藥行的事業，個性守成、謙和，甘心做幾個弟弟事業的推手。當年宋再興說要創業，宋再盛二話不說就拿出八十萬元投資，在當時可不是小數字。因此直到現在，宋再興都對這個大哥感念有加，在董事會裡替他留了一席，也給了大哥最多的股權。只是宋再盛晚年身體不好，幾乎久居家鄉不出門，弟弟的宴席僅稍來問候，並不特地來參加。

宋再興在家中排行老二，這次來赴宴的兄弟還有三弟宋再華、四弟宋再慶。宋再慶自己經營投資公司，在「康興生技」的董事中也佔一席。而三弟宋再華在政界服務許久，目前位居政黨要職，連他的幾個孩子也一併從政去了。

他們談起最近國際情勢和外貿的情形，宋志峰像個認真求教的學生，頻頻發問，也講自己的觀點。宋志峰是臺灣母公司的總經理，同時也是「康興生技」新加坡子公司的負責人，講到新加坡，他就更熱絡了，只是這場談話講沒幾句，便顯得有點火藥味。起因是志峰說的想法，父親宋再興不太滿意，出言打斷，說他沒見識。志峰被指責幾次，也有點怒氣，在場的長輩們連忙打圓場。

父親直接將筷子一放，拿餐巾擦擦嘴，沉聲批評：「沒才調又愛畫山水。」他突然看向坐在對座的志誠，說：「志誠來。」宋再興丟下這句話，起身就走了，宋志誠左右看看，所有人的表情都很尷尬，一直保持沉默的母親劉瑾嫻總算開口：「志誠，還不跟你爸爸過去。」

劉瑾嫻現年六十三歲，仍然雍容美麗，在年輕時更是不可多得的美女，家境也不錯，與當年的窮小子宋再興結婚，這場戀愛一談就是一輩子——劉瑾嫻心甘情願一生為丈夫奉獻。宋再興是她生命裡的支柱，她的愛情讓她始終都活得像少女，舊時她被保護在父兄的羽翼當中，下半輩子，也被宋再興保護得滴水不漏。她是一朵真正被藏在無塵室裡的花朵，只隔著玻璃窗見過外頭的世界。因為這樣，她不時給人一種不符年紀的天真感。

劉瑾嫻一貫輕聲細語，宋志峰繃緊一張臉不說話，吳思瑀也是，兩人在這種場合只能同聲沉默下來。

志誠沒辦法，忍著無奈，大嘆一口氣跟上去。跟上台，宋再興打開麥克風，首先就介紹了志誠。他的嗓音渾厚有力，尾音微微帶了一點年歲的沙啞。宋再興輕笑著說：「各位，這是我的細漢囝宋志誠。」一片掌聲，他稍等片刻又說：「在座各位可能有些人知影，志誠一直都在美國讀書、工作，我逐年攏問伊：志誠啊，你是什麼時陣才要轉來？結果，伊逐年跟我講，伊明年就轉來了。」等台下笑聲過去，他擠著眼角的魚尾紋，拉了拉腰間的皮帶，開心地宣布：「今年，總算是明年了，志誠回來臺灣，做伙為公司打拚。」

志誠站在父親身後半步，能清楚看見父親的肢體動作、側臉，從父親說的每一個字、每一次的眉眼上揚，他都清楚感覺到父親不言自明的喜悅。志誠感到胸口有一團暖氣，吹著、烘著他離家十五年的潮濕離愁。

志誠在掌聲裡向賓客致意，又將舞台還給父親。這位老總裁其實有一肚子話要說。他接著向在場賓客解釋，自己方才沒上台，是因為他一向有一個原則，就是家人第一，因此家人不到齊他是不可能說話，又打趣地說：「我只能在台下一直打草稿。」片刻，收了笑話，他環視在場每一位賓客，有些是親戚、好友，有些是商業夥伴，有些是與他一起打拚的員工。他珍重地說：「其實，今仔日邀請到這麼多好朋友來吃飯，我是有一件代誌想宣布。」

眾人被他這句話吸住了注意力，連細微的用餐聲都消失無蹤，視線全放到了台上。宋再興說：「我已經有歲數了。今年過後……我就想退休了。」

台下一陣騷動。老總裁又徐徐地說：「我會把『康興生技』交到我的後生[1]手上，時到，還要勞煩各位好朋友，替我多多照看。」

在一張張表情各異的臉裡，志誠與大哥宋志峰對上眼。這個兄弟對視的畫面，成了眾人心照不宣的揣測，放在心裡過了一遍又一遍。謠言像是寒冬裡從各處滲入屋內的冷風，關緊門窗，它依舊能從窗隙、裂縫透進來，全都說著一句話：小兒子回來了。

這句話是一張蓋牌，牌面釋義各人有各人的解讀，但志誠簡直不敢解讀大哥眼裡的意思。志誠尚不能反應，父親已說完，拍了拍他的肩膀，步下舞台。志誠匆匆趕上。之後那一整晚的飯都吃不出滋味。

◈

沉默的車隊在蜿蜒山路中行進，在這條緞帶般柔軟彎曲的山路盡頭，是一座老式洋樓，環抱山林之中，此時已經燈火通明地等著它的主人歸來。說是車隊，行駛速度不一，有些維持穩定的速度走在前面，有些則落在後頭，愛跟不跟的樣子。

宋志誠坐在他姐姐曉立的車上，落了好大一截，逐漸脫隊，到了某個山路岔口，曉立突然方向盤一轉，開上了另一條路。

她搖下車窗，半邊身體倚在窗邊，說：「我們去看夜景。」

志誠不反對，兩側路長出半個人高的雜草。

宋曉立知道他心中忐忑，說：「爸爸最近因為新加坡的事情跟大哥吵得很難看，現在他又把找你回來，你不當箭靶都不行。」

「新加坡怎麼了？」

宋曉立看了一眼志誠，好像她弟說了很荒謬的話。「宋志峰防我跟防鬼一樣。」停頓片刻，她又回味無窮地說：「不過我也是知道一點。反正一年做得比一年不好，爸爸很不高興。」

「爸爸個性本來就不愛海外的事，那一代人都這樣，不一定是因為大哥。」

宋曉立說：「你都當他們兩人的夾心餅乾了，還有心情替他們說話，我也算是佩服你。」

兩人都累了，此時的精神奕奕不過是一種疲累過頭的警訊，就像手機最後一格亮著紅燈的電量，整部機器隨時要熄。另一方面，宋志誠不想在這樣的晚上多聽家族企業的恩怨情仇，徒增煩惱而已。他換了個話題，說：「辦派對很累吧。」

「什麼派對，不說我還以為是國慶升旗典禮，無聊死了。」

1 臺語，hāu-senn，兒子。

「不會啊，我聽說好多男員工喜歡大小姐。」

宋曉立翻了一個大白眼，神情卻有點高興。她摸了摸自己尚未卸掉的髮型。「你知道這個裡面夾了幾百根夾子嗎？幫我拆掉。」

「妳確定？」宋志誠挑起一邊眉毛，很懷疑地問，手卻很自動自發，一根根替她從烏黑髮絲裡抽出髮夾。他觀察宋曉立的表情，好幾次拉到頭髮，她僅僅皺眉，沒有喊痛。宋志誠問：「你們還好吧？」

宋曉立知道他在問她的丈夫徐子青。沒多久前，壽宴結束，一行人要回到宋家別墅，整場壽宴都像個局外人的徐子青支支吾吾地，說還有事，今晚不過去，問他什麼事，一下說是朋友聚餐，一下又說要趕工作。其實徐子青根本也不用這麼緊張地替自己張羅藉口，宋曉立的父母從來拿他當空氣，他要來不來，根本也不在意。他這樣著急，還讓人笑他自抬身價了。徐子青這番表演，最難堪的是宋曉立。她站在旁邊臉色變來變去，宴席上人人讚嘆的仙女，在徐子青的藉口裡，突然褪色、變黃，說穿了就是個丈夫心不在此的可憐女人。

當場要說有誰真的關心，大概只有宋志誠。他跟姐姐感情好，即使隔著一片海洋，也知道姐姐生活的苦處。此時他開口問，宋曉立幾乎是立即紅了眼眶。

「出門前才吵了一架，他就是不喜歡我們家。諮商師說他是心裡自卑。我什麼方法都做了，還能怎麼辦？難道在他杯裡下壯陽藥嗎？」她倒抽一口氣，宋志誠新抽下的髮夾，夾斷了她好幾根長髮。這一瞬間的痛，讓她口氣緩和下來。「我怎麼想都想不通，他要是自卑、討厭我的家庭，這些事情結婚前就都知道了……。」

「他外遇嗎？」

宋曉立扶著方向盤，定定看著前方一會，眼神決絕。「不會。」

她這頭頭髮，東盤西夾，每根髮絲都像在尖峰時段的捷運車廂裡擠了一晚，此時逐漸展開、滑至胸口。她嘆了口氣，繃緊一晚上的神經也得到舒緩。車子停靠到山頂的某處觀景台，雜草縱生，杳無人煙。她半垂著眼靠在椅背上，表情茫然。

「我想凍卵。」

「妳才三十七歲。」

「就是因為三十七了，再晚就來不及。」

「好吧，妳自己作主。」志誠一向不跟他姐姐爭。曉立從小就是這樣，永遠心中有主意，但又矛盾地傳統保守，在家庭關係裡作繭自縛。

曉立吸了吸鼻子，從情緒裡回過神，伸手拍志誠手背，問：「那你呢？你還好嗎？」

她紅著鼻子、頭髮散亂，好像變回十幾歲時，莽撞無畏的曉立。他很喜歡這樣的宋曉立，彷彿一直想從她身上東拼西湊地找回一點那個勇敢又直率的少女。

「很好啊，回到家有什麼不好？」志誠說。

宋曉立當然聽出他這番話不見得真心。她說：「你回來了，大家都很高興。況且爸爸年紀這麼大了，難得我們一家人可以聚在一起。」

說到這裡，手機就響了，一看來電顯示，曉立趕緊抹乾眼淚、清嗓子，端莊地坐直身體。

「媽。」

那頭母親的聲音慌中帶著責備。「妳在哪裡？妳怎麼沒說她會來？」

「誰？誰來了？」

「真糟，妳辦事真不仔細。快點回來，妳嫂子這下肯定要覺得是我的主意。」

當志誠跟曉立緊張地驅車回山中別墅時，見到的是大廳內一片和樂的氣氛。宋再興身邊坐著的是個熟人。四十歲出頭的女性，妝容清淡，身材單薄得像是一吹就倒，但氣質裡的堅韌，猶如枯竭山崖處大風吹不倒的瘦樹。她是邱心薇，很長一段時間裡，她的名字和宋志峰分不開關係。

邱心薇見兩人回來，率先笑著跟他們打招呼：「曉立，志誠。」

見到是她，志誠嚇了一跳，下意識就喊了「大嫂」。如此一來，頓時有股滑溜的尷尬在眾人皮膚竄動。

她對這個稱呼沒有多說什麼，此時正巧老鐘響了，她相當不好意思地說：「我也該走了，本來只是想給……想給阿叔阿姨送新年禮物，無想著卻多待了一下。」

邱心薇與宋再興說得是一口流利的臺語，比起後來搶走她丈夫、卻始終不能融入這個家庭的吳思瑀，邱心薇天衣無縫地當一個宋家人。無怪乎當初她要離開時，宋再興承諾她，即使做不成他的媳婦，他也將她看作女兒。當初宋再興這番話，讓被傷害得遍體鱗傷的邱心薇，將這位老先生永遠銘記在心。
此時的宋再興一點也不介意時間早晚，他眉開眼笑更甚今晚壽宴的時候。「沒有關係，多坐一下。曉立，妳叫灶間弄一點夜宵。」
邱心薇趕緊打斷宋再興的吩咐。「毋免了阿叔，見到恁已經足歡喜。」
宋再興也是有點輕飄飄了，竟然還要再挽留。「志峰呢？怎麼還不來？」
直到這刻，劉瑾嫻不能不阻止他。她幾乎是用眼神發求救訊號給邱心薇，又同時相當埋怨地看了眼曉立。
跟在宋家身側這麼久，邱心薇怎麼會讀不懂大家的心思？尤其這個無緣的婆婆劉瑾嫻，她當初可是費足了一百二十分的力氣，將她摸得透澈，她就算只是眨一眨眼，邱心薇都知道她什麼意思。於是她直接起身，向在場的各位微笑道別：「阿叔，毋免了，我來單單是為了你跟阿姨。」
志誠主動說：「我送妳出去。」兩人往屋外走去，邱心薇說她叫了車，不要志誠開車送，志誠遂陪她在山路邊等。
蒼茫的路燈下，她面容憔悴，眼底下一抹淡淡的青色眼圈，塗抹了紅唇膏的嘴唇近看也乾燥龜裂，一塊小小的死皮掛在上頭。即使已經物是人非，邱心薇對待志誠，仍是一貫姐姐看弟弟的寵愛語氣。她抬著眼神看他，盈滿笑意的眼睛像是要讚嘆他又長高一些。
「聽說你這次回來要久待？」
「爸爸告訴妳的？」

「他一直都很希望你回來，一家人聚在一起。」

「嗯。我知道。」他模糊地說。

邱心薇感慨地說：「你自己想好就好。但在這個時間回來會很辛苦，我聽說志峰在公司裡跟爸爸鬧得很兇，好多人還會私下跟我抱怨……」她下意識地朝別墅看了一眼。「你在國外可能不知道，公司的狀況越來越糟，志峰又沒有人拉得住他，他那個脾氣，有誰控制得了他嗎？尤其新加坡那裡，雖然我離開這麼久，陸陸續續也都聽到一點風聲，你就知道員工反彈有多大。」說到這裡，她停了口。「算了，我都離開這麼久了，志峰也有他的人生。」

「別想那些了，心薇姐。」他換個輕鬆的語氣說：「整個晚上的壽宴，爸爸看見妳最高興。」

遠遠地車燈爬上坡，是心薇叫的車來了。她最後朝志誠看去的笑非常蒼涼。「我難道不是嗎？你以為我趕著晚上來見爸爸，還真的是想為難宋志峰。」臨走前，她朝志誠說：「我很高興看到你回來了，志誠。你永遠像是我的弟弟一樣，有什麼問題我能幫上忙的，隨時告訴我。」

志誠目送她上了車，最後向她說了再見，就好像當年送她離開宋家一樣。

◈

志誠一回到屋內，就聽見二樓房間傳來媽媽跟姐姐的爭吵。他倚在樓梯邊靜靜地聽。依稀聽見曉立尖銳地質問：「媽，妳怎麼可以說這種話？」房門開了，曉立負氣地走出來，踩著重步朝三樓走。

志誠等了一會，才往母親臥房走去。房內只坐著劉瑾嫻一個人，坐在床邊，氣得一張臉漲紅。志誠輕敲門，說：「媽，我回來了。」

劉瑾嫻見是他，狼狽地將氣急敗壞往心裡收。她擦擦眼淚，在兒子面前頓時流露出一種柔弱無依的模樣來。她向志誠抱怨：「你姐姐真討厭，什麼事都辦不好，又要對我出氣。」

志誠拉了張椅子坐到她面前，輕撫她依然細膩光滑的雙手。「別生氣了。」

劉瑾嫻在心裡憋了一口氣。她知道議論女兒是不好的，但她心裡很難受。故而她用一種又體諒又責怪的溫柔口吻說：「她其實就是嫁得不好，當初是她堅持要嫁給那個徐子青，現在受罪了，又來抱怨東抱怨西。她這個樣子，有哪一個男人受得了她？」她嘆道：「你姐姐還看不起你嫂子以前是外頭的女人，她也該學學別人怎麼管老公。」

「媽，別說了，今天爸爸生日，大家應該要開心一點。」

「我也很難受，我也替她急啊。」

「我知道。」志誠抽來衛生紙，替她擦眼淚。

「還有你爸，到現在還關在書房裡，氣我不讓邱心薇來吃壽宴，他就愛罵我多事、雞婆。」說到這兩個詞，她學著宋再興的腔調說了兩句臺語，又氣憤地說：「她要是來了，場面能看嗎？」

劉瑾嫻越說越氣，渾身上下的怒火像被關在爐灶裡乾燒，響得霹靂啪啦卻找不到出口。她捏緊掌心捶了床面幾下——即使是這個洩憤的動作，也是相當小心節制的。她氣自己連發脾氣都做不到，更感覺自己是個沒有用的人。

「沒事了媽，姐姐也只是在說氣話。妳明明知道她留在家裡是為了妳。」

劉瑾嫻不得不默認確實是這麼一回事。她靜靜地擦掉眼淚，說：「今天一整天我都擔心你不回來，讓你爸爸空歡喜一場。」

「我怎麼可能不回來？上次爸爸到美國找我談這麼久，都答應他了，總不能騙他吧？」

母子倆共同想到了宋再興平時不高興的臉，劉瑾嫻破涕而笑，但神情裡仍有點不安。「我其實是……我是擔心你還在意我那時候說的話，所以不願意回來家裡工作。」她試探地看著志誠，語氣裡滿懷期待，問：「是吧？都這麼久了，你不會還怪媽媽吧？」

宋志誠當然知道她想說什麼，甚至母親都不用開口，彷彿就已經能讀她的心思。他只能玩笑地說：「妳跟我說這麼多話，我怎麼會記得是哪一件事？」

「我知道你貼心。好吧。」她轉而說：「你爸爸今天壽宴上這樣子，簡直在給你跟哥哥添麻煩。你也別怪你哥哥今天一張臭臉，宋再興給他搞這一齣，他在員工面前面子往哪裡擺？你願意回來我也很高興。你們都是我的兒子。」

「媽，妳放心，我都想清楚了才答應回來。」

他看見劉瑾嫻其實還是不放心，胸口還有好多句不知道該不該說的話，像含著一口氣，憋著不敢吐出來，眼睛倒是誠實地把她的心裡話投影一樣地一覽無遺。劉瑾嫻秀氣的雙眸像兩池水，隱隱能看見水潭底下的動靜與沉積，那些活動雖然像刮花了的玻璃一樣不真實，但血肉至親是這個樣子，看著影，就能猜出一個型體來。

「你哥哥，是受了很多委屈到這裡，他沒有安全感，又娶了那個女人，也幫不到他的忙。」

志誠答應，好不容易才勸好了他媽媽。

離開母親的房間後，志誠回到三樓，一時恍神險些在轉角撞上人。對方一聲輕呼，是大嫂吳思瑀。她穿著睡衣和披肩，一副急急忙忙的模樣，臉頰上有一個顯眼的巴掌印記，眼睛哭腫得看不見。

吳思瑀見是志誠果然沒有好臉色。她低下頭，連招呼都不打，鐵青著臉離開。與吳思瑀錯身而過，志誠這才看見在走廊底端，一扇房門悄悄地打開。那是大哥的兒子，九歲的宋千光，正怯怯地在廊道那頭注視母親的去向。

在微光裡，宋志誠幾乎看見了跟自己幼時一模一樣的膽小、打量、窺探。志誠用最和善的聲音向他打招呼：「千光，過來，叔叔從美國帶了禮物送給你。」宋千光卻縮了縮，不敢應答，好像不敢多看他一眼，安靜地躲回房內。

◈

過了午夜，家裡的老鐘低鳴，除此之外，這間老洋房一點聲音都沒有，靜得像有個洞，將噪音和怨懟全收進腹中。

志誠回到房內，室內通明的那一刻，心中起了怪異的酥麻，好像離家的這十五年並不存在。房間裡的每樣擺設都紮根在原有的位置上。時間簡直跟油脂一樣，到處凝作一塊一塊，令人疑心走入一處棚景，每個美術細節都在模仿二〇〇四年。

但仔細一看，很多地方都有破綻，比如這床新換的被鋪，上面還有剛烘出來的暖味，還有立在角落，正亮著運作燈的空氣清淨機，乃至於桌上那瓶花瓣上還沾著水的桔梗花。整個房內都有母親的痕跡。方才還不覺得，現在看著這個房間，突然就具體看見了母親對他回家有所期待。

他站在房門口靜靜看了一會，輕聲將背包放到地上，柔軟的短毛地毯將他的聲響吸收得一點不剩。宋志誠的懷念近乎虔誠，仔細地看過房裡的每樣東西，看見幾本登山的書好像年邁的老人，乾乾地擠在書櫃一角。抽出來看，書頁裡掉了幾片枯葉，一碰地就碎成好幾截，簡直不像葉子，像玻璃。書翻開來裡頭還有他年幼時的筆記，整整齊齊、像拿尺寫出來的字。

作為一個么子，為了證明自己也能表現得跟兄姐一樣好，他恨不得一夕之間長大，八歲時就當作自己十歲，十歲迫不及待十五歲，在這樣追逐的過程裡，幼年的他比誰都好勝、用功，著急想要有自主的人生。

開創事業的父親是草原上的雄獅，而他們這些在父親庇蔭下長大的孩子，費盡心思想學會第一聲獅吼，叫出來卻像虎、像狼、有時候還像隻小狗，怎麼學都學不成父親那個樣。父親總說，要把人生活成自己的。一間公司就像一座山，打造公司跟登山的道理相同，一步一腳印，過程無論有沒有人陪伴，終究得自己邁開腳步才能走上頂峰。因此，父親熱愛商場上的爭伐，也愛登山的成就感。志誠還年幼的時候，只有大哥才能陪父親去登山，十五歲那年父親說他也能去了，好像宣布一場成年禮。

正將書塞回櫃子裡，門口傳來腳步聲，志誠回過頭，是宋再興。

「爸。」他趕緊站起來。

宋再興只是站在門口，也不往裡面張望。他從來不進孩子的房間，那樣太顯親暱。「今仔日轉來還慣勢[2]吧。」

「都很好。」

「透早能爬得起來嗎？」

「陪你去爬山嗎？爸爸。」

「嗯。五點到樓跤[3]等。」

志誠答應，目送父親回房，見他拄著枴杖，一階一階往樓下臥房走，突然想到他慢慢爬上來，就為了跟自己說這兩三句話。父親的衰老令他有點不敢看，想起去年父親到紐約跟他見過一次面，那時志誠的生活剛剛遭逢巨變，低潮裡把未來看得很混沌，又心驚生活過於寫實。那年，父親來見他，沒有責備，也沒有溫情的安慰，僅僅是說：「回家裡來做事，你不會這件事情也做不到。」

2 臺語，kuàn-sì，習慣。
3 臺語，lâu-kha，樓下。

第二章

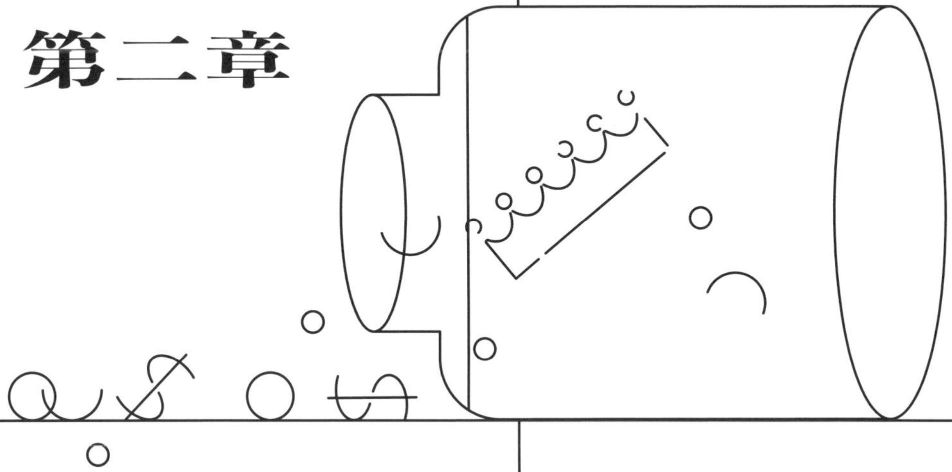

健康誠實

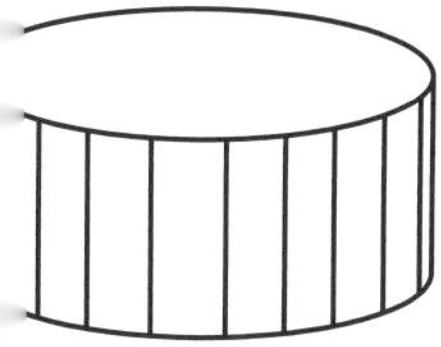

◈

小男孩的臉擠滿了畫面。

色彩濃艷的布景裡，小男孩兩個臉頰像是白麻糬搓出來一樣又圓又軟，他對人笑出兩排牙齒，手上捧著一罐矮瓶身的橘色玻璃瓶。他的嘴角幾乎笑僵了，但很敬業，堅守笑容的弧度，以及不多不少的八顆牙齒，沒有聽見那聲「卡」絕不輕言放棄。

瞇成兩條縫的眼睛偷偷透過睫毛看，攝影機前，有人給他比動作，意思是得說話了，得唸那段台詞。那段……他忘記自己得唸什麼。是「健康好喝」、還是「可口好喝」？是「全家人的好朋友」、還是「你忠實的好夥伴」？他一慌，牙齒可能露得少了。聽見有人竊竊私語，四面八方地來：「……就是寵，也不用會什麼。」、「扭扭捏捏一點都不大方」、「……幾歲了還這麼膽小，一天到晚躲在人後面。」

他僵著嘴角，還在心裡背誦。那句應該是，誠實、健康、好夥伴。他心想自己連可愛都不剩下了，表情肯定很恐懼，怪笑著看鏡頭，眉毛扭曲成兩條結。他告誡自己可千萬不能在這裡哭出來。

◈

深夜，宋志峰的長女，十六歲的宋千慧站在路邊等人。

在她身後，一棟尚在施工的大廈，鷹架上的防護網顯眼的標語寫著：「家庭支柱不能倒，安全防護要做好」。

在這處荒僻的郊外，只有一處工地和遠方長嗷的野狗，還有幾座寂寥無用的路燈。而在她身邊這根歪歪斜斜的公車站牌，顯示班次間距四十五分鐘。

宋千慧身上穿的仍是今晚出席壽宴的粉色包臀洋裝，合身的剪裁與刻意被她拉得過短的裙襬，散發出難以抗拒的青澀性感氣息。她的短髮染成亞麻色，髮絲向耳後撥時，能見到上頭小巧亮麗的耳骨釘。此時，她戴著灰色變色片的眼睛，正無聊地瀏覽手機上的訊息。

今晚壽宴的新聞稿已經推送到各平台了，內容寫了晚宴細節，文章底部有張全家福照片，下方文字描述寫著：長女宋曉立（左起第二位）、次子宋志誠（左起第三位）、長媳吳思瑀（左起第四位）、長子宋志峰（左起第五位）、長孫宋千光（前排第一位）……。

這張照片上沒有她。拍照的時候，她早就偷偷溜走了，她根本不在乎家庭照這種無聊的事。真正吸引她流連忘返的，是在照片最角落的「女婿徐子青」。此地空曠，夜半風涼，她畏寒地蹲下，等了好久，期待的那輛轎車總算由遠而近，放慢速度沿路搜尋地駛來。

車子在她面前停下。徐子青搖下車窗，宋千慧當沒看見，他於是下了車，將大衣披到了她瘦弱的肩膀上，氣急敗壞地問：「為什麼跑到這麼偏僻的地方來？」

宋千慧將頭枕在膝蓋上，感受大衣內的身體餘溫。水波大眼望著徐子青，調皮又依戀地說：「這樣你才會來找我呀。」

◈

舊式廠房前站著數名三十來歲的男女青年，或著西裝、或著套裝，對著鏡頭微笑。站在最中間的是宋再興，穿著一件吊帶西裝褲，一手插在口袋裡，相當瀟灑得意的姿態。

廠房的磚牆上銘刻著幾個大字：「康興生技股份有限公司」。

在更上頭，豎立著四大片板子，用正楷字大大地寫著：「健康誠實」。

這是掛在宋家大廳裡的一張老照片，順著這張照片往右走去，一幅幅舊照片昭示了「康興生技」發展史：廠房內老職員們的合照、研發人員穿著防塵裝端詳燒杯內的液體、明星商品健康人蔘機能飲的生產線、一箱箱裝載著人蔘飲的外箱被推上貨車……。

現在是清晨五點鐘，志誠身著運動服，細細端詳老照片。他正看著一張攝於董事長室的合照。如今，隨著廠房搬遷、公司規模擴大，這間董事長室已經不復存在，但在他的童年記憶裡，這裡依舊顏色鮮明。照片上，父親宋再興坐在辦公皮椅上，腿上抱著六歲的志誠，兩側分別站著八歲的曉立和十一歲的志峰。四人裡唯獨志誠沒有笑容，怯生生地看著鏡頭。

「志誠。」

志誠應聲，是他爸爸也下樓了。宋再興同樣一身運動裝扮，但套了一件羽絨外套和圍脖，頭上還戴著一頂毛帽，嚴實的保暖穿著提醒了志誠他父親的年紀。宋再興搖搖手上的登山杖，說：「走吧。」

父子倆行走在朝霧未退的登山步道上，遠方山稜裹著一線晨光。從步道向外眺，臺北城密密麻麻的高樓馬路都在清醒當中。樹林中有蟲鳥鳴叫，分不清從哪個方向來。矮著頭穿過某些岔出的枝芽時，露珠滴到志誠髮根裡，他伸手摸了摸。此時他父親正說到：「……舊年你認識的彼個陳阿叔亦來找我幫忙，現今不比以早，食安的問題抓得很嚴，伊那批原料說是出狀況，在海上按呢漂來漂去，竟然沒有人敢收。運到越南被拒收，到高雄也被拒收。伊叫我幫忙關說，我說這件代誌現在不能處理，他還啼啼哭哭，說越南的廠關了好幾個，再這樣下去全家都要去跳海。」

志誠陪在他父親身邊慢慢走。「那後來呢？」

宋再興笑兩聲，神情竟然有點頑皮。「跳海？你聽他在練痟話。他那個人就是不老實，不過畢竟是以前的老員工，我給了他一點錢叫他回家過年，管那批貨是要漂去佗位。どうせ俺には関係ないだろ（反正跟我也沒關係）。」年輕時當外務員，宋再興上山下海地跑，時常要跟上了年紀的老先生老太太打交道，又和日商藥廠合作，學了一點日語，現在雖然記得不多，但偶爾還是愛說兩句，尤其遇到日本來的客戶，結結巴巴地也要將日語說完。

宋志誠聽了笑起來，學著他父親回答：「そうですか（說得也是）。」

志誠想起來，小時候常見到一些面熟或面生的阿姨叔叔，哭著來到家裡說要拜會父親，又過一陣子，再帶謝禮上門，感謝父親出手相救。當時年紀小，不知道是什麼事情，長大了才曉得，父親抽屜裡堆著一大疊泛黃的借據。母親總說，他借出去的錢好像送的，從來都不去討。

兩人一步步踏在石階上，他聽見父親越走越喘，兩人遂稍微停下來休息。

宋再興將毛帽摘下來捏在手裡，雙手按著登山杖眺望市景。「反倒是你阿兄讓我操煩，說想做出成績，把新加坡分公司交給伊處理，結果年年都在虧錢，伊年年都要我對伊有信心。舊年賠了五千多萬，險險欲把股東氣死，一個個都跑來跟我吵，我實在是為了他氣心腦命。」

「阿兄其實也是足打拚。」

宋再興看了小兒子一眼。昔日銳利有神的雙目，此時已經眼皮鬆垂。他擺動手杖，休息夠了，再度往上一級一級爬。宋再興語氣透露力不從心。「我跟你阿兄是無話講，見面只有公事。你阿兄是足怨恨我。毋過，我難道真的會希望自己的後生失敗？」

注意到父親的腳步越來越吃力，志誠稍微落後半步，在身後看顧他。接下來一段路，父子倆沒再說話，默默地爬上了觀景台。

宋再興大呼一口氣，當即往石椅上坐。他抹掉臉上的汗水，將圍脖也拿了下來。志誠遞水給父親，此時正巧鬧鈴大作，宋再興示意是提醒他吃藥的鬧鐘。他掏出放在外套內襯的藥盒，六格花花綠綠的藥品，一一揀出來混水吞入腹中。

志誠問：「這吃什麼的？」

「高血壓，還有很多囊個東個[4]。到了我這歲頭，什麼病都得吃。」

志誠見他手上又是帽子又是圍脖，主動接了過來。宋再興嘆：「你媽，實在是很愛操煩。」

「伊是煩惱你。」

「我明白，伊是不能沒有我。」宋再興低低地說，近似自言自語。一會，將手上藥盒搖得叮咚響，重新塞回內袋裡。「以前，我把公司當作我個人的財產，後來發現，員工可以離職，老闆沒有回頭路。『康興生技』現在有一千多個員工。我請你回來也不是當少爺。」

志誠到父親身邊坐下，低著頭聽他說話。

宋再興問：「這次回來，你有什麼看法？」

這才是重點了，宋再興雖然臉上沒什麼表示，但志誠知道這才是考題。童年對父親的敬畏又襲來，此時面對的是董事長不是爸爸。他斟酌地說：「我在想，也許可以從人蔘飲開始。」

「你怎麼想到人蔘飲？」

「如果公司要轉型，要跟上時代，從小地方開始改變，最好的就是人蔘飲。」

「你阿兄說要砍掉這條產線。」

志誠笑。「那要老客戶去哪裡？誰還認得康興的牌子。」

宋再興的神情有點改變。他說：「要想得更遠。你個性謹慎，但小心闖不出格局。倒是你阿兄，又太過莽撞。」他有感而發，說：「你阿兄不明白，但你要懂得，做產品跟做人一樣，善良才能做好產品。」

「我知道，爸爸。」

4 臺語，lok-kò sok-kò，有的沒的。

「把你找回來你是毋通怨我，爸爸不知道還能擔多久。」

「爸，你袂按呢講。」

宋再興笑起來。「少年時萬萬沒想到，竟然會一生都在與藥作伴。」

◆

「Uncle。」

當宋志誠回到家時，見到宋千光蹲在他房門口等他。他手上抓著昨天志誠送他的玩具，地面還散落了各式零件。千光仰起頭，不曉得在這裡待了多久，但這內向膽小的孩子也相當固執，似乎本就打算一直等下去。

「你會嗎？」千光問。

志誠送他的是一架機器人模型，需要花點巧思組裝，千光自己已經組了泰半，但腰部的關節怎麼也想不通該怎麼拼裝才好。

片刻後，志誠房內。兩人將零件全搬到室內來，志誠負責端詳那張密密麻麻的說明書，因為千光說，他的國字認識得不夠，於是由已經認識很多國字的 Uncle 負責閱讀的工作。

「這個……應該是從這一邊。」志誠邊看說明書，找出一個相當細小的轉輪，扣到一個木軸上。

千光看了一會，立刻接手。「我會。」

志誠莞爾地看他埋頭組裝。宋千光一張圓臉粉嫩透紅，根根分明的瀏海隨著他的動作輕微搖晃，渾身上下散發著小職人的氣息。上一次志誠看見他是在海外，一家人到某地去度假旅遊。那時千光才好像四、五歲，很怕生，不太說話，但喜歡可以動腦的益智遊戲。大人們猜測他是不是有點自閉症，或是語言發展遲緩，但帶去看醫生又檢查不出問題。這次回來再見千光，仍是對人很戒備的模樣，幸好在心愛的玩具面前，他也能流露出九歲孩子該有的單純快樂。

志誠看著他忙，一邊問：「你爸爸媽媽呢？」

千光相當認真地組裝零件。正以為他不打算回答，他才搖頭，說：「不知道。」

「就你一個人在家？你姐姐呢？」

這次千光沒答話，抿唇皺眉，嚴肅地對待他的半完成機器人。

志誠努力跟這個小姪子找話題。「學校好玩嗎？」

千光聳肩。

「有交到好朋友嗎？」

千光總算將注意力從機器人身上拔開，抬頭看他。

「Uncle，你為什麼會回來？」

「我回來過年啊。」

千光搖頭。他有一雙清澈的眼珠，直直盯著人看時，像能看透每個大人藏在心中的縫隙裡，不可見人的黏膩祕密。

「Mommy 說你是回來搶走 Daddy 的東西。」

志誠揶揄說：「搶走什麼？」

「我也不知道，Mommy 跟菩薩說，我聽到的。」

「菩薩？」

志誠一時無語。千光說這些話的時候沒有批評。宋千光並不瞭解大人口中搶奪的意思，他更在意的是這個長年不在家的小叔叔回來的祕密。志誠總算知道宋千光為何老是用若有所思的眼神看他——在千光眼裡，志誠八成也是益智遊戲中的一大謎團。

「我想你媽媽只是跟 Uncle 不太熟。你跟她說，以後有事情不用問菩薩，來問我就好。」

◆

壁爐電暖器裡的假柴火燒得劈啪響。室內開著冷氣，恆溫二十四度。厚重窗簾拉得不透一絲光，但床頭放著一顆自轉照明的能量燈，在照燈旁邊，擺了好幾本求子、受孕的書籍。輕柔的音樂聲與呻吟混在一塊，呻吟聲來自電視裡正打得火熱的A片畫面。

宋曉立雪白的裸體伏在徐子青身上不斷擺動，她烏黑輕柔的長髮像映著月光的深色河流，傾洩在冰封雪境上，緩緩扭動、結冰。

她的動作戛然而止，嘴唇緊緊抿著。

她看著全程閉著眼睛的徐子青，清晰感到埋在體內的陰莖已經疲軟、縮小，再費多大的功夫也硬不起來……她抽起身，一言不發地到浴室清洗。

徐子青睜開眼，大字型躺在床上，面無表情地聽著浴室裡的流水聲。電視上的浪叫還在繼續，他動也不動，感覺自己的陰莖是一塊沒有功能的肉。

一會，宋曉立穿著浴袍出來了。她隨手關掉A片、關掉暖爐、關掉冷氣、關掉照燈，用力地扯開窗簾——日光如擋不住的海浪湧進屋內，沖刷在徐子青蒼白的裸體、性器上。他無所謂，倒是宋曉立看不過去，將棉被仔細蓋到他身上。

「今天是小年夜，七點家裡要一起吃飯，記得嗎？」曉立坐在他身側輕輕地說。

徐子青點頭。「記得。」

她白皙的手隔著棉被，仔細、小心，生怕碰壞瓷器似地，在他隨呼吸起伏的胸膛上輕柔撫摸。

徐子青聽見她的聲音，分外謹慎地詢問著他。

「子青，你上禮拜有去看醫生嗎？」

徐子青沉默片刻，面色羞愧。「上禮拜籌備畫展太忙了。」

「沒關係。」宋曉立安撫他。「我只是問一下。」

「嗯。」

「那，這禮拜會去嗎？」

「嗯。」

「我去看看媽有什麼要幫忙，你休息一下吧。」

她親吻他的額頭，換了衣服，留徐子青一人在房間。徐子青閉上眼。

◈

陳巧玲端莊地坐在副駕駛座上，偶爾偷偷側著眼看身旁的男人。身材精壯的宋志峰一身緊繃的淺灰色線條襯衫，總是習慣性地皺緊眉頭，此時正一邊開車、一邊透過電話談工作。

陳巧玲窄裙上擺著一台筆記型電腦，畫面上的信件正回覆到一半。宋志峰掛了電話，她趕緊又將視線放回信件上，假意專心工作、發送完信件，這才側過頭詢問志峰：「老闆，你待會還回公司嗎？」

陳巧玲是宋志峰的個人祕書，從出社會起就跟著志峰工作，在她眼裡，這個頂天立地的男人是她打造出來的。她一手堆砌了他的行程、目標，也深知他的每一種情緒好惡。宋志峰兼任母公司和新加坡子公司的總經理，近幾年，公司裡一些異議分子為了鬥掉宋志峰，少不了拿新加坡分公司的表現說嘴，這些人在陳巧玲眼裡真是可惡至極，恨不得用肉身替志峰擋子彈。

面對陳巧玲的詢問，宋志峰沒有立刻回答——他可能甚至也沒有聽進去，自顧想著腦袋裡的事，好一會才開口：「思瑀在哪？」

陳巧玲很快確認了與吳思瑀的訊息內容。「老闆娘還在道場。」

「只會偷懶。妳叫她立刻回去。」

「但是老闆娘說，夫人不用人幫忙，她問過了。」一見宋志峰臉上浮現怒意，陳巧玲立刻又說：「我再勸勸她。」

宋志峰閉著嘴唇不說話，將車開到了捷運站邊。

陳巧玲趕緊收拾電腦，正要下車，又聽見宋志峰喊她。

「巧玲。」

她充滿期盼地回頭。「是。」

「妳過兩天就飛去新加坡，最好查清楚又是哪些人在對董事長碎嘴。」宋志峰感覺到陳巧玲回話遲了幾秒，他又說：「喔，對，妳放假了。」

「沒有。」她趕緊說。「我會去。」

「嗯。」

車門敞開，陳巧玲卻還坐在座位上不走，欲言又止的模樣。

宋志峰看著她，好一會，才放軟語氣說。

「……出國前我會去找妳。」

陳巧玲控制著臉上的動容，輕輕應聲，抱著公事包跟電腦，下車離開。

當宋志峰趕在六點回到家時，他的妻子吳思瑀還沒回來。餐廳已布置出年夜團圓的氣氛，他看見母親站在廚房跟餐廳中間指揮，忙得團團轉，一下要春聯貼上去一些、一下要那盆富貴竹從窗邊撤下來擺到門口去。一道道熱菜送上團圓桌，她仍左右張望，擔心哪裡置辦得不夠仔細。

志峰來到母親劉瑾嫻身邊。「媽。」

劉瑾嫻見是志峰，正好將他拉到餐廳，擔憂地問：「志峰，你看燈是不是不夠好看？」
志峰手上還提著公事包，順從地將燈看了一圈。「不會啊。」
劉瑾嫻還不放心。「好像是不夠亮。」
志峰又仔細看了一會，注意到是某顆燈泡稍暗了一點。他當即就放下公事包、捲起袖子，讓傭人將飯菜撤走，自己則拿來備用的燈泡，一腳踩上桌子拆卸燈泡，一下子就俐落地完工。
志峰問：「可以嗎？」
重新開燈，劉瑾嫻站在兒子身旁，仔細地看了一會光，總算安心下來。
「好，這樣比較好。」
志峰緩緩地將袖口捲回原處，說：「等等我就讓思瑀來幫妳。」
「不要吧，我不想又惹人厭了。」
「思瑀只是嘴巴直，沒有惡意。」
劉瑾嫻閉著嘴巴不說了，從眼神看起來她是不信。她看著大兒子扣上袖釦、拿起公事包，擔心地吩咐幾句：「過年就別工作了，快來吃飯，還有千光，一直在上頭弄他的機器人，叫也叫不下來，你上去喊喊他。」
宋志峰困惑問：「機器人？」
「是呀，志誠送他的，一個好複雜的玩具。」
宋志峰詫異，沒說什麼，邁開步伐往三樓走。在自己的房間裡沒看見宋千光，找了一圈，竟在志誠房裡找到。

千光的機器人已經組完了，但仍不肯放志誠走，將自己原有的收藏都搬到志誠房內，一個個向他的小叔叔介紹。

宋志峰站在門口看了一小會，好像很少看見內向的千光能磕磕巴巴地說這麼久的話。

「千光。」

聽見爸爸的聲音，宋千光立刻抬起頭。見到爸爸他眼睛都亮了起來，趕緊舉起機器人給爸爸看。

宋志峰溫柔地笑。「是不是Uncle送你的？」他蹲下身，準確地接住一頭撞進他懷裡的千光。

宋志峰接過千光手裡的機器人，沉甸的金屬機身摸起來相當冰涼。「你組的？你真厲害。」

千光揚起臉對宋志峰亮出牙齒笑，整個人幾乎膩掛在志峰身上。

一手抱著兒子，宋志峰的視線緩緩落到後頭的志誠身上。

「哥。」志誠隨性地坐在地上，頭髮凌亂，笑容溫潤。傍晚的紅色陽光伏進室內，在志誠身邊蘊出一道淺淺的光。相較哥哥，志誠顯得斯文秀氣、比較像媽媽一些。兄弟截然不同——這是每回兄弟相遇，總會浮現在彼此內心的感受。

志峰的身影幾乎埋進了晚霞的另一側，渾身浸在黑暗裡。「謝謝你陪千光玩。千光，有沒有跟Uncle說謝謝？」

千光好像打定主意要黏在爸爸身上，甩也甩不動。

宋志峰無奈對志誠說：「抱歉，他就是這樣。」

志誠示意沒關係。「哥，我們聊聊吧。」

志峰答應，先將千光弄回房間，才稍晚志誠一步來到陽台。此時夕陽幾乎沒入山脊，天空一筆濃稠的紫墨絲絲朝宋家別墅滲來。

兄弟倆靠在白色磨石欄杆邊，一時無話。他們兄弟倆一直很生疏，繼承人與么子的差別，中間的距離是鴻溝。但另一方面，血緣又讓他們很靠近，近得志誠可以清楚地同情他的大哥，知道他是怎麼逐年累月地喪失與親人溝通的能力。

宋志峰搖搖頭。「你真的打算回臺灣？跟爸爸說的一樣？」

「看起來是這樣吧。我都已經是『那個把錢花光只好回臺灣的小兒子』了。」他調侃地說。

志峰話語一噎，忍不住笑起來。「別管外面那些人亂說。我們的行銷部才成立兩年，經理是個年輕的女孩子，還沒做出成績來，去年爸爸突然要資遣她，又突然說換成你。老實告訴你，這讓我在公司很難帶人。」

這場景似曾相識，小的時候，兄姐就有各種原因妒恨小兒子得到的偏愛。父母的關心一方面令他受盡優待，另一方面也將他與手足拉得越來越遠。他曾偷偷聽見大哥說自己，形容志誠像隻養在媽媽身邊的小寵物。他很傷心，他還那麼年幼，未嘗不想和他們一樣擁有自己的生活。他卡在中間，兩邊對他都不明白，但這對他並不公平。

宋志誠聽了，沉默片刻，說：「放心吧，哥，我也只是一個員工，做不好就被辭退。」

遠方山路的路燈一下子亮起一排。宋志峰對弟弟說：「不要誤會，你決定回來，我不會防你，你是我弟弟。」又說：「昨天壽宴上爸爸說那些話，思瑀非常生氣。她為了你要回來，不曉得找我吵了幾次。」宋志峰嘆氣，煩躁地撥亂總是一絲不苟的頭髮。山風輕拂，將幾綹髮絲吹落在他眼前。

想起昨天晚上目睹吳思瑀哭著走出房門，志誠說：「嫂子心情不好。」

「何止心情不好。」他自嘲地笑。「昨天邱心薇來到家裡，兩人打到照面，思瑀當著人家的面就在客廳裡哭了。我也不知道這個邱心薇在想什麼，這麼多年還是喜歡給我找麻煩。」

這件事雖然說來複雜，但就志誠旁觀的角度而言，也有點荒謬好笑。

宋志峰從少年的時候感情債就沒斷過，十八歲到公司實習，在業務部認識了年長他兩歲的邱心薇，兩人很快互有好感。邱心薇能力出眾，搏得了父親宋再興的喜愛，一直把她當作媳婦看待。二十三歲時父親將位於新加坡的子公司交到宋志峰手中，連帶著邱心薇也陪著他到新加坡打拚，又過幾年，志誠記得邱心薇曾告訴他：「比起妻子，志峰更像是把我當一個競爭對手。」

結婚沒幾年，得知宋志峰婚前就在外面有女人，還有一個女兒，都要七歲了。為了這件事，家裡天翻地覆，拖磨到後來仍是流淚離婚。而那個甘願忍受沒有名份多年的小三吳思瑀，就帶著當時已經七歲的女兒宋千慧和肚子裡的孩子，真正嫁給了宋志峰，同一年生下宋千光。發展至此，甚至有了兒子，父親宋再興縱使有再多不滿，也只能不吭聲。而母親劉瑾嫻一向是依著父親，她雖然也不喜歡吳思瑀，但不代表就比較喜歡精明能幹的邱心薇。

志誠說：「我聽說心薇姐要結婚了，嫁給一個德國人。」

「是嗎？」宋志峰手上的菸一頓。「我沒有聽說，原來是這樣。那也好吧，她那種個性大概只有外國人能接受。」

「嫂子如果在意我，我找個時間跟她解釋。」

說起吳思瑀，宋志峰就很煩。「不要理她，無聊，老是沒事找事。」

此時夜色已經全然籠罩在這處僻靜的山林。幾群林鳥飛進月色裡，低頭一看，吳思瑀的車開進了庭院。前庭亮起數盞石燈，一下一下地將光潑進正中央的噴水池裡。此時已經能聽見大廳劉瑾嫻的招呼聲，團圓飯就快要開席。

宋志峰將菸踩熄了。與兄弟把話說開，讓他看起來神清氣爽很多。「我是很虧欠你嫂子，但不至於就讓你們來受氣。她的情緒我會處理，只要你別太介意就行。畢竟你是我弟弟，其他人再親也親不過手足。」

宋志峰說這個話的時候，聲音與肢體都很放鬆舒坦，志誠是真正相信他的話，他能感覺到他言語裡的真摯。

「哥，謝謝。」志誠說。

兩人罕有這樣簡單的兄弟時刻。他們都長大得太快了，宋志峰背十字架似地將接班人三字扛在身上，悶聲跟在父親身邊學習，然而無論如何努力都遠遠達不到父親標準的十分之一……這個試圖符合長子身分的哥哥變得越來越沉默，他永遠像站在高崗上，與弟弟妹妹隔了一段遙遠而崎嶇的距離。

「別想太多，都有大哥在。」宋志峰說。

第三章

變局

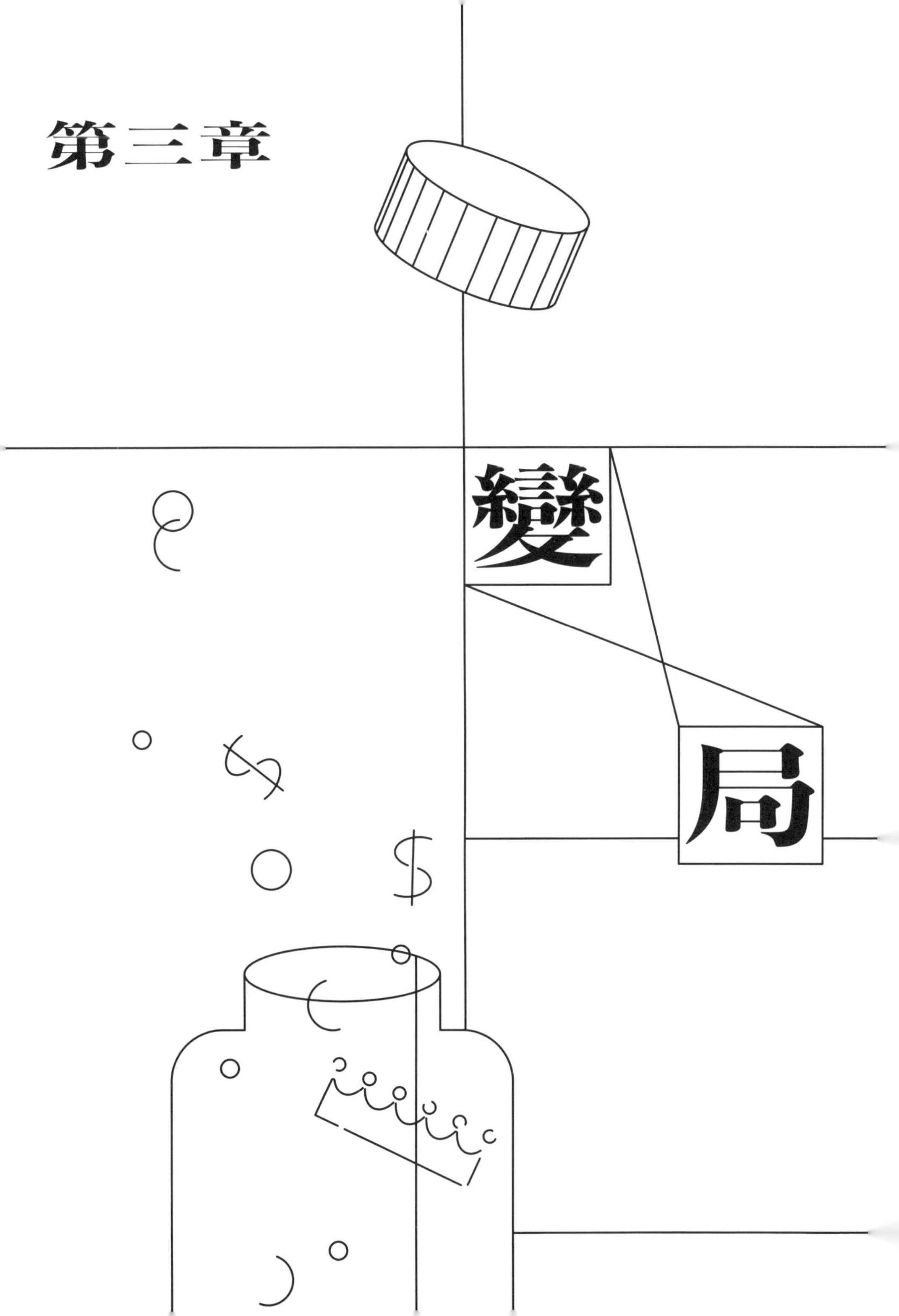

◈

然而，與傍晚那場兄弟倆敞開心胸的談話不同，這個小年夜的團圓飯，簡直如海上行船，船腹內眾人尚且擺桌喝酒，頭上那盞黃燈，卻是瘋狂搖曳，船板也傳來催折般的擠壓聲，昭示了就在不遠的前方，小船即將開入一場烏雲密佈的暴風雨之海。密閉船艙內，各個縫隙都傳來了應景的鬼哭神嚎。

志誠到飯廳的時候，父親還沒到，因此沒人動筷。母親劉瑾嫻說：「你爸爸還在書房裡，再等他一下。」

曉立在一旁補充：「東哥剛剛來了，可能還在談事情。」

在座除了父親之外，大嫂吳思瑀也不在。正想問，吳思瑀就到了。吳思瑀今晚一身素白旗袍，款式固然典雅美麗，但胸前掛的那顆雞蛋大小的翡翠玉墜鍊，浮雕一尊菩薩像，使她的衣著增添幾分神祕的宗教意味。令人感到奇怪的是，昨日還情緒失控的她，今晚臉上卻有一股全然不同的從容和自信。她到宋志峰身邊坐下了，笑著朝大家說：「千慧待會就下來，她剛剛上完小提琴課。」

劉瑾嫻問：「千光呢？」

「媽媽，千光感冒一直不好，師父說他氣太虛，我們成人氣濁，對他影響很大，我讓他在房間吃飯。」

劉瑾嫻聽了，不曉得是信或不信，倒是宋志峰繃緊著臉，似乎對妻子的言談費了很大一番力氣忍耐。

劉瑾嫻回應：「千光像志誠，志誠小時候也是這樣，身體不好，常常生病，長大就沒事了。」吳思瑀很認同。「就是啊，也像志誠個性斯文。但是媽媽，千光就是太害羞了，他什麼都不敢爭，什麼都想讓，太溫和善良。」她親熱地看向志誠，說：「千光啊不像是我們千慧，千慧個性不知天高地厚，凡事都搶第一。」

劉瑾嫻乾笑地轉移話題：「曉立啊，子青呢？」

「子青最近辦畫展太累了，我讓他多睡一下，剛剛叫他了，很快就來。」曉立從善如流地回答，將這片奇怪氣氛敷衍過去。

此時，老鐘敲起七點的鐘聲。

鐘聲如海中魚群，隨著七下鐘響，向大海一波波地游去、游去、游去……牠們盡責地擺動著尾鰭，晶瑩的魚身，總算探入無光的深海。

四樓的儲物間裡，宋千慧因練琴受傷的指尖貼著一層透氣膠帶，此時深深掐進了徐子青襯衫內的肌膚。她將自己青澀的乳房奉獻給徐子青，縱情感受他的舔舐與愛撫。兩人的體溫幾乎要燒盡儲物間內的空氣，宋千慧渾身濕透，如浸在鹹鹹的海水之中漂浮。

鐘聲響到第七下，徐子青停止了動作。

徐子青睜開眼，收緊雙臂，緊緊地將宋千慧收入懷中。兩人靠在骯髒的雜物上，緊貼的身軀蒙罩黑影，形如擱淺的船。

飯廳內，宋曉立坐立難安。她推開椅子起身，說：「我去看一下子青。」

宋曉立來到三樓臥房，卻沒有見到徐子青。她困惑地察看空蕩蕩的房間、浴室，心想子青可能去了四樓畫室，於是又往四樓走。踩在鋪著短毛地毯的階梯，她手搭著木質扶把緩步上樓，指尖傳來的冰涼溫度令人心驚。到了四樓，她筆直地朝走廊盡頭緊閉的畫室大門走去。廊道只幽微地點了一盞白燈，顯得此處靜得可怕。

她正要打開畫室的門，左手邊的儲藏間，突然傳來物品零散掉落的聲音。

宋曉立驚疑地停下動作，這才發現儲藏間的門虛掩著，沒有開燈，由走廊暈入的薄薄白光隱約能見裡頭堆積如山的雜物。

「子青？」她輕聲問。

她伸出手，要去扳那扇門板。畫室的門突然開了。

徐子青站在畫室內，相當驚訝。「曉立，妳上來做什麼？」

曉立呆呆地看著他，視線不住地往畫室裡瞧。大片落地窗的畫室內，一如往常林立著畫架跟各式畫具，牆邊堆積著一幅幅的作品。徐子青是畫家出身，但也許是對這個家心存芥蒂，不愛在這裡作畫，創作時非得千里迢迢去他的工作室。然而此時宋曉立看見他手指上有幾抹顏料。

徐子青自己也看見了，不好意思地往身後抹。

「我……我剛剛上來……」

曉立卻阻止他解釋。「沒關係，下來吃飯吧。」

她掩飾嘴邊的笑容。曉立一向喜歡子青作畫，她心想他嘴上說著不喜歡這個家，但心裡果然還是多少接受了她的家人，也許放鬆時，開始能在這裡畫些什麼。曉立捨不得揭穿他。甚至她感覺，若是徐子青能敞開心胸，也許對夫妻倆的感情也很有幫助、也許也不要去看醫生了……。

「對了。」宋曉立向子青暗示儲藏室。「裡面好像有老鼠。」

她說著就有點怕怕地用指尖碰了碰門板，徐子青阻止她。

「待會再處理吧，先去吃飯。」

徐子青一邊說，順手將儲藏室的門給帶上。

曉立還有點憂慮，但確實也不想在晚飯時間處理老鼠的事。她又對那裡投去毛骨悚然的一眼，這才領著徐子青離開。

徐子青跟在她身後，見她沒有起疑，暗自鬆了口氣。

他悄悄回過頭，千慧倚在門邊，臉上帶著一抹對宋曉立的不滿。他趕緊別過視線，催促宋曉立往下走。

兩人經過二樓，曉立見父親書房的門還關著，裡頭傳來談話的聲音，便吩咐子青先去餐廳，自己去喊父親吃飯。她到了門邊，尚未敲門，隱約聽見父親跟東哥的談話聲。

「……曉立現在手上那個基金會，」她手靠在門板上，停止不動。又聽裡面說：「曉立是很有能力，人面也闊，比起志峰是好太多了。」隔著一道門，裡頭的人聲朦朧不清，宋曉立聽不出來說話的究竟是父親還是東哥。她將耳朵貼得極近，隱約又捕捉到一些字眼。「只可惜……」這回宋曉立總算聽得比較清楚，這是父親的聲音：「我實在對不起他。」她心跳極快，不曉得父親指的「他」是誰，又是什麼事情。

於此同時，她聽見身後腳步聲，一回頭，見到宋千慧款款從樓上下來。宋千慧見到她，彎著眼睛笑：「姑姑，妳在幹嘛？」

宋曉立一向對這個七歲才認祖歸宗的姪女有些芥蒂，覺得她們母女一個樣，眼睛瞅著這個、心裡想著那個，尤其這個宋千慧，明明才十六歲，簡直比她媽媽還要讓人難受。她勉強牽牽嘴角說：「我來叫阿公吃飯，妳也快去吃吧。」

宋千慧那雙神似她母親的大眼睛古靈精怪地轉動，似笑非笑地、用幾分贏家的眼神望著宋曉立，彷彿那裡站著的是一個可憐的乞丐。

「怎麼了？」宋曉立壓抑內心的討厭，盡量輕聲細語地問她。

「姑姑，我進了美術班。」

「是嗎？」她不知道宋千慧幹嘛突然說這些，拿不定主意要回她什麼。

「嗯，」她突然又換上一副乖巧可人的姿態。「最近一直在學畫。」

「哦……」

宋曉立正要再答她，書房的門突然開了，東哥站到宋曉立身旁，瞄了一眼遠處的宋千慧，眼神像看見毫不在意的路人。東哥一身書卷氣，嘴角永遠向下撇，眼白也過於刻薄。他對曉立站在這裡毫不意外，向她說：「曉立，董事長想跟志誠說話，麻煩妳請志誠上來。」

宋曉立相當意外，她探頭看向坐在裡頭的父親，說：「但是爸爸，已經要吃飯了。」

坐在單人沙發座上的宋再興半張臉掩在燈罩後，擺擺手，讓宋曉立趕快去做事。宋曉立沒選擇，趕緊往樓下走，此時宋千慧也早已去了飯廳。

飯廳仍是一室香醇雞湯般的溫馨黃燈光，甚至淺淺飄著一層發亮的油澤。飯菜仍蒸騰著熱氣，白暖暖地往頭頂上飄。圍坐在飯桌邊的家人仍是沒一個動筷。宋曉立說：「志誠，爸爸請你上樓。」

志誠突然被點名，一臉莫名其妙。「現在嗎？」

「嗯，爸爸請你單獨上去。」

大嫂果不其然臉色很臭，說：「都要吃飯了還要單獨找志誠。」

「志誠，快去。」劉瑾嫻說。

宋志誠只得上樓，留下其他人乾乾地坐在那。

曉立詢問劉瑾嫻的意思：「他們可能會聊一陣子，要不要我們先吃？」

劉瑾嫻一陣拿捏不定。「再等一下。」

坐在對座的宋志峰看一眼時鐘，竟然快要七點半了。他也勸劉瑾嫻：「媽，妳這麼辛苦弄這桌菜，不要放涼了，我們先吃吧。」

劉瑾嫻卻還要堅持。「再等等。」

而一旁的吳思瑀，在宋志誠被找去書房後，原先的從容就裂了一半，顯得浮躁不安，但越是如此，她竟然越是聊起一些不著邊際的東西。她先是難看地笑，說：「就是啊，我們等志誠回來，他們也講不久。」又轉而對曉立說：「曉立，妳最近氣色怎麼這麼差？媽，妳看看她，曉立長得這麼漂亮，也不懂得照顧自己。」在場所有人都心不在此，對她的話敷衍應答。吳思瑀還要繼續叨唸：「曉立，妳知道嗎，師父教我們的氣功真的好有效，自從我做了之後，皮膚變得又亮又光滑，妳有空真的要來我們道場試試。我們還有一個療程，好多女孩子說竟然也對賀爾蒙有效果，我是沒有試過，但妳不是一直想要懷孕嗎？」

她語調又細又尖銳地談著沒人想聽的事，活像一顆被退了皮的水果，把她身上那件貴婦的皮扒下來，露出裡頭平庸的真相。宋千慧在一旁冷冷地看，突然就動起筷子，自顧自地夾菜吃。

在場的人都嚇了一跳，尤其是堅持要等丈夫下樓才開動的劉瑾嫻。她看著宋千慧自顧拆了魚、雞，大口咀嚼，好像看到一個陌生人闖進家裡，驚駭地說不出話。

吳思瑀趕緊制止宋千慧。「千慧，妳做什麼？」

宋千慧嘴裡塞得都是肉，一派自然地說：「我餓了。」

「不要鬧了！」吳思瑀氣得拍掉她的筷子。

「我餓了！」

宋千慧尖叫，伸手去搶吳思瑀的餐具，母女倆頓時一陣攻防混亂，宋千慧見拿不到餐具，索性就用手去扒雞腿。吳思瑀更是面色慘白，一時不知道該怎麼辦。這一幕讓眾人慌了手腳，另一側的徐子青竟還不住笑起來。見他笑了，宋千慧抬起沾滿雞油的臉，也朝他嫣然一笑。

一個巴掌突然就落到她臉上，宋志峰掌勁極大，宋千慧被打歪了身體，險些跌到地上。

吳思瑀見宋千慧被打，驚叫一聲：「宋志峰，你幹什麼？」

曉立總算回過神，趕緊打圓場。「大哥，別這樣！讓她吃吧，孩子餓了。」她也趕緊向母親打眼神。「大家都吃吧，不要等了，對吧？媽媽？」

吳思瑀伸手要扶宋千慧。「千慧，媽媽看看，還好吧？痛不痛？」

宋千慧也是硬脾氣，尤其又是十六歲的年紀。她一張臉生得跟宋志峰一點都不像，脾氣倒是學了十足十。她在眾人面前被打，臉皮拉不下來，尤其抬頭見了徐子青張著一張嘴，也不敢替她說話，內心更是氣得不行。但越是氣，她表現得越鎮定，抬起下巴，唱戲一般哀嘆地說：「媽媽，我們真可憐，這個屋子沒人在乎我們，連吃飯都要等宋志誠到才能吃。妳看妳老公也好可憐，悶得要死也只能打他女兒出氣。」

她這一席話讓吳思瑀更難做人了。吳思瑀不至於敢在眾人面前讓她難看。吳思瑀想說些話補救，發現嘴唇都在抖。

「志峰，千慧是無心的。」

事情鬧成這樣，宋志峰沒了胃口。「妳教的女兒自己處理。」

「對，只有宋千光是你的小孩！」宋千慧用力朝桌上一搥，飯菜湯碗陣陣搖晃。她站起身，對著宋志峰尖聲說：「你去年驗一次ＤＮＡ夠不夠？要不要每年都驗一次，直到驗出我不是你的女兒？」

這回卻是吳思瑀動手了。她賞了宋千慧一巴掌，但一出手她就楞住了，傻傻地看著眼前這場鬧劇，感覺一切離自己很遙遠。她仔細看著宋千慧的臉，那張精緻的臉、小巧的臉，隨著年紀增長，跟自己越來越相像。好像她百般容忍的人生就是為了從肚子裡擠出她的惡水與怨恨來，然後捏成了一個叫做宋千慧的孩子……。

「好了！」劉瑾嫻總算受不了，她隨即又將怒意壓下來，顫抖著聲音說：「思瑀，妳把千慧帶回房間。」

吳思瑀抹掉眼淚，一語不發地扯著宋千慧回房。宋千慧離開前，朝無動於衷的徐子青看了一眼——就這麼一個眼神，都還說不清楚是什麼意思，就落到了宋曉立的眼睛裡。

飯桌上空氣凝結，徐子青受不了這詭譎的氣氛，放下碗筷說：「我還有工作，先回畫室。媽，謝謝。」

曉立沒有挽留他，她呆呆地坐在那，腦袋到處都是死結。她覺得自己簡直瘋了，亂想一些傻事，卻又克制不住心裡的可怕。

「爸。」正要離開的徐子青卻停下腳步，怯怯地看著下樓來的宋再興。宋再興身後跟著志誠和唐東易，從幾人的面色看來，都猜不出他們目睹了多少。徐子青本能地害怕他岳父，一見到宋再興，立刻畏縮地像一張捏皺的紙，恨不得把自己捲起來躲進垃圾桶裡。宋再興從來不喜歡他，從喉嚨「嗯」了一聲，都算是對他的最大誠意。徐子青好像卡住一樣站在原地，好一會才跟在岳父身後，一同回到餐桌。他重新在宋曉立身邊坐下，曉立楞楞地，不知出神想些什麼。

劉瑾嫻收拾了心情，說：「繼續吃飯吧，東易一起吃吧？」

東哥婉拒，向在場的人打過招呼，最後看了志誠一眼，沒有說什麼就走了。飯菜早就涼了一半，方才一番爭執過後，還有一隻雞腿掉到地上，宋再興當作沒看見，圍坐在團圓桌邊的兒女像擔心挨導演罵的生澀演員，擔心脫稿演出，竟然也沒有人敢動手收拾。

宋再興說：「把思瑀和千慧叫回來。」

曉立正要起身，宋再興又說：「志峰去。」他一眼都沒有看他兒子。「他連家庭都管不好。」

劉瑾嫻第一眼就看向志峰，緊張他會回嘴。宋志峰的怒氣像不斷漲大的氣球，光是望著那層越漲越薄的塑膠皮，就讓人恐懼下一秒會爆炸。志峰突然一下子想到他女兒說的，「悶得要死也只能打他女兒出氣」，宋千慧是很讓他頭疼，但在這屋子裡她也許是最誠實的人。

「爸爸說得對。」志峰說。

這頭，宋曉立乾乾地坐下了。她望向志誠，試圖從他表情裡讀出一點什麼，然而志誠只是相當輕微地朝她搖頭，示意什麼也別問。

八點的鐘聲響了起來，一聲盪過一聲。這場晚餐像一條長長的陰暗礦道，看不見來路，也沒有出口。漫長恐怖。

◈

晚餐後，宋志誠在後院找到他姐姐。說是後院，其實已經走進山林一隅，這處貼近山坡，一眼能看見夜景。小時候孩子被明令不能到這裡來玩，越是如此，就越適合當作姐弟倆的祕密基地。

宋曉立穿著絲製的連身睡衣，夜裡氣溫低，她用一張毛毯緊緊裹住自己，懶懶地坐在矮欄上喝酒，背後是整座城市。

志誠問：「姐夫呢？」

「在畫室吧，吃完飯在那裡。」她橫了志誠一眼，說：「爸爸叫你到書房裡做什麼？」

志誠感覺自己像站上了被告席，但他眼神澄澈，微笑總是帶著歉意，好像要說：法官，我沒有一點隱瞞的事。

「他們……好像聯手面試我一樣？」他玩笑地說。

「真的？」宋曉立可疑地看他，像海關掃描毒品，由上而下把他掃過一遍。

「真的，就在講工作。」

宋曉立悻悻地說：「爸爸非得搞得大家等到不高興。」

「啊，還有一件事。」

宋曉立趕緊直起背脊，彷彿聽書要聽見重頭戲了。「什麼？」

「他要我多跟妳學習。」他刻意學著父親的語氣說：「宋曉立手裡的那個藝文基金會，本來沒什麼，交到她手上沒幾年就被她弄成一個寶庫，可惜志峰太自傲，只相信自己，不知道該怎麼跟曉立的資源合作。」

「康興生技」另有一個藝文基金會，專辦文藝活動，還有諸多藝術收藏，以前擺著空轉，後來被愛好藝術又熱衷社交活動的曉立接手，沒幾年風生水起，竟然成了「康興生技」的門面。現在各種頂級的藝文活動，都有「康興藝文基金會」的身影出現。甚至，比起大哥或弟弟，宋曉立更常見於報章雜誌，別人也許認不得宋志峰，但肯定記得曉立的臉。

宋曉立沒想到他們話題突如其然地扯到自己身上來，又想起稍早在書房外聽見父親說的話，內心突然起了讓她自己也嚇一跳的聯想。好像冬日裡指尖碰到靜電，疼痛很快過去。她沒有立刻將心中猜測說出口，反而說：「爸爸從來不誇獎我，在你面前竟然能說我好話。他就是喜歡你。」

志誠知道她是彆扭，乖乖聽他姐姐怪罪他。從小到大，曉立傷心受挫無處發洩了，就拿這些話來罵他，說來說去都是同一套台詞。志誠很無奈但又很好笑，平時在外人面前聰明高傲的曉立，背地裡罵弟弟的神情，看起來跟當年十五歲的她使喚弟弟時差不多。

「爸爸很疼妳。」

「哪裡？」她立刻防衛地問。

「妳那個世紀婚禮？」

「女兒就是只有婚禮。」

「嗯。」志誠從善如流地不與姐姐爭論，微笑說：「是啊，真不公平。」

「還有呢？」宋曉立再問。

「沒有了，爸爸約我明天再去爬山。」志誠一臉將他倒過來也吐不出祕密的模樣，無奈笑：「怎麼知道一下樓就變成那個樣子。究竟發生了什麼事？」

宋曉立一臉不信他，但說起晚餐，她厭厭地說：「其實爸爸說得對，志峰畢竟連家庭都管不好。你知道嗎？有一天我到公司，走進爸爸辦公室，竟然看見爸爸在打瞌睡。」她以感到好好笑的神情說：「他從不做這種事，竟然那天，下午兩三點吧，在辦公室裡歪著頭那樣睡著了。那一刻我覺得他真的是老人了，我很震撼，以為他永遠不會老。」宋曉立甚至學起來，一側一側地點著頭，學完後，徵求志誠意見地看他，好像說了個笑話想找人一起笑。但志誠看見她一臉被傷透了心的難過。

等到整座山安靜下來的時候，姐弟倆一起回去，正好在大廳遇見了要出門的徐子青。

曉立訝異地問：「現在要出門嗎？」

「嗯。」徐子青手上握著車鑰匙，見到志誠，很是生疏地打招呼。

「姐夫出門喝酒？」宋志誠問。

「不是，去工作室。」他不自在地說。

曉立趕緊解釋：「家裡人太多了，子青習慣去自己的工作室創作。」

「這麼晚？」

「對。」

曉立又幫著說：「晚上比較有靈感。」

「啊，確實好像藝術家都這樣。我下次能去看看嗎？」

徐子青面露不悅，立刻說：「不行。」

曉立尷尬地說：「子青不讓別人看未完成品。」她看了志誠一眼，示意他放過徐子青。她小心地問子青：「你今天睡在工作室嗎？」

徐子青嘴唇一張，彷彿要說什麼，又顧忌志誠在場，好像他光站在那裡就讓他不舒服。收起了嘴裡的話，只是點頭，避著志誠的視線要走。

宋曉立只能在他背後說：「開車小心。」

兩人目睹他離開，連背影都看出他的不耐煩。前院傳來車門開闔的聲音，引擎聲遠去。宋曉立才訕訕地回過神，說：「我真是把自己的人生搞得一團糟，對吧？」

「妳說錯了。」早知道他們夫妻倆的情況，志誠以為自己不會發怒，但當面看見徐子青的態度，仍讓他胸口有一陣情緒激烈的起伏，若非剛剛宋曉立阻止，他一點都不想這麼輕鬆地讓徐子青離開。

對於他語氣裡的忿忿，宋曉立詫異地笑。「我說錯什麼？」

在宋志誠眼裡，她一直都是閃閃發光的宋曉立，十幾歲時的那個天真無畏的少女。志誠靜靜地看著她，如果看得見自己的表情，他一定也看見跟姐姐一樣傷心的臉孔。

◈

回到房內，宋志誠左右睡不著，腦中斥著每個人對他說的話，彷彿一團吸了水的腫脹麵條，逐漸佔滿了他思緒的每一個空隙。既然沒有睡意，他乾脆整理起行李。收拾過程中他從背包裡撈出了在機場索取的免費雜誌，心念一動，翻到父親的專訪，細細閱讀。這則故事從一九六九年說起，那時宋再興只是個二十歲的青年，騎著一輛腳踏車，在車上掛一些會發出聲音的小玩意，沿路吸引孩子的注意。志誠就著燈，好像看見二十歲的宋再興從書頁裡走出來，那時的宋再興還不認識這一棟建在陽明山上的起家洋厝，以及佔據了大半輩子的商場風雨。天花板上的嵌燈在雜誌內頁上反射出一圈黃燈，宋志誠看得出神。今天竟然才是大年初二，這個年過得像一大桶打翻的沙拉油，越擦越油膩，得耗上全力跟它搏鬥方能收拾仔細。

他想起稍早晚飯時的事情。

當時，宋志誠應父親的要求來到書房，也見到了同在書房的東哥。東哥是宋再興最重要的左右手，本名唐東易，今年六十五歲了，是「康興生技」的靈魂人物，擔任營運總處主管。「康興生技」草創初期，他就跟在宋再興身邊一同打拚，將一生都奉獻給這個企業，見證了「康興生技」的茁壯。志誠對他並不陌生，但志誠年紀比哥哥姐姐小得多，成長過程中又少接觸公司事務，後來到美國十五年，跟這個印象裡總是一臉嚴肅的長輩不親近。

宋再興給自己倒了點熱茶，對志誠說：「我告訴東易，你想欲做人蔘飲。」

唐東易贊同地說：「人蔘飲是咱第一個產品，今年拄仔好[5]又是上市四十冬，是一個好時機。」

退休的事情，宋再興也沒跟家裡人談過。志誠看了父親一眼，趁隙說：「爸，您幹嘛堅持這時候退休，您精神還這麼好。」

宋再興顯然並不想提這個，擺著臉說：「我自己會安排。」

唐東易斜裡岔出來說：「我也是建議董事長留任，畢竟我是你的員工，不是你的托嬰保母。」

東哥這個人，外表儒雅得像個學者，但就是說話不好，帶槍帶劍，一開口就要捉弄人。志誠印象裡父親有時會受不了他，但此時他這樣說，宋再興並沒有不高興，兩人還好像笑點契合，紛紛在笑。

宋再興說：「反正你新進公司，若有拄著無了解的代誌，就問東易。」

唐東易同意地說：「不需要跟我客氣。」想了想，還要說：「以前的行銷部雖然在營運處底下，毋過就跟業務部仝款[6]，一向是總經理室的代誌。現在既然董事長都同意了，我就可以多幫忙一些。」

「你阿兄。」宋再興大嘆一口氣。「我常常跟他說，他只要別三心二意，專心踏實地做一件事，不至於現在做成這樣子。」

此時，志誠看見父親與東哥交換一個眼神，氣氛突然就沉下來。他了解到接下來要說的才是重

5 臺語，tú-á-hó，剛剛好。

6 臺語，kâng-khuán，一樣。

點。這些話宋再興大概說起來為難，就讓唐東易代替他說。

「新加坡那裡虧損得很嚴重，開工之後，我們想派人去查查看到底發生什麼事。」

志誠一直隱隱約約地聽說新加坡似乎有狀況，但並不明白此時父親特地要說的是什麼。他還茫然地問：「去查帳嗎？」

唐東易點頭。

宋再興模糊地說，「這人也不能亂派，之前考慮曉立，但曉立個性硬，容易跟志峰起衝突。況且曉立把基金會經營得好好的，沒有理由現在把她派到海外去。」

宋志誠漸漸明白他要說什麼。「爸……」

「你咁有意願？」

「不行。」這兩個字像反射動作一樣地衝出口。他果然看見父親臉色一變，但並不打算將話收回。他嘗試放軟姿態說：「爸，這跟當初講的不一樣，我回來就只是個員工，我不想讓哥哥不好受。」

室內一陣安靜，志誠隱約聽見樓下似乎有什麼動靜。

宋再興沉著臉說：「你是轉來吃頭路還是轉來跟你哥哥打交情？」

「爸爸，新加坡在哥哥手上十幾年，我總要顧慮到他的心情，一回家就去查他的公司，他一定不會高興。況且這並不在我的規劃裡面。」

父親厲聲問：「那什麼代誌在你的規劃裡面？出國十幾年，還得求你轉來，這個家庭還猶有在你心裡？」

此時，好像聽見大叫的聲音。樓下肯定發生了什麼事，令他感覺像是這棟房子四處在鬧火災。這座龐大的火場，跟十九歲離家前的感受太相似了。

「爸爸，我是為了你才轉來。」

他的回答令宋再興更是不滿。「你還親像一個囡仔。」宋再興正這樣說，樓下突然傳來巨大的撞擊聲。也是在這裡，父子倆的對話戛然而止。

宋志誠從回憶中緩過來，渾身沉得像是扛著行囊涉水渡河。在這座大宅子裡，漲滿了所有人的委屈忿忿。母親的犧牲、父親的期望、兄長的憤怒、姐姐的挫折……整座屋子像沉在深海當中，對彼此全是迂迴。哪些話只能對媽媽講卻不能對爸爸說，哪些事實只能在背地裡陳述，甚至有些奉獻不過是一廂情願。家庭關係就像學習語言文法一樣，有多少規則、就有多少例外。

曾經有一度，宋志誠嘗試把自己的手腳、羽翼拔起來，輕飄飄地、輕飄飄地飛走了。那裡是藍天白雲，是陽光燦爛的天氣，是清新的味道，那裡的人情世故沒有血緣這麼難分難捨，愛情也格外地簡單甜蜜。他在那裡做了一回自在的人。可惜的是，在歷經變故之後，那些也已經成為過去的事了。

◈

這個夜晚，宋志誠反覆在惡夢裡驚醒，又墮入另一個惡夢。他費盡全身的力量想將自己喚醒，有時以為總算醒了，好一會又發現自己在另一層夢中。他快要窒息，好多亂竄的回憶，感覺不是自己的。在一番掙扎過後，他忽而感受到微風涼意，這股風如輕柔的手拂去他的驚懼慌亂。志誠逐漸醒了過來。

視線尚且模糊，能見夜風撩起窗簾，送入一陣山中清爽的空氣，隱約可見天際星星。二月天裡他竟出了一身的汗。

宋志誠起身，本來想關窗，一伸出手，發現自己手抖得厲害。

他轉而探手入行李深處，抓出一把藥包，一一將各色的藥丸放入嘴裡，咬碎，配了水吞掉。

他精神恍惚地坐在床邊，依稀聽見樓上或是樓下，有淺淺的哭聲。聽起來一下像是姐姐，有時又像是大嫂或大哥，仔細一聽，又像是媽媽。哭聲讓整棟洋房浸在海水當中，一切都變得非常模糊、壓迫、恐怖。

志誠感覺房間開始壓縮，牆壁四面八方朝他推來。他維持著一個姿勢，坐在那裡數數。閉上眼睛告訴自己，他只是生病了。此時將他四肢壓得喀喀慘叫、關節迸裂、骨頭粉碎、血流成河的鐵牆，只是病帶給他的幻覺。即使痛苦得發抖，他都沒停止數數。

一、二、三、四、五、六、七
八、九、十、十一、十二、十三、十四
十五、十六、十七、十八
十九、二十
二十一

他幾乎要等不及，再差一點就會在恐慌中死去，藥效總算開始發作。牆壁往後彈開，床變成一隻輕柔的巨大綿羊。他躺在裡面，睡意襲來。在睡著以前，他眷戀地反覆閱讀珍藏在皮夾裡的一張留言。

紙條邊緣的撕痕以及潦草字跡，能看出書寫者的匆促與急迫。其中一行寫著：「你會好起來。」

◈

清晨。志誠以為自己是被急促的雨聲吵醒，後來在雨聲裡聽見了敲門聲與媽媽的叫喊。他從床上跳起來，餘光瞥見此時是早上五點半。

開了門，外頭果然是劉瑾嫻。她拿著一把傘，擔憂地對志誠說：「你爸爸出門運動沒有帶傘，我也沒注意到突然會下起雨。」

志誠用力一抿眼睛，讓自己快點清醒。他問：「他自己去嗎？」

劉瑾嫻擔心地連連點頭。「我醒來他已經出門了，我還想他是找你去，但我看你房門還關著。你替我去找他，他連藥都沒帶。」

志誠按著母親的肩膀，安撫道：「妳別擔心，下雨爸爸可能也沒走太遠。」

志誠隨意套了一件外套，就匆匆地帶著傘跟藥走進大雨裡。這雨勢急似烽火砲彈，又密又重地敲打在傘面、手臂、肩背。踩在山坡亂泥裡，感受到一束束的雨水串成河流，簌簌地從他早已濕透的布鞋穿過，甚至沁入了趾間，在那裡潮濕地匯聚起來。每踩一步，就能感覺布鞋裡吸進了一些水、也擠出一些水。

也許從這惡劣的天氣他就已經感知到奇異的、弔詭的圖像，但他沒有去想，一面聚精會神地沿途搜尋父親身影，一面不能控制地思考：早上父親有沒有來敲他的門？是不是昨晚的藥量讓自己錯過五點的鬧鐘，才導致父親一個人外出？他感覺半夢半醒時好像曾聽見父親在門外呼喊他，但細思又懷疑是自己事後捏造出來的記憶。

一路朝上坡路走，昨日吸飽了日光、晶透的蔥綠林木，在這場雨裡全低下頭來，猶如即將被處死前的囚犯，一個個被大雨掐著後頸押到地面、無法呼吸、痛苦呻吟，他們在圍欄裡一個個朝他伸出髒污的手請求幫助，宋志誠東閃西躲，好幾處皮膚被樹枝刮傷，流出鮮紅的血液，轉瞬又被雨水沖淨。

宋志誠必須得抹掉眼眶裡聚積的水，才能看清楚前方路況。他沿途大喊父親，但他猶如走入一場神祕詭譎的宗教儀式，黑壓壓的身周盡是群魔亂舞……什麼也聽不見，耳朵逐漸疲勞失效，僅能聽見細微的、幻覺似的聲音。宋志誠打了個激靈，告訴自己恐慌症千萬不能在這裡發作、千萬不能發病！他持續前進，無數枝椏細幹被雨水沖垮在路間，某些地方驚險得必須手腳並用爬過，他根本也不須撐傘了，早已全身濕透。好不容易，他氣喘吁吁地來到昨日與父親說話的觀景台，但這裡只有志誠一個人。

宋志誠懷疑地環視四周，大雨仍在繼續，但雨聲從他的景框中淡出、褪去、最終消失。世界被靜音。他回過頭，站在高處能見到雨水在他行經的階梯上形成了一道白瀑布，但周遭仍一點聲音都沒有。在這奇異魔幻的景象中，瀑布頭也不回地朝下奔流。也正是在這樣的高處，他才能見到那根恰巧被卡在階梯、樹幹間，不斷被水衝得一顫一顫抖動的登山杖。宋志誠心臟一下子就凝結了。他沒辦法做任何簡單的思考，僅能本能地湊進那枝登山杖。他彎著身體、壓著脖子要去撿拾它——手伸進了水中、爛泥巴、死去一般的雜草、傾倒一片的粗細樹枝。好不容易摸到了那枝卡得極深的手杖，正要一鼓作氣抽出來，他就看見了。

在不遠處的那個斜坡，宋再興倒在那裡，大雨帶走他身上的血跡。雨幕裡他顯得相當安靜，也慘白。

◈

救護車嗚嗚聲如空襲警報，疏散了一整座城。清晨裡的紅色警示光掃進每一個睡眼惺忪的用路人眼中。宋志誠渾身濕透坐在救護車內一側，楞楞地看父親躺在面前，正在進行緊急搶救。他雙眼空洞，反覆端詳父親的面容，他的皺紋、灰白毛髮，皺巴巴閉著的眼皮。無數畫面閃過眼前，昨日與父親在書房的談話，父親說：「爸爸把你找回來你是毋通怨我，爸爸不知道還能擔多久。」而他卻將注意力放在父親的穿著上。他記得在山上時，父親剛吃完藥、母親替他準備的毛帽圍脖被志誠拿到了手上，父親的衣著也是登山的裝扮，還有一件保暖的羽絨衣。而此時躺在面前渾身濕透的爸爸，既沒有保暖用品，衣服也相當簡便。

宋志誠手裡握著他撿回來的登山杖，出神地想，稍早母親說，爸爸在她醒來前就出門了。父親一向有早起散步的習慣，但這樣忘東忘西地出門是否常常發生？他又想起昨天晚上宋曉立的話，說爸爸記性早就不行。

志誠下意識地捏著手裡的登山杖……對，他又想起來，會不會是夜裡吃多了藥，才導致早上父親沒有將他叫醒？他的精神又糾結到這件事上頭。紅光劃破了即將清醒的臺北城，也將記憶切成碎片，紙屑一樣飛在空氣裡，即使宋志誠跳著、撈著，都撈不回一幅完整的拼圖。

宋志誠將額頭靠到父親的登山杖上，誠心地發願。閉上眼時，耳邊就剩冰涼的機器聲與刺耳鳴笛。

第四章

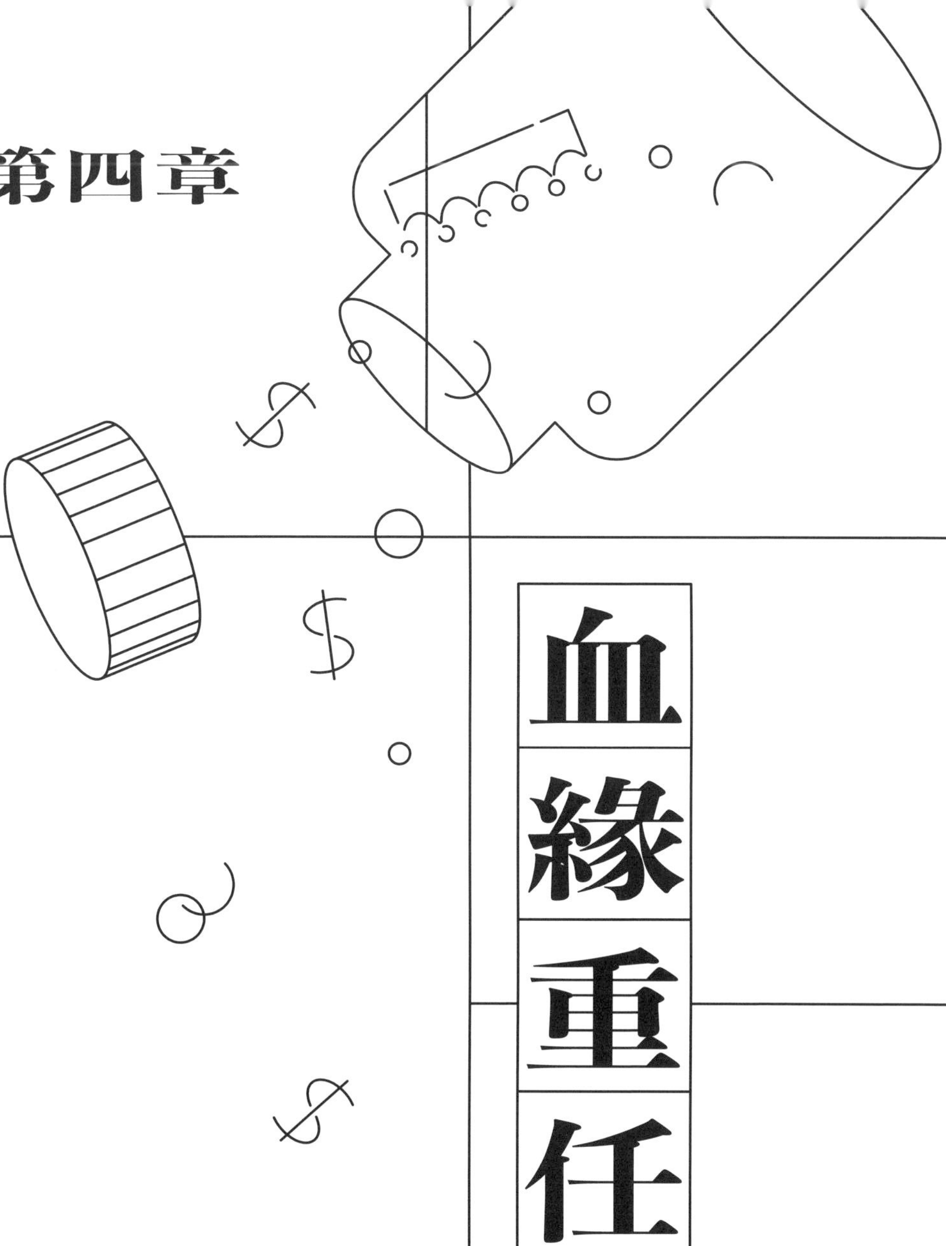

血緣重任

◈

一九九七年。宋家別墅。

十三歲的宋志誠在黑暗裡睜開眼睛，尚有一半浸在夢裡的視線，朦朧見到一片月光淺淺流動的室內景象。空氣像畫質極糟的電視節目，閃爍著粗厚的顆粒感。凌晨兩點，他照例因淺眠醒來。床邊矮櫃擺了半杯水，和睡前吃完尚未丟掉的感冒藥包裝。他十三歲了，足夠會照顧自己，故而摸了體溫，一片冰涼，知道睡前的低燒已經退了。

志誠下了床，兩隻腳板深陷毛茸柔軟的地毯。他扔掉空藥包，藉著夜燈，眼裡好像有隱形的尺規格線，仔細地調整每項物品，分毫不差地對齊擺放。先是燈、杯子、書、感冒藥，然後是枕頭、棉被，甚至是地上彎曲蜷作一團的電線也得重新拉直、貼齊牆面……這是志誠一貫的小時光，他在心裡數數，數到七十九的時候，外頭傳來引擎聲。

他跳下床，趴到窗邊往下看，果然看見大哥正發動他改裝後的機車。勁瘦的車體上一層深紫色耀光，引擎低沉嗡鳴，在夜裡看來像一隻怪物。十八歲的宋志峰穿了一身俐落的牛仔外套、皮褲，髮膠精心抓出的髮型塞入全罩式安全帽裡，僅露出一雙眼睛。

志誠趴在窗邊看他，熟知他的每項流程：暖車、戴上安全帽、跨上機車、與等候在外頭的兄弟們會合。志誠常常想像，大哥出了這扇深山大門後，駛入城市彷彿走進另一個世界，那裡與山中別墅毫不相干，龐大如獸的城僅僅是服務他們青春的背景，他們在只有路燈清醒的空曠道路上笑鬧、飆車奔逐……。

窗外涼風讓他喉嚨發癢，忍不住咳嗽起來。志誠從小多病，但大人都說他是一顆福星。母親也多病，尤其生完姐姐之後，她像是一朵枯萎的玫瑰花，健康一直不見起色。後來高齡懷了志誠，父親本是不想讓她受罪，但她咬牙、簡直是搏命地把志誠生下來。說也奇怪，生完這胎後，上一胎的病痛都好了，即使仍是小病不斷，但臉上溫潤的顏色總算找了回來。志誠不僅是母親的救命仙丹，更是父親的財星。他出生後沒多久，家中事業好像盪鞦韆，一次盪得比一次高、直直得盪進藍天白雲裡，同年，「康興生技」股票上市。

志誠不僅是個小福星，還貼心得驚人。身邊的人都早他一步長大了，只剩下他，還是個體弱多病的孩子，被細心養在山中雲霧裡。他在這些追不回的年紀差距中學會當一個察言觀色的乖孩子，將大人的感情看作是一場謎團，細心辨認親人相愛中諸多的規則例外。

在錯綜複雜的家庭圖像中，唯有夜色裡大哥的身影，代表著一種朦朧的、美好的、他還不能夠瞭解，卻由衷羨慕的自由。

大哥過去不曾發現他的視線，但興許是今晚聽見聲音，有所感應地抬起頭，正巧看見了埋在自己手臂裡咳嗽，來不及躲回房內的志誠。因為父親的管教，大哥在家中相當沉默嚴肅，板起臉來與父親有七分像。志誠從小就畏懼他，也知道大哥並不喜歡自己。

此時志誠露出兩顆眼睛，與樓下的大哥大眼瞪小眼，擔心要被罵了，卻見大哥面色柔和，用一種白日裡絕對不會出現的溫潤神情，舉起手指對他比了個噤聲的手勢，而後歪了歪頭，像問志誠的意見。

志誠點頭，做了一個將嘴唇拉鍊拉上的動作。大哥笑彎了眼睛。兩人達成協議。望著大哥跨上機車揚長而去的背影，志誠小小的心臟跳個不停，這是他與大哥的一個祕密，他感覺自己做了一件大人的事。

他回到床上，替自己仔細地蓋好棉被，直到閉上雙眼時，心中的鼓譟還未停。

◈

清晨時的狂風暴雨雖然已經停歇，但天空仍見不到一絲陽光。天氣陰沉，雲的位置極低，像一隻隻快負荷不了重物的駱駝，等到了最後一根稻草就能從天上塌下來。

氣象又要變了，寒流伴隨著一場刺骨的冬雨，恐怕會持續到下個禮拜。這是志誠坐在醫院裡等待消息時偶然聽見的對話，彼時，他剛經歷一場驚變，從救護車下到醫院的一切都相當朦朧，只知道自己在等父親做完電腦斷層掃描決定是否開刀，每一秒鐘都如水中行走，阻力困住了他走路、呼吸，甚至思考。也是在這時候他聽見周遭路人在說一些與他無關的話，而他正需要這些東西充塞自己的腦袋。像抓住泳圈，一個字一個字都聽下來。

這時候宋曉立到了，驚魂未定地找到志誠。她明明一張臉慘白震驚，但握著志誠的肩頭、湊近他面前交代事情卻表現得相當鎮定，像在一團雜亂的線裡摸到了線頭，將局勢逐一收攏。志誠能記的並不多，知道曉立交代他不能坐在人來人往的地方，擔心消息走漏，又問清父親現在在哪，再讓他等，說要去跟醫院談，她有信賴的醫生。志誠費勁地把這些話都聽進去了，曉立擁抱他，說：「你做得很好。」望著曉立匆匆離開，志誠像拆解複雜的數學習題一樣反覆想著這句話，找不到線索。他不知道自己有哪一件事情是做得好的。

好一會曉立回來了，她這樣繞了一圈就弄到一間休息室，將志誠塞了進去，說會有最好的團隊替父親開刀。志誠聽見開刀，問父親現在狀況如何，曉立說是腦部出血還在昏迷，又說是志誠鬼門關前把父親帶回來。

說到這裡，志誠突然醒神，說：「爸爸一早出去運動，可能是下雨路滑，我找到他的時候人倒在斜坡上，他那時候還有一點反應，他還認出是我。我趕快把他帶下山，救護車到的時候我有告訴他們，我是不是還要跟誰說這件事？醫生嗎？」宋曉立安撫他，說沒事了，醫生會處理。

沒事了？志誠想了一下，又問：「媽呢？」

「我擋下她，怕她現在來會添亂。」

說著，曉立又出去周旋事情，志誠乾坐在沙發上一會，知覺漸漸回來。他坐不住，就按曉立剛剛說的到八樓手術房外等著，沒有概念這扇門什麼時候會打開，只能無邊無際地等待。醫院長廊有一大片的窗，從窗上他才知道自己現在有多狼狽，下巴冒出鬍渣、眼白充血，濕透的衣服半乾，吸收了醫院內的空調，冰涼地貼黏在身上。他才意識到冷，一回頭迎面見到匆匆趕到的宋志峰。

宋志峰凝重地詢問了志誠現在的狀況，兩人便一同站在長廊上等。玻璃窗上映出兄弟倆的模樣——從大哥細微的動作，志誠突然間發覺這個總是表現沉穩的兄長此時相當不安，彷彿親身目睹一場大火，手腳都不是自己的，左腳想往左邊跑、右腳想往右邊逃……。

「你還好嗎？」志誠問。

宋志峰回過神，說：「沒什麼，剛剛路上接到記者的電話，可能你進急診室被看見了。」

「那你怎麼說？」

他說：「敷衍掉而已。這是小事，先看爸怎麼樣。媽狀況很糟，一直哭，我只好讓思瑀先在家裡陪她。」他轉而問：「你怎麼樣？到底發生了什麼事？」

志誠遂又重複一次：「一早媽來敲我門，說爸爸出門了沒有帶傘，雨下得很大，我到山上去找，結果在斜坡上看見他。」再三敘述同樣的場景，他的語氣鎮定多了，也能夠仔細地去觀看回憶裡的細節。

宋志峰低著頭盯著地板仔細聽志誠說話，努力消化這些訊息，僅能簡單應答：「嗯，嗯。」邊聽邊不住點頭。

志誠繼續說：「找到他的時候還有一點意識，有叫我的名字，但失溫得很嚴重，我趕快背他下山，然後救護車就到了，那時候他已經昏過去，在車上都沒有反應。」

宋志峰沒有立即回答，不曉得過多久，他才說了聲「好」，而後抬起頭，眼眶裡有一圈疲憊的紅。他伸手輕按志誠的肩頭，兄弟倆沒再說什麼。

◈

稍晚宋再興被推出了手術房，命是保了下來，卻仍在昏迷。照醫生的說法，可能是高血壓造成暈眩，在山上摔倒後，因頭部外傷導致蜘蛛膜下腔出血，雖然暫時度過險境，但還要觀察，目前先安置在加護病房。

送往加護病房時劉瑾嫻到了，她穿著端莊的湖藍色洋裝，裙長恰恰遮過小腿肚，鞋子無心搭配，將就套了深色樸素的低跟鞋。在外人看來，這個氣質雍容的太太雖然顯得有點魂不守舍，仍是很客氣有禮的模樣。但在宋家的幾個孩子眼裡，母親的臉色比紙紮還白，走起路來像瞎了眼睛漫步荒野，既不知道怎麼走、也不知道哪裡去，一步差錯就會掉進萬丈山谷。但一上午她也逐漸冷靜下來，進加護病房看見渾身外傷、睡在冰冷機器中間的宋再興，她僅是一直掉眼淚，淚珠時而飽滿時而零碎地掉下臉頰。她自始至終閉緊嘴唇，忍得下顎微微抽動，一個聲音都沒有發出來。旁人勸她別傷心，這已經是不幸中的大幸，她也不應答。

後來，是宋曉立花了一番功夫把母親勸起來，她才願意答應回家休息。一回到家，守在屋裡的吳思瑀就迎上來，來不及問事情如何，就張開雙臂擁抱了劉瑾嫻。不似曉立，曉立在母親面前總要擺出剛強堅硬的一面，而吳思瑀沒有這個包袱，她的胸口又暖又軟，恰恰提供了劉瑾嫻此時需要的東西。她在女兒那裡得不到的，在媳婦這反而有了。

一個晚上，吳思瑀捧著劉瑾嫻的手，坐在客廳裡綿綿地說著話。外頭還淅瀝下著小雨，穿針引線似地，這頭正聽著她們話頭剛起，後半句又埋進了雨聲裡，反反覆覆，一句話被雨水裁成了好幾截。隱約能聽出吳思瑀不斷勸說母親一同參加法會替父親祈福，又說那道場的師父多靈，多少貴太太都在裡頭修行，自從開始修行之後，她的人生觀都不一樣了云云。一開始劉瑾嫻還只是聽，後來總算答應了吳思瑀。吳思瑀聲音發亮，開心不已，頻頻說：「媽，妳來了就知道，一定不會後悔。」片刻，她滿面笑容走出來，撞見靠在外頭窗邊的宋曉立。她刻意停下來說：「曉立，妳幹嘛一個人站在那裡，想聊可以進來聊啊。」

宋曉立客氣地說：「不用了。」

「站在窗邊吹風不好吧，女人就是要保養自己。妳看嫂嫂我，想生男就生男，想生女就生女，都是因為我懂得愛惜自己。我知道妳不喜歡我，但生孩子我還是比妳懂。」

宋曉立聽她嫂子的話，隨手將窗闔上：「嫂子妳誤會了，我怎麼會不喜歡妳。妳陪了媽媽一整天，我還想要謝謝妳。」

她這樣說，反倒令吳思瑀不高興，說：「無聊，有什麼好謝，說得好像不是我媽。」說完，仍滿臉不開心地越過宋曉立離開。

宋曉立兀自笑了笑，隨後見到劉瑾嫻也走出來，無奈地看她。劉瑾嫻說：「妳嫂子說得也沒錯，妳就是不夠照顧自己的身體。」

曉立對她媽說：「不哭了？不哭就上樓睡覺。」

劉瑾嫻哭得一雙眼睛都是腫的，此時見宋曉立等在這裡都是因為擔心她，卻又嘴硬得裝作一副無所謂的模樣，忍不住窩心地笑起來。她伸出手，勾住女兒的臂彎上樓。這一日對她來說太漫長了，在家裡苦等消息時，世界上最忙碌的人也比不過她。三分鐘怨懟宋曉立不讓她去醫院，五分鐘害怕丈夫一病不起，下一秒鐘再操心起宋志誠，擔心他一早這樣奔波，身上衣服有沒有穿夠……心事將她的日子拉得極其綿長，二十四小時也變作四十八小時，分分秒秒作惡夢。此時勾著曉立的手，她身上那顆發瘋轉圈的時鐘才總算緩下來，與正常人的時間接上軌道，一分鐘就是一分鐘、一秒鐘就是一秒鐘……。

劉瑾嫻眼皮沉沉的，似有睡意，但一碰到枕頭，睡意像蟻群一哄而散。

她睜開眼，昨夜的鬼影重現在眼前：

床鋪的左側躺著昨晚的宋再興，睡得像在正午的日頭底下罰站，左翻、右扭，哪一個動作都不安心。劉瑾嫻淺眠，他一翻身嘆氣就將她吵醒一次，期間，她曾煩得罵他。後來短暫睡著，醒來時，宋再興已經不在床鋪上，她以為他起床喝水，但看見宋再興的水杯還放在床頭，一旁的鬧鐘亮著夜光，她記得很清楚，寫著：三點〇六分。

劉瑾嫻起床尋他，在書房裡聽見說話的聲音。隔著一道門板聽不清宋再興跟誰講話，好像有笑聲，劉瑾嫻當下有幾分睏意，直覺是宋再興和志誠。她本想提醒他們別說太晚，轉念一想，又不想被嫌囉唆，便回房睡覺。

她一樣睡睡醒醒，感覺宋再興曾回來房內，但分辨不了是不是夢裡的錯覺。五點半，她驚醒過來，大片大片的雨聲裡，宋再興沒有回房，這可怕的一天便從這裡開始。

在比煉獄還恐怖的一天裡，她行經的每一個人、聽見的每一句話，全都是鬼影，沒有一件事真實，也沒有任何一個誰，能夠抓住她的雙腿，將她六神無主、在空中茫茫漂浮無法落地的靈魂給抓下來，紮實地種進人間的泥土裡。

直到，直到她想起三點〇六分。

那時宋再興在書房裡，和一個人說話說得很熱絡。後來他們聊了多晚？說了些什麼？知不知道宋再興什麼時候出的門？

她暗示性地問了志誠，志誠卻說，他回房後，一個晚上不曾踏出過房門。如果志誠沒有說謊，那麼那個人究竟是誰？為什麼整天裡，沒有一個人坦承了這件事情？好多種思緒跟猜測，好比吃到嘴裡的頭髮，既噁心討厭，又擺脫不掉。劉瑾嫻恨自己疑心每一個子女。

◆

宋志誠留守在醫院裡，入夜後的醫院像一座巨大的溶洞，身軀臥在河面上。小船行經河面，一口被吃入溶洞漆黑的腹內，四面無光，病症當頭看不見前路。醫院裡的空調是一種僵硬的冷，除了凍以外沒有別的。志誠坐在父親身邊，好像始終找不到一個自在的姿勢。

在家人面前，宋再興一向是個巨人，能擋烈日還能遮暴雨，如今躺在病床上，好像一艘萎縮的橡皮艇，他的老是氣味上的、也是視覺上的，朝志誠具體地撲面而來。他想起昨天早上與父親在山裡走路，父親的聲音緩慢滄啞，說出口的每字每句，都像緊緊將船隻勾在港岸的錨那樣踏實。就像他一直以來的形象，在水上是破海的船長，在地上是鎮守港灣的引水人。

他就這樣一直坐著，一個字都說不出來，一直等到探視時間結束，才出了病房，竟見大哥等在外頭。宋志峰的神情仍僵僵的，但已經沒有早上的慌亂。他說：「本來想來看看爸爸，但來得太晚。」

宋志峰一早就到公司裡待了一整天，志誠沒想到他竟然還趕過來。他遂說：「那一起回去吧。」宋志誠不知道他哥哥心裡想些什麼，倒是他自己，一早父親遭遇這場意外，令他兩條腿、整個身體、整個人乃至於意識都是麻的，這股麻隨著時間逐漸退去，逐漸能感知到自己的每一個部位，包括昨晚的記憶也回來了。

他想起昨晚在書房裡父親說的話，等於是要強硬地砍掉宋志峰好不容易長出來的一條手臂。想起這件事，志誠走在大哥身邊頓時就有種怪異感。他不曉得大哥知道這件事沒有。他像進戲院前提早知道了劇情，觀影過程中，還得假裝自己不知道人物的下場。

城市裡的年味還跟蜜糖香氣一樣浮在空氣中，沿街是大紅色的燈，人看起來個個滿面喜氣，提醒他們這個年甚至都還沒過去，唯有這輛車子特別沉默地走在路上，僅有方向燈號發出聲響。宋志誠希望自己看起來又累又倦，好讓他的安靜有理由。

倒是宋志峰，一路上想說些什麼的樣子，右轉燈號似乎替他打破了一個空氣缺口，他問：「醫生怎麼說？」

「說是腦部出血引起的昏迷，還要觀察兩天。」

宋志峰隔了一下子問：「你覺得呢？」

志誠一時沒反應過來。「覺得什麼？」

「爸爸的狀況怎麼樣？」

他心裡其實沒有想法，若是所有的猜測都必須加上「樂觀來說」幾個字，那等於是謊話。於是他說：「我不知道。」但腦海中始終想著昨晚父親說的話。念頭像是煮滾的水一樣，在他的喉嚨沸騰，只是這些話不只會燙傷他。

宋志峰又問：「爸爸有沒有交代你進公司後要做些什麼？」

志誠實在不是談這個的心情，但嘆了口氣，仍老實地說：「大方向是品牌重生，我會從舊品下手。」

宋志峰大致地猜到。「人蔘飲？」

「確實是有這樣想。」

宋志峰笑起來。「沒想到爸爸還有點浪漫，在我看來，這件事有點浪費錢，人蔘飲早就過時了，現在誰想喝這東西？前年我們想撤掉這條產品線，他還不肯。現在他私下找你談這個，大概也只讓東哥知道。要不是今天你說了，我還被矇在鼓裡。」

他這樣說令志誠心裡不高興，但並不說出來，反而還配合地笑了一下，這個笑令他自己感到很厭惡，好想點燃了引信一樣，不愉快劈哩啪啦地在心裡燒起來。

「還好，我覺得這件事還滿有意思的。」

「是嗎？」他似乎越說越開懷，跟一早慌張的樣子判若兩人。他說：「我知道你很乖，但都三十幾歲了，應該要有自己的想法，不要長大了還想當爸媽的跟班。說得直一點，你進來工作，我需要的是有看法的人，不是聽話的小孩。」

宋志誠盯著他看，發現他的眼睛裡甚至有笑意。他突然就明白了，經過一天的沉澱，宋志峰已經從最初的驚嚇裡平復過來。沒有父親的公司，令他感到很輕鬆愉快，因此才說了這麼多，換作平時，他還能把這些話忍在心裡，但今天有點克制不住自己了。他甚至感覺，宋志峰特地返回醫院根本不是為了探視父親，是為了他。他專程就想來跟他說這些話。

擋風板映照出兩人的模樣，兄弟倆長得一點都不像，而宋志峰不能克制的快樂，讓他感到荒唐又可憐，原來大哥特地來跟他說這番話，是在等著弟弟對他這個大哥表忠誠。

說到底，這還是一場選邊站。從小選到大，爸爸或媽媽，家族或夢想，到頭來，還是躲不掉父親跟大哥這題。

宋志誠覺得很可笑，於是說：「我會把該做的事做好，哥，你別擔心。」

「那好。」談判破局，宋志峰收起笑容，做出一副無可奈何的樣子。「總得有人替爸爸圓夢。」

◈

英俊強壯的年輕男性舉著一瓶「康興人蔘機能飲」，即使已經褪色，仍風雨無阻盡責地朝偶爾經過的行人、野狗露出精神奕奕的笑容。一旁斗大的標語寫著：「活力健康的好夥伴」。

這幅巨大的看板架在市郊某處，緊鄰著一小塊待售荒地，雜草蔓生。看板上的男人側臉被貼上數張廣告貼紙，有些一通電話能修水電，有些能抓姦，好像這整張人蔘飲的版面，只是服務其他各行各業的佈告欄。

一早，宋志誠在開車前往公司的路上瞥見了這幅看板，昔日應該是很時髦的廣告，現在看起來像是被遺忘在荒山裡的遊樂園，再繽紛的顏色都顯得鬼影幢幢，逝去的熱鬧讓人不忍心看。

康興人蔘飲比志誠還早誕生，等到他有記憶的時候，就記得人蔘飲是市面上機能飲料的霸主，這罐矮小的飲料，用驚人的怪力，撐起了現今的「康興生技」。

只是，隨著時代變遷，面臨競品增加、不受年輕人喜愛等種種因素挑戰下，人蔘飲的市佔率不斷下滑，曾經市佔達八成，近幾年萎縮到僅剩下兩成，照這個事態看下去，收掉這款產品是遲早的事情。但對父親宋再興來說，人蔘飲幾乎定義了他的一生故事，甚至可以說人蔘飲就是他三十歲以後的化身，他很難下決心撤掉這條生產線。

宋志誠大學讀行銷管理，畢業後選擇留在美國，十多年時間沒有回到臺灣。待在這行業多年，見識到這個競爭激烈的市場中，永遠都有更好、更快、更驚奇的點子，每分每秒像碳酸飲料的泡泡一樣，轉開瓶蓋就急著湧出來——這裡最不缺的就是人才，他們登上舞台，好像怪獸一樣，不僅會噴火、噴電，還能不斷變形。宋志誠很清楚自己並非那種驚天怪物，他能做到的只有付出時間與專注，老老實實想辦法替客戶賺錢而已。

長大以後，志誠對家中的產品越來越陌生。若是告訴幾年前的他，絕對不會想到，有一天他要「拚命替客戶賺錢」的對象，會是這瓶大哥口中質疑「誰想喝」的產品。

青瓷般的藍天底下，「康興生技」四個大字抹了一層刀峰似的日光。

現在是早上九點鐘，年節期間，整座建築幾乎是座龐大的空城。大廳中央擺放著等身高的人蔘飲公仔，忠實地呈現出人蔘飲玻璃瓶身細節、大面積的橘黃用色，瓶身下方刻了一行落成日期，正是人蔘飲問世的日子。

宋志誠已經許久沒有踏進家族企業的這棟建築，每一塊老磚、舊牆，甚至是地板裂縫，都像肥厚的海綿，盡責地吸收老企業保守樸素的特質。呼吸一口氣，甚至還能分辨出八〇年代的濕氣。志誠站在大廳入口，懷念地看著正中央的人蔘飲擺設。年紀小的時候，他也曾與它拍過照，那時它還十分嶄新，漆色亮麗，對當年幼小的志誠來說跟樹一樣高，但現在站在身邊一比，竟不過到他的肩膀的高度而已。

「前陣子董事長還說要找個時間替它重新上漆。」東哥說。

志誠轉過身，跟他打招呼：「東哥。」

「跟我來吧。」

開工日在即，志誠希望能在那之前了解人蔘飲的銷售狀況，今天特意跟東哥約在公司碰面，希望透過他的幫助，取得更詳細的資料。唐東易是公司裡少數知道父親昏迷的員工，趁著一同前往辦公室的路上，志誠簡單地跟他說明這場意外的經過。唐東易一面聽，眉頭深鎖。志誠本以為他會表達憂心，或是表示任何情緒都好，但他只是一路沉默，嘴巴抿直得好像消失在他那張瘦長的臉上。

唐東易一路帶他到了六樓的營運處，能提供給志誠的書面資料，早就整理成一個箱子放在桌上。志誠逕自翻閱，唐東易說：「我這裡的東西不齊全，大多在行銷部那裡，過去行銷部被總經理室管著，我有的也是幾年前的東西了，不見得能用。」

「沒關係，我都看看。」

東哥這回聲音放低了問：「那天晚上在書房的事情，總經理知道嗎？」

「看他反應不像知道。」

這話題不再提，東哥轉而說：「找一天方便的時候，讓我也去見董事長吧。」

他這句話裡的客氣讓志誠感到訝異，連聲說好，又說：「當然，東哥隨時都可以來。」

東哥笑了笑。「董事長大概不喜歡。」他枯瘦的手指刮了刮臉頰，「他很要面子。」

兩人於是都笑起來，一起走出辦公室，東哥逕自走在前頭。即使是假日，仍習慣穿一身西裝皮鞋才進公司。他的背影令志誠想起他走在父親身邊的時候。

暖陽淺淺地照進走廊，兩人的影子被拉出一個弧形，映在老企業斑剝的牆壁上頭。兩人無話地走出一段路，一直送到了門口，東哥對他說：「我對你的印象還是十幾歲的樣子，董事長想要你回來，也跟我提了不只一次。」

志誠微笑。「爸爸也常跟我提。」

「嗯。」他轉而用臺語說：「我是不知道你有沒有能力，毋過既然轉來了，希望你會喜歡董事長的事業。」

說這話時，東哥仍是有點嘲諷又板著張臉的樣子，只是昂然站在公司門口的模樣，像一棵生在蒼藍天空下的挺直老樺樹。

◈

撞擊的悶響此起彼落，像是彼岸的煙火零落地爆炸。碰，碰碰，穿插又乾又銳的幾聲「嘰——」的高頻。夜晚河邊籃球場，宋志誠甩了包包直直往獨霸了一個半場投籃的人走去。

他一面解開襯衫頂釦，伸出手，迅速地將球順走，原地跳起。

籃球在夜燈中拋出一條弧線，輕鬆落入網中。

「宋志誠，你很冷嗎？」江裕堯站在籃框底下，朗聲對他說。

志誠笑了笑，將外套脫了，襯衫袖子也捲起來。兩人站在場上，一下下投籃。夜裡的河堤像是一條黑色深溝，燈光僅能照開一小方的場地，倒是月色很亮，但偶爾行經的行人半張臉仍蒙在夜裡，看不清面孔。

「你爸是不是出事了？」

江裕堯個頭高大，高中的時候是籃球隊長，出社會後不行了，身材逐漸走樣，但依稀能看見當年的壯碩帥氣。江裕堯畢業後當記者，本來想跑體育線，誤打誤撞不知道怎麼地，當了好多年的財經線記者。隔了一大片海跟時差，兩人很久不見面，但見了面從不生疏。決定要回臺灣時，他第一個告訴裕堯。那時候江裕堯只回他一句：「幹嘛？回來爭產？快告訴我。」十幾年前那個籃球少年，現在從頭髮到腳指甲，全是一個記者氣味。

「什麼事？」

江裕堯抱著球，走到場邊喝水。「好啊，你就裝傻吧。」

「我們家的事情對外都是曉立發言，你可以去找宋曉立。」

「那就是真的，我現在就發稿，等我一下啊。」他還真的拿出手機。

宋志誠真是被他氣笑了。

「開玩笑的，不要這麼嚴肅。你這次回來，女朋友怎麼辦？跟你一起回來？」

志誠輕描淡寫地說：「分手了。」

「啊？為什麼？」

另一邊的球場還在打，球鞋壓在場地上摩擦，嘰——嘰——作響，球撞擊在地上，一下又套入網子裡，擦入籃框裡時發出乾爽的聲音。

「就不適合，一陣子了。」

江裕堯拿出菸來抽，遠方的少年們還在比賽，渾身是汗，除了他們只剩下風聲。

「好吧，反正回來臺灣也比較好。」江裕堯說。

「為什麼？你怎麼確定？」志誠揚眉。

「不要囉唆，我只是在安慰你而已，你就好好接受不行嗎？」

志誠笑了笑。

江裕堯斜眼看他，嘲笑地問：「你該不會因為要回家裡工作，在緊張吧？」

「說實話，確實是有一點。」

江裕堯點了根菸。「反正你遇到什麼事情，有需要就找我幫忙。」

「你能幫什麼忙？幫我找女朋友？」

「白癡，我是記者，不是婚姻仲介。」

「那記者能幫我什麼？」

「你出個事看看，就知道我能幫你什麼。」

志誠哈哈笑，知道自己再問下去，江裕堯一定要不耐煩了。志誠接過球，幾下跨步、上籃。清爽的進籃聲，他望著晃動的籃網出神。

「說了你大概不信，我回來是為了能離開。」

第五章

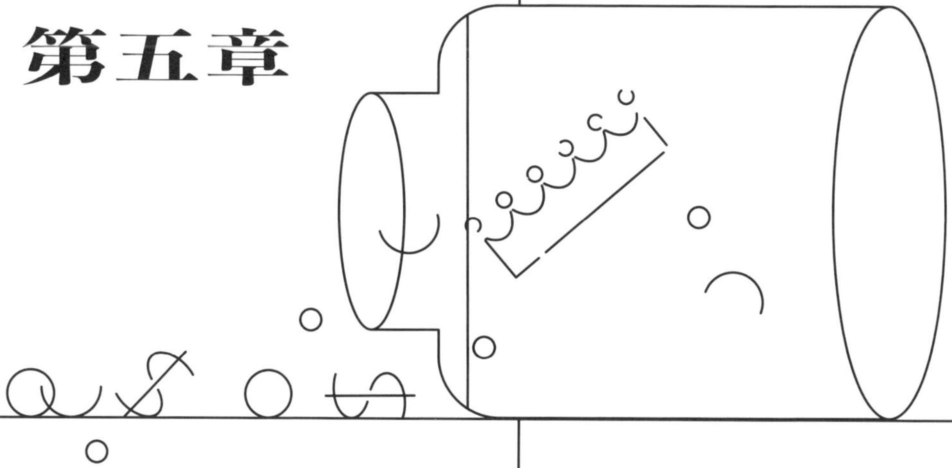

康興生技

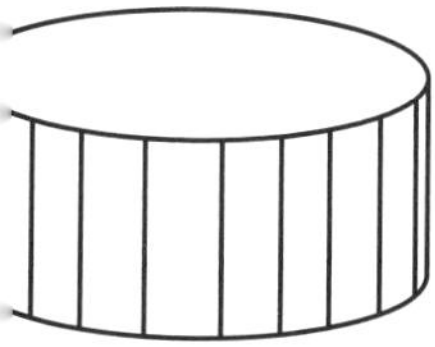

◈

二〇一九年二月二十一日。

「康興生技」年後開工的第一個晨會，會議開始前半小時。

中高階主管們急急地踩著皮鞋，一階一階踏在踩得發亮的石製階梯上。老建築有這種好處，建材特別紮實，每個踏板都又寬又大，容得腳趾到腳跟，都安安分分地踩在上頭，堅固地得以支撐這群五十多歲的中年男子，數十年來趕在九點半之前，一前一後、一左一右地彎著膝蓋往上爬，促擁著到八樓會議室，無論昨晚應酬喝得多晚，都得趕在董事長進門之前將自己的屁股好好地塞進位子裡。

樓梯間有股石材建築特殊的涼意，拾階而上通往晨會的路，時而覺得這股涼氣乾淨舒爽，時而越吸越冷，好像整個肺都漸漸結霜。這段路走起來是什麼感受，端看今天會議將說些什麼。但今天不同，年後的第一個晨會，他們誰都不是主角，這條路走得輕鬆又自在。

其中一個人謹慎地左右看幾眼，壓著聲音問：「見過了嗎？」旁邊的人回：「見過了，一早來的。」其實要說見過，所有人在年前那場壽宴上都看過了，甚至在敬酒時，也好一番說話過。那時說的是：「你好你好，我是某某部的誰誰誰，以後就是同事了。」但這個話質地很輕，裡頭是空心的。背地裡，大家對這個新人還是諸多好奇跟擔心。

業務部經理莊政永領先了別人，自己走在前頭。莊政永這個人，總是滿面什麼都知道的笑容，又很為難不能告訴眾人的模樣。他體型瘦小，對穿著於是加倍講究，在這個一成不變的工作環境中，他硬是能三不五時穿出一身量身打裁的新西裝，西裝上每道縫線、每個角度，都好好地貼在他矮小但精實的身軀上。只是西裝再怎麼別緻，也包不住他從底層打滾幾十年造就的老業務江湖味。他不參與話題，別人也要來問他：「阿永，總經理跟你說什麼？」

莊政永就是那副要說不說的笑容，無奈地答：「哪有說什麼，不要亂猜。」

其中一個人也笑了笑。「行銷經理。走一個又來一個。」這句話好像是一份上好的牛肉，吃一口化在嘴裡，回味無窮。眾人各自品味，都不再說了。

◈

宋志誠看著鏡子裡的自己，覺得有點好笑。鏡中的他一身鐵灰色西裝，打著一條規矩的黑色領帶，連頭髮都梳得一絲不苟。出社會幾年，他很久不做這種拘謹的打扮了，頓時感到自己好像剛拿到第一份工作的新鮮人。他身上這身嶄新的西裝，好像身分證一樣地印在身上，具體化了他從家族成員跨足到企業員工之間的變異。

距離父親出意外已經過了幾天，自那天以後，這個年節就跟個過路人似地與他們錯身而過，回頭細想，根本想不起路人的面目特徵，就這樣彼此消失在人海中。

這是他以行銷經理身分到任的第一天，離家十五年，這間老公司是一點也沒變，但自己卻已經是一個全然陌生的人了。

昨天夜裡宋曉立特別來找他，問他準備得如何，耳提面命他穿得越莊重越好，操心的樣子像恨不得拿父親的西裝來套在他身上。志誠見她憂心忡忡，問她怎麼了，宋曉立只搖頭，看著他彷彿在看一個沙洲裡的幻覺。

「我想到你真的回來了就很高興。」這句話追問也問不出她的意思，宋曉立是一個太要強的人，想把所有責任都扛在身上，也把所有人的心事都收進心底，好像生下來的使命就是為了當一個大姐。

此時，距離晨會剩下十五分鐘不到，宋志誠走進廁所，先是從鏡子裡看看自己全新的裝扮，整整衣領，確定看起來沒什麼問題。他才剛到小便斗前站定，另一個員工嘴裡哼哼唱唱著曲調走進來，站到他身旁的小便斗，解下拉鍊。

「康興生技」裡多的是待一輩子的老員工，有些人說是看著老董事長幾個孩子長大的也不為過，鮮少能見到二十幾歲的年輕人。宋志誠於是多看他一眼，匆匆一瞥大概二十五、六歲上下，像剛畢業的新鮮人，滿臉精神，嘴裡還在哼歌。細一聽，甚至還是人蔘飲早年的那支廣告歌。志誠不由得又扭過頭朝他多看兩眼，這下子，對方也轉過頭看他。

「欸，嗨。」男孩子笑容燦爛，一點都不尷尬。

宋志誠倒是有點包袱。他不失禮貌地微笑、點頭，順手將拉鍊拉上。

男孩子還想多聊兩句：「你我好像沒見過喔。我是行銷部的，我叫阿傑。」

「你是行銷部？」

阿傑滿臉坦率。「對啊，你呢？」

志誠露出微妙的微笑。「你剛剛在唱什麼歌？」

「你有聽過嗎？」阿傑抖一抖，拉上拉鍊，站在志誠身邊哼哼唱唱起來。「快樂健康啦啦啦，一起長大啦啦啦。」

他剛唱半截，志誠就有印象。「我們的廣告歌是嗎？」

「是嗎？是嗎？你有聽過？」阿傑很激動。「哪一支產品，我找半天找不到。」

「人蔘飲，一九九三年的版本。」志誠把後整段唱出來：「是快樂健康人蔘飲，伴我學習好愉快。」

「哇，哇，你很猛欸！我記一下。」他從口袋裡掏出筆記本，速記起來。

志誠維持謙虛的表情，沒有說那支廣告主角就是自己。

阿傑開心地說：「謝謝，真的謝謝。」

看著阿傑伸到面前來的手，志誠委婉地拒絕。「你忘記洗手了。」

阿傑不好意思的哈哈笑，轉開水龍頭。

「你找這首歌做什麼？」志誠問。

說到這個，阿傑大嘆一口氣。說：「沒有啦，我聽說我們新主管要來，好像要做一些新的廣告，說不定會用上，而且他說不定會考我啊？」

「這樣啊。」志誠甩掉手上的水珠，拍拍阿傑的肩。「你說的很對，加油，要背熟一點，不要讓他失望。」

◈

稍後，志誠來到總經理室，見宋志峰在裡面，對著電話講個不停。掛上電話，立刻向志誠詢問：「爸還好嗎？」

幾天前，宋再興撐過了最兇險的時候，雖然還沒有清醒，但生命徵象穩定，轉送呼吸照護病房。轉病房之後，劉瑾嫻幾乎是一整天都待在醫院裡。這陣子，她雖然不再掉眼淚，卻整個人沉默下來，好像對誰都無話可說。

志誠一早先去了醫院才來上班。他回答：「還是一樣。」

宋志峰轉而說起公事：「第一天進公司，緊張嗎？」

「還好。」志誠笑了笑。

「那就好，其實也沒有什麼好緊張，例行公事而已。」宋志峰說。自那天車裡的對話後，兄弟倆就有種奇怪的氣氛，好像特別無話可說。每當這種時候，宋志峰就覺得待在父親身邊的日子，好像將他從蠟油放成了蠟燭，僵硬無味。反觀志誠不同，他是流動的，是夏日裡的一條河流，亮眼、清澈，活的。站在志誠身邊，總讓他有說不上來的不甘心。

宋志峰試圖多跟這個弟弟說些什麼。他想善盡一個大哥的責任，盡力地用和善輕鬆的語氣談自己的經驗：「二十歲我剛進公司，第一天就被主管們洗臉。他們這些開朝重臣不會管你是不是老闆的兒子。但現在不一樣了，爸爸也不在，凡事都有我幫你。」

宋志峰停頓片刻，盯著志誠的眼神像在徵詢他的認同。

志誠發現自己竟然想躲避他的視線。他趁著看手錶的動作，暫時轉移焦點。說：「時間快到了，我們走吧？」

確實就快九點半了，宋志峰頷首。「爸爸很在意晨會，遲到一分鐘就被他關在門外。以後會議上爸爸不在，就剩下我們兄弟。我們要好好努力，不要給爸爸丟臉。」說到這裡，他自顧自地笑起來，說：「爸爸最恨兒子給他丟臉。」

眾人陸續進會議室內入座，九點三十分，晨會準時開始，總經理宋志峰走進會議室，此起彼落的問好，眾人眼神都落在他身後的志誠身上。

會議室的門關了，宋志峰隨口解釋：「董事長身體不舒服，休息幾天，今天我來主持。」又向眾人介紹：「這是志誠，我們新的行銷經理，各位在壽宴上也都見過了。」

志誠在這間會議室裡看起來很突兀，所有人年紀都比他大一、二輪以上。三十五歲的志誠難掩身上留學歸國的年輕氣味。好像一株向日葵被擺到蘭花裡，品種差異一目了然。直到入座，他人淺淺打量的目光還是很清晰，宋志誠裝作沒看見。

唐東易就坐在總經理身側不遠處，一張臉看不出情緒。宋志誠想起年夜那天與父親的談話，彷彿親手埋下一顆祕密的地雷。

席間宋志峰看起來心情輕鬆，偶爾還能跟眾人說笑，各部門逐一報告新一季的工作目標，財務部、製造部、研發部……志峰無預期地將話題帶到志誠身上來：「業務部等一下。行銷部先來吧，讓大家先認識一下志誠。」

志誠一抬起頭，就看見東哥細微地朝他挑眉，像在示意小心說話。他這個動作一閃而過，快得像是看錯。

「志誠？」宋志峰問。

宋志誠回過神，收攏了外套起身，朝在座的主管們致意。「大家好，我是宋志誠，之後開始在行銷部跟各位共事，請多指教。」

其實，志誠認得出來其中幾張臉。小時候他經常被帶到公司玩耍，他年紀小，又安靜乖巧，不少員工喜歡拿糖果餅乾給他。只是現在狀況不同了，他畢竟已經不是那個孩子，站在這裡，不僅是宋再興的兒子，還是新到任的行銷經理。他不難看出那些眼神中的好奇或是不以為然。

宋志峰擺弄著指間的原子筆，說：「志誠出國這麼多年，大家對他大概印象不深，但沒關係，現在他回來了，彼此都有很多時間認識。志誠這次回來有新任務，打算要重新做人蔘飲的廣告，這會是我們今年的大事情。對吧志誠？」

志誠楞了片刻，沒想到他突然就提起來了。

有人發問：「要重拍廣告嗎？」

志誠只得接話，說：「拍新的廣告是必然的，畢竟人蔘飲上市四十年來，廣告風格沒有變過，最新一支廣告還是十年前拍的，接下來就是同樣的畫面一剪再剪，充其量播個字卡。產品再好，也會讓人疲乏，是吧？」

聽見志誠的發言，眾人有各自的不以為然，但一時又不便說。宋志峰點名問：「業務部覺得呢？」

業務部經理莊政永起身回應，他說：「我們確實都對人蔘飲很有感情，相信沒有人會反對宋經理的想法，至少我很樂見其成。但人蔘飲每年營業額都在下滑，行銷部打算從哪裡找錢？宋經理畢竟剛來，還要再思考看看。」

宋志誠本來張了嘴想答，卻突然起了一種微妙的感覺。

他轉了個彎說：「這部分之前有跟董事長討論過了，確實有考量到這些層面的問題。這個可以日後再完整跟各位報告。」

「啊，這樣。」莊政永笑起來，接著說：「兩年前人蔘飲也改過一次包裝卻沒有成功，是我們做得不夠好嗎？不見得，市場嘛，有時候就跟談戀愛沒結果一樣，不適合而已。」他說話時眨眼挑眉，給人站在舞台中央說戲的感覺，抑揚頓挫不說，還留心聽眾反應，不僅僅作個人演說，他還要爭取台下的互動跟回饋。他一番話聽起來對人蔘飲並不看好，但看著宋志誠的眼神，卻兄弟一樣非常親熱。最後下了一句結論：「宋經理以後有問題，我們兩個部門密切合作，歡迎來找業務部。」

宋志峰問：「東哥覺得呢？人蔘飲當初是您跟董事長一起打拚出來的，應該能給志誠很多建議。」

話題引到唐東易身上，他卻笑得有點糊塗，彷彿剛剛都沒有認真聽。

「我沒有意見，當然，宋經理如果願意的話，能幫的我都會盡量幫，我們就跟一家人一樣。」接著又有幾個主管發表意見，宋志峰一一聽下來，等眾人說完了，這才感慨地說：「剛剛東哥說一件事我很認同，我們『康興生技』就像一家人一樣。一輛火車，得要每個車廂緊緊串在一起、每個零件都得動起來，才能成功地到達目的地，多虧有各個部門、各位主管這麼努力，我們這輛車才動得起來。」又對志誠說：「志誠別擔心，你剛來還比較生疏，但是過陣子就會知道，大家都像是你的大哥大姊，你需要什麼儘管說，千萬別客氣。對吧？」

眾人笑了起來，此起彼落的拍手談笑聲裡面，和樂融融的像個慶生會，在座都是家族裡的長輩，笑呵呵地等著宋志誠吹蠟燭。宋志誠什麼也沒說，感覺在座某些人的眼神讓他渾身不自在。

◈

晨會結束後，莊政永來到志誠面前要與他握手，說：「你好，我是莊政永。」

「你好。」志誠跟他握了手，莊政永順勢就陪著他走一段路。

「你發現東哥那樣子了嗎？待退老兵。」他往後看一眼，確認身後沒人，壓著聲音朝志誠調侃地說。「你以後還要常跟他交手，到時就知道了。他人是不錯，就是有點難纏。」

志誠乾笑，說：「以後很多事情還要請教你們。」

「說什麼請教。你在國外讀書，我們很俗，不懂國外那套。」下到六樓，此處會經過一座通往廠房的天橋，空氣裡頓時滿溢一股蔬果香氣。莊政永介紹：「那是酵素的味道。你現在有空嗎？不然我陪你到工廠裡去走一走，你還沒去看過工廠吧？」他順勢就攬了志誠肩膀，朝天橋那頭的工廠走去。

志誠沒有拒絕，他暗地裡觀察莊政永，覺得他有些熱心過頭，分明是來試探他。過去志誠在國外工作不乏遇到熱情的人，有些人也愛明著裝熟，心裡卻不曉得想些什麼，但這個莊政永，更給他一種異鄉的感受。好像赤裸裸地踏進一個鄉間村莊，每個人開口問的第一句話，都在判斷你是自己人還是外人。莊政永特地陪他走這一小段路，大約就在心裡的算式裡，計算志誠屬於哪一種人。

兩人走進工廠裡，聽見機器運作的機械聲，莊政永跟他介紹每一區的產線，又說哪裡負責充填、哪裡負責包裝。走到了一區做的是人蔘飲，一支支的橘黃色瓶子被推送出來。志誠停在人蔘飲面前，隨性地問莊政永：「政永哥，依你的經驗，你覺得人蔘飲放到現在，應該要怎麼賣？」

「說實話，很難賣得動了。過去做給勞工階層喝，人家現在年輕的勞動階層也不喝這個，更何況現在好多保健飲品都賣給年輕上班族呢？」

「那你們以前怎麼賣？」

莊政永說：「以前的作法很簡單，我們跑業務嘛，就是勤勞而已，沒有別的。帶著人蔘飲到每個小賣店去，買五瓶送一支打火機。你覺得呢？」

志誠微笑，誠實地說：「滿好的，但現在可能行不通。」

「確實是這樣。」莊政永又說：「行銷部自從上一個經理走之後，現在是個空城，你剛來會很辛苦。總經理以前也是業務部出來的，我跟他就跟兄弟一樣，沒有什麼事情不能說，你有困難，跟我說是一樣的，以後我們兩個部門溝通就能直接一點。」

「總經理業務也當了很多年。」

「總經理是天生業務的料，我就沒有他的天分。」莊政永說，慣常地擠眉弄眼，好像鎂光燈隨時在他身邊。「總經理跟你真的不太像，他比較接地氣，畢竟是基層上來的。你是國外回來的，很客氣。」

他的話近似於嘴快了，但宋志誠就只是聽一聽，彷彿樂於接受這個說法，說：「是啊，小的時候總經理就是這樣子，跟誰都能當朋友。我也很懷念。」

◈

告別莊政永，來到四樓，一片鐵花窗外能看見河景。

志誠對這個景象也有記憶，幾乎跟小時候差不了多少。四樓鋪著防水的綠地板，這裡以前曾經做過研究中心，後來另起一個工廠，設備整個拆掉，獨留幾個隔間。行銷部成立後，便被塞到走廊底部這個僅能裝載四張辦公桌的空間裡，三年來堆了諸多雜物，看起來簡直像大學裡快要荒廢的社團。

今早大致在公司走過一遍，其他辦公室的空間設備雖然沒有行銷部來得這麼克難，但資訊設備遠遠落後時代一大截，部分電腦主機甚至能夠讀取三．五磁片，宋志誠就像看見古董一樣，不知道該驚嚇還是該驚喜，他甚至做好準備，開機時會看見桌面跳出「Windows98」的字樣。

辦公室裡只有一個近四十歲的女性雇員，志誠早上已經跟她打過照面，她安靜得像被埋在雪裡的雕像，但一說起話來，又焦慮不安地像隻急從鳥嘴裡逃生的昆蟲。

「其他人還沒來嗎？」志誠問。

「呃……」賴彥如畏畏縮縮地站起來望了一圈。「阿傑剛剛到了，但是……」

「我知道，我剛剛有見過他。」

「啊，真的嗎？」她好像會自動縮起來的含羞草，說著說著又萎縮地坐回原位。

「那還有一個呢？」

「叔陽……叔陽可能……」

「還沒來？」志誠半靠在桌邊坐著，語氣和善地問。

「對不起經理，我不知道……」

志誠看她在座位上挪來挪去，好像找不到一個適合的坑洞把自己塞進去一樣。他安撫道：「叫我志誠就好了。」

「呃，好。」她像被人拿刀架著脖子一樣小心說話，不敢低著頭、也拿不准主意要抬起頭，維持著一個僵硬的角度平視前方。「叔陽都晚一點才來。」

志誠看一眼手錶。「現在十一點半了，怎麼回事？」

彥如這次沉默更久了，好像變成一尊被雪埋著的雕像。

志誠趕緊說：「開玩笑的，妳不要這麼緊張。」

此時阿傑急急忙忙地進來了，抱著肚子悶頭就說：「抱歉彥如姐，今天不知道怎麼回事一直肚子痛。」他遲疑地打量宋志誠，而後看見彥如睜圓眼睛，打暗號一樣對他搖頭，他通電般地懂了。

「啊！」

宋志誠還靠在桌子上，微微側著頭看他，故作威嚴的模樣說：「阿傑，你的歌背好了嗎？」

「啊……」阿傑震驚完後，竟然遏不住笑意，害羞地說：「哎唷，天啊我，哈哈哈，太丟臉了吧。」

「經理！經理好！」另一名專員李叔陽人未到聲先到，一跑到門口就朝宋志誠浮誇的行舉手禮，而後又像民代一樣，彎腰雙手握住志誠的手。他四十來歲，整個人外型像顆壓縮的石頭人，態度倒是很親切，又要稱讚志誠有書卷氣，不像「我們老業務出身的都比較隨性」，三句話裡面有兩句半在暗示自己資歷深。志誠打斷他寫自傳一樣長的自我介紹，問：「叔陽，你能跟我說明去年行銷部執行的項目嗎？」

李叔陽一口答應，零零碎碎地講起去年做了些什麼，志誠再喊停：「這樣吧，你們針對人蔘飲去年做了什麼安排？」

「人，人蔘飲。」李叔陽停了下來。夏日似的暖風從窗口送進來，也送來不曉得何處的影印機轉動的聲音，李叔陽的思緒好像卡在機器聲裡，跟著複印出一堆亂碼來。看他的眼神，志誠知道他在猜自己想聽什麼。李叔陽說：「賣得不好。」

他的話就斷在這裡，志誠疑惑地問：「所以呢？」

「所以沒有錢做行銷。」

彥如趕緊補充：「人蔘飲年年營收都在下滑，我們沒辦法談到太多預算，但還是有重上以前的舊廣告，也有在合作的通路做促銷，只是效果都不是很好。」

「有嘗試就是好事。其實不只人蔘飲，接下來我們會全面重新審視公司的產品，看看我們能有什麼想法。」他一拍手，做了個結論。「接下來的工作不會輕鬆，先祝我們相處愉快。」

午休時間。行銷部辦公室內。賴彥如的午餐是昨晚的菜色，菜葉微波過後捲起萎縮的黃，半條魚躺在米飯上，尾鰭微焦。她這整個人就跟這盒便當一樣乏味。她夾起一口菜放入嘴裡，嚼得格外緩慢，此時李叔陽左右看志誠不在，便像是唸通關密碼地說：「妳覺得他怎樣？」

「還好，人滿客氣的。」

李叔陽不信她的感想只有這麼一點，揶揄道：「好啦，小心講話，我知道，人家是老闆的兒子。」說完，路過彥如身邊，瞄了她便當一眼，開玩笑地說：「妳也拜託，是沒有其他菜能煮了，天天吃這個，不健康啦，至少也加顆滷蛋。」

彥如沒有回答，她就是一種菜色能吃一輩子的人。三十幾歲她到了「康興生技」工作，現在都要四十歲了。當初誤打誤撞進業務部，一直在部門內負責業務部的行銷事項，後來公司新設行銷部，她因緣際會被調換過來。她沒有怨言，反正本來就不適合業務部，但也不知道自己適合哪裡，很可能這個世界上沒有一個坑洞，是適合她把自己完完整整、毫無縫隙地塞進去的。

實際上，年前的壽宴上，她就已經見過宋志誠。那時的志誠站在台上，燈光好像一場流星雨，叮叮咚咚地灑在他的身體上。賴彥如的人生是當過客的命，在哪裡都是一個充數的配角，看著宋志誠這樣的人，覺得跟自己一點關係也沒有，因此當時台上說得什麼，她一點也不關心，直到董事長宣布，宋志誠將掌管行銷部。身旁的同事擠兌地對她說：「你們的喔。」

天降了一個二少爺在部門裡，賴彥如看著宋志誠就彷彿看見變動，連眼前的這個便當，都好像被乾坤大挪移一樣，每根菜葉、每粒米飯，都變成了不同的東西。

她覺得自己可能得再次轉調部門，最差的狀況，她可能得離職。就像上一個經理陳巧玲離職前，對她提出的建議一樣。那時陳巧玲對她說：「這個地方很快就不適合妳了。」

◈

小餐館一道向內開的單扇門，門把握著很沉，不是因為材質好，一張紙條用透明膠帶貼在旁邊，寫：「門框歪掉，會卡住，要用力推」。其實，這扇卡住的紅色木門本來就擋不住裡頭的聲音，一用力推開，飯菜香啊、熱鬧的談話聲啊，一股腦湧出，站在門口的宋志誠被浪沖到一樣淹了滿臉。

小餐館位在社區僻巷，一間不起眼的老公寓二樓，樓梯走起來好像會塌。宋志誠一路很疑惑地找到這裡，直到打開這扇門，才確定自己沒有走錯。站在櫃檯後的服務生目測有七十歲了，走來走去送餐的服務生隨便一個都六十歲起跳。這裡簡直像時光機器，把八〇年代的餐館氛圍關在這裡，時光不變，只有人變老。

桌席擁擠，總算在一道簡易的屏風後面找到東哥，一桌菸霧騰騰，煙灰缸裡還插著好幾根沒燒乾淨的菸。

志誠坐到他身邊。

「東哥。」唐東易要推菸給他，志誠婉拒，說：「我不抽。」

唐東易一挑眉，意會地收回來。「喔對，你爸爸就是規矩多。」

左看右看這一大張桌子就坐了他們兩個人，志誠問：「還有人要來？」

「嗯。」唐東易將手上的菸也捻熄了。說：「我給你約了研發部的部長。你不用緊張，大業是個好人。有點，嗯，有點死讀書吧，但沒關係，你以後有問題就能找他。」

志誠意會地點頭，又斟酌地問：「東哥，剛剛晨會上面，是不是有什麼問題？」

「嗯……」他的眼皮垂成兩道，盯著菜單看。「你喜歡吃什麼？」

「都可以。」

「那就平常那樣。」他對服務生說：「多要一個湯。」

服務生問：「要什麼魚？今天有鱸魚、海鱺……」

他被一連串的選項打敗，看著空氣幾秒鐘，打發地說：「隨便，你看他像是喜歡什麼魚？隨便。」

服務生笑了笑，收菜單走人。

唐東易歪著嘴巴笑。「你也是很條直[7]，人家丟給你什麼球就接。」

遠遠地，一個挺著大肚子的男人走過來，熟門熟路摸到屏風後面，菜一一地上了，碗筷聲裡面，唐東易說：「大業在晨會上聽你說完，自己就找我問了，大業你說吧。」

「這個。」才幾分鐘時間而已，鄭大業已經吃得滿頭大汗。他用厚實的手背擦掉汗水，好容易才把嘴裡那口肉嚥下去。「我聽了我是很感興趣，我也不知道這個，宋經理……」

「叫我志誠就好。」

鄭大業笑了笑。「不不，宋經理。兩年前人蔘飲也改過一次你知道吧？包成那個，花花綠綠那個樣子。」

「我知道，後來又換回來。」

「對，很快又換回來，因為什麼呢，因為，我也不知道是不是不好看？是不好看嗎？東易？」

「不要把我扯下水。」

「說成這樣。」他嘿嘿笑，偏著臉看志誠。「那時候管行銷部的是一個叫陳什麼玲的瘋女人。」

唐東易點掉菸灰，插進一句話：「陳巧玲。不要亂說了，什麼瘋女人，也是年紀輕輕很不錯的一個女孩子。」

鄭大業搖搖短胖的手指。「那是你不知道。反正呢，我那時候跟她吵過架，很不喜歡她，後來也證明她確實做得不好嘛。」

他抬起頭，對過在座各位的眼神，確定自己這句話說得不誣賴人家，隨即又迅速往嘴裡放了幾塊肉。

「總之呢，我不知道宋經理你是怎麼想，有什麼安排，什麼行銷啊包裝啊廣告啊，這種事情我是門外漢。但我希望像這樣的事情，我們研發部可以參與，不是弄完了才來找我們，結果那女人連這產品到底賣什麼也不知道。」

芭樂汁咕嚕咕嚕地倒進玻璃杯裡，大業還很周到，替每個人都倒了一杯。他說：「所以啊，開完會之後我就跑去告訴東易，去年我被陳巧玲那瘋女人整得這麼慘，總經理都還護著她，這次我一定要先發制人。」

唐東易又遏止他。「好了大業啊，不要亂說。」

志誠一攤手。「大業哥，這沒有問題啊。」

見他爽快地答應，大業笑起來，下巴肉抖啊抖的。「那我就放心了，我看你還算好相處。」他厚實的手掌大力打在志誠後背上，說：「現在市面上那些有的沒的，你們知道嗎？那都是小孩子的玩具。」他露出陰狠地表情，搭配上收拳的手勢。「我們只是一隻沉睡的獅子……。」

7 臺語，tiâu-tit，憨直、坦率。

宋志誠從善如流地說：「嗯嗯，這次即將要醒來。」

大業又爽朗地大笑，頻頻說：「對，對，你真的不錯，這才是年輕人該要有的樣子。」

稍後站在老櫃檯前結帳，志誠跟在唐東易旁邊，聽他說：「大業是有點人來瘋，但跟他結交不算壞事。」

大業已經先行回公司。志誠看著收銀機叮鈴一聲跳開，然後緩緩吐出一張發票來。唐東易順手收了，整齊地折進皮夾裡。

兩人一身油煙飯菜味地下樓梯。志誠說：「他人滿有趣的。」

「你人手夠嗎？」

志誠搖搖頭。「很難說，暫時還行吧。」

「你要是缺人我倒是能替你找一找。」走到巷弄裡，陽光把巷子照成一條金白色的小溪。

「謝謝東哥。」

「這沒什麼，幸好董事長早就把你介紹給我。」

談起宋再興，感覺到兩人都有些沒有說出口的嘆息。暖陽照在肩膀上，志誠感覺到後頸有一塊皮膚被曬得發熱。

唐東易說：「就這樣吧，接下來會更辛苦，別撐不住了。」

◈

第一天上班的日子在東奔西跑裡度過，一會跟自己的部門核對往年資料，又花了點時間在業務部周旋，瞭解過去的合作內容，至此他才明白莊政永第一時間跑來跟自己搭話是什麼緣故，打探底細可能是一個原因，也實在因為兩個部門實在密不可分。行銷部兩年前雖然從業務部獨立出來，但實際運作上仍像是業務部的附屬組織，行銷運算也是從業務類中提撥，金額少得可憐，行銷手段只能夠不斷複製過去的經驗，難怪從過往的造冊中看起來，行銷部已經空轉了兩年。

等到宋志誠搞懂層層複雜的問題，再回到辦公室時已經是傍晚，正好迎面碰上要下班的阿傑。

「只剩下你？怎麼待這麼晚？」志誠問。

阿傑背著背包，兩手拉著背帶的樣子，還十足像個剛剛畢業的大學生。他緬靦地說：「我想說，你不是叫我們研究一下公司以前的產品，就稍微多看了一下。」

「真的？」他快速地收拾筆電跟公事包，將外套往肩膀上一甩，搭著阿傑一起離開。「那你有什麼想法嗎？」

「咦，哈哈。」阿傑抓抓後腦杓。「但我怕我說不好……。」

「你都唱歌給我聽了，還有什麼好害羞。」

阿傑一臉愣，「也是喔。」他想了想說：「其實剛面試進來的時候，我就覺得我們的商品包裝不太統一，排在架上很亂。」

「確實是這樣，對消費者而言不具識別度。」

兩人沿著樓梯往下走，今天的夕陽顏色特別濃烈，折入室內，誕生一條橘色的階梯瀑布。阿傑繼續說：「還有就是，滿有距離感的……。」

「你是說單就包裝還是產品的價格？」

「就是看起來。」

宋志誠同意地點頭。「阿傑，你幾歲？」

「二十四歲。」

「這是你第一份工作？」

「對啊，我去年十月才來的。」

「那你不就來沒多久上個經理就走了。」

阿傑嘆氣。「對啊，真的是好衰，部門空轉好久，本來也想說是不是趕快辭職好了。」

「那怎麼留下來？」

「一部分是因為薪水啦，一部分是因為聽說你會來啊。」

「阿傑啊，你才二十四歲就學會拍馬屁。」

「真的啦，」他慌張地說：「我想說既然你以前是做品牌的，那來了之後應該真的會吧？這次不是幌子了吧？」

宋志誠大笑。「為了不讓你失望，我就盡力吧。」

◈

劉瑾嫻坐在病房裡，靜靜地看著躺在床上的宋再興。

這個跟她走過半輩子的牽手，她沒有一刻不恐懼失去他。這個男人當然有很多討厭的習慣，她常說，宋再興的脾氣比冷凍的饅頭還要硬、比發了霉的水果臭，講起他的壞話，好像世界上沒有比他更難相處的人了。但這固執的男人即使再怎麼我行我素，過馬路時，也會記得回頭緊緊牽住她的手。她的姊妹總告訴她：「我們活的那個時代裡，這樣的男人沒有了。」而她們的時代早就翻過頁。

劉瑾嫻從來沒有習慣過時間的流逝，好像昨天還是十七歲與宋再興初次見面，怎麼今天他們就老了，有三個兒女，躺在病床上的這個男人，竟然也已經是七十歲的年紀。她時常夢見自己站在舞台上，舞台的燈早就關了，而該牽著她手的丈夫已經下台。

她從不為自己的心慌撒謊，只是，這不代表她只有落淚無助的份。就這一點，她的子女大約都始料未及。

今天是宋再興昏迷的第十日。她每天一早到醫院，好多時候她甚至也不要看護陪，就單獨在病房裡跟宋再興說說話。

此時病房的門被推開了，劉瑾嫻望向剛推門而入的吳思瑀。她跟這個媳婦這幾年來沒有親近過，倒是丈夫這麼一摔，婆媳倆的距離迅速地拉近不少。吳思瑀臉上掛著微笑，這幾天劉瑾嫻看著她，時常驚覺像在看一面鏡子，她總算發現：這女人在學我。這樣一想，復而感到對吳思瑀有一種憐憫。

「媽，妳看，我昨天去跟師父求的，放在這裡替爸爸祈福。」

吳思瑀的手挪了開來，原來手裡握的是木雕的菩薩像。對劉瑾嫻來說，這種雕像長得都一樣，但這尊又異常眼熟，後知後覺地想起來，吳思瑀身上也時常掛著這樣的東西。這一個手掌高的菩薩像相當精緻莊嚴，看著的時候有一種平靜的感受，也許是因為祂身上散發的木材香氣。

「謝謝。」劉瑾嫻向她說。

「媽，幹嘛這麼客氣。」吳思瑀靠在劉瑾嫻身邊坐下來，小心翼翼地說：「今天晚上我們道場就有一場法事，媽媽乾脆今天一起來吧？」

劉瑾嫻低著頭，正好能看見吳思瑀懇切的眼光。她那樣看著自己，好像真的把自己當作媽媽。

劉瑾嫻微笑，說：「好啊，那就今天吧。」

吳思瑀驚喜地捧著她的手。「太好了，媽，妳見到師父，就會知道他有多靈驗。」

劉瑾嫻的視線留在吳思瑀手指上的鑽戒。過去她時常盯著這女人的手，心想這麼多款式的戒指，當初她非要鬧著志峰買這麼大一顆鑽石，日日戴在身上，俗氣得嚇人了，過這麼多年，還是女藝人飾演名流。

「思瑀啊。」

她一開口，吳思瑀就湊前聽。

劉瑾嫻問：「妳跟志峰還好嗎？」

她的提問好像令演員出戲了。吳思瑀乾笑：「媽，妳怎麼這樣問？」

劉瑾嫻也不回答，靜靜地看她，填補在言語空白中的好像真的是關心。吳思瑀不管是基於觸動也好，或是沉默中的不安也罷，乾乾地兀自接著說：「最近爸爸發生這種事情，志峰很努力要幫公司度過難關，我是很心疼他這麼辛苦。我們哪有什麼事，媽妳別擔心。」

劉瑾嫻點頭，似乎真的從她口中得到想要的解答。「是啊，妳要體諒志峰，多關心他。」

吳思瑀還很忐忑。「媽，妳是聽說了什麼嗎？」

「哪有什麼。我想起那天邱心薇來家裡，妳還鬧脾氣在哭。」

吳思瑀臉色難看。「是那天的事情啊。」

劉瑾嫻將自己的手從吳思瑀的掌心裡抽出來，反過來輕輕按著她的手腕。「心薇那女孩子其實也沒什麼不好的，就是不夠大器。妳好多了，千萬別學她。」

◈

下午六點鐘，總經理室，宋志峰一直在等。

面前，莊政永的匯報快要結束，做了簡單的結論之後，閒聊地向志峰說：「總經理，叔陽跟彥如本來都是業務部的人，不會有什麼問題。您不必擔心行銷部。」

宋志峰抹掉臉上的煩躁。「我沒有擔心志誠，他能做什麼？」

「是是。」莊政永小心地說。

宋志峰時不時注意手機，又對莊政永說：「表現得大器一點，阿永。志誠想做什麼就幫他做，現在這時候他回來反而是好事。」

「我知道了。」

見他頻頻分心，莊政永知道自己得離開了，在這當頭，宋志峰又說：「對了，阿永。」
「是？」他急踩住本來要走的步伐。
「這陣子焦頭爛額，差點就忘了。」他從抽屜裡拿出預先準備好的紅包。「你兒子不是滿周歲了嗎？恭喜。」
莊政永趕緊推卻：「沒關係總經理。」
「不用跟我客氣這種事。」宋志峰將紅包往前推。
莊政永感謝地收下。「謝謝總經理。」
看他拘束的樣子，宋志峰覺得好笑。「別這個樣子，看了很難受。下班吧。」
莊政永也笑起來，再跟志峰道謝，這才離開。
等到他走之後，宋志峰長長地吐了一口氣。
手機適時地響起，陳巧玲總算發來了訊息，說：「查到他們向誰說的消息」、「是邱心薇」。
看見答案，宋志峰反而好笑，其實不出他所料，邱心薇就是一個難纏的幽魂，他知道她對自己的恨意根本不像她所表演的那樣無所謂。那幾年裡，邱心薇實質地掌控了新加坡子公司的營運，即使後來她離開了，手仍掐在他的咽喉上。壽宴那晚說只是來看看父親，沒有其他意思，簡直是笑話。想起這女人，宋志峰就有無法抑制的憤怒。
宋志峰煩悶地推開椅子，到廊外來回走著。總經理室不遠處就是董事長室，他望著那扇沉重的木門，光是就這樣看著，就足夠令他感到窒息跟痛苦。

第六章

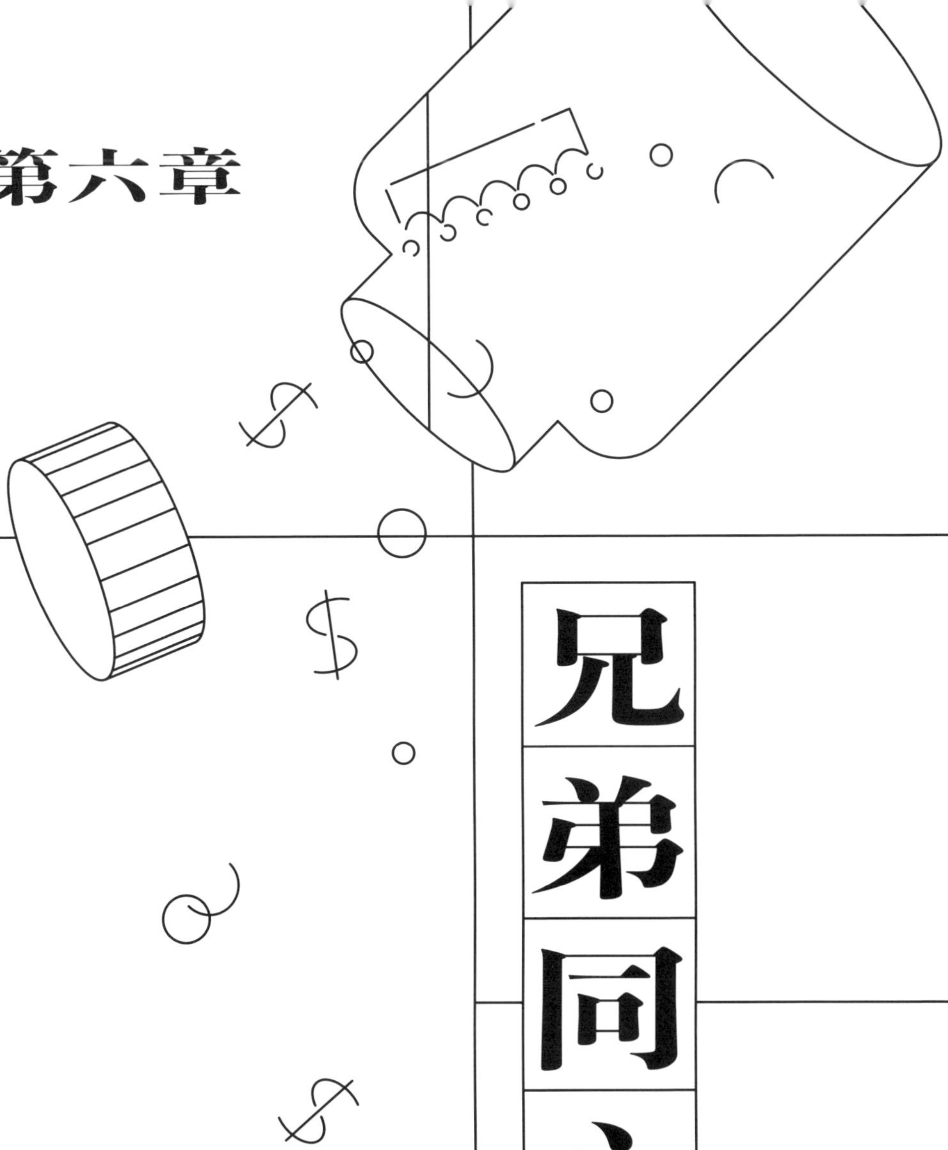

兄弟同心

◈

證券交易所內，數字瘋狂跳動。

大盤還在往上走，還沒停下來，瘋狂向上的曲線像是一座穿破天空的高山，永無止盡，不只用雙腳前進、甚至用雙手爬，這樣還不夠，還要用跑的、用飛的，依然不夠，到底該怎麼做才跟得上錢的速度？一九八〇年代，紙鈔是一波又一波噬人心志的瘋狗浪，拍打海岸的每一個白花花浪頭上是滾動的數字、是鈔票，是一張張笑得裂開嘴的人臉。

三十五歲的宋再興抬著頭，目不轉睛地盯著交易所裡鬼上身一樣的面板，漲紅的臉頰跟發光的眼睛彷彿見證神跡一樣虔誠，僅有喉結輕微、小心翼翼地上下顫動。

工廠生產線是一道銳利的賽道，上頭排排站著最具潛力的選手。矮胖橘色瓶身途經充填、密封、捲上一層新衣，粗字體大大烙上：「康興人蔘機能飲」。簡直像即將登台的巨星，閉上眼被推著走，妝就畫好了、頭髮就燙好了、衣服也穿上了。巨星們香噴噴地被裝進紙箱裡，還來不及歇一會，就這麼整箱被端上了卡車，遠遠地載離了工廠，送進一雙雙手裡、一張張嘴中。工廠內外，不說簡直是卡車嘉年華，一台又一台的車子急著開進廠房，這台還沒走、下一台又來了。這裡要兩百箱、那裡還在等五百箱，永遠供不應求、退不了流行，永遠、一直、一輩子一樣，那麼地受到消費者歡迎。

交易所裡的數字還在跳動，不斷跳動。

宋再興甚至沒發現自己嘴忘了閉、眼忘了眨。他總算看見那排數字。那數字讓他以為自己在做夢，以為自己發了瘋。

這一年，這一天，他永遠忘不了，他一手打造的「康興生技」股票終於掛牌上市。那是奇蹟的一九八〇年代，人間天堂的時代。

◈

溫潤薄煙自香爐中升起，一爐香氣盈滿室內。數盞燭火被呵護在手心，一蕊蕊果實般飽滿的火光將不同的願望收在腹中，慢烤細烘地，將心願引入幽冥之地。

唱名，劉瑾嫻。劉瑾嫻感覺背後被輕輕地推送一把，她捧著燭火上前，向微笑的菩薩像訴說心願。她聽見吳思瑀在她耳邊，輕輕地教導，要跪下，要誠心，要臣服。

劉瑾嫻一一照做。她閉著眼，好像還能看見那張含笑的菩薩臉，忽而一轉，又想到吳思瑀送的那塊菩薩雕像。磬音鳴動，誦經聲如池水投入石頭，一圈漣漪、兩圈漣漪，願望沉沉落入湖心。

跪畢，循隊伍入列。她站在第一排，照理說，新來的信徒沒有資格站在這裡，但吳思瑀說，媽，我想辦法替妳安排的，離師父越近，福氣越大。矮小的道場裡，漫著薄薄朝霧般的煙，籠罩在各種樣態的菩薩與佛像臉上。劉瑾嫻不懂信仰，她一生裡並不需要。聽見哭聲，知道是從身後行列裡的信眾中傳出的。這裡有多少人就有多少傷心事，想來真是可憐。

抬起頭，師父從座上走下來，走到近處才發現是個女人。劉瑾嫻心頭一提，並沒有想到。吳思瑀一身白蓮色的道袍，攙扶著師父。那女人頭上包著頭巾，身材寬胖，可能六十幾歲年紀，光看臉幾乎沒有性別。吳思瑀靠在她身邊，只有她站在這個位置上。

劉瑾嫻靜靜地聽師父開解，不時輕聲應，聽了好一會，她突然開口：「師父，」她睜著一雙不被年齡左右的清澈眼睛，好奇地問：「我的丈夫……宋再興，他現在是什麼樣子？」

夜裡。兩盞車燈順著山路往上爬，強光之下，夜色濛濛地發青，成群的飛蛾撞擊車窗，起初是蜻蜓點水，後來像有人用手掌在拍、用頭頂在撞那樣激烈。山間別墅半邊在烏雲裡，唯有一兩扇朝崖邊敞開的窗，描摹了冷冷的月光輪廓。

後照鏡裡映出劉瑾嫻小巧秀氣的臉，低光的環境遮去她本就不明顯的皺紋，若是角度得當，甚至比駕駛座上的吳思瑀還要年輕。她不偏不倚地看著前方山路，倒是吳思瑀，一路上難掩興奮，面色發紅，不斷關心她的體驗。

「剛剛聽見師父說樹林裡的樣子，我真的被嚇到了，媽，那個地方我們之前也一起去走過對吧？她講得一模一樣，尤其是那棵樹，樹上有綁帶子的那棵，對吧？」

一路上同樣的話她講了三遍，劉瑾嫻抿著微笑聽。

吳思瑀說：「到時候，等師父親自來走一遍，爸爸很快就會醒過來，妳也不要擔心，師父說了，菩薩會保護爸爸。」

車身滑進了前院，吳思瑀側身解安全帶，劉瑾嫻卻不急，她問：「志峰也去道場嗎？」

「志峰？他沒有，妳也知道，志峰整個心都在工作上，一心想幫這個家多做一點。」她的手在安全帶扣環上來回磨搓，神經質地在笑。「其實啊，其實啊媽，妳不要看志峰總是這樣板著一張臉，很嚴肅的樣子，其實他心裡面，很多心意都說不出口，比方說這次爸爸出事……」

吳思瑀視線放往大門口，換了個較輕的聲線，緊張地說：「所以，媽，不是我要多嘴，但是志峰……他是真的很認真，也熬得夠久，是吧？」

吳思瑀做出來的睫毛又翹又捲，輕輕顫動，直挺挺地表白心意。後照鏡裡婆媳倆對上視線，吳思瑀心驚劉瑾嫻像在看一場街頭把戲，悠哉地等著她把戲法變下去。

吳思瑀的聲音變得很緊張。「媽，妳應該要好好鼓勵他……。」

劉瑾嫻詫異問：「我一向很鼓勵他。」

「不是，我是說……現在爸爸這樣……對吧？」

她囁囁嚅嚅地，總算令劉瑾嫻不耐煩。劉瑾嫻解了安全帶，下車前告訴她：「思瑀，志峰是我的兒子，妳不用替我們母子操心。」

劉瑾嫻踏進大門時，見客廳裡白燈通亮，這很罕見。她講求氣氛，光線是最重要的一環，客廳就該用清澈典雅的淺黃色燈光，搭配一束新鮮的百合。黃光調和心情，也修飾不協調的關係。今天不一樣。一進屋就聽見客廳方向傳來宋曉立的聲音：「你搞錯了，哥哥，爸爸受傷是家事。」

劉瑾嫻遂停在玄關口，跟著她進來的吳思瑀不明白地也跟著停下來。

接著是宋志峰的聲音：「我的意思是妳不要再管公司的事。」

劉瑾嫻不作聲，雙手提著她的小包，等公車一樣站在門口聽。

吳思瑀不安地說：「媽。」

又聽見裡頭宋曉立說：「哥，你不要自欺欺人好不好？爸爸已經昏迷十天了，難道你打算等全世界都知道了才跟董事們報告？」

「我已經說了宋曉立，這是公司的事，爸爸不在就是我做決定。」

吳思瑀聽了心急。「我進去看看。」話還沒說完，劉瑾嫻就輕輕拉住她。

劉瑾嫻說：「哪家兄弟姊妹不吵架，他們倆從小吵到大，妳緊張什麼？」

又聽宋曉立的聲音說：「宋志峰，我不知道怎麼跟你溝通。」

「妳搞錯了，我不需要跟妳溝通，妳在公司裡的哪個位子？」

「難道我不能關心嗎？」

宋志峰生厭地說：「曉立，妳知道我最討厭妳什麼，妳永遠覺得自己最聰明，管一個破基金會就覺得自己很行，我不像妳這麼會自我安慰。」

劉瑾嫻好像在聽從遙遠天邊傳來的廣播，眼睛直直看著面前的地板，那裡躺著一片白光。吳思瑀不敢再勸，但雙腳換來換去，像一支正在燒熱水的壺，肚裡滾燙，還不敢嗚笛。

宋曉立說：「那你呢？你如果不是宋再興的兒子，哪裡也去不了。這件事大家都心知肚明。」

吳思瑀幾乎要聽見警鈴在響，這一秒不響、下一秒也要驚天動地駭叫起來，事實卻是屋子安靜地嚇人，拉長脖子側著耳朵也聽不見客廳裡發生什麼事。劉瑾嫻卻還是一動也不動，五官好像凝滯在她冷白色的臉上，令吳思瑀想到千光的美勞作業，一塊白色的大黏土，粗暴地黏貼著眼睛鼻子嘴巴，一點不像個人。劉瑾嫻時常讓她感覺錯亂，有時候她像是拆戰場上遺留的地雷一樣猜測劉瑾嫻的心意，有時候她又什麼都感受不到，彷彿劉瑾嫻真是一片沙漠，大風一吹，什麼也沒有，徒然令她吃了一臉沙。

像是現在，這女人竟然還能站在這裡。劉瑾嫻老是說她懂自己的兒子，她要是真的如她所說，對這個兒子瞭若指掌，就知道宋志峰下一秒可能會對曉立動手。這男人是一座不穩定的火山脈，一打人就得見血才知道後悔。

吳思瑀真的忍不住了，她一步兩步往前走，兩次回頭看劉瑾嫻，看她沒再拉她，終於小跑起來。手指尖還沒碰到門框，宋曉立就走了出來。她一身黑色褲裝，俐落紅唇與馬尾，轉過頭看見她們，還有些訝異。

「媽，嫂子。」

吳思瑀楞楞看她一會，沒心思跟她多說，一轉身就進了客廳。

劉瑾嫻平靜無波的雙眼，看著女兒時，總算是多了一點情緒。

宋曉立對著劉瑾嫻挑眉微笑，問：「那師父怎麼樣？」

她長得幾乎跟劉瑾嫻一模一樣，但不像她母親美得脆弱，宋曉立銳利的眉毛、倔強的下顎線條，十足十像了她父親。她對著母親挑釁又頑皮地笑，那模樣是屬於宋曉立自己的樣子。這女孩子不曉得從哪片土壤長出來，自成一種風景。

劉瑾嫻怪罪又無奈地看她，緩緩朝她走來。

「妳專長就是惹人討厭。」

宋曉立挽住了她的手，看也不看客廳裡怎麼了，帶著媽媽上二樓。

她不以為然地應：「不強硬點怎麼當女人？」

宋志峰站在白燈底下，這道又平又直、不為誰修飾的僵硬光線像是正午毒辣的艷陽，曬得人渾身不舒服。他一屁股坐到柔軟的沙發裡，漠然地看著櫥櫃上的家族合照，那是他進公司第一年拍的照片，那時他只有二十歲，跟在父親身邊工作的日子，令他臉色僵硬蒼白。一旁還擺了一幅十六歲的他與父親登山攻頂成功的照片。那時陽光刺眼，即使渾身疲倦，但少年的他看著鏡頭露出的燦爛微笑，與二十歲那個勉強微笑的青年簡直像是不同的兩個人。

吳思瑀走了進來，緩緩握住他的手，順開鎖成一團的指頭。

「我陪媽媽去道場回來了。」

「妳們都聽見了？」

「曉立就是不懂事，都幾歲了，還好像沒長大。」

「妳就會挑時間回來，讓媽多操心。」

「不會吧，我看她還好。」

宋志峰說：「她放在心底。」

◈

沾濕的化妝棉輕輕地按壓在劉瑾嫻臉上。她感到眼皮前一片陰影，棉絮正慢慢地褪去她臉上的妝。宋曉立將化妝棉換了個面，左眼卸完了，替她卸右眼。

劉瑾嫻閉著眼睛說：「妳對哥哥說的話太過分了。」

「我哪裡說得不對？」

「公司裡有這麼多意見，回家還要聽妳的，妳要他怎麼管事？」宋曉立還要再把化妝棉翻一個摺，劉瑾嫻睜開眼，嫌棄地說：「一片棉花要妳多少錢，捨不得換第二片。」

「妳看，這就是妳先生寵出來的。」宋曉立擺擺手，順她的意。

見她拿一片新的來沾，劉瑾嫻滿意地再閉上眼。「宋小姐，這是衛生。」

「道場到底怎麼樣？那個師父說什麼？」

說到道場，她笑一笑。「那師父說爸爸沒事。」

「真的？那就好。」

「我知道妳爸爸沒事，不用去我就知道。」

「我沒有妳這種信心，他第一次躺這麼久。」

「那當然，畢竟跟他結婚四十年的人是我。他就是閉著眼睛不說話，我都知道他怎麼了，不用醫生來告訴我。」

宋曉立挑挑眉頭，不說什麼。

劉瑾嫻張開眼，看鏡子裡的自己，一張臉卸了乾淨，她順手拆去髮圈，令頭髮洩在頸間。她看見自己眉眼裡忍不住的笑意，這股好笑，她是一路從道場裡忍回來的。現在身邊只有女兒，她終於展露出來。

「我問那師父，宋再興現在長什麼樣？她說，他的靈魂困在山林裡，擔心受怕，變得又薄又小，風一吹就會破的樣子。」說到這裡，她掩著嘴巴悶悶地笑起來。「怎麼可能，他是宋再興，就算是什麼靈魂困在山裡，山也要怕他，孤魂野鬼都要怕他。這太好笑了。」

宋曉立靠在梳妝台邊。「要是她說真的怎麼辦？」

「妳會擔心啊？」

「我是問妳，每個人都擔心妳。」

劉瑾嫻放下遮著嘴的雙手，不以為意的模樣，說：「宋再興要是真成了什麼迷路的遊魂，放心吧，別說是這座山，就算在天涯海角，他都會回來見我。但我還沒夢過他，他就肯定好好的。」

宋曉立好一會沒說話。小時候，尤其剛成年那陣子，她時常看不起劉瑾嫻對愛情的迷信。但後來，她反而對劉瑾嫻這麼堅定不移的愛情感到羨慕，甚至感覺到一絲從胸腔裡滲出來的苦楚。她對自己產生懷疑，是不是因為從小耳濡目染，她其實也想要這種東西？
她無話可說，開始收拾桌上的工具。「妳沒事就好。」
「還有妳嫂子。」
「嗯？」
劉瑾嫻搖頭。「沒什麼。妳這嫂子，就是很簡單，也不是壞事，但幫不了志峰。」
劉瑾嫻想起了道場上，吳思瑀的表情。站在佛像身前，被呼喊「愛徒」的時刻，她的表情多興奮神氣，一清二楚，令劉瑾嫻在心裡越發地看不起她來。她想起十幾年前志峰愛了這個女人，最令她不滿意的，就是這女人使人看得太清楚，那股合成皮的臭味，站多遠都聞得見。
「拜託，孩子都生了，也在一起這麼久了，別再操心妳寶貝兒子。」
「我不操心。」
「睡吧，明天還要去醫院不是嗎？」
「曉立。」
「嗯？」
「妳覺得……我該去學學開車嗎？」
宋曉立荒謬地笑出來。「為什麼？」
「妳不是也說，別老是讓人幫我。」
宋曉立不知道該怎麼回答，她根本想像不到劉瑾嫻自己開車的樣子。長這麼大，劉瑾嫻就是個被保護得好好的小姐。要是哪天她真的自己動手要做些什麼嘛，宋曉立覺得自己很荒謬，但想像那畫面，她竟然會心疼。她嘴上雖然碎唸劉瑾嫻是個茶來伸手的太太，但她發現自己懂父親的心情。她就想要劉瑾嫻這麼驕縱，這麼好命。

「不要吧。」她刻意生冷地說：「妳要是變得太厲害，爸爸一放心，醒不來，那就糟了。」

◈

漆黑室內，床頭邊的手機發亮。一條條即時推播新聞夾雜著數則私人訊息不斷跳上螢幕，震動頻頻，總算驚醒了床上的人。宋家別墅內，數人遭訊息嚇醒。

新聞推播寫著：「康興生技總裁宋再興病危昏迷數日」。

又有一則網路消息指出：「據傳，宋再興已經去世」。

早上九點，股市開盤，「康興生技」的股票跳崖般直落，斷面銳利地像是砍人頭的凶器。

山風吹動陰雨，細密的雨絲一陣陣間歇地往南面吹。宋志誠站在窗前，見前院的車一台接著一台開走。這則報導不是江裕堯所屬的報社出的。其實是不是都無所謂，志誠知道這消息早晚要壓不住，倒是江裕堯一早慎重地來了電話，慰問他狀況。

前庭裡，志峰跟曉立已相繼離開，連吳思瑀的車位都空下來，頓時顯得空空蕩蕩。水霧一樣的雨裡，志誠突然瞥見宋千光一個人蹲在屋簷底下，矮小個頭縮在那，不仔細看還真沒發現。片刻，換上上班裝束的志誠來到門口，見千光還靜靜地在那裡，兩隻手握著一台相機，原來在仔細研究。

「怎麼了？壞了？」

千光瞥了一眼他的皮鞋，又悶悶地按壓開機鍵。「嗯。」

志誠單膝蹲下，接過相機一看，確實是開不了。「是不是沒電了？」

「進水。」千光搖頭。

志誠笑。「怎麼進水？你帶去游泳？」

千光又搖頭，拿回相機，不間斷地按開機鍵，幾乎像洩憤。

志誠看了一會。「修過了嗎？」

「老闆說都壞了。」

「喔。」志誠心想難怪他看起來這麼悶，又說：「那就別試了。」

「要做作業。」

「學校的作業？」

千光又不說話，表情像是覺得志誠打擾他。

志誠試探：「怎麼今天沒有上學？」

這次千光沉默了好一會，才說：「我不要去。」

志誠瞭然問：「因為相機壞了？」

宋千光又不回話，只是這回輕微地瞄了志誠一眼，也算是他猜對了。

志誠失笑。這個早晨真是在折磨他的兄嫂，先是出了那條新聞，兒子又鬧著不上學，像是又要救火又要救水。宋志誠演話劇一樣誇張地一拍手，說：「對了，我好像有一台相機沒有在用。」

宋千光緩緩地看向他，假裝自己一點都不期待。

宋志誠誠摯地推銷自己的相機。「唉，好可惜它體積小、又輕便，而且還防水，我竟然都沒有在用。」他彷彿現在才發現千光發亮的眼睛一樣，驚訝地問：「怎麼了？你想要嗎？」

潮濕的氣味令空氣聞起來像是吸水海綿，肺都能嗆出水來。陰雨籠罩著整座學校，大風大雨裡教室內人心浮動。剛結束打掃時間的早自習，空氣是雨水跟拖把水的味道。一本本攤開的教科書，千篇一律。

宋千慧坐在後排靠窗的位置，窗外的視野不好，天井看不見天空，只能見到籠子似的校舍。她桌上擺著一本化學課本，但視線始終關注著手機畫面，螢幕一亮，她壓抑自己別動。

畫面上的文字寫著：「妳晚上還要自習嗎？」

又一條傳來：「我今天沒事了，一起吃晚餐？」

五秒太長，三秒鐘她就忍不住。她裝作自己不想竊笑，將手機拿到抽屜裡回覆。抽屜無光，像個洞穴，他們在這裡說悄悄話很安心。

她回覆徐子青——訊息上名稱顯示的是一個豬的圖案跟一個愛心，可能連名字都不敢寫，又或者是徐子青這名字太多人共享，豬跟愛心只有她一個人擁有。她輸入：「可能要。」

訊息立刻被已讀，徐子青回覆：「到幾點，我去載妳。」

她又寫：「不知道，可能要跟同學一起。」

「哪一個同學？」

「你又不認識。」

「男同學？」

宋千慧抿著下唇，這樣才能克制胸口的躁動。她寫：「反正你不認識。」那頭不回了，她又急，禁不住一直看，有點懊悔，有幾次衝動想回「不是男同學」或是「我去找你」，掐著手指忍下來。扭到幾乎指尖要發紅了，身後同學突然點了點她肩膀，悄聲問：「千慧。」

千慧轉過頭。

同學問：「晚上我們要去唱歌，妳要一起嗎？」

宋千慧一時回答不出來，大眼睛轉啊轉。「我……我不確定。」好像求救一樣望向手機，心裡暗罵徐子青真是豬。

「來啦。」她壓低聲音，曖昧地在千慧耳邊說出名字，說完，兩隻眼睛興奮地彎起來。「他們很想見妳欸。」

「喔，我想一下。」宋千慧進退兩難，一轉過頭，手心裡的螢幕總算亮起來。

徐子青說：「不要亂跑，下課就去接妳。」

宋千慧幾乎是開心得心臟都在痛。她好不容易抿掉了笑意，對同學說：「我有事。」

轉過頭，握著溫熱的機器，好像牽住徐子青的手。其實她也知道他們的關係有毒。但她想要。

◈

宋千光紅潤的臉像是花瓣，紅中透出乾淨的白。他靜靜地坐在副駕駛座上，手上握著志誠剛剛借給他的相機。

身側的志誠一手按著方向盤，有趣地問他：「你的作業要拍什麼？」

「之前自然課要拍昆蟲。」

「那你拍到什麼？」

千光聳肩。志誠不逼問，以為他不好意思說了，沒想到過一會他又訥訥地說：「我想要，想要拍放到 YouTube 上的。」

志誠很訝異，問：「你有 YouTube 頻道？」

「有一個。」回答的時候，千光不看他，酷酷的神情，好像覺得這很普通，不值得驚訝。

「我能看嗎？」志誠禮貌地問。

千光又聳肩。「不知道。」

志誠笑。「好吧。」

「其實，其實是因為相機壞掉，也沒有影片了。」

志誠瞭然地說：「沒關係，我幫你拿去修，說不定就修好了。對吧？」

宋千光側過臉，臉上更顯紅潤，小力點頭。

車子停到校門口，宋千光背起書包，一隻腿剛剛邁下車，突然又回過頭輕聲說：「Uncle.」

「嗯？」

「Is grandpa alright？」（爺爺還好嗎？）

志誠楞了楞，看他小心翼翼的神情，突然心生同情。這陣子家中一團亂，宋千光大概也用自己的方式跟視角，試圖理解這棟山中別墅的迷霧。他溫柔地說：「Yeah, I guess. No worries, everything will be okay, including your camera. Right ?」（嗯，我想是的。別擔心，一切都會沒問題的，包括你的相機，好嗎？）

宋千光的高興也很內斂，一股謹慎又害羞的神色。他說了聲「嗯」，又小聲地說「Thank you uncle」，這才進了校門。

「康興生技」的大門等了一堆記者。遠遠地看著這棟建築，晴天白日裡卻好像有驚雷閃現。志誠刻意繞了一個圈，從後門進去。

六樓會議室的黑色大門緊閉著，這門快一個半的人這麼高，雙臂打開都還不及它寬，平時就很氣派，此時更顯得殺氣重重。閉門會議的董事會，一早就緊急召開，光是站在外面都能感受從門縫透出來的一股寒風。志誠悄悄進到會議室內。劉瑾嫺不在董事會名單裡，但現在出了大事，她也在列席中，安安靜靜地坐在一旁不說話。劉瑾嫺並不愛管公司的事，死守男人女人的份線，樂得當某某人的夫人。但既然她到了，就算是一種表態。

會議裡氣氛火爆，董事會成員之一的宋孟昕正態度刻薄地對志峰說：「距離董事長出事幾天了，我們一點消息都沒有聽說，還要從報紙上看，你到底有沒有把我們當作董事？以後怎麼信任你？」宋孟昕是志峰的遠房堂兄弟，他的父親與宋再興關係要好，在宋再興創業初期投資了不少錢，後來將自己的股份跟位置都轉讓給兒子孟昕。孟昕跟他謙遜的父親不一樣，從不在乎人情負擔。

志峰耐著性子解釋：「董事長確實在過年的時候生病，老人家總是這樣。但你們在壽宴上也都看到他了，他七十歲還是這麼有精神，會有什麼問題？」

「那為什麼現在是你站在這裡？志峰啊，別哄我們了。」

「孟昕，這不是現在最要緊的問題。」

「那什麼是最要緊的問題？」

「現在外面流言蜚語這麼多，到底你是希望我站在這裡給你質詢，還是我們共同想對策？」

「你現在倒是會這樣想，怎麼之前不來找我們討論對策？」

宋孟昕就是這樣，一件事喜歡揪著不放，即使是面對堂哥志峰、更甚至是宋再興，他都直來直往。宋再興倒是喜歡他，說他耿直率性。宋志峰時常在心裡暗暗地想，怎樣的個性成了你的兒子，都不再是優點。

「我跟你道歉。」宋志峰悶聲說：「跟各位董事、長輩們道歉，是我做得不好。對不起。我考慮不周。」

四叔宋再慶一向很支持志峰，此時出言緩頰，說：「其實二哥出事當然是你們最辛苦，尤其是志峰，一時半刻處理不來這麼多事，我們都能理解，孟昕你也不要太刻薄。」

但也有人說：「只是董事長到底怎麼了，大家這麼多年的交情，先別說因為公司，我們也替他擔心。」

「是啊，人到底現在怎麼了？」

宋志峰一時沒回答，他看了劉瑾嫻一眼，心裡不太確定。來之前並不是沒有統一口徑，但他總覺得，在實話的基礎上添加一點故事性是最好的。劉瑾嫻的意見卻不一樣，甚至認為這些話應該由她來說。

果然劉瑾嫻站起身，深深地向董事們鞠躬道歉，說：「再興他，爬山的時候跌了一跤，才會現在都還沒醒來。」

好像她說的是一個鬼故事，眾人臉上都起了細微的變化。

劉瑾嫻繼續說：「你們也都很清楚再興的個性，不會喜歡說這種事情，我就是擔心他隨時醒來，發現自己昏迷的事情竟然傳得到處都知道……你們不要怪志峰，是我太自私了，沒有想到家裡的事情會鬧成這樣。」

她一說話，婉約節制的傷心令眾人都有點心虛，就連火爆的孟昕都收斂了語氣，委婉地問：「伯母，到底人現在是怎麼樣了，之後打算怎麼做，我們是自家人，總不能對我們都隱瞞吧？」

劉瑾嫻更是慚愧地說：「孟昕，你說得很對，伯母就是沒有見過世面，才會這麼慌。」

見母親頭越來越低，宋志峰擔心她承受不住質問，順勢將話接了過來，說：「爸爸還在休養，但醫生說了，他正在好轉，所以我們才會抱著希望。爸爸出事第一時間我沒有告訴你們，是因為我也期待他明天就好了。他每一次都是這樣，從來沒倒下過。各位很清楚他是什麼樣的人。」

四叔嘆了口氣，頗有點怪罪地看劉瑾嫻一眼，說：「二嫂，這麼嚴重的事情妳也不該這麼隱瞞，再怎麼說也得跟我們兄弟說一聲。妳咁有告訴大哥？」

劉瑾嫻萬分抱歉地說：「阿慶，我知道，是我不好，我會再跟大哥說一聲。」

會議室內突然一陣靜默，四叔率先說出了大家的心裡話：「情況如果很嚴重，公司的決策也不能少了董事長蓋章，這段期間，誰代理董事長的職務？」其實問都不用問，理所當然是宋志峰，還能有誰？他們也只是禮貌地提一句，大家都知道答案。

志誠畢竟在董事會沒有發言權，別說提意見了，他這張臉恐怕許多董事都還記不住。這反而讓他像個隱形人一樣，能自在地端詳眾人的表情。此時他看著大哥的臉，心想他可能就在等這一刻、等這一句問話。

「我有一個想法，各位聽聽看可不可行。」劉瑾嫻怯怯地說。

她在這當頭開口提意見，眾人都難掩驚訝神色，宋志峰更是如此，沒想過在這時候母親會插手。就聽劉瑾嫻說：「這陣子我天天在醫院陪著再興，他的狀況越來越好，我對他很有信心。況且，今年幸好是志誠也回來了。」

說到這裡，她看了一眼志誠。宋志誠沒意料到自己會被提起來。大哥大概也沒想到，與他無意間對上的視線裡也滿是困惑。

劉瑾嫻說：「志峰跟志誠都這麼優秀，現在同在公司裡面互相幫忙，我一點都不擔心。既然兩兄弟都在，在這個非常時期，共同決策就好了，也不用什麼職務代理人……如果真要蓋什麼章，不然給東易保管也行……我是不懂公司的規則，這部分你們想一想該怎麼做，我主要是不希望再興一醒來，覺得好像公司裡風雲變色……是吧？」

她沒有看向任何人，更不看志峰。她太懂她的兒子，怕會看到他來不及掩住的憤怒跟受傷。

倒是宋志誠想，自己恐怕是來不及掩飾臉上的驚惶了。

他沒有預料過她會有這種安排，畢竟爸爸掌舵的時候，劉瑾嫻樂得對公司的事情一問三不知。

這下這場劉瑾嫻的即興表演到底該怎麼收拾。

果然，志誠看見宋志峰足足楞了幾秒鐘之後，還來不及收拾臉上的惱怒，只能僵硬地點頭答應。

宋志峰說：「媽媽說得對。這是最好的安排，我們想想該怎麼做。」

◈

瘦弱的一面危牆單薄地佇立在天井陽光下，細瘦潦草的花葉攀附著牆面，微風裡輕輕擺動細嫩的枝枒。

牆面上掛報寫著：「閑美術館年展媒體發表會」。

策展人宋曉立穿著簡約優雅的黑色洋裝，十幾台攝影機擺在面前，記者們紛紛站定，比預期來得更多人，宋曉立假裝不知道原因，繼續說著：「……關注現代社會裡人與人關係的疏離，這個疏離詮釋空間很大，它可以是很大片的空白，或者是幽微的距離，其中用祕密作為填充。這種祕密很可能是精神上的，也可能是肉體上的，這也是這次主題取作『謊言』的緣故。」她朝向媒體說：「我們的『康興藝文基金會』，一向很鼓勵年輕藝術家創作，這從過去我們很多的展覽、甚至是一些獎助活動裡都看得出來。這次的畫展也不意外，我們邀請了八名藝術家共同展覽，一起詮釋二十到三十歲左右的年輕人，與祕密共同生活的圖像……。」

底下的記者不時低頭觀看手機訊息，即使沒有發出聲響，不間斷地分心已經是一種巨大噪音。宋曉立不介意，繼續說：「稍後有個簡單的餐會，歡迎各位留下來用餐，下午我們會與藝術家進行面對面的對談，聊聊創作歷程。」

眼見談話要作結，記者們急忙想發問，宋曉立輕巧地打斷：「我知道今天大家來到這裡，不少人想瞭解家父的身體狀況，謝謝各位的關心。我想說的只有一件事，我父親宋再興是出了名的工作狂，難得有機會休息，希望大家留給他一點時間靜養。」她直視各家媒體鏡頭，眼神一點猶豫都沒有，自信輕鬆，果斷又得體，生來就是個最好的門面。曉立笑著對媒體說：「今天還是都聊展覽的事情，好吧？」

其實，如果將畫面定格看細一點，宋曉立哪裡只是神態放鬆而已，她甚至好像有一點高興、一點得意。她低垂著眼睛，收斂了表情，對於宋志峰錯判情勢，她得花很大的力氣，才能藏住自己的快意。

望穿人群，她看見徐子青。徐子青默默站在人海裡，不搶她風采，他看著她的眼神默默含笑，好像萬家燈火裡早就看見她，也只有看見她。這讓宋曉立心生觸動，她已經很久沒有感受到徐子青的讚美與愛慕。

她走到他身邊，難得有少女般的羞怯。問他：「你的作品完成了？以為你趕不來。」

「還差一點，但妳不是希望我來嗎？」

「嗯。」她勾了勾耳後的頭髮，環視了展場問：「感覺怎麼樣？還好嗎？」

「妳辦的事情有哪一件不好？」

宋曉立笑起來。「你怎麼今天這麼溫柔。」

兩人一邊低語，還要關注來往賓客，時而穿插幾個點頭或寒暄。徐子青湊到她耳邊笑笑地低語：「可能因為妳今天特別漂亮。」

宋曉立覺得自己可能臉紅了，但又很荒唐，她不認為自己是適合臉紅的那種女人、或者那種年紀，甚至也不處於那種階段的甜蜜婚姻了。但她心裡確實很高興，像有溫水漲滿胸口。

宋曉立於是問：「那今天回來睡嗎？都在工作室這麼多天了。」

「嗯……今天不行，還差一點，還要再改。」

她失落地應了聲，又問：「不然一起吃晚餐？算是慶祝？」看見徐子青眼裡遲疑的困惑，她補充：「慶祝畫展開幕。」

「啊。」他意會過來，困擾地在腦內安排一陣，說：「明天吧，或者後天？對不起，晚上想好好工作。」

別人在看，宋曉立不能表現失望，況且她也不擅長這樣流露情緒，彷彿像是撒嬌。她打起精神說：「好啊，你好好加油，我很期待。」

徐子青跟她道謝，看她的眼神又深情又慶幸，溫柔得像是會吻她臉頰，或者至少髮際，但沒有。

宋曉立心想是環境不適合。

◆

總經理室內。宋志峰不與劉瑾嫻坐在一塊，獨坐在皮椅上。他的姿態坦然得太過，明顯造假，他刻意地把玩桌上的鋼筆，說：「我叫司機載妳回去，妳想去醫院還是回家？」

劉瑾嫻一眼看穿他。「志峰，你是不是在氣我？」

「不要想太多。」

「媽媽是想，現在這個非常時期，不必要什麼事都你出來扛。」

宋志峰沒有回話。

「公司實際掌舵仍然是你呀。」

宋志峰嘆氣說：「妳可能是不懂……。」

「我是什麼也不懂。」劉瑾嫻說著說著也來氣。

志峰一時無語，劉瑾嫻只要生氣，他就不知道該怎麼做，從小到大都對他的母親束手無策。推開辦公椅，他起身到窗外看一會，回頭見劉瑾嫻果然是眼眶紅紅地快哭了。

然而宋志峰還能怎麼辦呢，憤怒與挫折早就在他體內腐爛成一片沼澤，惡臭久散不去。這股死亡的氣味，以前還能強裝不知道，近年卻是越來越濃烈。他快要壓抑不住，渾身散發屍臭。其他人看得這麼明白，卻都期待他演得久一點。

「不要哭了。」他說。

「媽媽知道你想要作主。」

劉瑾嫻鬧起來可不是一兩滴眼淚就輕鬆解決，骨子裡脾氣簡直是一堵厚重的石牆，誰要是執意來撞，落敗的肯定是對方。此時她冷冷地這樣講話，就沒有打算哭一哭了事。

她說：「你老婆也動不動來明示暗示我這件事，媽媽怎麼會不知道你著急？」

宋志峰神情一變，愕然問：「思瑀說了什麼？」

「我不知道你們夫妻是怎麼談的，我也不想管。」劉瑾嫻繃著聲音說。「早晚是你的東西，為什麼要急在這一時半刻？志峰，你要知道你爸還沒死。」

「媽，我不是……」

「媽媽可能是搞砸了，我不懂公司那套，我只是一個普通的太太、普通的母親，不希望因為這些事情把家裡搞得四分五裂。」

「我沒有……媽，我如果真的這樣想，一早就跟董事們宣布爸爸昏迷了，董事長要找替代人選，怎麼會拖到媒體報出來才處理？」

「那為什麼思瑀千方百計暗示我呢？」

宋志峰想做的解釋全凍結了，乾乾地像是冰渣碎屑，全卡在他喉嚨裡。他聽見劉瑾嫻復而柔軟地說：「志峰，答應我，不要急。幸好是志誠回來了，志誠比你心細，也比較開朗，你們兄弟一起工作也好。宋再興也算安排得對。」

她這話卻像是一縷煙，飄過去就不見，遠得好像不在人世間。宋志峰根本聽不進去。

◈

宋志誠站在陽台，從他的角度看過去，正好看見總經理室那扇玻璃小窗內，劉瑾嫻半個側臉。他抽回視線，風中還帶著一點細雨，紗一樣罩在臉上。此時，另一雙手也搭上欄杆，中指上的婚戒閃閃發亮。宋孟昕站到他身邊。

宋孟昕年紀與志峰相仿，志誠則是從小身體不好，常年待在家，與這個藝術家性格的堂哥不親近，小時候甚至有點怕他，因為他的特立獨行。對宋孟昕的印象從一頭金髮耳洞，到玩樂團、改車，各種花招都能在宋孟昕身上看見。小的時候，志峰與孟昕意氣相投，成長背景也很類似，時常玩在一塊，十幾歲也一起玩車，後來不了，因為宋再興不允許。好像踏上兩條不同的道路，直到現在宋孟昕都還活得花俏，志峰卻成了一座蒙著陰影的英雄雕像，還是仿造的，近看就能辨別真偽。

志誠以為這個堂哥會一輩子浪蕩漂泊，幾年前卻突然聽說結婚，他的父親遂大把財產都給他，包括「康興生技」董事的身分，還有近三％的股份，讓宋孟昕突然成為「康興生技」的大股東之一。

故而有不少人對他突然結婚有揣測，宋孟昕的個性並不愛說明，至今沒有人知道答案。除了婚姻跟財產之外，宋孟昕沒有變，依舊過著閒散人間的生活，偶爾還參與音樂跟藝術活動，好像一生全是興趣，沒有一件需要稱作工作。

宋孟昕點了根菸，示意志誠。

志誠拒絕，說：「我不抽菸。」

孟昕瞭然地收回來，咬著菸笑。「哦，對。」他琢磨在健康兩個字上，咬得特別重。「你知道你哥以前抽菸嗎？」

「知道。」

「後來再見到也跟我說一樣的話。」他學宋志峰的語氣說：「我不抽菸，不健康。再後來就當總經理了。」

志誠看著那條灰濛濛的河，想起一件往事，現在稍微能夠當作笑談。「他的菸盒，那時候被爸爸找到，還發現他躲在廁所抽菸，就被拽出來，一路從四樓打到一樓。」

宋孟昕哈哈大笑。指尖跟嘴唇都冒出白菸，輕飄飄地，很快就不見。「那你呢？」

「我從來不抽。」

「哦。」宋孟昕一口氣將煙霧吸進肺裡，菸草一瞬間紅焰起來。「你姐今天去哪了？」

「今天有畫展。」

「我還是喜歡曉立，聰明，漂亮，會賺錢。我跟我爸不一樣，不喜歡壓大注，選標的，我偏好投資風險小一點，賺錢講求細水長流。真可惜宋曉立是個女的。」

「姐姐對藝術比較感興趣。」

宋孟昕挑眉，揶揄問：「是這樣嗎？」

「不是嗎？」

「裝傻。」宋孟昕咬著菸說：「伯母今天在董事面前這樣說，你們沒猜到對吧？」

「媽媽有她的想法。」他婉轉地說。

「女人就是這樣，你以為她沒想，腦子裡呢？」

志誠斂起笑容，防衛地說：「堂哥，你可能對我媽媽有誤會。」

「我不會對伯母有誤會。」宋孟昕仍是痞笑。「好啦，別擔心，聊點別的。現在伯父這樣，你預計在臺灣待多久？」

「現在這樣，且戰且走吧。」他說。

宋孟昕將菸踩熄了，朝志誠理解地笑。「那是當然，事情都這樣了，不兄弟同心怎麼行？」

第七章

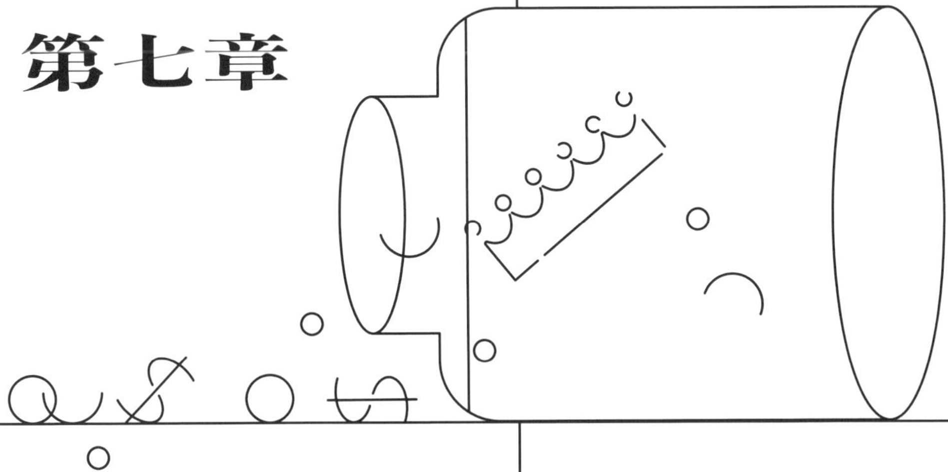

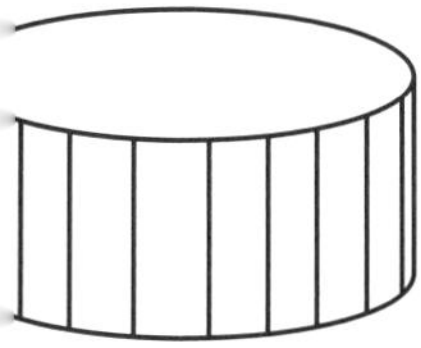

說謊的人

◈

蒼藍的濱海公路上，沿路行車一去不回，匆匆的風景略過，沒有人多留心那對母子。歪斜單薄的公車站牌旁，少婦身著素雅的洋裝，手上提著行囊，眼圈的紅尚未退去，茫然地望著遠方的海平線。

九歲的宋志誠牽著劉瑾嫻的手，不安地將重心從左腳放到右腳，又悄悄地放回左腳。他偷偷看劉瑾嫻一眼。

他是被母親帶來這裡的。剛剛他還在攝影棚內，笑出兩排牙齒背誦廣告台詞，那瓶人蔘飲喝了不曉得多少次，聽見導演說卡，又聽見有人說：「老闆娘，妳怎麼來了？」接著就聽見劉瑾嫻輕柔的嗓音說：「來接志誠，他表現得好嗎？」

志誠當時沒想到媽媽會來接他，心裡很高興，卻沒注意到今天的劉瑾嫻眼眶特別紅，還提了一個大包。他們一路轉乘公車到了這裡，簡直漫無目的。一路上她什麼也不說，臉色蒼白得像是遊魂。

此時兩人站在路邊，說不準等了多久，志誠手上卡通錶早就不走了，秒針上上下下地卡在「6」的位置顫動，像一隻喘不過氣的老狗。壞掉的錶讓志誠更感覺不安，懷疑與媽媽一同卡在某個沒有出口的時空。

眼見天漸漸要暗，海面紅成一片，望著劉瑾嫻的眼神，他突然有一股屬於孩童的直覺。他覺得媽媽像是要走進海裡。這個想法令他突然抓住她的手，喊：「媽媽。」

劉瑾嫻夢醒一樣回過神來，茫然地看著志誠一陣。

「媽媽，」志誠害怕地問：「我們要去哪裡？」這句話也許是「妳要去哪裡」更恰當，但他下意識地不這樣說，即使他很清楚，這不是一場母子的旅行，這是媽媽的旅行，只是帶著他。

他的嗓音總算把劉瑾嫻呼喚回來。她問：「你想回家嗎？」

志誠想點頭，但母親的眼神令他不敢，知道這是錯誤的答案，會令她傷心生氣。於是他說：「沒有。」

劉瑾嫻微笑。「不想回家，那得去哪？」

志誠怯怯地問：「妳要去哪裡？」

劉瑾嫻的眼眶一陣發紅。她用指節擦拭眼角，沒有回答。

後來，母子搭著夜車，搖搖晃晃地回了嘉義。這段回憶在九歲的宋志誠腦中已經破碎難辨，只記得又睡又醒之際，魔幻地行經大海回到大片農田。昏黃的燈光裡，他坐在三合院的小板凳上，腳上有蚊子在叮，清早拍戲時的妝還在臉上，有點可笑，面前的小土狗好奇地看他。他聽見裡頭有聲音在說：「妳發瘋了，把孩子也帶回來？」

再聽見劉瑾嫻回答：「我要是足夠狠心，」她笑了笑。「帶的就不是志誠。」

◈

宋志誠站在公司大廳等候劉瑾嫻。

就在他對面的牆上高掛了一只老鐘，時針緊緊地指往了「6」。晚霞蜜一樣，滲入晶亮的石英磚，淺黃色澤中倒映出宋志誠的身影。聽見了腳步聲他就回頭望，好幾次之後，終於看見劉瑾嫻遠遠地走來。

「媽，走吧。」

他要送她到醫院，這是一早就約好的事情，只是沒想到劉瑾嫻在董事會上會有那樣一番演出，令這場接送變得尷尬。宋志誠想問媽媽，剛剛都跟大哥談了什麼？大哥又怎麼說？問題卻像是乾燥的米飯，梗在胸口，上不去下不來，就感覺一大團在那兒。

兩人並肩往外走，卻是劉瑾嫻先開口，說：「志誠，你別擔心，一切都跟爸爸找你回來時說的一樣，不會有什麼改變。媽媽只希望你們兄弟倆要一起努力。」

志誠沒有多說什麼，淡淡地問：「大哥還好嗎？」

「以後要當老闆的人，總不能一點挫折就受不了。」

劉瑾嫻的側臉劃過一線晚霞的紅光，逐漸與宋志誠記憶裡的畫面重疊。九歲那年，年輕的母親決絕地望著海面的側臉，正是這樣烙印在夕陽裡。究竟當年是為什麼出走、在嘉義待了多久，又是在什麼狀況下回家，都已經模糊難辨。宋志誠從來也不問母親這段往事。

志誠不曾真正明白過母親的心思，有時甚至覺得她天真得殘酷。與父親的嚴厲不同，劉瑾嫻的高壓是無色無味的空氣，她令他們將個人縮到最小最小，在巍峨的家門之前，每個人的委屈都不算什麼事。

比如大哥的壓抑、姐姐的奉獻，以及宋志誠當年的出走，其實都沒有差別。

「媽媽，我答應妳的也從來沒有變過。」志誠說。

◈

夜裡。宋曉立銀白色的車開進了山城小巷，停在一處塗鴉牆旁。她提著一袋便當盒，輕巧地走進不起眼的民宅。筆直狹長的樓梯一路通往了公寓五樓，她摸著牆壁往上走，如果此時有人撞見她，會看見一向成熟自立的宋曉立，竟然眉眼含笑，期待中有興奮。

她放輕腳步聲，一路緩緩地摸到了頂樓，景色在眼前展開，能遠眺小城燈火和遠方月白色的大河。有個簡單的木板釘在樓梯口，寫著「徐子青工作室」。頂樓清一色的灰黑色水泥，像是裸露在文明世界裡的廢墟，只有盡頭那座小房子通體的白色，當初漆得很狂野隨性，白色油漆還點點沾在地上。

一盞暖黃色的燈在窗口，宋曉立想像子青就在裡頭作畫，弄得一身顏料、滿頭亂髮都不在意，眼神筆直地看著畫布，他的視線是唯一連繫真實和畫中世界的道路……。

她一步兩步往前走，站到門前。沒有人的時候，她放任自己羞澀喜悅的像是新婚。她先傳訊息詢問徐子青：「子青，你在工作室嗎？畫得還好嗎？」

徐子青專注起來就看不見別人，訊息也晚回，曉立知道，但她可以等。沒想到徐子青這次看見得很快，回了一句：「正在休息，還要繼續。」

曉立又問：「有吃飯嗎？應該很餓吧。」

子青回覆：「不餓。」

宋曉立面色得意，拿鑰匙開門。喀嚓地門把轉開，她探進門內，卻只見一盞燈罩在畫布上。宋曉立的得意轉為困惑。她逐漸放下提著的便當盒，往裡頭走了兩步，好像誤入禁地，彷彿有一條隱形的警戒線拉在這幾步之內，讓她停了下來。

她遲疑地問：「子青？」

這空間就這麼一點點大，哪裡都藏不了人，像個貨櫃屋一樣一目瞭然。手機在手心裡震動時甚至把她嚇一跳，舉到眼前，才更是令她困惑不已。

徐子青說：「不說了，我繼續工作。」

這句話讓她從驚疑不定裡逐漸冷靜下來，她握緊手心，鐵了心往裡走，跨過了剛剛心裡那條警戒線，來到徐子青的畫布前。她面色空白地坐到畫椅上，她雖然不懂作畫，但她是專業的策展人，眼前這東西何止是差一點點，根本是個潦草隨便的半成品。

她撥話給徐子青，第三通了才接起來。

徐子青不耐地問：「怎麼了？」

她輕聲說：「子青，工作室會不會冷？要不要給你帶個外套？」

「不用吧，妳也太操心了，早上這麼忙不累嗎？」

她竟然還輕笑。「不是，其實是我很想你，能不能去看你的畫？」

「曉立，妳知道我的規矩，我不給別人看未完成品。」

「我是別人嗎？」

徐子青聲音沉下來。「妳怎麼了？妳為什麼要這樣？今天早上我有這樣對妳嗎？我尊重妳的工作，那妳為什麼不尊重我？」

宋曉立此時竟然一心想著剛剛特意補上的香水太刺鼻。她用手背揉搓頸間，想把香氣給擦掉。

她說：「是我不好。」

徐子青不回話。

她又說：「你工作吧。」

徐子青應了一聲，結束通話。

宋曉立不知道自己怎麼走出工作室，甚至還妥善地鎖了門，她冷靜得可怕，彷彿早在心裡為這幕排演過無數次。直到坐上了車，她才從夢一般的模糊中醒來。徐子青的謊言比岩石鋒利。

◈

醫院的燈光白茫茫地讓人花了眼睛。電視懸掛在牆上，幾個大螢幕，播放著全天候輪播的電視台新聞。分明是上一個時段的新聞了，現在又開始重播。新聞主播西裝革履地望著鏡頭，細緻地咬字講述「康興生技」董事長傳出病危、昏迷數日的消息，說到自從年前壽宴之後，外界就再也沒見過老董事長，知情人士也指出，就連開工之後，公司裡也只見他兩個兒子的身影……等候叫號的病患跟家屬眼神發直地看這內容，沒有人注意到建築物彼端，醫護人員踩著緊繃的步伐進了某間病房。

宋家老別墅裡的那道螺旋樓梯以一種松樹的柔軟姿態蜿蜒而上，彷彿傑克種下的魔豆，從土裡發芽，根莖茁壯，逐漸一圈一圈地往天上纏繞，直到探入住有兇暴巨人的雲端。生人勿入，天堂禁地。

淒慘的尖叫震動空氣，哀嚎痛哭緊追而來。

三樓盡頭的門板虛掩，吳思瑀跌坐在地，雙手還抓著一件兒童外套，無助地看著蜷在窗簾後大哭的宋千光。她手掌上一圈深可見血的咬痕，一塊小小的皮肉掀了起來，鮮血逐漸匯聚，順著她纖瘦骨感的手腕滴至地毯。好像這時候才想起痛，吳思瑀遲鈍地壓住傷口。

千光把臉埋在窗簾內，要把五臟六腑都掐碎似地捲起身軀，又哭又叫。

「千光。」

吳思瑀狼狽地挪動臀部跟膝蓋，但她的行動彷彿誤觸了警戒線，宋千光見鬼一樣地駭叫。他的喉嚨又乾又啞，緊繃地彷彿下一刻就會咳出血。吳思瑀不敢輕舉妄動，謹慎地呼喊他。

「千光，出來好不好？」

簾後沒有回應，她又哀求：「千光，你怎麼了？跟媽媽說，媽媽抱你好不好？」

沒有用。面對千光，吳思瑀時常像在對一個深不見底的洞窟說話，聲音被黑暗吸了進去，連最虛弱的回音都消失無蹤。在千光的失控面前她什麼事都做不了，他不知名的崩潰如同平地而起的龍捲風，不知道從哪裡來，一旦發狂，就得摧毀整座樓才甘心離去。後來吳思瑀開始學佛，發現握在手心裡的佛珠是她生活中唯一圓潤踏實的東西，可以掌控、不會被奪走，也不會長成巨獸。

吳思瑀茫然地看著千光，彷彿望入一個漫長且無止盡的隧道，她站在隧道中間，既無法回頭，前方也沒有出口。

一雙布鞋急促地踏來，三步併作兩步，風一樣輕巧地行經坐倒在地上的吳思瑀，狹帶著不遜於千光的怒火朝他走去，驚雷一樣，一個響亮的巴掌倏忽地打在千光腦門上。宋千光驚嚇地抬起頭，在晃動的窗簾彼端，看見宋千慧沒有溫度的眼睛，一下子忘了哭。

宋千慧彎下腰，聲音冰冷地對千光說：「閉嘴，白痴。」說完，她輕巧地轉過身，裙襬跟著旋了一圈，歪著頭看她坐倒在地的母親。

「媽媽。」

像是溶在水裡的顏料，吳思瑀的無措一絲絲地被稀釋掉。見到宋千慧，她知道自己能鬆口氣，嘴上仍說：「不要總是對弟弟這麼兇。妳去了哪裡？怎麼現在才回來？」

「手怎麼了？」宋千慧示意她的傷口。

吳思瑀差點忘了慘烈的傷口。「幫我拿張衛生紙。」

去，姐姐在家裡陪你好不好？」

「為什麼？」

吳思瑀瞪她。「妳為什麼總是要頂嘴？」

宋千慧雙手環胸，涼涼地說：「妳怎麼不叫妳兒子別發瘋？」

吳思瑀不跟她爭，踉蹌地站起來，手上還抱著一件千光的外套。她對千光說：「千光，你不想

「要去醫院？」

千光抱著窗簾，情緒逐漸平復下來，仍把臉埋在成團的布裡，不吭聲。

吳思瑀隨手抽來幾張衛生紙壓著傷口，無奈地說：「看著妳弟弟。」

「嗯。」吳思瑀匆匆套上外衣。

「宋再興要死了？」

吳思瑀橫她一眼。「不要這樣，只是去看看他。」又問：「妳一個晚上去了哪裡？」

宋千慧挑眉，手摸著窗簾不說話。

吳思瑀說：「不要總是一個人在外面晃蕩，被妳爸爸知道又要不高興。」

「他又不關心我，怎麼會知道？」

「妳表現得好一點他就會關心妳。」

千慧不以為然，目送吳思瑀毛毛躁躁地收拾東西，匆忙離開。宋千慧緩緩回過頭。宋千光趕緊又躲入窗簾後面，無助地像一頭在森林裡走失的小獸，驚嚇過度，控制不住地打嗝。宋千慧側蹲下

柔軟的身軀，纖長的手指勾開布簾。

她說：「你再哭一聲，我會拿膠帶貼住你的嘴巴。」

千光乖巧地點頭，睫毛上結著淚滴閃閃。

宋千慧一伸出手，千光就反射性地往內縮，以為又要被搧耳光，沒想到她冰涼的手指掐起他一團臉頰肉，輕輕地晃了晃，動作裡有一種愛憐，宋千光驚訝地回望她，可惜不過幾秒鐘時間，宋千慧又是一張冷淡無情的臉。

「小寵物。」她鄙睨地說。

◈

吳思瑪一打開車門，就感覺到氣氛不對勁。她下意識撫摸剛才被千光咬傷的手，如踩上懸崖般，戒慎小心地坐上車。

「千光呢？」宋志峰問。

「千光不想來。」

宋志峰一看向她，吳思瑪竟然就緊張地縮到車門邊，閃躲她預期的巴掌。她從睫毛的細縫裡往外看，沒有等到暴力，只看到宋志峰盛怒而冰冷的臉。

「妳沒一件事做得好。」

車子發動了，宋志峰單手操縱方向盤，一手靠在車門上，指節輕輕地劃過眉骨。他半張臉藏在黑暗裡，看不清表情。

城市燈火如港邊浪花翻騰，一層疊過一層地拍打上暗色的車窗。吳思瑀在忽明忽暗裡努力將自己臉上的恐懼吞進肚子內。

「志峰……你怎麼了？」

她首先想到的是今天的董事會不順利，又或者是宋再興情況不好？她無從判斷，回想早些時候也並沒有收到什麼消息。宋志峰不可能單純為了千光生氣，他對千光的疼愛有補償性質，對他的膽小怕生特別縱容。千光不想到醫院，宋志峰第一個不會勉強他。

「妳跟我媽說了什麼？」

車身滑進高架橋底部，轟隆隆的車聲從頭上壓過，彷彿他們是在防空洞裡，安靜聽地面上那列肅穆行軍的戰車。吳思瑀像被人拿槍抵著腦袋，急切地思索宋志峰的問話是什麼意思。

「我說了什麼？」

眼前的紅燈怎麼也倒數不完。宋志峰冷冷地說：「吳思瑀，不要裝傻。」

「我只有帶她去道場找師父……。」

宋志峰突然奮力地重搥車窗，整台車好像都在晃動。吳思瑀趕緊噤聲，恐懼地抓緊胸前的安全帶。

宋志峰問：「妳為什麼要多管閒事？」

吳思瑀逐漸明白過來。「是不是董事會上出了什麼問題？」

綠燈了，宋志峰踩油門的方式像在洩憤，車身急地像被甩出去，吳思瑀一聲驚叫，離心力令她快要坐不住，內臟輕飄飄地發癢，彷彿會就勢起飛。宋志峰將速度催到底，開車的方式像赴死。

「不要這樣，志峰……對不起，對不起。志峰，對不起。」吳思瑀渾身都在發抖。「不要！」一台車斜裡岔出來，宋志峰緊急煞車，掌心重壓喇叭，嘶長的鳴聲聽來像是戰亂時的狼煙。急煞中，身體被安全帶即時地勒回座椅裡，簡直要將胃勒成兩段。怒意像火燒一樣點燃，宋志峰氣得又捶了好幾次喇叭，忿忿地罵：「妳想要我怎麼樣？一天沒當上老闆讓妳丟臉？妳到底要我怎麼做？難道現在就去殺了我爸，妳最開心？」

吳思瑀瑟縮在角落中，眼淚無法控制地掉下來。「我沒有。」

宋志峰逼近她，惡狠狠地問：「我媽覺得我急著要奪位。吳思瑀，我爸還躺在那裡，他剛剛出事，所有人都在替他擔心。只有妳，恨不得他現在就去死。妳為什麼要讓我這麼難堪？我欠妳什麼？」

「對不起……我不是……我不是那個意思……。」

無法控制而冒出眼眶的淚水滾燙，是懼怕的味道。宋志峰的呼息吹在她臉上。她竟然在這當頭慶幸這一切發生在車上，慶幸千光沒有來。

「妳如果這麼不滿意，妳可以搬走。」

她細微的嗓音像是從肋骨裡擠壓出來的，斷斷續續、殘破的嗚咽聲。她不斷求饒，說：「我不會再這樣了。」

「下車。」宋志峰命令。

吳思瑀一楞，在淚水模糊裡看見宋志峰漠然的臉。

他說：「我控制不了自己，會載妳去給車撞死。」

吳思瑀回過神來，只能細碎地應聲，好不容易拽開門把，幾乎是渾身無力地跌出車外。

她茫然地攤坐在馬路上，聽見志峰的車在她身後離開。好久好久，她渾身都還在發抖，此時的淚水彷彿才真正從心臟裡絞出來，又苦又澀，令她無措地大哭。她想著劉瑾嫺，究竟她做錯什麼，劉瑾嫺要這樣害她？

◈

槍聲大作。

轟炸聲中，穿插了幾句英文台詞，以及在嘹亮的爆裂聲中，硬是擠出頭的日文招式名稱。嶄新的皮鞋一腳踏上了地板上那隻笑出牙齒的棕熊腦袋。宋志誠走入閃爍著廉價霓虹光的電子遊戲場。將劉瑾嫺載到醫院後，志誠就收到江裕堯的訊息，說有消息要告訴他，一看他約定的地點，真是哭笑不得，驚訝這座高中常去打混的遊戲場竟然還存在。晃了一圈，甚至連裝潢都沒什麼改變。依循記憶來到格鬥遊戲的機台，果然看見江裕堯埋頭打電動的背影。

「你一定要約這種地方？」

又是一陣雜亂的槍聲正好回應了志誠的質疑。混亂的英文台詞裡聽出這是一場激烈的巷戰。玩家興奮地大吼大叫，大約是驚險贏了一場。倒是江裕堯手感不佳，螢幕上浮現刺眼的 Game Over。

江裕堯招呼志誠坐下，慷慨地將自己一半代幣分給他。

「今天還好吧？」江裕堯問。

宋志誠真是無法形容今天這一連串的亂流。「就那樣吧。」他含糊地說。螢幕花花綠綠地亮了起來，宋志誠雙手搭在搖桿跟按鍵上，試了幾個手勢，彈性的手感讓記憶滴滴答答地回流。宋志誠很訝異十八歲時玩的東西，憑感覺竟然還能打得有模有樣，當初正是學江裕堯流連在遊戲場裡，兩個人才逐漸變熟，這麼一想，驚覺已經是十多年前的事情。

從他專注的眼睛裡反映出角色華麗的連招。江裕堯一邊說：「幫你打聽了一下，線人可能是你家裡的人。」

宋志誠不信。「我們家的人就那幾個，你說是誰？」

「不是聽說你姐跟你哥不太對盤嗎？」

志誠的角色剛好被打了一拳，摔到場地邊緣。「我姐？她不會。」

江裕堯笑了笑。「你怎麼知道？」

「她就是不會。」

「好吧。這種事情知道了也沒有好處。」

宋志誠沒有否認，他明白這個道理。他搭在按鈕上的手指流暢地換招，倒地幾次之後，竟然還驚險地贏了一局。

江裕堯一手搭在膝蓋上看他操作，忍不住露出匪夷所思的表情，就跟十八歲時看白淨乖巧的宋志誠三兩下摸清這遊戲該怎麼贏一樣。那時候宋志誠的說法是：沒有玩過，但曾經看過大哥在玩，好像不難。

「你說什麼消息要告訴我？」一局結束，宋志誠問。

江裕堯比個手勢讓他稍等，將手伸進他又軟又舊的後背包裡掏弄半天，總算從中抽出幾張複印的文件。

「無意間發現的。」

糖果色的燈泡輪流亮起，繽紛的光團子如一列小蟲，滑溜地在遊戲機台上的燈泡裡竄動。這些機器像是隨時待命的樂園小丑，隨時咧開嘴笑，還得唱歌，大多時候僅僅簇擁一團空氣，等不到來客。這份昏暗與嘈雜建立了曖昧不明的安全感。

江裕堯給他的是一份公司清單，不同的公司名稱後頭，負責人全寫著「陳巧玲」，立案年份從五年前到去年不等，竟然達七項之多。

「陳巧玲？」

「你再看這個。」

另一份文件赫然是法院傳單，傳喚某某公司的負責人陳巧玲。再看時間，已經是半年前的案子。

江裕堯解釋：「無意間拿到的，她是你們公司之前的員工吧？」

「對，我知道她。她怎麼了？」

「你見過她嗎？」

宋志誠搖頭。「她去年就離職了。」

江裕堯說：「這個陳巧玲二十八歲，大學畢業之後就到你們公司工作，第二年開始就不斷在開公司，半年前其中一間公司因為廣告不實被起訴，剛好是我認識的檢察官承辦的案件，不是什麼大事情，但當時有個人陪她出庭，你猜是誰？」

「我哥？」

「我本來是不覺得怎樣，反正男人嘛……但你回臺灣，又讓我想起這件事。無聊查了一下，發現陳巧玲離職之後竟然又一口氣開了三間公司。你們公司很擅長培育人才還怎麼樣？」

宋志誠瞇著眼檢視這串名單，遊戲機台絢爛的光貼在他半張臉上，令他思索的表情晦澀不明。

「注意一下吧，這個天才少女現在去了哪裡？」

宋志誠心裡有些猜測，此時電話響了起來。是宋曉立，她說，志誠，快回來醫院，爸爸。又是鋪天蓋地砲彈籠罩耳膜的戰爭聲響，他聽不清宋曉立的後半句，卻已經反射性地起身，來不及與江裕堯細說，當即就要返回醫院。

◈

一道乾涸的血跡橫在宋千慧的小腿肚上。傷口不深，但鋒利地割了一刀，半截藏在中筒襪裡，鮮血勻在黑色的布料中，不細看根本看不見。若不是她就站在宋千光面前，千光也不會發現她腳上有傷口。

宋千慧回頭斜睨還抱著膝蓋坐在地上的千光，不悅地問：「你看什麼？」

千光本能地怕他的姐姐，花費好大力氣才說：「妳的腳流血了。」

「所以呢？」

「妳可以叫媽媽帶妳去醫院。」

千慧沒想到他會關心自己，笑了起來。「你這麼善良為什麼會發瘋把人咬傷？」

千光不說話，又將自己藏到窗簾後面，身體抱成一顆球。

宋千慧問：「你幹嘛那麼做？你又不是狗？」

千光低著頭，像要把自己埋到影子裡。

千慧懶得搭理他。她抬起腳跟，檢視那道回家途中新添的疤痕，創口比她想得大得多，乍看觸目驚心，但口子不深，血跡一下子就乾了。幸虧如此，吳思瑀也沒有發現。想到這裡她覺得有點搞笑，不過就是回家途中不小心絆出的傷，其實她也不奢望誰需要發現。

她盤腿坐下，褪去與傷口黏在一起的襪子，這個動作比她想得還要疼痛，宋千慧屏住氣，原本已經凝血的傷口逐漸被拉扯開來。一旁的宋千光怯怯地看著她的動作，吞了一口唾液。

「It'll get worse if you do that.」（如果妳這樣做，傷口會更糟的。）

千慧看都不看他，一點一點地拉下襪緣。

千光小聲說：「Hold on...you're bleeding. That looks really scary.」（等一下……你在流血，看起

來很可怕。）

「閉嘴，宋千光。」

宋千慧沒耐性地用力一扯！鮮血自撕裂處湧出，在纖細的腳踝匯聚出一朵觸目驚心的紅花。她用脫掉的襪子隨便抹掉鮮血，宋千光卻看不過去，替她拿了醫藥箱，確認千慧不反對，方才小心翼翼地蹲下替她擦藥。

一直以來，宋千慧與這個弟弟的關係都相當疏遠，血緣是最便宜行事的關係，千慧從很小的時候就不信這套，尤其千光又膽小，好像一個眼神就能把他嚇跑，總是畏畏縮縮地像個受虐的小動物，姐弟倆就算碰上了，也講不到兩句話，甚至別說是說話了，光是看見宋千光，她都不耐煩。但是，此時宋千光細心地扭開瓶蓋，沾著優碘替千慧的傷口消毒，柔嫩的瀏海隨著他的動作，在認真的雙眼前輕輕晃動，好像這一刻才讓人發現他是一個九歲的小少年，不再是那個躲在媽媽身後，話都說不好的小男童。

「看起來很痛。」千光說。

「膽小鬼才怕痛。」

千光將下巴輕靠在膝蓋上頭，他一雙澄澈的茶色眼睛藏在長長的睫毛後，看不清在想些什麼。

七歲以前，千慧跟媽媽住在一個小公寓裡，爸爸偶爾會來，但宋千慧知道，他不來的時候，是因為他還有其他的家人。一直聽說爸爸跟那些家人住在山中的大別墅，只憑想像，她在腦海構築出一幅雲海城堡的美景。宋千慧並不羨慕，只是好奇。一直記得某一天媽媽說，因為有了弟弟，以後能搬進大房子住了。那時候她還不叫宋千慧，媽媽喊她「茜茜」，問她：「茜茜，妳高興嗎？」她卻清楚地看見媽媽處在狂喜與恐懼之間的表情，得要靠酒精才能壓抑住如惡鬼附身的情緒。她於是對那個想像中的大房子生出恐懼。

大房子實際上不是雲海裡的城堡，宋千慧在這裡將自己長成一隻刺蝟，時常暗自想，若是宋千光不出生，至少她還可以做宋茜，不必接近這棟房子，做見不得人的幽魂。宋千慧不喜歡嫁入豪門之後的母親，看了很可悲，更討厭膽小怕生的宋千光，因為在這個家裡面只有他不需要付出任何努力，就天生被愛。

待在這座洋樓內，她時常覺得是走進一處極深的山洞，遼闊而無光。此時洞中只有他們姐弟倆，宋千光的臉有一種青青的慘白。外頭開始下起雨來，雨水沾濕窗戶，也蓋住了月亮。吹起風，窗外的老樹晃動，雜亂的樹葉刮搔窗櫺，又逐漸像是拍打。這天氣令人想起宋再興出事的那一天。狂風暴雨的前奏，那一個晚上，宋千慧依稀記得躺在自己的被窩裡，望著天花板上映現的樹影，遲遲無法入睡，始終想著晚餐時的事情，臉頰上燙出了一個巴掌印。

宋千慧僵硬地說：「謝謝。」她站起身，向宋千光說：「再見。」這已經是她與弟弟能做到的、最多的交流。

◈

針頭緩緩地被推送入皮膚中。彷彿在體外騰空長出一條全新的血管，猩紅的血液不斷被送入宋再興體內，扁平的儀器聲響在冰冷凝重的房內過於清晰。

宋志誠承著風雨回到醫院時，宋曉立已經守在那裡。他注意到姐姐的臉龐不尋常的慘白，眼眶則是嚇人的猩紅。原本想問原因，一瞬間卻轉念想，應該是為了爸爸。志誠問：「爸爸怎麼了？媽呢？」

宋曉立也是不久前接獲醫院通知，匆匆地趕來。那時母親失魂落魄地呆坐在病房，本該躺著父親的床鋪空無一人。宋曉立心情當即一沉，彷彿已經聽見最壞的消息。

她看見志誠，慢了幾拍地回答：「她在病房休息。爸爸……」

宋志誠仔細看她，確信曉立的狀態不對。他問：「妳怎麼了？」

「我？」宋曉立又回過神，發現自己頭重腳輕，一整天的心神煎熬令她體溫不正常地升高。她甚至暈地得扶住牆壁，才不至於暈眩在地。

「曉立？」宋志誠即時拉住她。

「我沒事。」曉立說。

「妳確定？」志誠緊緊扣住她彷彿一折就斷的手腕。「妳臉色很糟，先坐一下吧。」

「我只是太累了。」曉立勉強向志誠微笑。

宋志誠仔細地檢視曉立臉上任何細微的神情。他一向看得出來宋曉立什麼時候是在逞強、什麼時候是在說謊。他懷疑地壓低聲音問：「……徐子青嗎？」

宋曉立沒想到他竟然一眼看穿，慌亂地說：「不要亂猜。爸爸正在做檢查。」

宋志誠並不信，但在曉立的警告下，暫且鬆開她的手。志誠問：「爸爸還好嗎？」

「他……」

遠遠地，走廊盡頭宋志峰也趕到了。他也接到了消息，臉上難掩的焦慮，匆匆問：「怎麼回事？爸呢？」

宋曉立看著她的兄長與弟弟，忍不住抹了抹哭紅的眼睛，試圖遮掩自己的狼狽。她心想真糟，剛剛無論如何應該補個妝，不致於這副慘況讓所有人都看見。她想起劉瑾嫻。幸虧母親剛剛情緒激動，才沒發現她的失常。其實就讓他們都當作自己是為了父親心力交瘁也好，反正怎樣都不比荒謬的婚姻謊言要來得可笑。

宋曉立說：「爸爸剛剛……醒來了。」

第八章

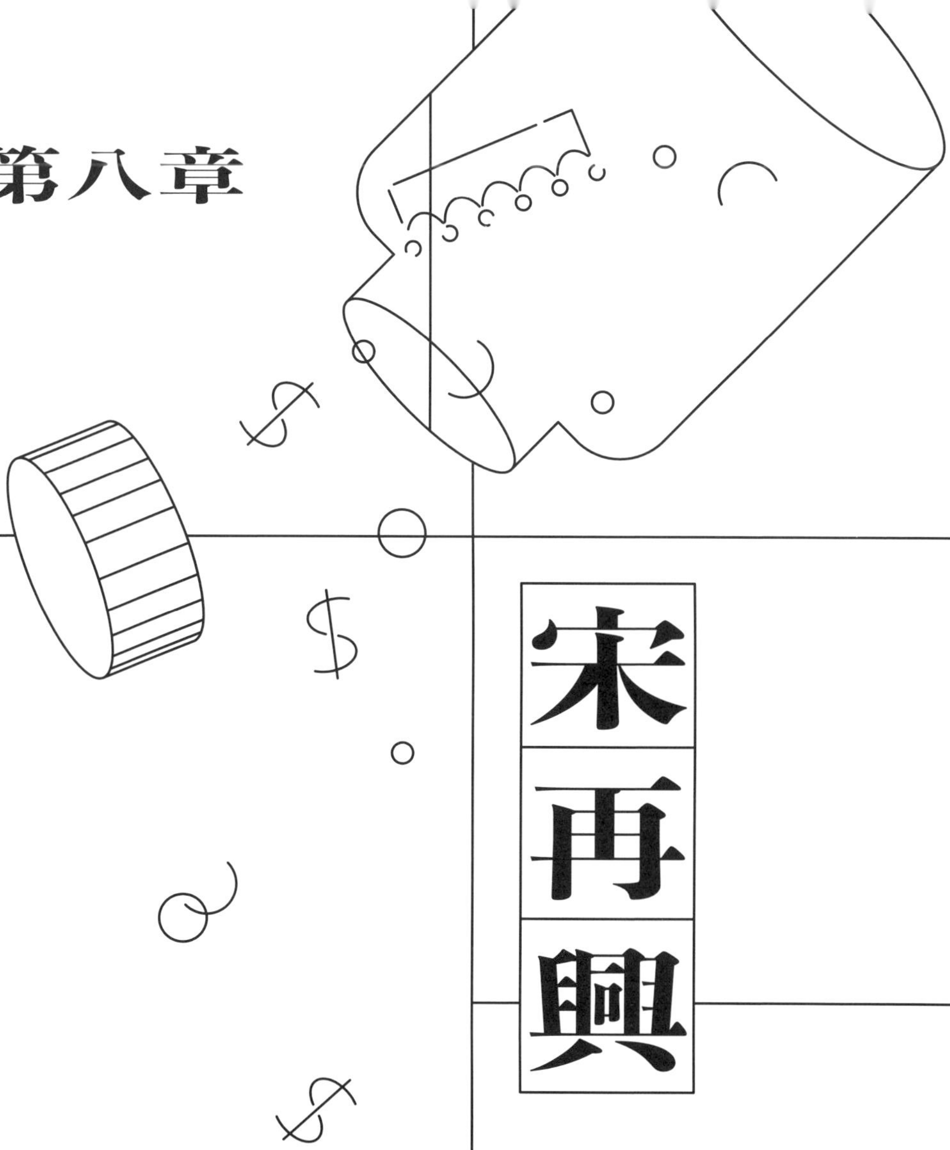

宋再興

◈

一九七八年。

劉瑾嫻首先是聽見一陣陌生的喇叭聲在小巷子裡迴盪，然後是機車在自家門口熄火的聲音。當時她正踩著裁縫機，悉心地替新做的襯衫收邊，首先不考慮是宋再興回來了，因為他那台破摩托車，騎起來像是沿路放屁，連隔壁的小孩子都認得他滑稽的車聲。但這輛車就在家門口停了下來，好像刻意地在等她。這令劉瑾嫻遲疑地放下手上的工作，推開紗門，門外停著一台嶄新、陌生的偉士牌機車。

二十九歲的宋再興穿著咖啡色皮衣外套跟新潮的牛仔褲，笑嘻嘻地朝劉瑾嫻打招呼。

劉瑾嫻不可置信地瞪了好久。「宋再興？這是哪裡來的車？你買了車？」

「朋友的啦。」他趕緊解釋。

劉瑾嫻撫著胸口，還有點怕。「真的？不是你買的吧？」

「就跟妳說借的，有夠囉唆。」

「這個車這麼貴，你也敢跟人家借。」

宋再興被唸得有點惱羞成怒，煩躁地說：「好了啦，一隻嘴唸唸唸……上車。」

「啊？」劉瑾嫻沒反應過來。

「上車，來去市區踅踅[8]。」

劉瑾嫻卻會怕。「不好吧，你說這是借的，弄壞怎麼辦？」

不理會她的擔憂，宋再興傾身握著油門，用力踏下踩發桿，引擎像是水車攪動湖面沉穩地轉動。轟隆隆的引擎聲令劉瑾嫻想起曾經在電視上看見直昇機升空時，飛行槳「答答答」運轉的聲音。宋再興看向她，笑得很得意，眼裡的神采就像拿到玩具。

「カッコいいだろう。」（很帥氣吧？）

他這樣一說，劉瑾嫻突然就覺得心軟了。知道他一直都想要一台像樣的車。

劉瑾嫻說：「等我一下，我進去換個衣服。」

「換什麼衣服，不用了，這樣就很好看。」

劉瑾嫻不願意，一向堅持上市區就得好好梳妝打扮，此時宋再興突然來這齣，她也來不及怎麼整理自己，回房間換了一件洋裝後，就急急忙忙出來，站在宋再興面前輕輕拉了拉裙襬，期待地問：「新買的布，咁好看？」

「有啦，很水了，快點上車。」

8 臺語，seh-seh，散步閒遊。

劉瑾嫻抿著笑容，羞怯地側坐上後座。

宋再興調侃：「嗯？啊妳進去怎麼忘記抹口紅？」

後照鏡裡劉瑾嫻青了他一眼，機車緩緩地發動，涼風吹動她的裙襬。嫁給宋再興之後，她仍堅持每隔一段時間就到布行挑布料，替自己做一件好看的裙子。宋再興從不強迫她成為太太之後就不能是個小姐，這是跟這個男人在一起令她最快樂的事情。兩個人沒什麼錢，到市區就是隨意走走看看，劉瑾嫻還是有點有錢人家小姐的習氣，喜歡逛百貨公司、也喜歡看電影。兩樣宋再興都沒有興趣，但他倒是有耐心等她。別人都說，妳這個丈夫外面找不到了，劉瑾嫻有時候心裡也這樣想。

一手輕輕扶著丈夫，沿路風景流動，從層層的水田、農舍，到了火車頭，偶爾路上顛簸也不覺得辛苦。

「這台車多少錢？」劉瑾嫻問。

「怎麼樣，也想買了喔。」

「我問問而已。」

宋再興笑。「等我賺錢，買一台像這樣好的，妳坐了才舒服。好不好？」

劉瑾嫻輕輕點頭。她從後照鏡中看著這個男人滿足的臉，想起第一次在西餐廳見面，見他一整頓飯都不太說話，回家後劉瑾嫻就告訴替她媒合的阿姨，說這個宋先生她願意考慮一下，因為其他來相親的都太多話，安靜的比較特別。之後再見幾次，才知道他那天的沉默是因為緊張，聽說相親回家後宋再興覺得自己沒機會，還失眠了一夜。

頭頂上，藍天白雲都在後退。風灌在衣袖裡，日後將那幾年的日子記得特別明白。宋再興嘴裡說出的未來總是近在眼前。

◈

未閉緊的窗吹入毛絮般的碎雨，一陣、兩陣地，輕輕地吹落到宋再興的眼皮上，其中一顆稍大的水珠恰巧滑入他鬆弛的眼褶內，水珠細微地晃動，沾濕了一小片的皮膚。

一時間，宋再興以為自己仍躺在那片樹林中，任清晨的雨水混著泥葉，沖刷他的皮膚、指間，渾身都被浸濕。暴雨不見陽光。直到他聞到淡淡的一層花香，與刺鼻的醫院藥水味。

接著，好像經歷一場久睡難醒，首先是睫毛輕輕抖動，薄薄的眼皮底下，也隱約可見眼珠移動的痕跡——費了好一番功夫，宋再興終於睜開雙眼，即使只是萬般沉重地提起兩道眼皮，也是一場勝利。為了這場清醒，他與自己的身體抗衡了數日。

如同宋再興一生的路徑，他許諾的未來總是近在眼前。

他永遠、永遠都會是賭贏的那方。

◈

一雙布鞋停在吳思瑀面前。路的盡頭，吳思瑀獨自坐在馬路邊的隔離柱上，出門前編織好的長髮散亂，妝也哭花了，一雙漂亮的眼睛腫得睜不開。

吳思瑀抬頭看見宋千慧的時候，露出了安心的笑容。她知道無論如何，千慧都會來。

「茜茜。」

宋千慧怒火中燒地看著她。她白嫩的臉是吳思瑀的翻版，尤其是那雙眼睛，火盆子似地冒著濃煙，像極了她才二十歲出頭的時候，那時還常常感覺生氣、感覺不平。究竟是什麼時候忘記這種感覺？她想要想起來。

「妳在搞什麼？」

吳思瑀看了看自己，狼狽得很好笑。她說：「下車的時候太慌張，忘記拿錢包了，幸好還有帶手機，否則都不知道該怎麼辦。」

「我問妳為什麼把自己弄成這樣子。」

「就說是因為下車的時候太慌張了……。」

「媽媽！」

吳思瑀打住解釋。千慧的髮絲裹著白淨的月光，表情卻這麼傷心。這並非吳思瑀第一次看見她這樣的眼神。無論千慧是心疼她也好、看不起她也好，那些一點就著的情緒，都能在吳思瑀的心中燒出一個洞。她時常想起只有跟千慧相依為命的時候。她知道自己很賤，但女兒並不會。

「茜茜，」她笑問：「媽媽還漂亮嗎？」

宋千慧緊咬著嘴唇，她從不像其他任何的誰，輕易哭、輕易脆弱。她擁有憤怒，盛怒可以替她擺平無能的感覺。

「他又打妳嗎？」宋千慧問。

「沒有。」

「那妳哭什麼？」

「好吧，不哭了。」吳思瑀擦掉臉上殘餘的淚水跟髒污，重新用髮圈繫起長髮。她朝千慧伸出手。「走吧茜茜，帶我回去吧。」

宋千慧沒有拉起她。她僵直地站在那兒，彷彿輕舉妄動就會爆炸。唯有火苗在胸口竄起的時候，她感覺自己真的是宋志峰的女兒。她的血液裡被下了猛毒，這股不平衡的恨意繼承了兩代。

「媽媽，我們離開好不好，不要再過這種日子了。」

吳思瑀一楞，出神地看著她。

「茜茜，妳痛苦嗎？」

宋千慧不作聲，急促的呼吸已經洩漏了她的難受。

「對不起。」吳思瑀主動拉來千慧柔軟的手，十指交扣地握在掌心中。「但媽媽還不能甘心。」

她輕輕說。

◈

爸爸醒來了。

在某一個白天回到了屋子裡。彷彿宣告這裡還是由他主宰，出事那天的暴雨沒了，取而代之的是晴朗到刺眼的天氣，烈陽從後頸燙到耳廓，宋志峰不由自主地撫摸那塊被曬熱的肌膚，想起十八歲時，被父親掄著腦袋往地上摔時所留下的傷疤。當時觸目驚心的裂口，癒合後竟然縮得小小的，躲在耳後，成人之後不曾被人察覺。

當父親下車時，蓋了個毯子窩在輪椅上，明明是大熱天，卻還是畏寒，大病之後像是一塊四季冒著寒氣的冰塊。宋志峰覺得他比病前萎縮了一圈，甚至得彎著後頸看他。他以為一切很安全，至少自己是站著的。但沒想到當宋再興朝他看來時，那對視線，依然讓他畏怕。意識到這一點，耳後的傷彷彿又要重新流出血來。

「爸爸。」

站在身邊的志誠說。這令宋志峰回過神來，也跟著說：「爸爸。」

宋曉立站在家門口，總是一副萬事俱備的模樣，微笑著對父親說：「爸爸，歡迎回來。」

宋再興也不應聲，不知道是累或是不願意。他的視線在他們三人臉上轉動，最後直直地、毫不迴避地盯著宋志峰。

在父親面前，宋志峰總聯想到滅頂，僵直地墜入海底深處，因為太過恐懼而忘記求生，嘗試像其他人一樣說一些什麼：爸爸、您回來了，爸爸、歡迎回家，爸爸、今天感覺還好嗎？爸爸、爸爸……然而冒出嘴的字句卻都成了空氣。他不敢說話，為什麼其他人都能輕易地開口說話？

「公司呢？」父親問。嗓子枯燥緊縮，像缺水的莖。

「很好。」他的聲音淹沒在水中，咕嚕咕嚕地，好像是另一個人在說話。「爸爸身體可以的話，待會跟您報告。」

一旁的劉瑾嫻緩頰。「才剛剛回家。」她受不了地笑說：「先回房吧。你們也是，先讓爸爸休息一下。」

宋志峰這才好像從水裡被提起來，渾身濕漉漉地，後頸的炙熱令他回到現實。爸爸回來了。

宋再興回房後，其他人各自回到房間，佔據自己的一個角落，彷彿一盆非得分株種植的花。宋志誠敲響了宋曉立的房門，房內只有她，他知道，逕自開門，見宋曉立已經換上一套外出的裝扮。

「要出門嗎？」志誠問。

曉立正就著鏡子，在額側的髮根推進一排典雅的珍珠髮夾。從鏡子裡看見志誠，弟弟總是一張溫和的笑臉，但從幾天前她就想躲著他，若不是今天爸爸回家，逼不得已，她已經幾天與志誠錯開時間進家門。

「去美術館。」曉立說。

「假日還去美術館。」

「我畢竟是館長啊。」

「嗯。」志誠應和，替她帶上門，靠在牆邊看她。「不跟我出去走一走嗎？」

曉立笑。「什麼，我不是已經告訴你了……。」

「我很擔心妳。」志誠說。

宋曉立的笑容就凝結在臉上，她不知道該擺出什麼樣的表情面對弟弟的關心。每一種都太難看。怎麼會？她以前不是這樣，記憶裡，她從小就被訓練對任何狀況都從容不迫，她永遠是最完美的宋曉立。但從什麼時候開始，她只能用一種假笑面對生活中的難關？

於是她不笑了，避開了志誠關心的目光。她說：「不要擔心我。拜託。」

「我載妳去美術館。」

「不用了……。」

「宋曉立。」

「爸爸剛回家，總不能我們就這樣出門了。」

「就是因為爸爸回家了，別讓他發現妳狀況不好。妳怕丟臉，不是嗎？」他徵詢地朝宋曉立說：「走吧？」

窗簾隔絕了烈日，室內維持在乾爽清涼的二十五度。寬敞的大床上，宋千光鬧了一個晚上的高燒，此時燒退，睡容還略帶不安，但總算是沉沉睡去，包裹著他的棉被輕微起伏，像一隻偶然睡在森林某處的小動物。宋志峰回房時，吳思瑀正坐在床邊照看著他。

宋志峰鬆開頸釦，輕聲問：「燒退了嗎？」

吳思瑀點頭，起身將位置讓給志峰，見他側身坐上床，貼近細看兒子的面容，動作小心謹慎，生怕吵醒了千光。他就這樣看了好一會，捨不得挪開目光。若非宋千光，宋志峰根本不可能跟她結婚。他在外尋找的是避難之地，不是另一個責任。還記得懷孕四個月的時候她告訴志峰，是個男生，你要嗎？宋志峰當時在電話那頭，風簌簌地響，背景是混雜的各國語言。她記得他沉默了好久，才宛如嘆氣地說：是男的啊。他們的感情本來就要死透，是千光帶來新的可能性。後來吳思瑀終於弄明白，宋志峰對千光的溺愛，是因為看見他自己。

好久。宋志峰與吳思瑀走到房間外的陽台，外界的聲音又開始流動。思瑀問：「爸爸還好嗎？」

「很有精神。」

「嗯。」

宋志峰說：「妳找個時間也該去看一下，總不能一直避著媽媽。」

「嗯。」這幾日裡吳思瑀確實是經常躲著劉瑾嫻，其實不光躲她，整個宋家的人她都不想見。可以的話她就在道場待一整日，回到家，也冬眠一樣地窩在房間裡，就算會落人口實也不在意。

夫妻再沒有別的話，宋志峰不自在，說了有事就要走，倒是吳思瑀又輕飄飄地說：「我想要我們搬出去。」

宋志峰一隻指節分明的手搭在玻璃門上，迎面已經感覺到室內舒適的涼風，半邊身體卻還在烈陽下燒。他壓著聲音，不知道是威脅、還是擔心吵醒千光，說：「我說過了，要就是妳，搬出去。」

「知道了。反正爸爸回來，那就一切如舊。」她順從地說。

見她聽話，宋志峰不再說，倒是一踏進房門才注意到梳妝臺上的唱片，封面是十多年前的吳思瑀。擁抱著花葉，赤紅的蕾絲洋裝，黑髮如墨、皮膚雪白，一點也看不出那時候的她，已經祕密地生了一個女兒。也許是那時還擁有愛情，眼睛裡總有光亮。

「妳拿這出來做什麼？」

吳思瑀笑說：「千光拿來玩的。」

宋志峰拎起來興意盎然地看兩眼，彷彿真的是在看兒子的玩具。吳思瑀低著頭，不看他怎麼隨手扔回桌上。

宋再興在劉瑾嫻的攙扶下，好不容易上了床。房門仔細關上了，他才彷彿洩了力一樣，老態畢露。

自從醒來之後，好幾日睡睡醒醒，靈魂泡在雲霧中，常常認不得眼前的人。唯一記得劉瑾嫻。那陣子他像是一眨眼做完七十年的夢，某天睜開眼睛，就成為八十歲的老人。這陣子，靠著劉瑾嫻斷斷續續地告訴他昏迷以來發生的事情，知道當初他是在山裡跌倒，志誠帶他下山，後來媒體那邊消息走漏，股價跌停了幾日，也知道了董事會暫時的決定，宋再興沒有意見。

眼前，劉瑾嫻還忙進忙出，替他擦臉、換裝、倒水……累了一日，一點也不見疲態，反而還很高興的樣子。宋再興任她擺弄地一一照做了。躺在自宅中，一點點地褪去醫院裡的死氣。

宋再興總算鬆口說：「還是得找個看護，妳怎麼做得來。」

「我怎麼做不來。」

宋再興知道她固執，於是不再說。

總算張羅好，劉瑾嫻整理了他落在額前的一綹白髮，說：「過幾天保險公司過來，你可以吧？」

宋再興自嘲地說：「我咁有失敗到講話都不行。」

「那不見得，上禮拜你連自己叫什麼名字都記不住。」

宋再興訕笑一聲。「真的丟臉。」

「……保險應該會問你出事時的狀況。你記得嗎？」劉瑾嫻說，面色猶豫。

宋再興神色閃爍。「大概吧。」

「是嗎。」

見她神色擔憂，宋再興伸出手，想輕撫她的臉龐，卻發現整隻手掌抖個不停。丟人。連一隻手都控制不住，還能掌握什麼？指尖總算，千辛萬苦地碰到了劉瑾嫻的臉。他希望自己聽起來仍然是如山一樣穩固。

宋再興說：「歹勢，讓妳受驚惶。」

◈

車開上了另一條山間小路，總算來到志誠回家那天，姐姐帶他來的觀景平台。宋志誠停了車，先行小跑到副駕，替宋曉立開門，好像服侍一個貴小姐。宋曉立被他惹笑了，下了車，迎面是睜不開眼睛的陽光。

宋曉立靠坐在車頭上，從這裡瞇眼眺望，能看見自家別墅的屋頂。屋頂是徐子青的畫室，特別為他做的。他不喜歡，蓋沒多久，有一天突然說在外面租了一間工作室。宋曉立不以為意，本來藝術家就是這樣，挑環境、挑氣氛，可能還挑人。總得她不在身邊才能創作。

「我希望你不要問。」宋曉立說。

「只是帶妳來兜風，沒有要問什麼。」志誠說：「但我希望妳開心。」

「我看起來很糟嗎？」

「妳對自己一直有點誤解，以為情緒不會寫在臉上，其實一覽無遺。」

「哪這麼誇張。」

宋曉立尷尬地摸了摸自己的臉，仍然不喜歡在弟弟面前顯現脆弱的一面。她一直記得自己是一個姐姐。四歲的時候，媽媽說，曉立，妳就要當姐姐了。從那時起她就期待宋志誠。她告訴自己要當一個可靠的大姐。從今往後可靠竟然成為她一生的志願。她仍然記得志誠小時候的模樣，像是一個精緻的娃娃，時常生病，最愛問她，出門看見什麼？後來出門時她就帶著他，像是母雞帶小雞。她長相漂亮、個性活潑，還愛照顧人，十幾歲時最不缺乏的就是自信。那時候她練舞，什麼舞都跳，從小就學芭蕾，長大也學時下流行的舞步。她跳舞時，宋志誠就在旁邊等著。別人都問，那是妳弟弟？長得好可愛。也有人問，妳帶著弟弟不覺得很煩嗎？偶爾會煩，大多時候是高興，她喜歡被依賴的感覺。

志誠側著頭，笑笑地看她。「出來走一走，好一點了？」

「大概吧。」曉立說。

「妳結婚那天，是我這輩子所能見過……最美的新娘。」志誠看著她，淡淡地說：「但不是因為結婚，是因為妳本來就是這樣子。站在哪裡都能發光。」

曉立輕笑。「你暗示我什麼？」

「不要讓我看了這麼難受。」

「好了，志誠。」

曉立笑，疲憊裡有一點感激。她老早知道自己的婚姻出狀況。但出狀況沒關係，既然是出錯、那就能導正。恐怖的是不愛。求了幾百種婚姻的仙丹，問題是無病無痛，只是不愛，要從哪裡醫治？她感到蒼茫，其實差一步就能承認失敗，但她賭了一口氣不願意。她要徐子青付出代價，得知道那個女人、或甚至是那些女人是誰。這樣的晦暗心思，怎麼能讓志誠知道。

志誠明白她不想談，於是換了個話題：「妳記得心薇姐在壽宴那天突然到家裡來嗎？」

「當然。怎麼了？」

「可能過陣子得找她。」

宋曉立若有所感，問：「是公司出什麼狀況嗎？」

「也不算是。」宋志誠模糊地說。「只是我的猜測而已，等確定了告訴妳。」

「嗯……」宋曉立不追問，說：「你有她的聯繫方式嗎？沒有的話，我能幫你。」

「好。」志誠答應。

宋曉立端詳她的弟弟。一眨眼的時間宋志誠就長大了，先是高出一個額頭，還來不及仔細觀察，竟然就整整高出她一個頭來。男孩子的成長是瞬間的事。志誠十八歲時，跟她說未來決定離家到美國讀書。如果可以，就不打算回來了。那時她說沒關係，反正交通發達，不過就是一些海的距離，姐姐也能常去找你。但證明了宋志誠不在，她常感覺寂寞。

「志誠，」她脫口而出地問：「你回來家裡快樂嗎？」

宋志誠訝異地面對這道題。他其實沒有想過。快樂本來就不是他回到家中的第一要件。

他看著曉立的臉，說出心裡話，但也許他人聽了也不會明白。

「我沒有關係，回來本來就是為了你們。」宋志誠說。

◈

身後的行車捲起排煙廢氣，轉瞬被河水的草腥味給沖散。強風灌入宋志峰的衣袖，他必須瞇著眼睛才能看清城市的輪廓。爸爸醒了，過去的十多個日子好像是家人共同的夢境。就像合力要阻止大樹倒下，所有人都用渾身力量抱住樹幹，試圖將逐漸拔地而起的根往土裡種，耗盡了心力與體力。回過神時，宋志峰就站在這裡，十幾歲的時候愛上騎車，時常將心愛的重機騎上大橋，感受到來車捲起陣陣嗡鳴，聽著像是奇幻故事中幻想出來的巨大虎蜂。

靠在橋邊，他難得地點起菸，看見焰火在夜裡閃爍，風一吹就帶走零星的火光。他正在等一通電話。是陳巧玲。他總是跟陳巧玲約好通話的時間，沒有意料之外、沒有驚喜。年長之後，對能夠掌控的事物感到越來越著迷。陳巧玲很乖巧，守分際，對他總是懷抱一種少女單純的崇拜，正是他需要的那種關係。

電話響起，那頭怯怯地說：「老闆。」

「回來了嗎？」

「嗯。」她細細地說。

宋志峰將抽沒幾口的菸扔進大河裡，看不見一點痕跡。「我去找妳。」

◈

天氣回暖的時候，所有人都在傳言，說老董事長已經康復了，但觀察宋再興的幾個孩子，又全都不動聲色的模樣，消息只能在眾人口中不斷變形，至於宋再興真正的狀況，仍然沒有明確的答案。

湛湛的藍天底下，撐著陽傘的戶外雅座，行銷部成員圍成了一桌，桌面上攤著各個吃到一半的飯盒。李叔陽熱得恨不得把襯衫也脫了，汗水黏在身上，隱隱看見裡頭的白色汗衫。

阿傑遠遠地跑回來，用上衣裹著好幾罐冷飲，開心地發送給大家。

「媽的，真的是要熱死我。」李叔陽抱怨，大口乾掉了半瓶。

宋志誠還在研究手上的筆記，悠悠地說：「我就跟你說找個有冷氣的地方吧。」

李叔陽擺擺手，說：「文青才去咖啡廳。」

「那中年大叔都去什麼地方？」志誠問。

李叔陽靜默片刻，認真地思考這個問題。

阿傑搶答：「我知道，酒店。」

李叔陽生氣地說：「我才不去……我已經很久不去酒店！」

「辦公室不知道什麼時候會修好。」彥如悄聲說。

一早行銷部的辦公室開始漏水，一滴兩滴首當其衝沾在李叔陽的手寫文件上，他看著糊掉的字跡大發雷霆，接著就見天花板深色的水跡逐漸擴大，只能緊急通知人來維修。這下子也沒辦法開會了，整組人移師公司外，可惜放眼望去附近什麼也沒有，最後只能找個最近的便利超商窩著。

前不久，找了市調公司進行對人蔘飲舊品改造的評估，分析結果尚未出爐，團隊也同步討論人蔘飲的各種可能性。雖然當初重做人蔘飲只是一個直覺式的想法，但志誠仔細思考之後，考量到飲料的接觸客群廣，若是之後要對整個「康興生技」做品牌的再造，那以人蔘飲作為重新讓消費者認識「康興生技」的第一棒，搭配四十週年慶，確實是個好時機。只是夏天很快就要到了，要搶在這之前再造這支老產品，他們面臨很大的時間壓力。

「我去問了我媽還有附近的鄰居阿姨阿伯，整條菜市場我幾乎都問遍了喔，有一個阿伯是說，他是我們的忠實顧客。」阿傑模仿隔壁阿伯講話：「但是很久沒有看到你們的廣告了捏，都快要忘記了啦。」

「我們的廣告是真的很久沒拍了，沒辦法，太花錢了啊。」叔陽說。

志誠說：「其實人蔘飲的既有族群一直都很忠實，只是我們要想辦法喚醒舊族群回來購買，同時又要找到新的族群，最好的方式還是保留它原本的樣子，做一點簡單的調整會比較好。」

阿傑說：「要打到年輕人的話，玻璃瓶還是有點難喔。」

彥如小聲提議：「有沒有可能這次也可以把女性族群考量進去……。」

叔陽拿筆用力指著彥如，大聲說：「可以可以，我們可以像之前一樣，送那個小支電風扇，買人蔘飲就送小電風扇，舉在手裡的那種有沒有？」

「啊？會不會那個小電風扇就比飲料貴了啊？」阿傑說。

「啊怎麼這麼年輕不懂變通，不然你也可以用抽的啊。」叔陽說。

兩個人你來我往地爭論起來，後來變成胡言亂語，說乾脆買人蔘飲送一台真正的直立式電風扇，阿傑為這個點子抱著肚子笑。志誠把話接過來，說：「彥如剛剛說女性族群這個滿有意思的，等市調結果出爐我們可以看一下。我覺得我們可以先創造一個話題，我長得不一樣了、我穿的衣服不一樣了，吸引顧客來重新認識這個產品。」

等到阿傑又進超商搬了第二輪的飲料跟冰淇淋出來，午後的陽光威力總算也減弱了一些，大致同意要微調 Logo 的設計，為日後品牌重造鋪路，同時做全新的廣告引起話題。至此，會議時間大概已經持續了兩小時，宋志誠作結，闔起筆記本說：「先這樣吧，細節我們再想一想該怎麼做。」

其他人紛紛應聲，對於他口中的「想一想」，倒是有不同解讀。賴彥如跟李叔陽畢竟比較資深，心裡不約而同的浮現一個猜想，沒有說出口。他們想，宋志誠也許得回去請示老董事長的意思，畢竟這次人蔘飲的專案，是老董事長直接授意的案子。況且大家都在說，老董事長就快要回來了。

◈

凌晨兩點鐘，宋志誠房內尚未熄燈。他想起前幾天江裕堯的提醒，「注意一下吧，這個天才少女現在去了哪裡？」在那之後，他就不得不在意起陳巧玲這個名字，以及她那一長串似乎與「康興生技」有關連的公司行號。

對於這個年輕的前任行銷經理，起初宋志誠只有微薄的印象。來到公司任職一陣子之後，他確實感覺行銷部似乎空轉了兩年，這兩年間，所有的事情都毫無結果，全都是瞎忙。但考慮到這個部門還這麼年輕，況且過去公司也沒有行銷的概念，可能本能地排斥新東西，在這個狀況下，要推展點什麼都難如登天，肯定有眾多意見、反對、看笑話……志誠不是不能夠體諒陳巧玲當時的處境。

只是，江裕堯帶來的消息，將整件事情導向了截然不同的狀況。

宋志誠不願意引起騷動，甚至連唐東易都沒有告知，暗地裡調閱「康興生技」近幾年有合作往來的公司名稱。他輕易地發現經銷商名冊中，好幾間公司的負責人就是陳巧玲。

再往下調查兩方近年來的合作狀況，宋志誠看見了幾張誇張低價的價目清單時，總算坐實了心中的猜測。至少在這三年間，陳巧玲以經銷商的名義與「康興生技」合作，以極低的價格，固定購入六、七件的高單價產品。三年，陳巧玲從中撈走多少錢？最令志誠不可思議的，是追溯當初核價的表格中，竟然確實有董事長的核章，而中間經手的主管，就是業務部的莊政永。

宋志誠不懂，父親怎麼可能會同意這種事情？如果在父親的眼皮底下就能發生這種事情，那麼，由大哥全權把持的新加坡子公司呢？

第九章

真相

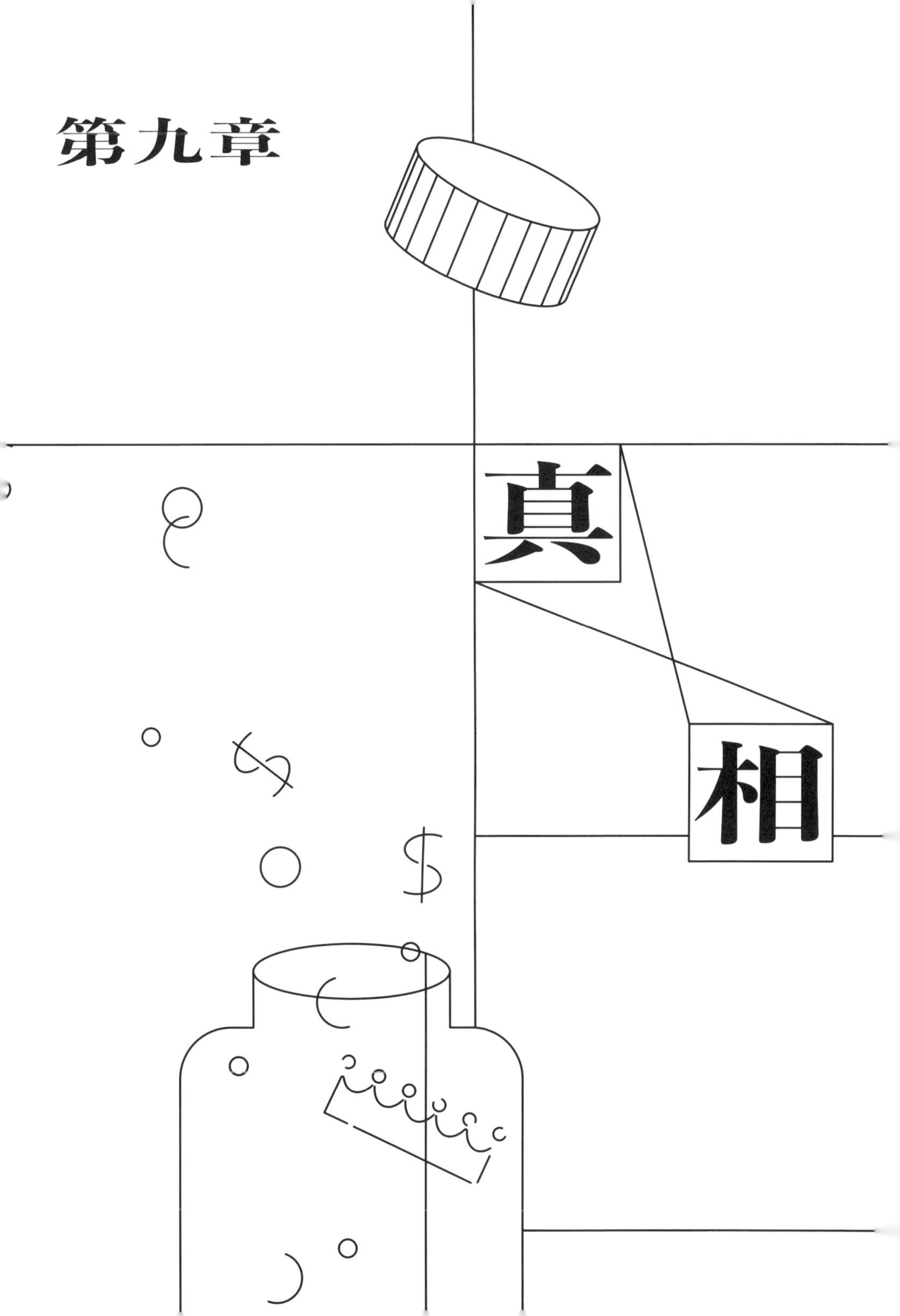

◈

平穩的呼息與空調細微的運轉漸漸趨於同一頻率，遮著光的小套房內，恬靜地像是在無人清晨尋到一艘河邊的小船，在天地與水霧裡，緩慢地劃開河水，擺渡至彼岸。

一只行李還停在玄關，拉桿孤伶伶地挺立在原處，來不及被拉進室內，散落的衣物倒是比它快進屋，一路掉到了床邊。尚在熟睡的大床上，被單包覆住緊密相擁的兩人。

陳巧玲愛憐地看著躺在她胸脯上熟睡的男人。半個月不見，看起來比先前還累，頭髮也稍微長了一些，新冒出來的鬍渣紮得她胸口又癢又痛，但沒有關係，她一向可以忍受。陳巧玲萬分愛惜地用指尖輕輕碰觸他的頭髮，連呼吸都格外小心，深怕將他吵醒，她滿足地想，沒有人會見過他這樣的面貌，這麼毫無防備、卸下武裝地，像是孩子一樣地躺在她柔軟的懷抱中。她也懷疑，是不是沒有人發現過他熟睡時偶爾的囈語，或是讚美過他又長又直的睫毛，又或者是，她們應該沒有聽他說過，小的時候他膽子很小，特別纏著母親，幼兒時好長一段時間，總要抱著母親的手臂才能睡著。

她想，沒有，他應該沒有對其他人說過，他總覺得說這些事情丟臉，即使對她，他也是在極度放鬆之後，才偶然地提起這件事。

做一個體貼溫柔的女性需要技巧，他不願意說時不追問，在他願意吐露一點點私密心事時，則要安靜地聽。最難的部分在於要藏好內心的激動與狂喜，不動聲色地將這些屬於他的拼圖一塊塊地收進自己心中。她做得很好，分外地小心謹慎，她很清楚，自己只能擁有他的碎屑，因此哪怕只有殘渣，她也視如珍寶。六年的路途很長，她能夠得到這些，已經是不可思議的美夢成真。

鬧鐘聲滴滴答答地響起，像是利針刺破寧靜平和的氣球。懷中的男人皺起眉頭，掙扎著不肯醒來，更用力地往她身上蹭。這讓陳巧玲心軟得不得了。她知道時間到了、知道他該走了，像是灰姑娘十二點的鐘聲。但她真的捨不得，因此起了一點貪心。她按掉了鬧鐘，想著讓他多賴一會。五分鐘也好，因為只有在這裡、在此刻，宋志峰才是完全屬於她的。

◈

鬧鈴聲大作。

宋志誠在掙扎中醒來，好不容易按掉了鬧鐘，硬是閉著眼睛多睡了幾秒。就幾秒。他立刻睜開眼，在壓力的催促下起身。踩過偶然掉落在地上的幾頁資料，他拾放到在這幾日迅速堆積起各類文件的書桌上，不小心撥動到滑鼠，電腦桌面自動亮起，畫面是他昨晚趕工製作完成的會議資料，目標是一千五百萬的行銷預算。

昨天傍晚，志誠去見了父親。父親的房內有一股藥味，老人的氣息。即使已經過了幾天，見到父親，宋志誠心中仍然有不真實感。宋再興連日裡實在是睡睡醒醒，彷彿隨時會走，卻終究是撐下來。這個巨人表現得一如既往，總能解開所有的難關。有幾天宋再興迷迷糊糊地，還搞不清楚志誠為什麼在臺灣，志誠向他解釋，自己已經在行銷部工作一段時間了，他才緩慢地想起緣由，淡淡地一句：「那就好。」

此時，宋志誠拉了張椅子坐在床邊，說：「爸，今天精神還好吧？」

「嗯。」他閉上眼，懶得多說話，示意志誠直接切正題。宋志誠於是開始跟他說明目前的開發狀況。這段時間以來一直是這樣，無論工作上有沒有進展、是否有遇到困難，他知道父親都需要聽這些。這讓他有安全感。病倒的這段時間，他太需要用思考來證明自己還是運作如常。

這些細項宋再興倒是沒有太大意見，直接地問：「這些要多少錢？」

這也正是志誠想談的事情。他多少有點忐忑，下意識地將筆記本在手心裡折了一個弧度，說：「往年行銷部的預算是按業務費的比例算的，今年我希望可以撥一筆獨立的預算在行銷費用上。估算過，至少要一千五百萬。」

其實一千五百萬對他來說也算吃緊了，但在還沒有成績之前，他不好開口要更多的錢。果然聽見數字，宋再興的表情變得有點為難。

宋志誠原本已經做好準備，要是被阻止，他得怎麼說服父親，說明這筆錢已經有多難做，畢竟廣告至少要打六個月，一千五百萬轉眼就燒光了，更別提這中間還有其他的行銷活動要做。沒想到宋再興皺眉思索片刻後，僅僅是嘆了一口長氣，看向宋志誠說：「我既然把你找回來，就是隨你去做，但你自己要說服董事會，做得到吧？」

既然父親都同意了，宋志誠就放一半的心。他肯定地說：「明天董事會上，我會親自向董事們報告。」

「我知道，你是不會讓我煩惱。」

志誠微笑。「您多休息吧，整個公司都在等著您回來。」

「唐東易天天在催我。」宋再興也笑說。

「東哥心急要退休，您可能耽擱他的行程。對了，爸爸。」一面收拾東西，志誠裝作不經意地唸了幾間公司的名字，說：「您對這幾間經銷商有印象嗎？」

宋再興皺眉回想。「當然有，當初政永介紹的，怎麼了？」

「沒有，最近想多瞭解一點公司的事情。」

「那就問政永吧，這些事都是他在處理。」

志誠小心地問：「包括核價也是嗎？」

「核價？」宋再興有點困惑志誠突然問起這些，但未多想，直覺地回答：「應該是，他這個人很機靈，我一向都交給他。」

宋志誠心裡有底，說：「我知道了。」

一早。天氣燠熱地連車門把都是燙的。宋志誠臨時叫了一台計程車，隨口報了地址之後，就埋頭閱讀昨晚準備的資料。停紅綠燈時，注意到司機從後照鏡頻頻看自己，他現在才注意到，司機是一名年輕的女性，戴著遮陽的墨鏡。年齡目測最多也不超過四十歲。

兩人視線在後照鏡裡交會。司機問：「我開這個速度，你會暈嗎？」

志誠反應過來，回答：「還好，謝謝。」

「那空調溫度可以嗎？」

「可以。」志誠感謝地說。

她微笑說：「其實應該一上車就要問你，但你太認真了。你是要去面試還是什麼？」

「待會有一個重要的會議。」

「哦……那我想你閉目養神一下會比較好，下坡路會暈喔。」

宋志誠想了一下，乾脆地闔起電腦。

她替他調了一個比較舒適和緩的輕音樂，順著她的動作，志誠注意到副駕前方放了一排手做的濾掛咖啡包。

「妳在賣咖啡嗎？」志誠問。

「這是我妹妹做的。」趁著緩速空檔，她伸長了手，捏了兩包給志誠。「送你。她想要開咖啡店，我反正四處開車嘛，就幫她做宣傳。」

手工設計的咖啡包上有可愛的動物圖案，背面簡單地放了一個 QR CODE，志誠感興趣地看了一會。

司機直率地說：「欸不過說真的，咖啡我完全不懂，到現在都不知道她做的是好喝還難喝。」
志誠笑說：「那我鑑定看看。」
「我就沒辦法，完全喝不出來差別，還寧願喝酒。」
「這兩種東西功能完全不一樣啊。」宋志誠覺得好笑，他將那兩袋咖啡收到包包裡，突然看見這幾天被他背在包包裡走來走去的幾瓶人蔘飲。他禮尚往來地放了一瓶到副駕駛座上。「那這個送妳。」
司機看了一眼，哈哈笑說：「為什麼？你在賣？」
「對啊，我在賣的。」
她拿在手裡翻來覆去地看，訝異又覺得很搞笑地說：「這個東西原來還有在賣？我只有小時候在檳榔攤顧店的時候看過。」
「妳家開檳榔攤？」
「不算是啦。」她打了一個方向燈，趁著這個注意後方來車的間隙，許久沒憶起的童年畫面一下子被拉到眼前。「小的時候，我爸媽都在工作嘛，沒時間照顧我跟我妹，就把我們丟到阿公家。我阿公家是做地磅的，你有看過嗎？就是貨車要去秤重的那種地方。因為來的都是工人啊，就還兼營檳榔攤，裡面就會賣一些冰水、飲料，還有這個。」她好笑地說：「我是負責拿飲料給客人跟結帳的小妹，做一天阿公就給我五十塊，超賺的。」
「那時候很多人來買人蔘飲嗎？」志誠好奇地問。

「滿多的喔，」她認真地說。「不過這個味道比較溫，所以有些人還會買檸檬汁、汽水之類的加在一起。但說真的啦，如果很累的時候，大家反而就喝原味而已，尤其開夜車的司機，人真的再累只想喝口味單純的飲料。」

她對著後照鏡裡的宋志誠說：「我阿公就超喜歡喝這個。」

宋志誠發現自己很喜歡她在說起這段故事時候的表情，不僅僅是懷念而已，臉上更浮現了一種回到某段氣氛氤氳的時光時特有的愉悅。他若有所感地說：「妳讓我想起來前陣子遇到的另外一個司機。」

公司大門就近在前方，宋志誠收拾了身上的東西，結束這趟車程前，他搭著車門框彎下身，笑著朝她說：「對了，祝妳妹妹創業成功。」

◈

宋再興直直地望著地上那雙拖鞋，專注地傳達意念給自己的手腳。「動起來」這樣的念頭一次次地發送到他的指尖、發送到大腿，但他這副肉身就像是接觸不良的機器，總是在嘗試第二、三、四次……甚至更多更多次之後，才會突然間意會到他自己的需求。因為腦部損傷的關係，導致他半邊的身體輕微中風，狀況時好時壞，有的時候靈活自如，有時候覺得大腦跟身體溝通不良，帶給宋再興很大的挫敗感。他畢竟是當老闆當了一輩子，怎麼會臨到老年，卻連自己的手腳都不聽控制。

他仍盯著那雙拖鞋看，好一會，左腳先動了，他大喜過望，漸漸地從床上坐起來。房門晃了晃，宋再興分神望去，見到宋千光半張臉藏在門後面，又恐懼又好奇地盯著他看。

宋再興不動聲色，等到將兩條腿都穩穩地放在地上了，方才對千光說：「你要做什麼？」

宋千光嚇了一跳，落荒而逃地跑了，在外頭似乎險些撞到劉瑾嫺，聽她驚叫一聲，說了一句：「千光，你是怎麼了？」推門進來，見宋再興自行起來，一臉不贊成。替他整好領口，再三確認他看起來很體面。「保險員在書房等你了。」

在劉瑾嫺的陪同下，幾步路而已他已經滿頭冷汗，仍堅持要足夠體面，若情況允許，手上的助行器他根本也不想用，好不容易到了書房，保險員說了什麼，他聽得霧霧的，卻得強裝清晰。問題一個飄過一個，腦中出現的畫面竟是青年時期停在路邊，看水田鏡子一樣映過一朵又一朵漂亮的白雲。那時的夏日時光遲遲，人與土地是連作一塊……。

聽見保險員說：「宋先生？」他才恍然回過神，對方只得再問一次：「你能再描述一次，你當時上山的原因，還有昏迷前發生的事情嗎？」

宋再興依舊是茫然地看著他，頸部鬆弛的皮肉隨著喉節隱隱浮動。他聽見自己發出了幾個聲音，一些思緒跟想法都快要說出口，卻總在匯聚之前就煙消雲散，最終只能挫敗地說：「我不知道。」

對話到這裡，他閉緊嘴唇，不願意再談下去。

◈

會議已經僵持了一個小時。宋志誠站在會議桌的前方，感覺自己像在進行一場異常漫長的拔河比賽。

在座的董事除了堂哥宋孟昕之外，年齡幾乎都大他一兩輪以上，大多是目睹公司從零到有的元老級成員，面對長期待在國外、回公司時間甚至不到一季的宋志誠所說的話，多少感到抗拒，更何況今天他一開口要的就是一筆從來沒有前例的經費。

宋志誠強迫自己耐心聽完在座長輩們的看法。

四叔宋再慶從以前就偏愛志峰，對於志誠，不僅不熟悉，還略帶了一些敵意，特別費神去檢視志誠的提案。他口氣不耐地說：「我知道你說行銷應該當作投資，我也不想要好像是個老古董，聽不懂年輕人的語言，只是我還是那句話，人蔘飲本來就是個有知名度的產品，就跟老藝人一樣，雖然跟不上流行了，但有一批老粉絲。一再把錢丟到這個老藝人身上，你也不可能讓它再紅起來了。你知道我意思吧？你聽懂嗎？」

宋志誠兩隻手掌撐在桌面上，點了點頭。

另一個董事插話說：「而且問題還是在營收上面，你這裡也分析到了，人蔘飲每年營收都下滑十％，你要想，今年如果我們硬要再推這款產品，經銷商也會覺得這是該怎麼賣？去年、還是前年？我們也有試過一次人蔘飲，對吧？」

「我是覺得沒有意義，不如把錢投入開發新的產品。」四叔抱怨。

宋孟昕也發言：「照你上面寫的，其實這筆錢能做到的事情並不多，頂多就拍三支廣告、做網路宣傳 blahblah……但人蔘飲不是那種能在網路上賣起來的產品。」

宋志誠簡短回答：「人蔘飲不會著重在網路銷售，網路只是我們跟顧客溝通的渠道，這部分以前我們公司做得比較少，但不管是我們日後要做品牌，還是要推產品，網路一定都是我們要放心力經營起來的一塊。至於董事們剛剛提到的其他問題⋯⋯」

宋志誠知道自己時間所剩不多，若是今天沒有積極的結論，很可能這件事就得再拖過一段時間，但這個案子已經沒有本錢再等。宋志誠收攏手上的一疊資料，暗自調整心情。他的指尖輕輕撫摸銳利的紙緣，深吸了一口氣說：「就像剛剛董事們說的，人蔘飲每年營收都在下滑，我也才剛剛回到公司，大家會有疑問是很自然的事情。但是我也想請大家除了給我機會之外，也給這支老產品一個機會。如果他營收繼續萎縮，這條產線被砍掉是遲早的事情。但這是一個四十年的產品，就這樣消失了，我覺得非常可惜。」

他接著說：「我想分享一個故事。這次年節回臺灣的時候，剛好坐到一個很健談的司機大哥的車。這個大哥長年開計程車養家，告訴我他有一個女兒也在美國工作。跟我分享這個故事的時候，他車上就擺著兩瓶人蔘飲。他一直就是靠我們的產品開夜車、養家，也許十幾年、甚至二十幾年。我問他這個飲料好喝嗎？他比我還要懂。很巧的是，剛剛來公司的時候也遇到一個司機，」說起剛剛的司機大姊，他微笑說：「她對人蔘飲也有特殊回憶，是小時候在檳榔攤幫阿公顧店時最熱門的提神飲料，還跟我分享加什麼最好喝。我就想，其實一個產品做四十年就是這樣，不單單是我們對這個產品有特殊感情而已，顧客也是，這個飲料也代表了他們一部分的人生故事。

「我也有像這樣的記憶。小時候爸爸很兇，我不敢跟他說話，那時候我又比較內向害羞，跟爸爸很有距離感。」宋志誠停頓片刻，繼續說：「結果有一天，爸爸突然指著我說，人蔘飲要拍新廣告了，叫志誠去拍，志誠很適合。我就心想，那我一定不能漏氣，要拍到最好……所以我們最紅的那支廣告，主角就是我本人。不知道大家記不記得？」

最後他看了一眼宋孟昕，淡淡地說：「就像堂哥說的，一千五百萬確實說多也不多，但就當作各位信任我，成功就加價、不成功就喊停。我知道各位長輩們都很珍惜這個產品，請你們讓我試試看。好嗎？」

說這些話的時候，他看見宋孟昕露出很有意思的笑容，暗暗地對他做了個表情，像在說做得還不錯。

◈

助行器的支架謹慎地陷入草地中。劉瑾嫻看著宋再興辛苦地移動腳步，總算走出戶外。知道他愛面子，要不是因為助行器，他連站都站不穩，絕對不願意扶著這種架子走路，更別提要人攙扶了。於是劉瑾嫻只是距離半步地候在他旁邊。

宋再興停了下來，走得滿頭大汗。

劉瑾嫻說：「再走兩步吧。」

宋再興不滿地說：「妳不知道這個有多累。」抱怨歸抱怨，仍是提起一口氣，多踏出一步、兩步，接著竟然一口氣又多走了幾步路，總算走到庭院的石椅邊。劉瑾嫻扶著他坐下。

劉瑾嫻笑說：「你看，還是走得到。」

「有妳盯著，怎麼敢走不到？」

她也在宋再興身側坐下來，將備好的水和藥一一地交到宋再興手中，要親眼看見他全都好好地吞進肚子裡。她說：「你說成這樣，好像我很恐怖。」

宋再興心急於早點康復，閒在家裡的日子比身上的傷更令他難受。劉瑾嫻當然也知道。她也無論如何要幫他好起來，這輩子她都是這樣在幫他。陪伴他從身無一物到成功，她偶爾會想起相親那日初見，是她親自選了這個男人，大多時候，宋再興都沒有令她失望。

宋再興揉揉膝蓋，淡淡地說：「志峰回來了，叫他來找我。」

「好啊，正好今天叫大家回來一起吃晚飯。」劉瑾嫻輕聲應了，不多問為什麼。她說：「休息好了就起來吧，今天還得多走幾步。」

宋再興看她一眼，低嘆一口氣，忍住了抱怨，兩條手臂壓在助行器上，用力撐起身體。

◈

宋千慧攏著連帽外套，漫步在純白色的場館內。走入美術館前，館員貼心地提醒她，今天參觀時間只到六點哦，剩下半小時，確定要進館嗎？宋千慧根本不在乎能逛幾小時。幾分鐘也無所謂。她時常自己來到這裡，宋曉立不知道。

私人美術館蓋在半山腰，蟬鳴是整座山的畫布，還有頻率穩定的領角鴞嗚嗚。以前跟媽媽住在城市喧囂的小公寓裡，根本沒有這些聲音，最常聽見的是車聲、隔壁情侶吵架的哭喊聲、樓上獨居老人來回踱步，此外，還有電視的聲音。媽媽工作沒回家的時候，宋千慧一個人不寂寞，都市紛擾的聲音永遠在她身邊。比起她，千光是在大自然裡長大的，他認識的聲響比她純淨。有一天宋千慧聽見他說，才知道原來夜裡嗚嗚的呼喊聲是一種叫領角鴞的貓頭鷹。她閉上眼睛總是幻想，那是山裡的妖精，站在門外喊她出去。

整座潔白建築的中央，有一個菱形的天井，白天時有光，夜裡能看見銀河。這是這座美術館最吸引人的地方，夏夜時，參觀時間有夜間延長。宋千慧總是趁著清晨出門上學的時候、或者下課無人的時候，獨自到這裡來晃一晃。天井上方，為了宣傳新展，垂掛了名人側影。其中一幅正是館長兼策展人宋曉立。長髮飛舞，髮隙間能見璀璨的雙眸，望向鏡頭時，笑得濃淡合宜。宋千慧努力抬高腦袋，一直看、一直看。

第一眼看見宋曉立的時候，她就心想，好漂亮啊，像是一個真正的公主。初見那年宋千慧八歲，覺得宋曉立就像是她深愛的公主卡通裡走出來的人物。長大以後就不再信這一套，畢竟一個小三的女兒，談什麼童話呢？宋曉立結婚那一年，千慧也參加了，那時她十二歲，穿了一身漂亮的小洋裝，在人群裡看宋曉立花瓣盛開一樣的婚紗，裙襬好長，在教堂裡拖成了一道耀眼的小溪。她清楚聽見身邊的媽媽輕聲說：啊，真好，女兒就是不一樣。

是啊，真的好好。宋千慧永遠忘不了當時內心的鼓動，心跳好快，像蜻蜓振翅。她瞪著大眼，一定要把這個美麗的畫面記在心底。

她真的好想好想，也讓她們體會不幸的感覺。

◈

「今晚回家吃飯。」

宋志誠看見這則訊息的時候，人已經坐在約定的餐酒館內。他回覆母親：「還在公司，很快就回去。」現場的鋼琴演奏潮水一樣溢滿每個微小的空間縫隙，挑高的牆面上，正無聲地投影一部黑白電影。愛情片。今天這一場約會，志誠也充滿了不確定。他不擔心邱心薇答不出他想要的答案，幾日裡他不斷自問的是：我真的想要答案嗎？又或者是，知道了答案，他又打算如何？

邱心薇來了。一陣子不見，容貌沒什麼改變，但頭髮剪短了，燙了一個彎彎的捲度在耳邊，令本來就不太化妝的她，更顯得比實際年齡要年輕幾歲。興許是即將新婚的緣故，精神顯得比壽宴那天見到要好，眉眼間透露著喜氣。

志誠問：「婚禮什麼時候舉辦？」

心薇正放下包包，聽了這話，朝志誠揶揄地問：「怎麼樣？你要來？」

「妳邀請我當然就去。」志誠笑。

「我看不要吧。」邱心薇將掉在臉側的一束頭髮往耳後勾，坐上高腳椅，接過志誠遞來的菜單，笑說：「我倒是很樂意邀請你家的人，但宋志峰恐怕會氣死。他一天到晚疑心我想搞他。」

「現在還是？」

邱心薇的視線在調酒的品項上挪動。「現在還是啊。」

「都這麼久了。」

「你覺得久嗎？」她看他一眼，問：「是你請客嗎？」

志誠失笑，點頭說：「對，當然是我請客。」

「那我點多一點，真的好餓。」邱心薇彎著眼睛賊賊地笑。卸下平日裡精明的模樣，她又顯得像是任何一個女孩子，有一種可愛的單純。宋志誠記得，心薇與大哥結婚之後，就很少有這種時刻，她變得更加謹慎、更加細微，整個人薄薄的一片，好像隨時會碎。於是聽說了，她更加地專注在工作上，擔憂自己是一塊肥皂，溶解在婚姻的水裡。現在看她，好像逐漸把自己撿拾回來，拼湊成一個有魂有體的邱心薇。

等待餐點上桌的空檔，邱心薇定定地看了一會牆上的電影，問：「這在演什麼？」

此時電影已經快要到尾聲，志誠解釋：「愛情故事。待會男主角會到教堂裡帶走女主角。」

「為什麼？」邱心薇又看了一會，仍然搞不懂，索性放棄。此時酒上了，她搭著酒杯的手指有一圈低調的訂婚戒指。低頭啜飲一口甜甜的調酒，更像是飲料，她說：「現在喝不了酒了，以前跟你哥一起跑業務的時候，喝得比那些男的都還兇，沒有人拚得過我。那時候剛出社會，不知道怎麼衡量自己努力的夠不夠，於是告訴自己，喝到吐就算及格。」她慧黠的眼睛藏不住笑意。「結果不小心酒量越來越好，喝不吐也喝不醉。」

「我知道妳酒量好。」

邱心薇好笑地看他。「你又知道。現在不一樣，喝酒為了好玩。」她說。餐點陸續上桌，邱心薇還真的沒有客氣，炸薯條、炸洋蔥圈、豬腳、醃製章魚，甚至上了一大盤燉飯。

宋志誠看她吃得津津有味，自己只略略嚐一點。

邱心薇注意到了，說：「你幹嘛，你才是新娘，要節食？」

「嗯……不餓。」

「你媽煮了飯是吧？」她戳破他。

志誠哈哈笑，刻意說：「不是。」

「再裝啊。」邱心薇根本不在意他待會要做什麼，繼續慢條斯理地吃飯，說：「那時候你媽常突然傳訊息來，說煮了晚餐，我還在外面談生意能怎麼辦，就吃兩頓。在外面吃一頓，回到家騙媽媽說沒有吃，然後又吃一頓她的。不然她要生氣。」她停頓片刻，神奇地說：「現在想想年輕真好，竟然也沒有變胖。」

志誠見她又下意識地將掉到臉側的一束頭髮撩到耳後，問：「剛剛剪的？」

心薇不好意思地問：「對，怎麼樣，會奇怪嗎？」

「很好看啊。為了當新娘嗎？」

「也不是吧。」心薇摸了摸自己的頭髮。「想剪就剪了。」

「很適合妳，很可愛。」

邱心薇橫他一眼，嘴硬說：「只會說好聽話。說吧，想要問什麼？」

「妳認識陳巧玲嗎？」志誠說。

她撥弄盤中的食物，似乎不意外志誠的問題。她說：「嚴格來說我不認識……但我知道。」

「今晚回家吃飯。」

宋曉立看了一眼母親的訊息。不需要仔細看時間，踏上天台時，滿眼的夕陽殘暉告訴她現在是幾點。紫色的、陰間一樣的天空。頂樓的小房子，窗口看不見燈光。宋曉立知道他不在，所以她才會來。奇怪的是，她竟然一點都不緊張，開門時，毫不猶豫，內心很平穩安靜。這是這陣子以來，她心中最踏實的一刻。

畫室內果然沒人，一具畫架還孤獨地站在那兒，不比上回見時多上幾筆。她不在乎。逕直走向角落成堆的廢棄畫框，手指探入灰層密佈的縫隙，感覺到灼熱的過敏從指緣開始發癢。再往前一碰，總算是勾到了，連同骯髒的雜絮，一併挖了出來。

宋曉立攤坐在地上，看著掌心上這只小巧的針孔攝影機發楞。黑色的機身拖著一條長長的黑色線頭。好像垂死的動物，一閃一閃地閃爍著紅光，一息尚存，可憐又噁心。宋曉立這輩子從沒想到自己會做出這樣的事，一面覺得可悲，又感到清晰銳利的快意。

她就快要解脫。

宋志峰沒有看見母親的訊息。因為他就站在父親面前。父親背後的那扇窗，看得見灰紫色的遠山。正是日夜轉換的時刻，整座山都在等候日頭退場。父親的臉泡在陰影中，晦暗不明。

父親正說著公司的事情，數落他這個、數落他那個，跟過往的每一日一樣，父親對他總是不夠滿意。父親即使現在坐在家中，消息自己會來。消息會走，消息長腳，總是用盡各種方法溜進父親耳裡。有些消息很髒，時常在背地裡說他的不是，說他，不及父親一半的能力。一半？說不定更少。等著看他笑話的人多的是，現在，進公司二十年了，那些人早就看夠多的笑話，嘴裡改了說法，說的是：唉，宋志峰就那樣。

又提到志誠做得不錯。他看著父親嘴唇開闔。心裡想，只要父親存心支持的，什麼都會順利。這跟工作勤勉有什麼關係？自從弟弟回家之後，宋志峰就時常夢到十八歲的那一天。父親當時還粗壯有力的手掌一張開，大得像是一只鐵鍋，一下子整個掐住了他的頭顱，縮緊、縮緊……他說：爸爸，對不起。父親仍是抓著他往地板上撞，只一下，血就流出來了。他聽見母親哭喊，替他求饒。那時他覺得母親是世界上最愛他的人。他奇特地在那一刻感覺到滿足，原來自己被在乎。那時，志誠就在旁邊。

父親的聲音飄進耳裡，說：「我聽說年後新加坡裁了一整個部門的人。為什麼？」

「裁……啊。」他反應過來，用報告的口氣說：「爸爸不是也說，這兩年新加坡都在賠錢，爸爸說得很對，公司要整頓，開源節流，就裁掉了多餘的部門。」

「一整個部門的人。」宋再興嘆。大病一場之後，身體到處出了問題，尤其精神特別不行。不過說一會的話而已，就覺得體力像被抽乾地下水的土地，乾涸塌陷。他摘下眼鏡，藉著磨搓雙眼的動作，掩飾自己的虛弱。重新將眼鏡戴回鼻梁上，看向宋志峰，面目扭曲模糊，好像看不清楚。

「爸爸？您還好嗎？」

「沒事。」他繼續說：「我聽說你突然就把人都趕走了，你要這些員工怎麼辦？都是有家庭、要生活的人。」

「爸爸誤會了，都是年前就預告的事。況且他們也都是領了錢走的，沒有虧待他們。」

「你想當老闆，不能讓人覺得你這個頭家當得度量很小。以後誰要替你辦事？」

志峰漠然地想了想，不解地說：「都是沒用才辭退，有用的人怎麼會被辭頭路？這跟肚量小有什麼關係？」

「如果都沒問題，怎麼會有人來抱怨？」

「爸爸，到底都是誰在告訴您這些故事？」

「誰告訴我的不重要。」宋再興說。「如果新加坡管不好，你就回來吧，專心做你的總經理，新加坡我另外找人去做。」

宋志峰的五官緊縮變形，遠山映在他的瞳孔中。語氣倒是異常的冷靜，說：「爸爸是在威脅我嗎？」

◈

「爸爸是我的恩人。」邱心薇說。

要說起往事，她褪下了剛剛輕鬆的態度，顯得有點不安。她兩隻手握在冰涼的玻璃杯上，水珠堆積在她的指縫間，乍看之下，彷彿指緣閃著星光。「他很嚴格，但也是我見過最體恤下屬的老闆。好像……真的是一個父親。我那時候這樣告訴志峰，他很訝異，他說他沒有這樣感覺過。還問我，從哪裡？什麼地方？怎麼感受？我以為他在開玩笑，後來發現他是真的想知道。」

邱心薇說：「二〇〇二年，我們要設立第一個海外駐點的公司，後來選定新加坡。志峰那時候才二十三歲，爸爸不放心，讓我跟著一起去。頭幾年，一切都很好。然後我們就結婚了。再後來他被調回臺灣當總經理，新加坡一直就是給我管。我們離得很遠，再後來就是聽說他早在外面有了女人，還生孩子。」她清淡地說完了這段婚姻，可能早就說過好幾次，說起來，去蕪存菁、去皮削骨，曾經痛苦的往事如今只剩下大事記。

「因為這樣，新加坡這幾年來確實有不少當年我帶出來的人。志峰覺得，我利用這些人在跟爸爸打小報告。所以今年過年後，他把這些人都解僱了。他要那樣想我也沒辦法說些什麼，反正他恨我也不是一兩天的事。」

「至於陳巧玲。」她皺著眉頭。「我其實不直接認識她，都是聽說的，好像是我們離婚之後志峰認識的人，很年輕，本來是祕書之類的……志峰開始把很多事情交給她處理，包括新加坡的業務，所以我才知道。他們都戲稱她，外面的老闆娘。」有外面的老闆娘，就有裡面的老闆娘。對於那個所謂的裡面老闆娘，邱心薇一點都不想提。她有點同情那個女人，心底又有隱隱然的勝利感。她已經要結婚了，手指上的戒指為證。已經與悲慘這個詞兩不相干。只是腦袋無法控制，時常想起往事。未婚夫告訴她，妳就想吧，想到有一天就不會再想了，到時候，妳想恨都忘記滋味。

「至於新加坡的事情，我認識的人都被趕走了，不知道現況怎麼樣。只能告訴你一些舊聞，真的想知道的話，你去查一查陳巧玲開設的公司跟『康興生技』的合作關係，還有，去看一下新加坡的倉儲狀況。」她又輕又慢地說。「帳面上虧損多少錢？幾千萬？別傻了，志峰虧空的錢，遠遠不止那些。他挖出來的金額，甚至可以動搖整個公司的事業根基。所以我才，一直多管閒事，一直暗示爸爸……。」

她望向志誠，駭笑說：「但是我已經不是媳婦，更不是女兒，只是一個外人。聽見爸爸昏迷的消息，而我卻沒有理由去探望他的時候，你不能明白我有多心碎。」

微塵在投影機的光束中浮游，電影已經到尾聲。離席時，邱心薇回頭看了一眼那對男女主角，並肩坐在一起，眼神沒有交會。笑說，這怎麼會是愛情電影，你騙我。志誠替她披上外套，站在外頭叫車，像是每一次要送她走。兩人聊到心薇去年底被求婚的經過。說她心驚膽跳地被套上一個新戒指，看見婚姻，再度具體地聳立在面前。說起這些時，邱心薇不甘示弱，仍是說，她非常期待新的生活。

又看見她撥弄那束掉到臉龐的頭髮，志誠說：「妳還不習慣。」

「你會怎麼做？」邱心薇仰著臉問他。

志誠沒有答案。

「我不知道。畢竟媽媽告訴過我，不准再碰哥哥的東西。」志誠微笑說：「再見，新婚快樂。」

第十章

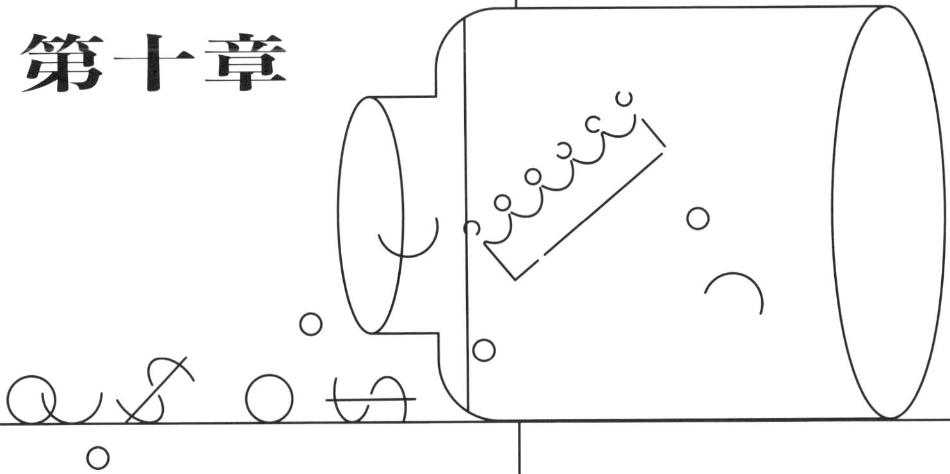

戲台子上

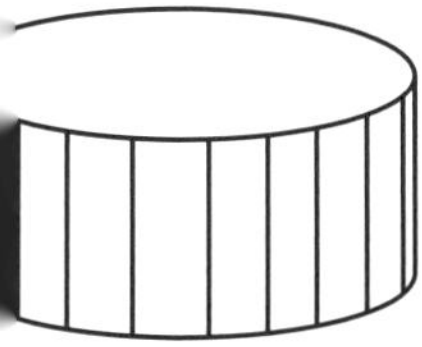

◈

一九九七年的那個晚上，宋志誠很想忘記後半段的故事。那會讓那個魔幻的夏日夜晚，變得一點都不動聽。十三歲的他，體弱多病，喜歡趴在窗台上，目送大哥跨上重機離開的背影。那時想像城市那頭是廣漠，大哥騎著重機在乾燥夏日的公路上馳騁。志誠閉上眼睛，就能想像陽光的波紋。長大與自由是同義字，自由與大哥是同義字。他好想要觸碰看看，自由是什麼樣子？

那幾年，家裡養了一條好漂亮的牧羊犬，防賊用的。聽說原本要訓練來當警用犬，後來被爸爸帶回家，養在庭院裡。很乖的一條狗，毛色發亮，叫聲也宏亮。通人性，大哥半夜騎車出門時，牠就趴在自己的小屋子裡，不出聲。志誠也喜歡那條狗，反正除了上學以外，除非曉立帶他出門，否則志誠哪裡也不能去。沒有跟同學出去玩的記憶、沒有到同學家作客的記憶。沒有放學的記憶。於是他只能跟狗玩，狗也疼他，最喜歡看見志誠。

其實是他的錯。當天的事情，好多都已經記不清了。倒是有幾幅畫面留在他記憶的淺灘上，時不時被海水沖上岸，記憶的一塊破布就這樣，又濕又軟地黏在沙子上，等待下一波浪將它啣回腹中。那一天，清晨，大哥回家了。志誠聞聲起床。是大哥沒有把車庫的門鎖好，搖搖晃晃的身姿，可能還喝了一點酒。志誠去碰了大哥的車。他不知道車子會衝出去。

那一天，志誠半邊的手臂都在流血，皮肉綻開。大哥也是。爸爸手裡的棍棒都打斷了，於是換拳頭，最後拎起大哥的頭往地上撞。媽媽抱著志誠，等待救護車上山，一邊大喊：不要再打他。宋志誠看見大哥倒在地上，好像一條試圖從冰塊裡找到一點點水氣的魚，張著嘴，身體一鼓一鼓地喘著氣。爸爸說，再騎車啊、再半夜去飆車，最好是把你自己撞死，把我們全家都撞死。

其實爸爸早就想砸那台車，苦等不到機會，這下有了。志誠知道是自己的錯，車衝出去，小狗為了追他，也被甩出去的車撞死了。庭院裡再也沒有狗。那台車後來果然是被砸爛了。爸爸痛恨大哥老是在玩車，一個繼承人，怎麼可以玩物喪志。

宋志誠最記得的是這個畫面。被打被罵都沒哭的大哥，倒是在愛車被砸時哭得撕心裂肺。他跪在爸爸身邊，一直求，一直求，說這是唯一屬於他的東西。爸爸，你打我就好，好不好？爸爸、爸爸……。

那是他第一次看見大哥哭。也是最後一次。

◈

黑暗裡，宋曉立那雙礦石般漆黑的眼睛，好像不曾眨動過，緊緊地、有磁吸力似地，盯著一支無聲的影片看。影片的內容單調無聊，場景內時常無人。她捨不得快轉，生怕錯過下一秒迸出的鬼。她的嘴唇微張，這是為了呼吸。她快要不能夠呼吸，感覺血液四通八達地冒出強酸，五臟六腑灼燒。

良久，宋曉立下了車，第一步沒踏穩，身形搖晃，很快地她就站穩了。她畢竟是劉瑾嫻的女兒，內裡再怎麼動搖，外面的這具殼子，一樣要體體面面，一樣要像個小姐。只是血色盡失的臉仍然會說話，彷彿去過一趟陰間。

這滿滿的一桌十幾道菜，任誰都看得出來，劉瑾嫻是為錯過的年節惋惜。現在爸爸醒來了，好不容易一家人也都在，趕緊叫了一桌子的菜，豐盛更勝上回。有人發現，甚至連桌巾也換了，原本的胭脂紅現在嫌俗氣，於是換上奶油黃，在燈光的照射下，閃爍著點點晶亮的光澤。

準備得匆促，當宋志誠回到家時，餐桌尚未備完。耽擱了一些時間，志誠竟然還是第一個到家的。今天的晚飯比尋常任何時候都來得遲。志誠見到母親，她換了一套洋裝，擦了比平常要亮色的口紅，象徵新篇章。志誠有一種錯覺，好像他們家的年夜飯，現在才要開始。媽媽說，你再等一下，爸爸還在房裡跟大哥說話，至於你姐，不曉得搞什麼，還沒回來。一個人上桌未免太過空曠，宋志誠於是又站到大廳的那排照片前方，看年輕的父親，以及那個尚未改名、員工前前後後甚至不滿二十人的「康興生技」。

宋志誠驚訝地看見首先下樓的竟然是徐子青。徐子青見到他，以及還空著的許多座位，表情尷尬，腳跟動了一下，似乎是想往回走，但硬生生地忍住了。他拉著兩邊嘴角，對志誠打招呼，說：「怎麼……只有你。」

「不知道，姐姐呢？」志誠笑著問他。

「曉立……我不知道。叫我先回來，說媽媽要一起吃晚飯。」

「原來是這樣，我以為你會在工作室。還想找一個時間去看。你畫怎麼樣了？」

「還可以。」徐子青裝得好像是隨便挑一個座位，距離志誠好遠才坐下。只是屁股還沒碰到椅子，他又跳起來，說：「我打電話問曉立去哪了。」

劉瑾嫻正好安排最後一道菜端上桌，聽見徐子青的話，其實眼神並不看他，但也應和：「對，問一下曉立怎麼這麼慢。」她正忙著檢視這張餐桌，菜擺得好看嗎？還缺了什麼？一個湯夠嗎？是不是趕緊讓外燴多送來一個湯？

志誠勸她：「媽，妳坐下休息吧。」

「我知道，等一下就好。」又淡淡地抱怨說：「千光跟他媽媽，說兩個人都不舒服。這對母子也真是好玩，一個病倒一個。」

徐子青走到外頭，並沒有打電話，反而是點起一根菸。他吸了一口，回頭看幾眼窗內，確定自己站的位置不會被看見。最近煩心的事已經夠多，竟然還要吃飯。自從宋再興醒來，他就覺得好日子過盡。當初風光娶了宋曉立，愛上的是她看自己的眼神，大家都說，你真是好運氣才能有宋曉立當老婆，說的不就是他不如宋曉立。有一天他突然畫不出來，每一筆都不好，腦中甚至不是空白而是一片混沌，從那時起他變得極需要宋千慧。今天也是，心想著也許千慧也會來，所以才特別聽話地回這個屋子裡等，但沒想到一直到要開飯了，還是沒有等到千慧。他又吸一口菸，遠遠地看見宋曉立的車回來了。

宋志誠走上二樓要喊父親和大哥吃飯，卻聽見門板裡悶悶的爭吵聲，聽不見確切內容，但越講越激動，分不清是誰正在說話。志誠正猶豫要不要關切，就看見宋千光站在階梯上，兩隻手扳著樓梯扶把，跟他一樣，惶惶地看著那片門板。書房內又安靜了。

「千光，下來吃飯吧？」志誠小聲詢問。

宋千光仍穿著睡衣，眉眼裡還有大病未退的虛弱。他忌諱地看了一眼書房，朝志誠搖頭。「不可以。」

「為什麼？」

千光用氣音說：「我生病了。」

志誠蹲到千光身旁，伸手探他的額溫。冰涼的。好像摸到的是一塊水裡的玉。「你吃藥了嗎？」

他替千光擦掉額頭的薄汗，近距離更看見他眼睛下方兩道慘青。

「吃了。」千光站不久，想吐，逕自在階梯上坐下來，用雙手抱著膝蓋。他問：「Uncle，我的相機修好了嗎？」

「啊……」志誠抱歉地說。「最近太忙了，明天就幫你問老闆，好嗎？」

聽見志誠這樣說，宋千光說：「謝謝。其實，你送我的也很好用……。」

「是嗎？那你有拿去拍影片嗎？」

千光低下頭，心虛地說：「晚上的時候，拍了晚上的青蛙。」

「這樣。所以感冒了？」

「嗯……。」

志誠笑說：「那等你痊癒了，給我看那天晚上拍的影片好嗎？」

千光總算是露出一點笑意。「好。」

「我小時候也常常生病，生病很無聊對吧？」

此時天色真的完全暗下來了，屋內的燈一盞一盞地亮起，彷彿有一個埋在地底的巨大舞台，破出大地，在夜裡華麗開張。

宋千光小小的聲音幾乎要被淹沒，他說：「沒有。生病比較好。」跟志誠說了再見，他要回房再睡一會。小小的身體消失在樓梯的彼端。

此時，書房內傳來重物被砸毀的聲音。

樓下，徐子青如果留心，會注意到今天曉立的車停得比較久，好一會才下車。第一步，沒踩穩，第二步就已經顯得從容不迫。她對徐子青微笑，問：「怎麼站在外面？」又看見他手上的菸，瞭然說：「啊，出來抽菸嗎？」

徐子青將菸頭往花圃裡按，可能是心不在焉，不小心燙傷了一枝花。他發現宋曉立一直看著那裡，問：「怎麼了？」

宋曉立說：「那是媽媽種的花。」

徐子青這才注意到。他嘆氣，一擺手，說：「搞什麼，這裡太暗了。」

宋曉立往內走，回頭朝他說：「你在外面晾一會吧，爸爸不喜歡菸味。我還以為你知道。」她一進門就看見劉瑾嫻，看見她媽媽穿了新衣服，連妝容都格外精緻。她心裡就有一塊地方好像麻木的，戳了沒有感覺，彷彿魂魄離身。她告訴自己，好歹得撐過這場晚餐，媽媽期待了這麼久，總不能這一天又讓她失望。想起小年夜的團圓飯，劉瑾嫻望著一桌飯菜悵然若失的模樣。宋曉立捨不得。

劉瑾嫻向她抱怨。「跑去哪裡這麼久？」

「工作有點忙。」她站在餐廳門前看，笑說：「這麼豐盛，不知道還以為我們家有多少人。」

劉瑾嫻斂著得意的神色說：「好幾道菜都是叫認識的餐廳趕快送來的。」

「咦，志誠呢？他也還沒回來？」

「志誠到樓上去了。」劉瑾嫻提醒說：「妳爸跟妳哥好像在書房裡說什麼，不太愉快。」

宋曉立絲毫不意外。「這次又是什麼事？」

「不曉得。妳千萬別這時候惹他們。」

宋曉立順著母親的視線也往樓上看，穿過了二樓、三樓、四樓……她彷彿看見了畫室。也看見了小年夜那一天，那扇沒有被她推開的、儲藏室的門。

她輕聲嘆道：「我怎麼會。」

宋志誠反射動作地搶開了書房的門，室內凝結，一只硯台被砸毀在志峰腳邊。父子僵持不下，宋志峰沒有理會闖進來的志誠，仍是惡狠狠地瞪視著父親。「爸爸，你能信外人的話，卻不相信我？

我才是您的兒子不是嗎？」

宋再興說：「你若只是想要受人奉待，不適合當一個老闆。」

宋志峰直視著父親說：「你咁有真正教我怎麼做一個老闆？你罵我親像在罵奴才，罵到整個公司都知道，我到底能受誰奉待？」

宋再興怎麼會想到，這個帶在身邊多年的大兒子說出來的每句話都像武器。每個字、甚至是話語間的每個呼吸間隙都朝他開槍。

「你真正遮爾[9]不歡喜，我沒有拿繩子綁著你。」

宋志峰嗤笑說：「是我不夠匹配做您的兒子。」

「大哥。」志誠勸他。

宋志峰掙脫他的手，看著他說：「你也一樣。」

志誠楞在原地，還分辨不清他的意思，大哥已經掉頭離開。聽見他在門外說：「媽媽，對不起，晚飯……我沒有辦法。」宋志誠沒來得及看見大哥離去的背影，只看見劉瑾嫻一臉蒼白地站在門外，不曉得已經在那裡看了多久，身後跟著欲言又止的宋曉立。

劉瑾嫻深吸了一口氣，問：「還吃飯嗎？」

宋再興倒回座位上，疲憊地說：「我累了，你們吃吧。」

9 臺語，tsiah-nī，這麼。

「好啊。」劉瑾嫻乾脆地說。她彎腰拾起碎在地上的硯台，這塊上好的石頭碎得很完整，斷面銳利，拿在手上，飄出一股宜人的墨香。她一塊塊地排列整齊，擺回宋再興桌上，一面說：「那想吃的人就各自去吃吧，那麼多菜，也不要浪費。」

宋曉立打圓場說：「不用啊媽媽，爸爸休息就好了，我們一起吃吧。」

劉瑾嫻沒有理會曉立的勸說，她直直地瞪著宋再興問：「你想丟乾脆下次提醒我吧，我買大一點給你丟，這太小了，你丟不準，砸不死你兒子，乾脆買箱磚塊給你丟好吧？」

宋再興抿著嘴不說話，曉立趕緊拉走母親。「媽媽，好了，不要這樣。我們去吃飯吧。」好說歹說地把劉瑾嫻勸走了，踏出房門前，宋曉立回頭看了志誠一眼。志誠朝她微笑，輕輕搖頭。宋曉立於是替他帶上門。站在哥哥方才的位置上，夕陽已經全部落下了。宋志誠點亮電燈，看見父親蒼老的臉龐。

「爸爸，您還好嗎？」

「扶我到沙發上。」

一要起身，宋再興渾身上下好像只有這兩條手臂派得上用場，冒著青筋、用力地按著助行器，想往前走、但邁不開步伐，於是只能用手拖行這個龐大笨重的身軀，一點一點地往沙發靠近。

宋再興在心裡計算，三步路，剛剛一共就是三步路，兩條手臂已經抖得像是琴弦。他停下來喘息。

「爸爸？」

「沒事。」

宋志誠一小步一小步地跟在他身邊。好像出事前的那一天，他陪父親爬山。好不容易坐到了沙發上，宋再興已經是滿頭大汗，癱在沙發上，凹陷的胸腔不斷起伏。「真是老了。」他說。「前回，舊年底的時候，有一個媒體找我做訪談，問了不少問題。問經營、願景……。」

宋志誠想起在機場偶然拿到的那本雜誌，跨頁的版面，大幅地解釋了宋再興如何發家。每一次閱讀父親的人生故事，他都覺得神奇，彷彿父母親在自己看不見的地方長出另外一張臉。訪談尾聲也提到了宋再興的兩個兒子、一個女兒，很好笑，宋曉立獨自就能放一大張照片，兒子倒是淡淡帶過，唯一說了，尚未有接班計畫。

他父親繼續說：「問到後來，說，宋先生，你現在七十歲了，有沒有想過，為什麼接不了班？我心想，多管閒事，我一個兒子帶在身邊這麼多年，還要你這個記者教我怎麼接班？一個不歡喜，說不想講了，外人怎麼懂這些。」說到這裡自己也覺得好笑。又說：「不過很奇怪，回家之後，竟然又一直想這件事。想說，是啊，為什麼接不了班？為什麼……。」

宋再興眼神空蕩。這陣子他時常有這種神情，彷彿眼前所見的一切都起了毛邊，泡水似地又糊又皺。他得多定睛看一會，才能辨識分明。旁人也許不知道，但他時常在這種時候，看見那片水田。像是鏡子一樣的水田。站在田埂邊，水田上出現的是黑髮的他，牽著一台腳踏車。那時午後的時間好慢，像是濃稠的麥芽糖，又甜、又香，把所有好事都凝固在裡頭。那個時候，所有的一切，都是他親手贏來的。

宋再興語氣近乎喃喃自語。「可能真的就像你哥哥所說。我就是不打算放手，才會扼殺他的人生多年。」

「爸爸，您千萬不要這樣想。」

宋志誠猶豫了好久，終於把這句話說出口：「爸爸，有些事我想問問您的看法。」

◈

以為是閃電，窗外有白光一閃而過。躺在床上的吳思瑀瞇起眼，模糊視線中，聽見好像是宋志峰的車聲。志峰？出門嗎？怎麼會。吳思瑀難受地起身，妝沒畫、頭髮也沒紮，赤裸著雙腳踩在地板上，冰冷刺骨。

這一回的月事比以往來得兇猛粗暴，從下腹部開始，好像無數的酸氣從她冒著血的子宮湧上來，在她體內攻城掠地，引起器官無數的爆炸。與其說是經期帶來疼痛，更像是長期被自己忽略的身心痛楚正在反噬肉身。她清楚得很。她的心靈受不了了、肉體也受不了了，每一處都在吵著想要解脫，頭腦卻告訴她：忍下來。

吳思瑀站到窗邊，確實看見宋志峰的車開出大門，遠遠地往山坡下走。她茫然地想，不是要吃晚餐嗎？難道是她記錯了嗎？吳思瑀不知道自己在哪裡，剛從昏沉午睡中醒來，輕飄飄地像是孤魂野鬼，不過是借了一具陌生的身體還魂。現在到底是什麼時候了？

吳思瑀茫然地又在床上坐了一陣，看見梳妝鏡裡的自己，邋遢、水腫，皮膚粗糙、毛孔也堆滿了油脂，好久好久，才緩慢地清醒過來。

啊，今天說要一起吃晚餐，對，但為什麼志峰先走了？好像聽見他在書房跟爸爸吵架，吵了什麼？吳思瑀想下樓看，卻實在沒有精神。厭惡總是堆滿假笑、愛裝天真的婆婆，看見她，就想到搖著尾巴示好的自己。其實真正討厭的還是自己，怎麼會看不出劉瑾嫻終究還是將她當「外面的女人」？以前劉瑾嫻就是這麼喊自己的，「那個外面的女人」，只是現在不在嘴上說，在心裡稱呼，即使如此，仍是大聲地讓吳思瑀都聽見。

還記得以前只有她跟千慧，母女倆窩在一個小小的、一房一廳的公寓。可憐宋志峰，一個大公司的繼承人，手上竟然沒有多少錢，父親管控嚴格，領得竟然還是死薪水，搞了半天就給她們置辦這麼一個小地方。吳思瑀當時從來也沒見過什麼有錢人，認識宋志峰，真是開眼界。但那時有愛情，等待宋志峰的日子，生活反而有盼望。有時候，她會刻意帶千慧去爬山，途經這座大洋房，告訴千慧，爸爸就在裡面。千慧還小，也想進去。吳思瑀說不行，卻沒辦法告訴她，為什麼不行。究竟是什麼原因不行？幾年以後，千慧懂事了，問的是：爸爸為什麼恨我？還是沒辦法回答她，因為，也許人的心原本就是偏的。

她想起那天千慧在路邊問她：「媽媽，我們離開好不好？」吳思瑀知道她是痛苦。她才十六歲，生活在一個不歡迎她的大宅子裡面，叛逆是她唯一知道的自保手段。其實，吳思瑀不只一次夢見自己落荒而逃。妝花、赤腳、失去一切，逃離這棟大房子。但在夢中她總是後悔，夢到盡頭，她發現自己身無一物，無處可去。她已經什麼都放棄了，夢想跟青春，沒有一樣回得來。

對著梳妝鏡，梳了第一下頭髮，無論如何得活得人模人樣才行。

◈

劉瑾嫻一言不發地將幾道菜收進廚房內。宋曉立不曉得該怎麼勸，只能不斷說：「媽，何必這樣呢？」

「這麼多也吃不完。」

「媽。」曉立說。

宋曉立從飯桌的窗外看見徐子青的影子。他偷偷摸摸地往裡頭看，一對上曉立的視線，立刻裝作什麼也沒發現。他肯定聽見了書房的爭吵聲，更目睹宋志峰氣匆匆地開車走人，想到他就這樣無用地躲在外面，絲毫不嘗試幫忙，宋曉立心裡就騰起悶火。

宋曉立壓抑著對徐子青的不滿，安慰母親：「媽媽，坐下來我們一起吃飯好吧？」

「有什麼好吃的。」劉瑾嫻這句話忿忿地衝出口。她終於克制不住自己的語氣，難受地說：「我不過就是想要大家坐下來，好好吃一頓飯，為什麼做不到？我們是一家人，為什麼不對彼此忍著點？到底有什麼深仇大恨，總是要這個樣子。」手一放，剛提起的盤子又清脆地掉回桌上，盤緣微微震動。劉瑾嫻一手按著桌面，無聲擦眼淚。

「媽媽……。」

宋曉立不知道自己能做什麼。她靜靜地看母親傷心，跟過往的一次又一次都一樣。雖然總說劉瑾嫻運氣好，都是個太太了，仍活得像個小姐。天底下多少媽媽能有她這樣的命。但宋曉立心底得承認，劉瑾嫻是她見過最堅毅的人，決定了一場愛情、建立婚姻，劉瑾嫻要做就要做到底，她沒有一件事情半途而廢，有了開頭，就得看見結果。為此多大痛苦她都能忍下來，十幾歲的宋曉立看她，覺得真可憐，心想自己一輩子不要像母親那樣。那時她好怨恨劉瑾嫻，恨她為了成全自己對於美好家庭的想像，強壓下所有人的矛盾，要他們陪著上演一齣和樂家庭的好戲。但走到這個年紀，卻對劉瑾嫻生出羨慕來。母親像是鑽石，外表柔弱，卻質地堅硬。怎麼做她的女兒，自己卻這麼脆弱無用？

「媽媽，」她輕嘆著說。「別難過了，一定還有下一次，對吧？下一次我們大家坐下來，開開心心吃飯。好吧？」

劉瑾嫻點了點頭，沒有回答。

劉瑾嫻知道，今天只是個小插曲，幾十年來更大的爭吵難道沒有過？然而今天她卻有種感覺。好像聽見，船艙的木板破裂的聲音，好清脆嘹亮的崩壞聲。有水湧了進來。這是什麼直覺？恍恍惚惚地，不能分辨。

稍後，劉瑾嫻回房休息，宋曉立獨自坐在飯廳內，徐子青進來了，面色尷尬，問：「妳媽怎麼了？」

他一靠近，曉立就聞到菸味。終究是站在外面多抽了兩根吧？否則怎麼味道散不去。以前不覺得，此時噁心反胃，彷彿在徐子青身上的是沼澤腥臭。她突然明白，其實不是菸味，而是說謊的氣息。謊言冒著腐朽的嗆鼻惡臭，被悶在不誠實的嘴裡，不張嘴也能聞見味道。想著這些事，宋曉立又抽離地想，過往她從不因為這些小事怨怪徐子青，現在他一舉一動都令她憎恨。或許是婚姻真走到盡頭。

宋曉立不耐地反問：「什麼怎麼了，你剛剛難道沒看到嗎？」

「妳語氣這麼差做什麼？我站在外面，怎麼會知道？」

「那你為什麼站在外面？」

「宋曉立，你們家裡人的事情，不要把氣出在我身上。」

宋曉立想笑，好荒謬的感覺。她問：「徐子青，你拿贊助、開畫展、送你車、送你房子，讓你掛一個總監的位置……哪一樣不是跟我爸爸拿的？這種時候就是我家裡人，跟你一點關係也沒有了。」

徐子青臉色鐵青。「妳現在說這種事情做什麼？」

「為了保全你的男性自尊，我從來不說。」

「宋曉立，妳發什麼瘋？難道我沒有犧牲嗎？娶了妳我簡直娶了妳整個家庭，變得一點都不像我自己。」

宋曉立諷刺地看他，問：「不像你自己？子青，原本的你是什麼樣子？」見徐子青一時語塞，她好心地替他解答：「你已經忘了，原本的你什麼都不是。沒有錢、沒有名氣，你的一切都是我給你的。原本的你平庸得可憐，你忘了。」

「那妳呢？妳要的只是一個失敗的我，好襯托妳大小姐永遠這麼尊貴。」

一桌的菜色，竟然一口都沒動過。坐在餐桌邊，還能聞到飯菜香。宋曉立想起小年夜的團圓飯，當下她就已經有察覺、但之後她怎麼會錯過？她一直哄著自己，給這段關係無數個說法。可惜藉口像是不對的拼圖，撿起千百個，也嵌不進那塊空缺。她好累了。她輕聲地說：「子青，你說錯了，我何必要一個失敗的你來襯托我？我那時候是愛你。」

徐子青說不上話。「……好了，今天就這樣吧，妳已經累了。」

宋曉立笑。「可能吧。」她抬起頭，突然問：「子青，你有看過千慧的畫嗎？」

「什麼？」徐子青眼神閃躲。「我怎麼可能看過？」

「上次千慧告訴我她上了美術班，本來想問她，學得怎麼樣了。說不定以後還能到我們美術館來展覽。你沒有看過嗎？」

徐子青被她盯得心虛，煩悶地說：「我不知道！我為什麼要看過？宋曉立，妳今天真的是莫名其妙。」

「是嗎？我只是想，你們那麼好，可能有看過她的畫。」

她的聲音像是幽魂，一下子令徐子青背脊發涼。他說：「什麼……我知道了，下次妳跟她要來看一看，這樣可以了吧。」

宋曉立想笑。好荒謬的感覺，竟然想好好地將徐子青此時的表情看盡眼底，每一處都是細節，像是夏夜裡盛大的花火。這麼精彩，是用她的信任跟青春換來的。

「你連她的畫都沒看過，未免太辜負千慧了。她才十六歲。」

徐子青感覺自己被人用槍口指著。槍口黑溜溜的，像是一池深淵。深淵裡有一張嘴，利牙、血口，會說出最骯髒的祕密。徐子青不知道自己的表情有多慌張，求生的欲求一覽無遺。但宋曉立看得一清二楚，所以才覺得可笑。

「我原本還想，留一點夫妻情面，跟你演完最後一場戲，但現在晚飯沒了，戲就不用演了。你走吧。」

「曉立……」

「你不是一直都想離開嗎？現在是時候了。」

「等一下，宋曉立，我完全聽不懂妳在說些什麼。」

「你知道。」曉立一字一字清晰地說。她同情地看著他。「你一直都知道。」

宋曉立在空蕩蕩的飯廳內，獨自收拾完好無缺的飯菜。辛苦準備的晚飯全涼了，只剩下冷掉的油膩氣息。一盤盤端回廚房，細心地封膜，再一一放進冰箱裡。能怎麼塞就怎麼塞，即使只是微小的空間，也足夠她架積木似地，一塊堆上一塊、空隙裡再放一塊。她苛求得幾乎沒有道理，仔細要再仔細、細心再細心，用全部的精神與用心完成這場家事。這讓她腦子很空，她想要。只是無論怎麼忽略，胸口都有一股淺淺的浪，時不時地出現。浪濤微微，一不細心壓抑，就變成海嘯，電光石火間將她湮滅。

她騙不了自己。

宋曉立盯著水槽出神。她需要探出水面呼吸，整個廚房好像都在淹水，這艘晃蕩的小船快要支撐不住，甲板進水、船艙進水……所有一切、眼神、笑語、愛意、背叛，全部都淹在陰暗的水中。她真的受不了了。她怎麼告訴任何人這場婚姻是這樣收尾？這麼羞辱、這麼污穢。

身後有聲響，是吳思瑀。她已經將自己整理好，換上體面的洋裝，如同上次吃飯，身上依舊有一股淡淡的木質香調。顯眼的翡翠項鍊拿掉了，取而代之的是一圈繞在手腕上的紫色瑪瑙手鏈。看著宋曉立，她又困惑、又害怕。

「曉立，妳剛剛跟徐子青說的話是什麼意思？」

第十一章

犯錯

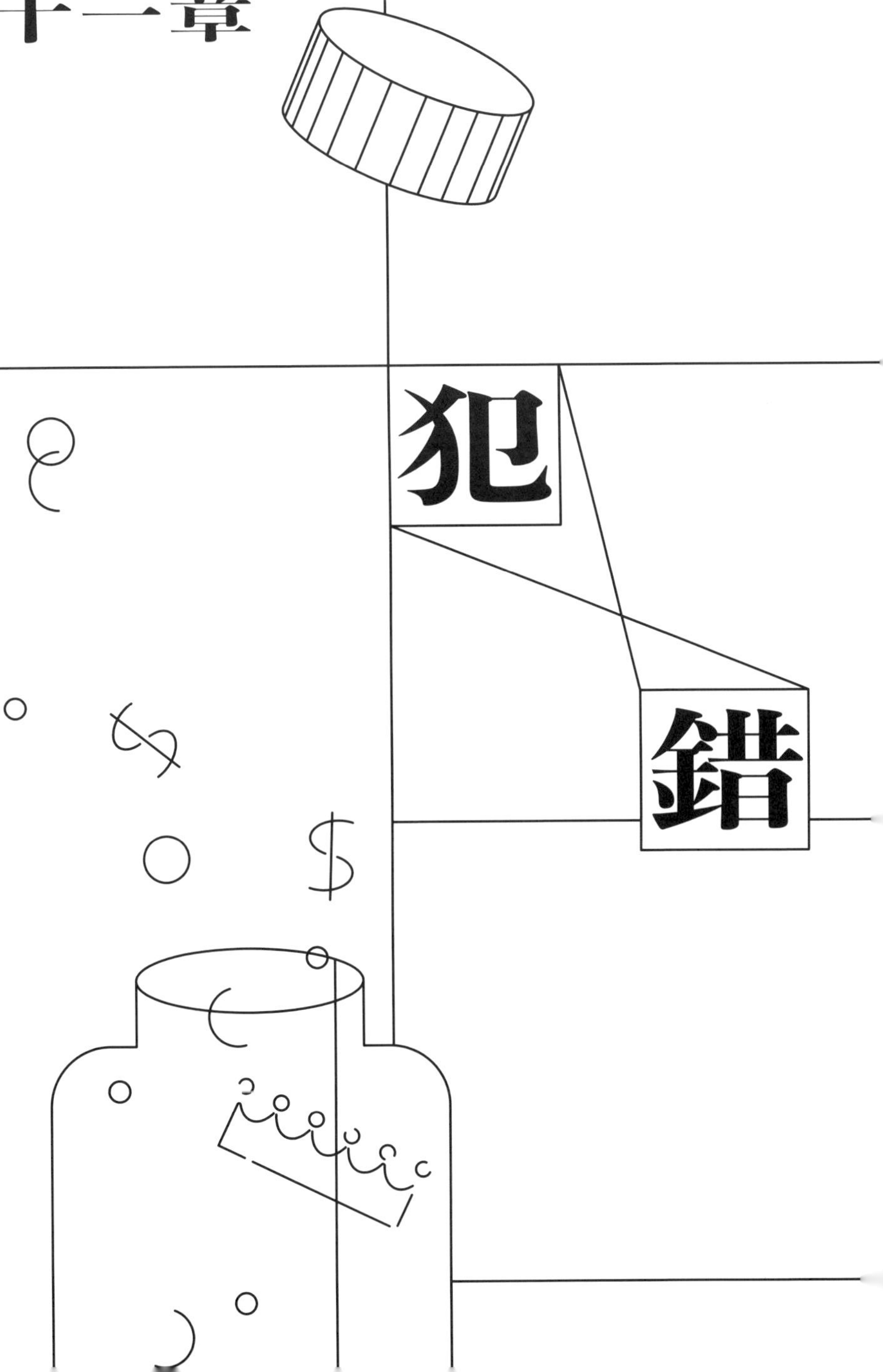

◈

宋志誠說了謊，關於哥哥的事。

那一天早上，哥哥其實在車庫裡。

清晨，聽見哥哥回來的聲音，志誠偷偷摸摸地到了車庫邊，看他例行性地保養車子。強壯帥氣的紅色重機，被保養得一塵不染，停在車庫裡，像是一隻在樹下小憩的雄獅。

哥哥看見他，問，你要坐坐看嗎？志誠嚇了一跳，好興奮，感到渾身的血液都衝上臉頰，連忙說好，他老早就想要坐坐看這台帥氣的車子，想要看大哥望出去的世界是什麼樣子、城市的彼端又是什麼。他跨上那台車，細瘦蒼白的兩條腿勾不到地，趴在巨大的車身上，好像雲霄飛車停在軌道頂端，隨時都會往下俯衝。

車子啟動，像是大地即將起身，整輛車發出嗡嗡地低鳴，一路從四肢往體內竄動。瘦小的宋志誠從來沒有想過，自己可以擁有這麼高大的感覺，頓時好像跨在偉岸的動物肩上，手變成粗壯的手、腿也變成矯健的腿，可以狂奔、可以輕易到世界的另一頭……。

他笑得好高興，後照鏡裡，看見了哥哥的臉。哥哥對他說：「坐好囉。」一切好得就像是作夢。

下一刻，天旋地轉。他遲了好幾秒意識到，是大哥搭在油門上的右手轉動了油門，手腕旋到最緊，下一秒，車子就飛了出去。

宋志誠緊緊地抱著車，感受到了騰空與摔落時的重擊。屋子變成顛倒的、追在他身後而來的小狗也變成顛倒的。大哥蒼白的臉也是。他嘴唇顫抖，反覆說著對不起。

宋志誠於是告訴父母親另外一個版本的故事：早上，我偷偷摸摸地到車庫裡，車庫門沒有鎖、車鑰匙就掛在牆上。都是我，因為太好奇了，才去碰了那台車。小狗是見證者，但小狗也死了。

其實，謊言漏洞百出，只要細細分辨就知道裡頭的真相被東拼西湊。但沒有人戳破，只有父親，摸著謊話矛盾的崎嶇邊緣，不揭穿但狠狠地砸爛了大哥的車。大哥跪在父親身邊哀求，請父親放過「唯一屬於他的東西」。

長大後，仍時常夢見這一日。彷彿在電視上輪播不斷的二輪電影，總是定時在夢裡上演。有時夢從他潛入車庫的那一刻開始播放，有時候只上演故事的末段，車子毀了，大哥趴在殘骸上哭泣。宋志誠心想：大哥，你怎麼能說謊呢？事發前，從後照鏡看見你的臉，上頭的殘忍跟殺意，這麼明顯。

「大哥那天想要殺死我」，說不出口，整座幼時編織出來的美好想像，被狠狠地剝去了一層外皮，內裡腐爛。惡土、臭水，童年夢鄉污染成災。

◈

溫熱的空氣不斷從微啟的唇縫間吐出。呼吸與吐息間，保持穩定的頻率。很久沒有跑步了，感覺身體從遲鈍中清醒，逐漸，輕盈得像是被風托著，呼吸變成一條柔軟細絲，可以無限地拉長。每一處關節、每一條肌肉都渴望活動，領著他向前奔跑。每一次的呼息都飽含了河水與青草的氣息。宋志誠感受到微風撩起髮梢，汗水接觸到空氣時帶來了稀薄的冷意。汗水點點滴滴地掉下來，他抓起衣襬擦乾，大約是這些多餘的動作打亂了節奏，疼痛感逐漸在體內膨脹。身體越來越沉，耳朵清晰地捕捉到他的喘息，也聽見了被風帶來的歌聲。

有一刻與記憶重疊，腳下的泥土地，漸漸覆蓋上二〇〇四年紐約冬天的雪。那是他第一次來到紐約，細細小雪淹沒城市，在路上爛成了髒泥。噴灑了鮮艷塗鴉的街口，女孩子坐在一只木箱上，棗色的夾克早已沾滿雪花，寬大的帽沿遮住黑墨一樣的長髮。她抱著吉他如懷抱愛人，歌聲是深山祕境未聞人聲的冷冽空氣。在她面前的小箱子漸漸有了賞錢，但她彷彿跟這些都沒關係。宋志誠看著她，眼見小雪堆疊，淺淺地吞沒了他的鞋尖。一直等到了她最後一首歌，最後一個音符。

「志誠。」一瞬間，宋志誠還能清楚聽到她的聲音，太過真實，大腦無法判斷是不是一場騙局。

他想起離開美國前，醫生告訴他，你會好起來。是嗎？一切都變得遙遠而模糊，回來臺灣多久了，日子像是石磨碾豆，痛苦而緩慢。時常還是會想起她，想起過往的日常畫面，他們總是隨性地閒聊，談話沒有目的、沒有方向，更沒有任何對於未來的恐懼。唯獨和她說話不需要計算後果與得失，真正地觸碰到溝通的本質。後來究竟怎麼了？他們為什麼會變成那個樣子？只記得她說：我們不要再假裝。

宋志誠跑回了終點，水門處，街頭藝人正在彈唱，一些路過的遊客受歌聲吸引在此逗留。他大口喘氣，汗水浸濕身體，彷彿剛剛途經一場雷雨。歌聲清澈，表演者是幾個約莫二、三十歲的男孩子，一首曲子演奏完畢，正停下來跟聽眾道謝。三三兩兩的掌聲中，宋志誠再度意識到自己早就澈底離開故人故地。

疾駛出黑夜的列車像是巨獸，挾帶著厲風穿過整座城市，一路狂奔，總算溫馴地停泊入月台中。宋千慧一身白日裡的制服裝扮。她沒有立刻出站，在回家的人潮中轉了一圈，尋得一張椅子坐下。

宋千慧面無表情地滑動著訊息，濃密的睫毛上上下下地搧動，越長大越是美艷的眼睛來自她母親，裡頭的冷硬則是父親的。其實還是捨不得，不然不會拖這麼久。一開始，接近徐子青，只是因為宋曉立。想讓她傷心，想看公主般的宋曉立崩潰，想看他們痛苦。就這樣而已，沒有想到這麼簡單。一度走得太深了，喜歡徐子青對她的溺愛，也喜歡他親吻自己的時候，為藝術品驚嘆般的愛慕眼神。他把她捧在一個高高的寶座上，比宋曉立更甚。她喜歡這件事情。不曾擁有過、太稀罕了，才會拖這麼久。

手機螢幕暗了，驀然地照出她的臉，竟然彎著眉毛，一副脆弱的模樣。原來她也會做這種表情嗎？從來沒仔細看過自己，以為自己只有壞水。三小時前發送給徐子青的訊息，寫著：「我們約在外面吧，我去工作室找你好嗎？」，徐子青還沒有回覆。

還沒有站穩腳步，甚至沒來得及看清楚駕駛座上男人的面孔，陳巧玲被拽進車中。她驚嚇地說：「老闆。」半句話都還沒說完，迎面就是宋志峰熱切地親吻與撫摸。被困在狹小的空間內，稱不上舒適，但擁擠與痛楚都帶來了愉悅。陳巧玲沒有推拒，恨不得將自己去皮、削骨、剁成美味的肉塊，獻給宋志峰。宋志峰的愛撫近似施暴，吻是咬、撫摸是抓、侵入是發洩。哪一刻是愛情？陳巧玲在痛楚間感到被渴求，這樣就好，她其實不用愛情。她要宋志峰需要她。過去的每一個女人，沒有一個人做到這樣的奉獻。她們太傻，從未看穿這個男人的真相，他要的不是一段關係，而是一個巢穴，供他在此安睡，汲取巢中的營養與資源。

鐵道邊的僻靜小路，車身完美地隱藏在茂密的樹冠下。突來亂風擾動枝葉，一列火車猛地竄出，哐啷哐啷哐啷哐啷，連綿不絕，巨大的車體攪動著空氣，隱身在樹下的轎車隨之劇烈晃動。一道道映現旅人側臉的車窗一閃而逝，沒有人分神注意到，那一秒以內所看見的樹影有什麼異狀。

當陳巧玲翻身將宋志峰壓在身下時，火車已經遠遠地消失，四周歸於平靜。她看著宋志峰洩憤過後，迷茫如忘記身處何地的臉。她憐愛地觸碰他的眉骨、嘴唇、鬍渣，指尖走到他的耳後，撫摸那道早已癒合萎縮的疤。

「我能怎麼辦。」宋志峰說，更像是自言自語。

「我會陪著你。」

「我什麼也沒有。」

「是沒有，還是不敢要？」

宋志峰的眼珠轉動，裡頭映出陳巧玲的臉。她並不畏怕此時的他，溫存之後的宋志峰很近，沒有平時擺出的冰冷距離，連氣味都是她的。

宋志峰自嘲地說：「我要的是什麼，妳怎麼會知道？」

「我知道。」陳巧玲理了理他的髮梢、領子，說：「你要你爸爸看得起你，不是嗎？」

宋志峰表情微動，並不表現出內心的動搖，刻意調侃她說：「膽子大了，還能分析我。」

陳巧玲笑。「你可以當作我在胡說八道。但你敢不敢？」

「我不確定，賭注太大。」

「是嗎？」她輕聲說。「新加坡的情況，一旦被發現，你可能連臺灣這邊總經理的位置都保不住。」

宋志峰沉默，他自已也知道，只是遲遲下不了決心。

「更何況，今天宋志誠去見了邱心薇。」

她單手滑動手機，手機刺眼的光裡是宋志誠與邱心薇在餐廳吃飯談天的照片，以及兩人等在路邊，邱心薇抬頭跟志誠說話的側拍。

陳巧玲惋惜地說：「老闆，你就是太善良了。」

◈

彷彿是在舞台上扮鬼，臉上堆疊一層又一層的慘白，非得如此，才能讓最後一排的觀眾也看得見鬼樣。吳思瑀不需要抹粉，臉色比死人還白。她看著影片，一語不發。宋曉立知道，她把影片交給吳思瑀，多少是想洩憤，想看看這個管不住女兒的母親，怎麼為不要臉的女兒辯解。最好是看她滿口否認，然後流淚，尖叫指責宋曉立造假也好，或是呼天搶地控訴是宋曉立的錯，痛罵她留不住丈夫的心，導致丈夫做出這麼變態且欺侮人的醜事……宋曉立覺得自己的胸口藏著一塊潮濕之地。在危樓中搭起違建的小鐵皮屋子，陰陰冷雨，牆隙黏滿苔、牆面霉菌生成了詭譎的形狀。颱風一來，薄牆破洞，陰風呼呼地吹。她需要有怒火將危樓燒盡，所以誰都好，與她叫罵，傷人或是被傷害，任何一種形式的高昂情緒都可以，她要把那一塊錯誤的建築踏平。

但吳思瑀一句話也不說，直直地看著那支影片。畫面上的宋千慧，兩步併做一步走，開心地飛撲到徐子青身上，整個人塞在他懷中，抱得死緊。隨後，千慧勾著徐子青的後頸，惦起腳尖親吻他。兩人親密地互擁，幾乎不能呼吸，彷彿這樣的緊密與毫無空隙才能令她感到安心。好幾步踉蹌，兩人跌出了鏡頭之外。她重播剛剛的影片，在某一瞬照到千慧閉眼微笑的角度停了下來。

宋曉立知道自己殘忍，讓一個母親看見這樣不堪的真相。

「不要告訴志峰。」良久，吳思瑀說。

「為什麼？」

「他不會放過我的女兒。」

吳思瑀難以呼吸。她忍著腦袋裡恐怖的暈眩，在宋曉立的注視下，扭開藥罐，一口氣吞了好幾顆藥丸。不久前吳思瑀已經聯繫了千慧，叫她回家，沒說什麼事，但情緒緊繃，那頭的千慧問，妳又跟宋志峰吵架了？他又怎麼對妳？語氣已經憤憤不平，聽在吳思瑀心裡卻是酸的。她說，妳回來就對了。作為一個媽媽，現在應該怎麼應對？她的女兒一心愛她。吳思瑀沒有學過當母親，當初懷孕，孩子來得這麼急，千慧的父親不要她。孩子生下來，皮膚又皺又紅，不像是人，倒像是從她肚子擠出來的小怪物。整間醫院的父母喜迎新生兒，只有她，抱起孩子就哭。也許是孕期哭、生了也哭，宋千慧從嬰兒時期就看穿母親軟弱。她是個很少哭的孩子，連醫院的護士都嘖嘖稱奇，說好少見這麼穩定的嬰兒。後來才知道，宋千慧哪裡是性情穩定，她只是把母親的傷都吃進肚子裡，成了母親情緒的延伸。吳思瑀都還沒有感到委屈，宋千慧已經為她暴怒。

「聽說妳最近身體不好。」

宋曉立靠在牆邊，一隻手略不安地扶著手臂。這樣的場景她們都是第一次經歷，沒有人知道怎麼拆解那些無以名狀的巨大情緒。宋曉立逐漸從一整晚反覆的震驚、憤怒、傷心中緩和，但現在的平靜反而不真實，她知道痛楚隨時都會重來，像是一場輪迴。

吳思瑀笑了笑。「不曉得怎麼回事，大概是為了照顧千光。」

「千光的燒還是不退？」

「退了又燒，不曉得這孩子怎麼了，看醫生也沒用。」

宋曉立沉默片刻，問：「妳帶他去給……妳那個道場的師父看過嗎？」說出口，曉立都覺得訝異，從來不知道這樣的話會從自己口中說出來。

吳思瑀手指輕輕捏著床單上的皺褶，想了一會，說：「看過了。說是被嚇到。」

「被嚇到？」

「我也不知道，師父只這樣說。問千光，他也說不出來。我猜想他喜歡到山裡拍昆蟲，是不是那時候……」她嘆了口氣。

宋曉立恍惚地想，她似乎從來沒有好好地跟嫂子聊天過，這樣子沒有相互攻擊、也並非敷衍地好好地說話，沒有發生過。這麼多年來，就是防著她。又或者是宋曉立畢竟心裡還是向著邱心薇，總是懷念，要是心薇還在就好了，心薇就像是她的姐姐，她總想要有一個姐姐。宋曉立不知道該怎麼跟吳思瑀相處，平凡地說話聊天，這是第一次……竟然是在這種時候。

廊上傳來輕巧的腳步聲，是千慧回來了。宋曉立僵直了身體。

宋千慧一打開門，頰上有趕路的紅潤。微喘著氣還沒開口，她看見了宋曉立。所有的問句都卡在嘴裡，她緩緩地將視線從曉立身上拔起來，看向了同樣沒有說話的吳思瑀。其實千言萬語在那瞬間就說透了，宋千慧這麼聰明，說不定早該在徐子青罕見地不回訊息、吳思瑀語意不清地叫她回家時，就應該要想到，她只是選擇裝作不知道。她怎麼會回來。宋千慧後腳跟細微地往後一踏，沒有猶豫，下一秒轉身跑出了臥房。

吳思瑀在後頭大叫：「宋千慧！」

宋千慧止住了腳步。

吳思瑀說：「妳一走，我就從這裡跳下去。」

宋千慧深吸一口氣，走了回來，沒有看吳思瑀，選擇直接將話說破，抬起下巴迎視宋曉立。

「妳想要我怎麼樣？」

「我想要……」她的話斷了。宋曉立看著千慧，腦袋是一片空白，不曉得自己的後半句想說些什麼。她想要什麼呢？她以為自己會哭鬧，用最醜惡的方式痛罵宋千慧是個惡魔，但人到了她面前，宋曉立胸口的冷風卻停了。她的腦袋很靜，不吵不鬧，也許是因為令她困惑了這麼久的真相、從徐子青口中都問不出的變心，現在就站到了她面前。她在變質的婚姻裡猜疑、自責，現在終於都可以得到解答。

她輕聲問：「從什麼時候開始的？」

宋千慧猶豫片刻，說：「可能半年前。」

「半年？」宋曉立皺眉回想半年前的徵兆。又問：「為什麼？怎麼會……怎麼開始的？」

宋千慧輕咬下唇，看了一眼媽媽。

「我想要考美術班。」她說。

「美術班？」她又追問：「然後呢？」

「然後我就問他一些問題，怎麼準備，我那時候根本沒有學過，我不會。」宋千慧不耐地說，語氣急促。

宋曉立定定地看著她。「……妳是故意的嗎？考美術班，是故意的？」

「我沒有！」千慧生氣地反駁。她說：「怎麼樣，妳不相信？我都已經站在這裡讓妳質問了，幹嘛要說謊……我是自己想要考美術班。」

最後那句，宋千慧看著地上說，聲音很輕，說的是真心話。她看著自己的腳趾頭，任腦海裡的記憶翻騰。她想起最一開始的畫面，她獨自在臥房裡，反覆閱讀美術班招考的細則，除了成績要求以外，還要有兩件以上的作品。任何形式都可以，但她什麼也沒有。拉不下臉問任何人，只有徐子青，跟她一樣都是不被這個家重視的幽靈。所以她問了他。

宋千慧說：「他教我怎麼準備，幫我看畫。本來不想報名了，看大家都這麼厲害，覺得不可能上得了。他……跟我說不要這樣想，說他也不是從小就學畫，但是創作沒有門票，任何人都有資格，我也可以。」

宋曉立感覺渾身的力氣都被抽走了，要不是靠著牆，她說不定會搖搖欲墜地倒下。她苦笑說：「子青確實會說這種話。」

她與徐子青認識的時候他還只是一個新銳藝術家，對生命提出尖銳的質問，同時懷抱矛盾的浪漫天真。宋曉立當時剛接任「康興藝文基金會」的執行長不久，生活都奉獻給她熱愛的藝術，兩年下來略感疲乏，就遇上了正竄出頭的徐子青。徐子青只把她當作宋曉立，從沒有仰慕、沒有試探、沒有追求，他們是無話不談的朋友。跟徐子青在一起很簡單，為了普通的事情哭笑，那個時候一切都好快樂。宋曉立下定決心要幫他打造未來。但也許從這時起就錯了。

半年前。宋曉立想起來了。半年多前，正是徐子青一筆都畫不出來的時候，他很痛苦，痛訴是這棟大屋子吃了他的創造力。宋曉立自覺對不起他，結婚後，因為劉瑾嫻身體不好，她實在放心不下，於是一直捨不得搬出去。是她自私，將徐子青強留在一塊不適合他生長的地方。

宋曉立問：「他傷害過妳嗎？」

「傷害？」她困惑地皺眉。「他沒有。」

「那他讓妳開心嗎？」

千慧一愣，點了點頭。

「我明白了。我沒有什麼要問的。」

她感覺地板是軟的、膝蓋也是軟的，得花費好大的力氣跨出腳步。與千慧錯身而過時，千慧問她：「妳會怎麼做？」

宋曉立不用思考，心中已經有答案。她說：「我會放走他。」看進千慧眼裡，又說：「妳也要，否則我會讓他身敗名裂。」

宋曉立走了，房間內只剩下母女二人。吳思瑀不說話，千慧罰站一樣，好像腳底板生出根來，種進地底，一步也動不了。

「媽媽。」千慧說。

「嗯？」

她在腦海中編織文章，卻發現想說的只有一句話。

「我讓妳失望嗎？」

吳思瑀一口將氣吸到了五臟六腑裡，非要如此，才能壓抑心中的攪動。

「妳從小就很聰明，我常想，我這麼笨，怎麼會生出妳這麼聰明的小孩……。」

這個從小就懂得為她打抱不平的孩子，固執、不服輸，有時候要強得討人厭。這樣的宋千慧，在那段影片裡面，竟然抱著徐子青，露出撒嬌心安的表情。她從來沒有見過。一次也沒有。

「所以媽媽在想，」她看著千慧，露出傷心的笑容。「應該是媽媽讓妳很失望，媽媽跟妳對不起。」

她從沒有看過宋千慧哭。此時千慧卻紅了眼眶，在掉眼淚之前掉頭離開。

◈

晨光初透的時候，宋志峰回來了。山林的朝霧附著在他未褪的酒氣中，一口氣吸進肺裡，像是吸入潮濕陰涼的苔。他正巧與下樓的父親碰上。才清晨五點多，宋再興已經換上外出的裝扮，特別小心地移動步伐，幾步的路，不曉得自己練習走了多久。此時父子碰上面，興許是因為早晨天涼，彼此沒有昨日的火氣，只殘留了一點衝突過後的僵硬，空氣裡彷彿漂浮著細小難辨的火山碎屑，微小，但一點即著。

宋再興問：「才剛回來？」

站在父親面前，他永遠都顯得像十八歲未滿的青少年，幼稚、沒有本領，在如山一般巍峨的公象面前，匍匐著身體，抬不起頭。宋志峰生硬地回答：「爸爸這麼早要出門，去爬山嗎？」

「爬山。」宋再興說了都在笑，自嘲地說：「現在哪有那種體力，到外面看一看而已。陪我走走吧。」

宋志峰沒有拒絕，他跟在父親後頭，兩人往別墅背面一條山坡小徑走。此處人煙罕至，草與人齊高，葉片如髮絲細密地抱作一團，風來時，便輕柔地往一處吹，毛茸茸地叢叢搖晃。

經過上回那麼一摔，越來越稀薄的睡眠就成了宋再興的鏡子，露骨地反映了他的衰老。別人也許不曉得，宋再興很清楚，這具身體一日不如一日，但奇怪的是，他時常不記得自己已經這麼老了，彷彿三十歲的自己還只是昨天的事情而已。實在睡不著，坐在床畔枯等時間，令他具體地觸摸到自己的無用。涓流般正在流失的行動力催促著他起身、向外走，若要坐望生命完結，至少不該是垂死在棉床上，他寧願到樹林裡等天光。

昨晚，聽了志誠告訴他的那些事情，宋再興翻來覆去，算盡了記憶裡的每一縷細節，宛如在水裡洗碎石，琢磨著每一顆記憶的紋路、缺角的邊緣，怎麼也摸不透，究竟從哪一步開始令他走到這裡，成為一個失敗的父親。是真的老到頭昏眼花，看不見兒子就在自己眼皮底下搬錢，抑或是他刻意讓自己不知道。他始終沒有勇氣去處理他跟志峰的關係，裡頭有太多崎嶇的虧欠，糾結成一大塊，早就無法順分明。

「志峰，你現在有兩個選擇。」宋再興說。

父子倆走出了一段路，此時，太陽已經從草坡那頭升起了，一道銳光照進了宋志峰的眼睛裡，他不由得瞇起眼，父親的背影模糊變形。

「第一個，你從新加坡回來，好好地當你的總經理，只是這一回，你要跟志誠公平競爭。」他停下腳步，沒有回頭，但已經能想見大兒子的眼神，能看見他眼珠子裡的山形輪廓，令他想起昏迷前的那片山林。大雨沖刷，悶雷陣陣。「第二個，如果不能接受，那現在就退休吧。」

「爸爸，您這樣說對我公平嗎？」

「我已經是對你太過偏心。」宋再興的聲音晦澀難明，如走入一場暴雨。「否則你以為，我真的不記得山上發生什麼事情嗎？」

宋志峰臉色刷白，再說不出話來。

◈

二〇一九年五月三日，康興生技。

好多人看見了，說老董事長今天回到公司。

風聲捎來了各式各樣的訊息，充斥雜訊，真假的邊界隨著耳語逐漸被推得越來越遠、越來越鬆弛。

有人說，早上八點準時看見董事長走進「康興生技」的大門，看起來精神奕奕，跟往常一樣先去工廠走了一圈，才回到董事長室。也有人說，董事長是坐著輪椅回來的，依然不改他多年習慣地先去了一趟工廠。陪伴在他身邊的人，有幾種說法，排列組合也就不脫那幾種，有些人說董事長夫人劉瑾嫻也到了，因為董事長身體還未完全康復的緣故，夫人才陪在身邊。比較確定的是，聽說一早唐東易就進了董事長室，一直待到了現在都還沒有出來。

停車場內。業務部經理莊政永行色匆匆地下了車，關上車門時，他不小心甩得太用力了，安靜的地下停車場內轟隆的回音，連他自己都嚇了一跳，手上的咖啡灑了出來。莊政永被自己的浮躁惹毛，嘴裡連連罵了好幾句髒話。襯衫上的污漬看來是沒得救了，如果是平時的他，肯定不管上班遲到也得回家換一件乾淨體面的上衣，今天卻沒有這樣的心情，隨便用紙巾擦乾就算完事

踏進辦公室，莊政永交代今天不參加晨會，要副手代替他出席。莊政永不參加晨會？聽見的人心中都起疑。他最愛的就是在眾人面前展示自己，觀眾越多、他越是開心。怎麼可能會放過這個老董事長回來的大日子？莊政永不尋常的反應，使得業務部也隨之瀰漫了一股反常的氣息，所有人都在猜測，什麼事情要發生了？

建築物另一端，位於四樓的行銷部。賴彥如按下開機鍵，指示燈亮起，主機開始沉重地運轉，機械聲令她感到安心。公司的電腦很老舊，開機要花五分鐘，但她有的是時間。那些成功不凡的人總是說，時間是金錢，她不是。她的時間是漫漫黃沙，每一顆沙礫都平庸無聊，過得快、過得慢，對她來說都沒有區別。每天早上六點起床，在丈夫的鼾聲中做早餐。她養了一隻貓，貓會跟她一起起床，那是一隻花色普通的貓，幾年前小叔結婚搬走時留下來的，沒有問她要不要養，彷彿遺留下來的是一只不重要的行李。然後，七點出門，經歷重重的轉乘，總是第一個踏進辦公室。十幾年來都是這個樣子。她喜歡整間辦公室只有自己的感覺，很寧靜。但今天有點不一樣，一早就覺得整間

公司充斥著耳語，即使如她這樣低調過日子的人，或多或少地也被迫聽見一些風聲。「董事長回來了」，她心想，跟自己一點關係都沒有。

電腦總算開機完成，她第一時間調出了昨天才收的市調報告，接著，迫不及待地開啟信箱，看看設計師把提案寄來了沒有——迫不及待？等待瀏覽器慢慢啟動的時間，賴彥如被自己的想法嚇了一跳。

螢幕上視窗的暗色背景映出她的臉，這是一張不管看幾眼都記不住特徵的臉，畏畏縮縮，大多時候沒有屬於自己的主張。她突然想通了從一早就盤踞在胸口的躁動感是什麼，原來是期待在作祟。她摸了摸圓潤的雙頰，燙的，眼睛裡的神采是高興的。她在期待工作的新進展。賴彥如簡直不敢相信。

信箱頁面讀取完了，一連好幾封新信件裡，果然看見設計師回覆。尚未點開，滑鼠在下一封信的標題上停了下來。上頭寫著：「彥如，好久不見，有空聊聊嗎？」

罩在「康興生技」上空的那一大片白雲緩緩飄動。

雲層行經蜿蜒河道、一座老公園，最後在一間赭紅瓦片的小廟上被吹散，糖一樣化在空中。在這座小廟後方，有一處貫穿了老社區三條小巷的舊市場，整座市場在熱浪裡冒著蒸汽，油煙、菜肉味全混作一塊，熟食與禽肉腥味一團團地往空中擠。

就在巷口轉角的一間早餐攤販，白鐵搭出來的簡易攤車，車前的薄木板寫著：飯糰、饅頭、豆漿。老闆娘是個年近六十歲的婦人，微微駝著背，在熱氣裡抹掉髮際的汗水，埋首捏出兩個拳頭這麼大的飯糰。等待她料理的時間，站在攤位前的客人說：「老闆娘，妳這台車有重新布置過哦，變得很漂亮捏。」

老闆娘抬起頭，不好意思地說：「啊我兒子說現在就是要走這種文青風，才會紅啦。」俐落地將飯糰跟豆漿包在一塊，遞給客人，她不忘說：「有空幫我在網路上按五顆星哈，我兒子說的，說要紅就要做網路行銷。我本來是不懂啦。結果最近好多沒看過的客人說是網路上看到我的店，特別跑來吃捏。」

客人笑說：「妳兒子很有生意頭腦，準備享福了喔。」

「還沒啦。」老闆娘笑得好開心，再三說謝謝，目送客人離開。她一看時間，夭壽，都幾點了。一抬頭朝二樓大喊：「阿傑啊！謝冠傑！」聲音宏亮，竟然穿破了菜市場嘈雜的叫賣聲，一枝獨秀衝破雲霄，整條街都聽見她在喊兒子起床。

阿傑拉開一樓紗門，阻止他母親繼續大吼大叫。「起床了啦！吼，歐巴桑妳也幫幫忙，全世界都認識我了。」

「嗯？全世界都認識你，那還更好，大家都來買我的飯糰。」她手一伸，將早就包好的特製飯糰遞給阿傑。「快去上班啦，每天都這麼晚才睡，難怪都起不來。」

阿傑叫苦。「我是工作到半夜欸……。」將安全帽壓在雜草般的亂髮上，阿傑發動機車，在菜市場裡左閃右躲地衝出重圍，一邊用嘴巴大聲喊：「叭叭叭、叭叭叭，各位鄉親拜託讓一下，緊急警報，阿傑上班要遲到了，拜託幫幫阿傑，多謝多謝！」

卡在車陣裡的李叔陽絲毫不在乎上班時間已經到了。他正播放著自己也聽不懂的古典樂，作為一天的開始，這麼高雅的音樂最合襯他這種見過世面、什麼山在面前垮掉也不會慌張的成熟男性。

國中的女兒抱著書包抱怨：「爸，你可以開快一點嗎？已經第一節課了欸。」

「住口啊。」綠燈了，他跟在前方的車尾巴後頭慢慢開。「要不是妳賴床的話，我們現在怎麼還會在這邊？」

「那也是因為你做早餐真的做很久啊。」

「欸？把拔每天用心做早餐給妳吃，妳不要不知道感恩。」

好不容易走走停停到了校門口，女兒下車前，回頭警告他：「快點去上班，爸爸你是個大人欸，還這麼愛遲到。」

「閉嘴，妳是我老闆嗎？」

目送女兒走進校門，此時已經九點了，李叔陽想，晨會差不多就要開始了。前幾天，莊政永突然找他喝酒，東拉西扯地說過去、說近況，可能是酒也喝了不少，說起兩年前把他調去行銷部，絕對不是支開他，反而是很信任他，才放手讓他去開疆闢土。他們是老戰友了，還不夠瞭解彼此嗎？絕對不會有不該有的誤會，對吧？莊政永頻頻這樣說。

李叔陽喝酒虛應。他與莊政永差不多同期進公司，說實話，莊政永有他所缺乏的機靈與敏銳心思，花費一半的力氣就能達到他們拚死拚活才辦得到的成績，要罵莊政永是會拍馬屁、懂得向上經營也沒有不可，他的業績比別人耀眼也是事實。這人就是有辦法、有門路，那時李叔陽想破腦袋都想不透，莊政永怎麼辦到的？自己又怎麼做不到？「才能」二字像是兇惡的洪水，橫亙在兩人的升官道路之前，一個在眾多同輩間擠出頭，攀上總經理，風光地當上了業務部經理。而李叔陽呢？自己都覺得可笑，工作越做越沒勁，成了自己以前痛恨的老屁股，工作能拖就拖、能閃就閃，把遲到當作家常便飯，美其名是更專注於享受自己的生活，李叔陽知道，年輕時在他面前攤開的康莊大道，現在早就成了遺跡。兩年前，他被調到行銷部，知道就是發配邊疆，不能說沒有怨憤，兩年來心中一直還是以一個老業務自居。都不好意思告訴女兒，爸爸已經變成了一顆種在新部門裡的化石。討厭新事物，鎮日想著從前。

但是前兩天，莊政永說：「叔陽，考慮一下回來業務部吧。」以為第一口就會答應，沒想到他卻沉默了，說是這新的案子都還沒完成、做到一半就走人不太道德……莊政永看見他的猶豫，又勸幾句勸不動，告訴他：「隨時想回來就告訴我。」李叔陽卻在心裡想，是不是要發生什麼變動？為什麼這時候急於把他拉回業務部？他像一隻疏於捕獵但仍保有生存直覺的狼犬，嗅聞到鬥爭的氣息。

◈

晨會快開始了，宋志誠站在董事長室外等待父親。不遠處的總經理室燈仍是關著的，大哥還沒有來公司。自從上次父親與大哥發生爭執之後，幾日裡，大哥時常不在家，沒有人知道宋志峰去了哪裡，隨著他的消失，分明還住在四樓房裡的吳思瑀也好像隱匿了氣息。志誠甚至感覺到，連宋曉立都別有心事，向她問起，總笑著說沒事。祕密的氣味比以往嗆鼻，所有人都在一夕之間閉上了嘴。但宋志誠又何嘗不是這樣。

昨晚，他又發病了。

沒有人知道他的病，他幽微地恐慌，一直藏得很好，像是所有一切被他封存在心裡的祕密一樣，密不透風。昨晚發病前，他夢見了〇四年紐約的那場小雪，抱著吉他忘我唱歌的女孩子。他站在她面前，已經預見了數年後，兩人的感情毀於一場謊言。夢裡，他往她放置在雪地上的帽子投了點零錢，跟她說：「對不起。」〇四年她怎麼會認識他？困惑地朝他笑。志誠兀自說：「下次我會對妳說真話。」夢醒時，宋志誠捲入恐慌當中，解藥是握著她留下來的信紙，其中一句「你會好起來」給他活下去的力量。

他想起在書房裡跟父親說的話，他問父親打算怎麼做，父親的回答卻顛三倒四，先是：「志峰總是怨恨我對他嚴格，我是不知道該怎麼對待他。」又說：「志峰我一直帶在身邊。」再來是：「他畢竟是我的兒子。」最後嘆息說：「我會處理志峰。」

語句之間全是斷裂，前句接不著後句，空隙太大，正是父子之間的裂痕。宋志誠想，會不會爸爸一直都知道？掏空、虧損，都是同一件事，年年蒸發的營收，打滾商場一輩子的父親怎麼會猜不到？只是反反覆覆地下不了決心去處置自己的親生兒子。果斷了一輩子的父親，竟然在父子關係上猶豫不決，導致一盆家庭樹爛透了根。

宋志誠想起幾天前碰見大哥時，他對自己冷漠防衛的態度，知道大哥一定已經知道了詳情。怒火像是小火簇，隨時會燒遍整座森林……。

此時，董事長室的門開了，父親走了出來，問志誠：「志峰還沒有來？」

「還沒有見到哥哥。」志誠回答。

宋志誠聽見父親幾不可聞地嘆氣。

「我們走吧。」父親說。

第十二章

山中的雨

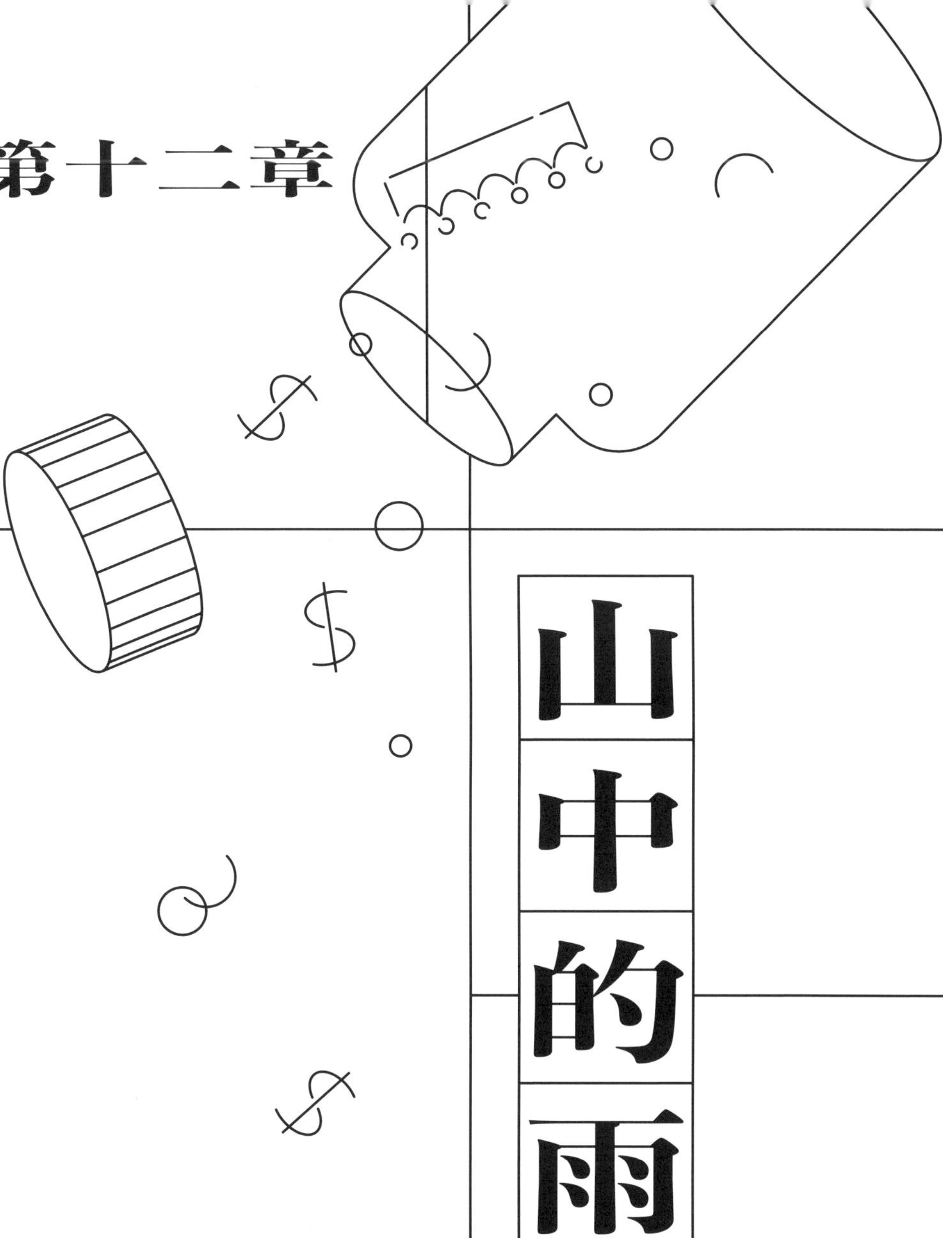

◈

撐著膝蓋喘息的時候，看見雨濕以後的泥土地。一小窪的雨水倒映了他的臉。十八歲的宋志誠注意到一小方的水窪中，竟然已經有幾隻蝌蚪生成。他多看了一會，再抬起頭，險些就追不上父親的背影。上山後才經過半小時，來時的路已經難以分辨，倒是前頭的父親閉著眼睛也能辨別方向，地圖早就刻在腦袋裡，步伐熟稔地像是在地人。

十四歲之後，也許是青春期所帶來的身體變化，堆積了一整個童年的病竟然短短幾個月內消失，像是濕氣終於被烈陽蒸散，撥雲見日地，精神與力氣都被催醒。骨頭好像等不及要從這副外殼長大，成長的疼痛在夜裡尤其明顯，但這樣的痛令他很高興，迫不及待要掙脫一具束縛自己的殼。每天在鏡子裡都看見不太一樣的自己，他變得健康、變得可以向外走，所有人都說，「志誠長大了」，不再是那個畏畏縮縮、沒有自信的小孩子。他的想法開始變得有重量。

十八歲，跟著父親上山也已經第三年了，大哥為拓展海外的業務，今年夏天人在新加坡，父親說，那今年就簡單走一走吧，要去找山上的那片湖。那片湖，前年志誠也跟著走過一次，路徑不複雜，即使走走停停，一小時內也到得了，若是遇到路況好、體力允許，父親說也曾在半小時內抵達過。今早出門前，山區下了一陣急雨，日出後，陽光曬透新鮮雨水，草木水氣清甜。雖然有爛泥，走起來並不礙事，尤其父親腳程很快，鮮少猶豫方向，志誠回頭一望，已經能夠俯瞰山底下小小的屋子，來路則淹蔽在林木之間。幾度進出密林，總算走上了一條綿長的山脊，步伐狹小，但視野曠蕩，天空從來沒有這麼寬廣過。在山稜線與白雲悠悠之間，只有他與父親，一前一後地走著。父親平時話不多，爬山時更是不太開口，唯有走在稜線上時，青草擺盪之間，他回過頭，問了一句：「會累嗎？」

志誠搖頭，父親微笑，說：「那就繼續走吧。」

風是熱的。直到後來，即使宋志誠橫跨了一整片海洋，到了另外一個世界，都還能記得那天空氣裡的味道。清爽的泥土氣息，以及一小片淺淺的水氣。湖就快要到了，他循著父親走過的路繼續前進。

◈

會議室內，各部門主管都已經坐定，聽見走廊上的腳步聲時，所有人都默契地安靜下來。坐在這裡的人，大多一輩子奉獻給「康興生技」，說起董事長像提起家人，而距離他們上次見到董事長，已經是將近三個月前的事情了。

宋再興在公司的作息極度規律，八點到公司巡廠房、看產線，中午能見到他在員工餐廳吃飯，下午三點，若是沒有會議，他就會隨意地在公司內走走看看、和員工說話，正因為這些習慣，他幾乎記得所有員工的臉，即使說不出名字，也大約知道在哪個部門、做些什麼。因此，突然三個月沒見到老董事長，流言致使人心惶惶是一回事，不習慣則是另外一回事。

宋再興走得很慢。練習了半個月，總算是第一次拋卻了助行器。拄著枴杖，走得萬分吃力。宋志誠跟在父親旁邊，這幾日親眼見證他走得越來越好，雖然慢，但穩健，連他們聘請的居家復健師都覺得不可思議，驚嘆宋再興意志力超群。

志誠低聲問他：「爸爸，我要打通電話給哥哥嗎？」

宋再興沒有停下腳步。他說：「毋免。」

迎面而來的熱烈掌聲打斷了父子說話。抬頭一看，會議室裡所有人起身鼓掌歡迎董事長回來。宋再興先是微微一愣，隨後高興地笑起來。待在家休息了半個月，不管再怎麼悉心休養，好像都比不上這刻見到老夥伴們。他突然就眉眼有光、氣色紅潤。「謝謝、謝謝各位。」宋再興笑著說。

志誠很訝異，他正式到公司任職之前，父親就發生意外，故而他從來沒有見過這樣的場面。所有人都是真心地等待著董事長回來，太過真摯，不需要言語也能感受到。宋志誠受到撼動，他竟然已經習慣先假設一切都是逢場作戲。

過去這三個月，也許是時節動盪，他與他們都還不熟悉，這些人裡面，有的對他客氣、有的刻意疏遠，但總歸是在觀察他，想看看這個新來的小兒子能變出什麼把戲。那些目光令宋志誠感到不自在，只能盡力地說服自己裝作看不見。今天卻不一樣了，氣氛竟然能這麼舒適自然，彷彿從宋再興回來的這一刻，「康興生技」才開始重新恢復運轉，過去的日子全都是等待。志誠回想邱心薇說：

「他是我見過最體恤下屬的老闆，好像真的是一個父親。」現在他完全明白心薇的意思。又想起大哥控訴父親：「所有的一切都是你的。」也許他們說的其實是同一件事。

「謝謝、謝謝。」宋再興在熱烈的掌聲中，示意眾人隨他一同坐下。開玩笑說：「你們跟我工作一世人，也已經不再少年，站久跟我一樣，跤頭趺袂堪得[10]，都坐下吧。」笑聲裡，宋再興無比懷念地看著這個場面，恍如隔世。好像他仍在夢裡，好像，一回神就在那場大雨中，其實一直沒有醒過來。他是死了一遍又活過來，就為了親眼再看他這輩子奮鬥出來的公司一眼。他畢竟是把此生摯愛都放在這裡。

宋再興說：「這陣子大家都辛苦了，在我不在的這段時間……按呢互相幫忙，給公司幫忙、也給……志峰和志誠幫忙，真的是非常感謝恁。」

宋再興說話的時候，有些人注意到了會議室的門還開著。董事長很嚴格，謹守時間，會議開始了就是開始，跟在學校上課一樣，一打鐘就將門鎖上，再資深的主管遲到都只能站在廊外罰站。今天不曉得是不是久病剛癒，竟然忘了幾十年的習慣，門一直開著。坐得離出入口近點的主管默默起身，想去將門帶上，剛要動作就看見唐東易搖頭，示意別關。

別關？這下子，所有人都恍然地發現，總經理還沒來？怎麼回事？宋再興對宋志峰非常嚴格，只要犯錯，從不吝惜在員工面前吼兒子，遲到這種事情，換作是從前，宋再興脾氣發作的時候，絕

10 臺語，跤頭趺，kha-thâu-u，膝蓋；袂堪得，bē-kham-tit，受不了。

不會像現在這樣，還能悠哉地與眾人笑談。

懷疑像是霧，飄來就散。看不見，但就在空中，眾人裝作沒看見。久違的晨會氣氛輕鬆，大家紛紛對宋再興說：「董事長，一直在等你回來」、開玩笑說：「沒被你罵工作起來都怪怪的」，也有人欣慰地說：「你看起來氣色很好，不像是生過病，還是很健康。」宋再興則嘆了口氣，笑著回話：「哪裡有，真的是老了。」他看向志誠，話鋒一轉，突然說：「志誠……你們現在也是很認識了，他進公司，我還來不及帶他到處拜會各處室，他還在熟悉、也很認真。志誠？」

宋志誠沒想到父親會特別再為自己說兩句話。他趕緊站起身，向在場的前輩們致意，說：「大家都很幫忙，也很耐心，謝謝。」這話題一帶而過，接下來父親與員工之間的對談，志誠插不上話，但身在其中能感覺到氣氛濕潤和樂。在眾多的笑聲裡面，志誠看著父親的臉孔，這麼自在、快樂。他想，原來這是爸爸在公司裡的樣子啊，從來沒有見過父親這樣的一面。

宋志誠又往門口看去，大哥還沒來。大哥也見過爸爸這樣的一面嗎？他心裡是什麼感覺？大哥怎麼會還沒來。他感到不安，很想起身去給宋志峰打一通電話。

宋再興與眾人難得閒聊片刻，會議開始，他像從前一樣，逐一聽所有人報告，偶爾提問。有時候，針對某些主題，主管之間各有主張，自己當眾辯論起來。

宋再興靠在椅子裡、雙手交疊在桌上，舒適地聽。他甚至聽見遠處工廠的聲音、輸送帶的聲音、裝填的聲音。空氣溫熱，一切都好慢，但慢得令人愉悅，好像童年，蹲在家門口，等待新春第一響鞭炮聲。太放鬆了，睏意捲上眼皮。又來了，又看見那片水田，小鳥輕點過水面，展翅飛去。水面如鏡，映現一旁的檳榔樹，空氣裡是甜膩的檳榔花香。水田裡長出的稻子青綠嬌嫩，離結穗還有好長一段時間。

宋再興臨到水邊看見自己，竟然已經這麼老了。他好捨不得，又很甘心。

眾人的討論停歇下來，全都在等他說話。

宋再興從椅背裡坐直，慢慢地說：「我今仔日進公司的時候，按呢到處走動，東看看、西看看，一切都很好，一切都……照常在運轉。就親像我聽恁開會，我也已經不需要多講什麼。」他喃喃地說：「這樣很好，本來一間公司就應該像是這樣。」

大家還等著他接下來的話，宋再興卻只是出神了一陣，而後對眾人微笑，沒有再說下去。晨會就到這裡結束了，而總經理宋志峰的位子，一直空在那裡，那扇等著的門，沒有等到該等的人。

◈

這天晚上，當宋志誠接到江裕堯的來電時，為他帶來的消息感到很可笑。他說：「怎麼可能有這樣的事情，你們搞錯了。」聽見志誠的回答，江裕堯沉默。宋志誠於是又笑著說：「怎麼了？你不相信我？」

江裕堯不解地問：「宋志誠，你是真的不知道還是裝傻？」

「我真的不知道你哪裡來的消息，確實最近我們家是有點狀況……。」

「是你哥說的。」

宋志誠的話被截斷。他遲疑地問：「我哥？什麼？」

江裕堯耐著性子解釋。「是你哥，宋志峰，親口告訴我們的，這篇新聞明天就要出了，你真的一點都不知道，那就完了。」

這回換志誠靜默許久。江裕堯的話他全聽懂了，又好像一個字也沒搞懂。

江裕堯說：「我打電話來，程序上，得要問你的說法。」

宋志誠躺到椅子裡，用手背碰觸額頭。好像過熱，連日來一直是這樣，身體裡到處著火似地在發炎。

他問：「我的說法還是我爸的說法。」

「就你吧，你爸承受得了嗎？」

「我爸……」他竟然笑得出來，想起了父親今早的狀態，一切都那麼好。他說：「我無話可說，就這樣。」

「就這樣？你確定？」

「這很無聊。」

「志誠，懂得利用媒體資源的人才會贏，這個時代不流行清者自清那套。」

「我真的無話可說。」

「好吧。」江裕堯說。「既然這樣，你們自己準備一下該怎麼應對。」

掛上電話時，時間是晚上七點，宋志誠獨自留在行銷部加班。其實，整個部門已經連日加班好多天了，志誠看他們個個面露疲態，乾脆讓他們先回家，自己繼續留下來奮戰。

距離人蔘飲重新上架只剩下三個月了，經過團隊密集的工作，新風格初步定調，口味方面，本來有意略作調整，但考量到時間問題，志誠和研發部經理大業討論過後，避免率意影響原有的死忠客群，決定保留它最原本的風味，也將資源省下來，未來投入新品開發。說到新品，大業很興奮，一直有做運動飲料的想法，可惜過去幾年公司策略很保守，一直不見發展飲料市場的意願，現在宋志誠有意起個頭，大業舉雙手贊成。而人蔘飲，剩下三個月的時間，得考慮外包裝、新廣告、通路等等，時間已經相當緊迫，其實也已經排不上熱門的通路，但無論如何，志誠都打定主意要讓人蔘飲的承諾在今年夏天兌現，今天開完會之後，更是這樣想。

只是現在，他看著電腦螢幕上的工作畫面，卻一個字都進不了眼睛。始終想著江裕堯剛剛的話。宋志誠當然知道大哥會有不滿，但他猜想最糟的結果，也許是父親將大哥從新加坡子公司召回，改由其他專業經理人進駐管理，大哥失去了親手開闢的江山，一定很不高興，自己也許會遭大哥報復，以滑稽的醜態被趕出「康興生技」……。

但他怎麼也沒有想到，後座力竟然比他想得還要凶猛。

宋志峰向媒體宣布，因為兄弟惡鬥、父親年老昏昧不清，痛心之下選擇離開「康興生技」——宋志誠想不透，這怎麼可能，拱手讓出即將繼承的公司？

差不多是晚餐時段，宋志峰突然回家，他迴避了客廳裡劉瑾嫻詢問的眼神，逕直往四樓走去。

一打開房門，就對吳思瑀說：「收好了沒有？」

吳思瑀稍早接到他的電話，說趕緊把重要的東西收一收，今晚要到新家去。吳思瑀一頭霧水，要追問，宋志峰就結束了通話，甚至不願意多說明，只說時間緊迫。她不明就理地收了兩箱子的衣物，越收越慌，不曉得從何著手才好，放進箱子裡的東西到底重不重要？他們要去哪裡？

宋志峰一開房門就看她坐在地上發楞，不耐地說：「其他的都不要了。千光呢？」

吳思瑀趕緊問他：「等一下，志峰，到底怎麼了？」

宋志峰沒心情解釋。「妳不是一直吵著要搬出去嗎？現在順妳的意妳還會怕？」他轉身去開宋千光的房門，見千光還迷迷糊糊地躺在床上，一探額溫，已經退燒了。他說：「千光，我們要去新家了。快點，起床了。」

宋千光昏昏沉沉，還搞不清楚狀況，就被宋志峰拉起來，隨意套了一件外套。途經千慧的房間，他轉門把，鎖著的，煩躁地對吳思瑀說：「為什麼讓小孩子鎖房門？」碰碰碰，他手掌大力拍打門板，拍門聲打雷一樣簡直要吵醒整座山，清脆的蛙聲消失了，因為警戒而噤聲。宋志峰喊：「宋千慧，妳不出來就自己留在這裡。」

劉瑾嫻驚疑地上樓，後頭跟著宋曉立，共同目睹臥房內收拾到一半的行李。劉瑾嫻不解地問：「這是在做什麼？」

宋志峰躲避母親的視線，說：「媽，我們要搬出去了。」

「搬出去？為什麼這麼突然？思瑀？」

吳思瑀怎麼答得上來。「媽，我不……」看了一眼志峰，後半句收在嘴裡。

劉瑾嫻氣急了，慌張地問：「志峰，你到底在搞什麼？還在生爸爸的氣？都過這麼多天你們父子也吵夠了吧？」

宋千慧打開房門，不明所以地看著眼前這番景象。

宋志峰沒有回答，只說：「走了。」

「宋志峰！」劉瑾嫻的聲音又嫩又細，鮮少激動說話，此時一大喊，薄得像網，一張開就有細細碎碎的洞。

宋志峰看著母親，表情裡有許多破碎說不出口的話。

「媽媽，我們只是搬走而已。我還會來看妳。」

他手臂一撈抱起千光，不敢再看劉瑾嫻，腳步匆匆地往樓下走。千光頻頻問：「Daddy, where are we going?」（爸爸，我們要去哪裡？）聲音漸漸消失在旋轉的階梯裡。

吳思瑀長嘆一口氣。「媽，對不起。」她提起行李，經過曉立時，朝她看了一眼。

曉立說：「大嫂，保重。」

吳思瑀苦笑，回頭喊千慧。「快點。」

宋千慧遲遲站在原地不動，尚處在震驚中，楞楞地看著父母都下樓了，面前的宋曉立低聲安慰劉瑾嫻，說：「媽，別擔心，只是搬家而已。妳得下去告訴爸爸這件事，好吧？冷靜下來。」

劉瑾嫻恍惚地點頭，想起宋再興還在書房裡。送走了母親，宋曉立站在走廊上，側著頭看千慧。

「妳還站在那裡做什麼？」
宋千慧這才反應過來，要回房內收拾東西，曉立又喊住她，說：「宋千慧。」
「幹嘛？」她不自在地回答。
「把妳的畫寄給我看吧。」
宋千慧懷疑地瞪著她。「為什麼？」
「為什麼？」她好笑地說。「我一向在贊助有潛力的年輕畫家。」
宋千慧充滿戒備地說：「妳在開我玩笑嗎？」
「這是很常見的贊助模式，不要想多了。我還以為妳想獨立，大概會需要錢。」
「我不用妳同情我……。」
她收起笑容，嚴格地說：「該長大了千慧，如果妳真的有心繼續創作，可以考慮把我當作贊助人，拿出妳最好的作品，說服我支持妳。沒有價值我也不會哄妳。」她還想說什麼，然而嘴巴動了動，只是淡淡地說：「再見。」

途經書房，宋志峰原本不想停留，停在大門口的車還沒有熄火，他本意速戰速決。不敢想像，這個決定他竟然花了四十年，此前的日子，忍成習慣，現在不了，一秒鐘都待不住，痛恨這個只要求他符合期待的家庭，卻吝於給他支持。即使如此，經過這扇熟悉得能背出花紋的木門，半掩著能看見其中光影綽綽，他仍然停下腳步，也聽見了裡頭的呼喚聲。

「志峰。」

宋志峰放下千光，進到書房。父親坐在沙發座椅裡，平靜地說：「要走了？」

這畫面竟感覺像是夢，宋志峰好像已經在夢裡預知了無數次與父親告別的時刻。他說：「爸爸，我想清楚了，這樣子對你我都好。」

宋再興沒有回答，只說：「有空就回來看你媽媽。」

長子走了，宋再興沉沉地閉上眼睛。隱約聽見劉瑾嫻在外面跟志峰說了兩句話，沒有心力聽清。

◈

躺在搖晃的車後座，宋千光再度陷入昏睡中。半夢半醒裡，宋千光感覺自己還待在大屋子裡，所有人都回家了，到處都是人。低燒、畏寒的感受交替不斷，耳邊聽見許多人的聲音。宋千光知道這些都是病產生的幻覺。期間，一度感覺到媽媽一如往常地睡到他身側，柔軟地擁抱住淺眠且容易在半夜驚醒的他。若是母親身上有檀香的味道，他就知道她又去了道場。今天的媽媽，身上是金紙燃燒的味道。

宋千光覺得大概是自己的錯，他讓母親失望難受的時候，母親就去道場，一待就待許久，回來的時候，平靜間挾帶著遼闊的蒼茫，好像魂並不在這裡，而在另一個更值得前往的去處。其實，任何一個人的不快樂，他全部都能感受到。若是人能有一個捕捉情緒的網子，他的網肯定已經滿到不能夠再滿，甚至已經溢出、破掉了。他仍維持著蜷縮著身體的姿態，輕輕地往母親懷中靠。

他想說「對不起」，話未說出口就要沉入夢中。又夢見爸爸，夢裡有好多人的聲音，咒罵、痛苦、嘶吼。然後是尖叫聲。他想睜開眼睛，但身體好累，又想起病前不斷沖刷的大雨。他的身體越來越沉，好像衣服又再度汲取厚重的雨水，讓他的步伐變得好重、意識越來越模糊。宋千光再度掉進睡夢中。

◈

「爭產失和」、「長子遭逼退」、「次子回國爭繼承權」，各式鮮艷的新聞標題之下，搭配了一張年前壽宴時拍攝的全家福照片，宋志峰、宋志誠的臉分別用紅框清楚標示出來，甚至畫了張圖表，清晰地說明兩兄弟之間的競爭關係。報導寫到，針對長子的指控，老董事長宋再興並沒有明確回應，看得出宋家想要低調地處理這場風波。而被指控回國奪權的次子宋志誠，只單獨地提供一間媒體回覆，說這是一場誤會，歡迎大哥隨時回家，其餘不再多談。

宋志峰突然宣布離職，帶走了公司一票資深員工。志誠走在公司裡，明顯感到許多視線都充滿揣測，背地裡怎麼想他並不想管，知道有些人在看好戲、有些人則為宋志峰忿忿不平，深信是志誠逼走了自己的兄長。有一些員工不曉得是不服氣、或是恐懼公司半年來風波不斷，趁著這個機會，也一起走了。志誠側面得知，也有些員工看著大哥成長，認為他只是時運不好，父子吵架天底下到處都有的事，認為他早晚會回來。宋志誠現在就像是一個行走的標靶，隨時有人想在他身上射幾個飛鏢，上班之餘還要應付諸多他人的揣測，讓宋志誠疲憊不堪，各式各樣耳語在公司內流竄，其中一項被證實了：業務部經理莊政永在離職之前，銷毀了無數文件，已經無法確認其中的內容。宋志誠聽了，內心一沉。

志誠試圖聯繫過大哥，然而事件發生到現在經過一週，宋志峰的一切消息都石沉大海，沒有人知道他的下一步計畫是什麼。

這期間江裕堯約過志誠一次，聽說他現在的處境，這個高中好友竟然還笑得出來，奚落說：「就告訴你了吧，不就幸好我好心先告訴你。」宋志誠不吃這套，說：「要是真的這麼好心就不會出那篇專訪了吧。」江裕堯笑著挑眉，說：「哪有這種事，當然是全都要啊。」看他的嘴臉，宋志誠想起高中時，跟著他打球、打電動，這傢伙長得正經，論起輸贏就變得很卑鄙。宋志誠當然也知道搶新聞哪有在交朋友，並不在意這種事，倒是順便打聽：「我哥那天見你們，除了罵我之外還有說什麼？」江裕堯收起嘻笑的嘴臉，想了一會說：「我有問，但他很謹慎，神神祕祕地不說太多。如果是問我的直覺，我感覺像是王子復仇記，你最好小心一點。」

所謂的王子復仇記究竟是什麼意思，志誠難以猜到全貌，唯一慶幸的是行銷部工作如常，人蔘飲已經到付諸實現的階段。歷經一段時間跟廣告公司的來回討論，腳本總算定了下來，新的人蔘飲將一掃過去老派的形象，改走活潑俏皮的路線，邀請了幾位時下受歡迎的網紅共同拍攝，希望能夠吸引年輕人的注意力，強調這款能量飲料適合所有需要補充精力的人，比如說趕期末報告死線的大學生，又或者是剛出社會的社畜新鮮人等等。這之中阿傑點子倒是多，他平時天馬行空，想法成堆成堆地，品質參差不齊，但勇於說話，為修改了好幾版的腳本貢獻不少。今天是廣告拍攝的日子，原本只要阿傑以廠商身分到場就好，但這一早宋志誠突然覺得，他想去看一看——這是失控的生活裡唯一可以被期待的事情了，好歹要親眼見它破繭而出的第一步。

「阿傑，你這台機車會不會太破了？」

熱烘烘的藍天底下，宋志誠無奈地隨著這台毫無避震功能的機車上下晃動，泥巴路難走、機車本身也莫名地不斷抽搐，甚至發出怪聲。擔心自己隨時會被甩下車的同時，宋志誠還得分神扶著頭頂上的安全帽，它幾乎喪失了安全的功能，只是一頂帽子。若不是早早聽說山路狹小，開車不方便，宋志誠是絕對不會坐上阿傑這台感覺隨時會解體的機車。

路況有夠糟，阿傑騎得戰戰兢兢，一邊叫苦：「這是我媽買菜在騎的啦，不是啊經理，你不早說想一起來，我就不會騎這台……。」

「阿傑，你現在抱怨我嗎？」

「不是啦，誤會了，我是在解釋給你聽。」

志誠嘆氣。「你的車在冒黑煙，應該可以檢舉吧？」

阿傑往後一看，說：「喔喔安啦這沒事，經理你很少騎機車，不知道機車就是灰塵很多，這些都是排氣管裡的灰塵啦，排完就沒事了。」

宋志誠被他氣笑了。「阿傑，不要再瞎掰。」

「誤會誤會，這是誤會啦。」自從阿傑看到報導上宋志誠對大哥回應「這是誤會一場」之後，他就時常把誤會兩個字掛在嘴邊。本來很嚴肅的事情，竟然被他拿來搞笑？宋志誠時常想，要不是自己脾氣好，阿傑已經不知道被資遣幾次了。

拍攝現場在一片竹林裡，細長的竹葉像是刀片，有幾分武俠電影的氣氛。宋志誠不打擾他們，刻意站得很遠，看見阿傑正在跟製片溝通，而前方的製片車上，擺放了一整箱的新包裝人蔘飲。

他側著頭看一會，落葉紛紛，突然感覺一切都很好。回家半年，無論發生多少紛擾，終究該完成的、該啟航的，不偏不倚都坐落在屬於他們的時間表上。比如說人蔘飲，籌備時間至多就四、五個月，仍然是做出來了。從人蔘飲面世之後，「康興生技」的每一個產品的外包裝都將以人蔘飲為標準，尤其上頭那個趕工重製的商標，在很短的時間內，重新決定了配色、並且加上一排醒目的英文字，已經在為日後的品牌重塑走第一步。

他想起前幾天江裕堯問他，「你覺得你會做到什麼時候？」宋志誠以為自己可以回答得很明確，比如兩年、三年……然而要開口竟然覺得難以割捨，畢竟這些計畫，都並非兩三年就能完成的事情。

前方，阿傑笑著跟製片談完話，小跑回來，說：「經理，快開始了。」

演員梳妝完畢，開始排走位，手上拿著全新包裝的人蔘飲，一般人不會知道這個看似沒有改變太多的包裝設計、或者是瓶身細微的弧度差別，當初經過了多少的討論。阿傑看著看著，突然感慨地說：「經理，你會感動嗎？」

志誠好笑地說：「都還沒有上架，現在感動會不會太早？」

「不會。」阿傑倒是一臉認真，看著面前的景象，動容地說：「這是我第一個完成的企劃，我很感動。」

燈光已經調整完畢了，工作人員各自就位，現場安靜。受到阿傑影響，宋志誠問自己的感受。一個廣告的開拍對他來說並不算什麼，但是這個商品能為別人產生意義，宋志誠覺得，那大概就是很值得。

第十三章

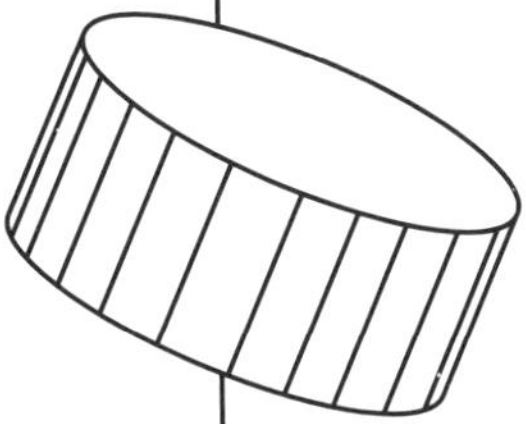

摯友

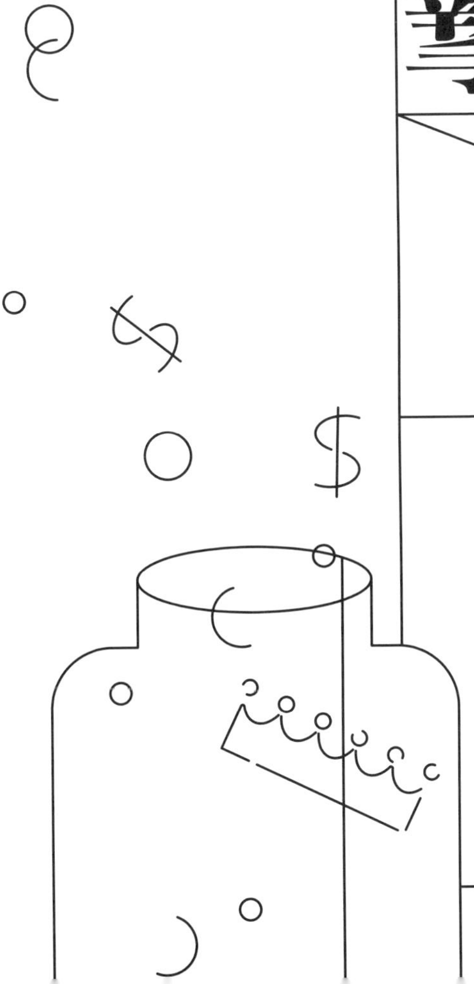

◈

二〇一八年，LA。

敞開的陽台像是在黑夜裡開了一個洞，強風肆虐，彷彿有好幾雙無形的手搶著上岸似地，拉扒著窗簾往門外扯。一地的碎玻璃，宋志誠感覺到什麼在腳底下迸碎的聲音。他好像不在人間。若是現在回頭、不去張望陽台外有什麼，那他就還可以是一個完整的人，不會跟腳底下的玻璃渣子一樣，由內而外地被摧毀。

窗外一掃而過的紅藍色燈光將他帶回現實。紅色、藍色、紅色、藍色、腥紅的一片……警車鳴笛終於止於門外。宋志誠提起一口氣，再度挪動腳步，指尖害怕地觸碰到陽台欄杆。他往下看。

高樓之下，血泊裡的愛人被蓋上一層厚重的白布。

他感到頭暈目眩，手裡的遺書寫著：「Kris，對不起，原諒我這麼懦弱。我走之後，你會好起來。我愛你。」

「我愛你」三個字是利刃，讓宋志誠渾身是傷。警方問他，跟死者的關係、事發經過、對自殺的原因是否有任何頭緒……一個又一個的問題，宋志誠只說：「是我害死她。」

◈

晨光透進屋內時，宋志誠進到父親的臥室。

自從父親康復之後，考量到他的年紀和體力，已經大幅地減少進公司的頻率，加上大哥離開後，父親明面上不說，但任誰都看得出來大兒子出走對他造成的衝擊。母親私下說，父親把大哥的事藏在心裡，像是長了一顆厚實的蟲繭，從此跟誰都不願意深談宋志峰。大哥走了，父親好像突然之間對這一生的拚搏也看得很淡，公司的事情，能放手的全放手，雖然宋志誠頭銜掛得還是行銷經理，父親還是把大部分的任務脫手交付他。父親不進公司，志誠也就習慣每天一早到臥房跟他匯報大小事，對他的工作內容，父親不太評論或者指點，大多時候只說，你想好了？那就這麼做。

報告人蔘飲第一週銷售數字的這天早晨也是。這日，陽光很好，晴光像是水紋，在淺色的床單上細緻地搖晃。說起工作細節，父親偶爾閉起眼思索，宋志誠就靜靜地等他回應，就連等待的時間都這麼靜謐自然，宋志誠發現自己對這些細節感到踏實。人蔘飲剛剛以新包裝上市，就得到了很好的迴響，聽說這些數字，父親只是點頭，好像從未擔心過成績。

宋再興問：「你回來半年，有什麼想法？」

宋志誠直覺地說：「人蔘飲是做出來了，但接下來還有很多產品都還在排程上，包括我們明年會推的新品……。」

「我是問你。你有什麼想法？」

宋志誠看著父親，那雙有如坍塌的雙眼，垂墜的眼皮裡透出的一雙眼珠裡映現自己的樣子。

「爸爸，我不明白。」

「我想讓你接你哥哥的位置，你覺得怎麼樣？」

「總經理嗎？」

「那是一定的。扶我起來。」現在起身仍是很吃力，他跨出床緣，在志誠的幫忙下，緩慢地感受到腳踝、膝蓋，腳才彷彿重新長回身上。只有活動的時候，感覺自己重新像是一個人。他說：「現在東易去了新加坡，公司這裡，大多也都是你在代我處理，總不能一直掛著經理的頭銜做事。」

兩人緩緩往下走，到了父親的書房。宋再興習慣在晨起時泡一壺熱茶，熱水澆在茶壺上方，騰起溫潤的白色蒸氣。

宋再興將一杯熱茶挪到志誠面前。「我希望你知影，你這陣做得每一件代誌，別人會把你看作是我的繼承人。」

志誠沉默片刻，無法忽視心中像是微風劃過湖面一樣的不安。他問：「爸爸，我有這樣的資格嗎？」

父親回望他的神情，訝異地像是從未思考過這問題。

「你咁認為自己沒有資格？」

「我一直是這樣覺得。」志誠承認。

「我從來不覺得你沒有資格。」宋再興掀開壺蓋，一圈茶葉隨著滾燙熱水浮了上來。他說：「你阿兄的事情……我一直在想……是不是二十歲的時候，就不該把他帶進公司，應該像你，抑或是說曉立，有比較多的自由。」後半截的話，像是沉進了回憶的熱水裡，身體浸在熱燙的記憶裡，渾身有如針刺，難受得不能在過去的錯誤中久待。

「爸爸，一年前，您為什麼想把我叫回來？」宋志誠忍不住問。話裡有許多不能夠說的，比如始終覺得自己是大哥的替代品，這樣不自信的想法，不理性地佔據了他的內心。尤其在大哥出走後，宋志誠奔波公事之餘，不免會有這樣的自我懷疑浮上心頭。

宋再興抬了抬眉毛，說：「我叫你回來，當然因為你是我的兒子。」

「也是。」志誠也笑。

「毋過，我要你知影，千萬是毋通犯跟你哥哥仝款的錯誤。你不是來繼承我的事業。要把自己看作負責人，對公司、對員工，都要誠實負責。」

志誠看著父親，在心裡琢磨。

宋再興坦然地回望他，略帶笑意地問：「問題是，你咁有意願？」

澄黃色的啤酒漲起新鮮泡沫，細小氣泡不斷往上冒。燒烤店的露台上，阿傑大喊：「乾杯乾杯乾杯！」今晚慶祝新版人蔘飲上市一週即獲得佳績，新廣告得到新舊顧客的正面迴響，粉絲頁也因為這波廣告及銷售活動多了不少粉絲，「康興生技」過去垂死的社群帳號總算復活，有些忠實的顧客甚至主動傳訊息告訴他們，說對這支新廣告印象深刻。通路反應也不錯，超商提供的銷售數據中

PSD達到「1」的好成績，也開始追加叫貨。得到這麼多正面反饋，總算是讓他們暫時鬆了一口氣。

幾杯酒下肚，阿傑慫恿志誠為團隊精神喊話，宋志誠也覺得自己該說些什麼，但長久地被生活訓練成只擅長傾聽，輪到他自己要說心裡話時，能講的竟然都是索然無味的字眼。他說：「很謝謝大家。」想起剛進公司時心中並沒有把握，沒想到一點一滴地仍然這樣做起來了。他說：「確實有一件事想跟你們說，接下來我可能會離開……。」

說到這裡，面前三人表情都難掩錯愕，志誠好笑地將話說完：「我會升任總經理，但行銷部一樣暫時會是由我兼任。」

這句話說完，眾人臉上的緊繃才鬆懈下來。

李叔陽第一個大喊：「吼，險險要把我嚇死，想說你做完人蔘飲就打算跑了。」

阿傑藉酒壯膽，也說：「對啦，說話不一次說完，罰一杯！」

聚會上一片開心氣氛，連續幾個月都這麼忙，這還是行銷部第一次私底下約出來吃飯。彥如鮮少參加這類聚會，雖然不習慣，但也開心地喝了兩杯，害羞地說，結婚之後好少有機會晚上出來喝酒，不能再多喝，怕待會醉了要麻煩人。一兩杯酒之後她總算放得比較開，主動對志誠說：「謝謝你，經理，我當初以為，你會把我調回業務部，或者把我辭退。」她尷尬地說：「畢竟我沒什麼專長……。」

志誠笑：「怎麼這樣說，妳很細心，幫了我們很大的忙。」

彥如抿唇搖搖頭，雙手縮在膝蓋上。她想起很久之前，陳巧玲也是這樣告訴她。她說，彥如，妳是個很細心的人，我很需要妳。她確實一度很心動，從不知道自己這樣無趣的人也能夠被需要。

「經理，其實……」

賴彥如微小的聲音被李叔陽的大嗓門壓過去。他剛剛去廁所一趟，興沖沖地回來就要繼續喝，說：「欸欸志誠！來，再來再來，沒想到你酒量也不錯。」彥如於是識趣地將話收回去。她回頭看著露台外的夜景發呆，很久了，沒有像這樣，好像也是個擁有個人生活的人。她很享受這一刻。

九點多時，阿傑已經睡倒在桌上，手上還握著一杯灑出來的啤酒，李叔陽則醉了一半，拉扯著志誠一直說話，說起自己當年在業務部怎麼樣、十年前的「康興生技」怎麼樣……志誠也很醉，許久不這樣喝，暈頭轉向，只聽見叔陽一直在耳邊嘮嘮叨叨，說：「你要小心、你要小心那個莊……他，卑鄙小人，做很多小手段，把我搞掉，上次問我要不要回業務部，不知道安什麼心。你要，要小心……。」

賴彥如看時間晚了，準備要回家，沒想到李叔陽突然大聲喊她：「彥如！妳說！妳當初是不是也被他搞掉？是不是？」

彥如嚇一跳，說：「哪有什麼被搞掉……。」

「不要裝了，不然怎麼會被調來行銷部？我們現在這樣，兄弟兄弟，沒有什麼不能說，妳把妳的委屈告訴我們志誠，當初是，發生什麼事？」

「叔陽，你喝醉了。」彥如低下頭，掩飾臉上的驚嚇。「我要走了，你們別喝太晚。再見。」

宋志誠最後看了彥如一眼，覺得她不太對勁，但酒意上來，又懷疑是自己多心。

◈

咖啡店內，宋曉立瞄見隔壁桌上攤著這份報導，一晃眼竟然已經是數週前的新聞了，講述「康興生技」兄弟鬩牆的新聞專訪，上頭全家福的照片沾了一圈咖啡漬。讀了兩行字就沒興趣，她調開視線，等著徐子青出現。距離雙方都簽下離婚協議書已經過了好一段時間，今天她跟子青約出來談後續的事宜，包括那個未竟的畫展。當初簽字的心情還清晰可辨，那時她心想真是不可思議，一段關係耗時數年，結束只需要幾分鐘。如同割除一塊不屬於自己的畸形肉塊，「立」字寫到最後一筆，渾身重擔也被放下。清楚記得，那時覺得身體好空、四肢好輕盈，但內心有一波又一波反芻後的悲傷，恨自己這幾年的拖磨。徐子青只對她說，對不起。她其實一點都不在乎。

問他，接下來有什麼規劃？

徐子青想了想，說可能暫時先回學校教書。聽他這樣說，宋曉立發現自己還有點氣他。氣惱來自關心，不明白他怎麼可以短短數年把自己揮霍成這副模樣。如果是從前，曉立會有好多建議想告訴他，未來怎麼安排、可以從哪裡著手、哪些人脈可以替他牽線。但那次一句話也說不出口，知道說出來都是徒然。所以只說，既然這樣，反正好聚好散，她會祝福他。

現在，距離約定的時間已經過了許久，陽光從左邊的座位緩緩挪移到宋曉立面前見底的咖啡杯，反射出一圈刺眼的白光。

那一天裡，徐子青都沒有出現，訊息也不再回覆。

◈

陽光照進大片的落地窗。陽台上滿眼綠意。

吳思瑀站在窗前，手裡拿著剛剛沖泡好的咖啡，靜靜地望著窗外的風景。十八樓的高度，窗外毫無遮蔽物，藍天一望無際，偶爾可見飛機劃過的痕跡。往下一望，大片的公園綠地，街道清幽，聽不見一點聲音。

一切都這麼美好，吳思瑀卻覺得麻木。感受不到半分的喜悅，怎麼會，眼前擁有的這一切，過去的她明明求之不得。吳思瑀對內心的荒蕪蔓草感到恐怖，難道自己真是這麼貪得無厭的女人？實現了心願，反而被迫直視內心的黑洞，究竟還應該餵養些什麼，才可以被滿足？

自從搬來這裡之後，千慧變得比以前更加沉默，大多時間待在學校裡、或者將自己關在房間內，問在做些什麼，就說是在做作品。今天也是，一早就出門，說要去學校的畫室。吳思瑀問她，不吃個早餐再走嗎？千慧表現得很冷漠，穿好布鞋，突然回頭審視她，問：「媽媽，妳多久沒有出門了？」

吳思瑀被她的眼神盯得渾身不自在，說：「怎麼這樣問。我昨天才去了道場。」

「我是說，妳多久沒看看自己？」

她慌張地笑。「媽媽聽不懂。」

「妳變醜了，看起來很可悲。」

「宋千慧……」

「不是嗎？」她將背包掛上肩，離開前，回頭冷冷地對她說：「媽媽，妳有想過這一切真的是妳要的嗎？」吳思瑀答不上話，知道千慧說的並沒有錯。現在擁有的美好，假得像是投影在布幕上的電影，風一吹就失真。

尤其是，還有那個女人。

電鈴響起時，吳思瑀就知道陳巧玲來了。每幾天就來一次，她都快要厭煩這個遊戲。吳思瑀端著咖啡，漠然地透過對講機畫面，端詳著陳巧玲。她很久沒有好好看過這個女孩子，她剛到志峰身邊工作的時候，氣質稚嫩得像個學生，對待志峰戰戰兢兢，好像隨時會誤叫他一聲老師。這幾年來，即使陳巧玲再怎麼小心低調，吳思瑀怎麼可能會錯過她眼裡對志峰的愛慕？她只是覺得疲乏，不願意與宋志峰玩這種婚姻裡貓捉老鼠的遊戲，更何況，她打從心裡不覺得陳巧玲這種懵懂的小女孩會成什麼事。但陳巧玲蛻變得很快，不僅成為志峰的左右手，還能勸服他離開「康興生技」自立門戶，這是吳思瑀萬萬沒有料到的。她真的太大意了。

對講機裡，陳巧玲等了片刻沒人回應，又問：「老闆娘？妳在家嗎？我來替老闆拿換洗的衣服。」

吳思瑀開了門，不一會她就上來了。陳巧玲不曾踰矩，言談稱謂裡都稱吳思瑀「老闆娘」，只是神情有點變了，一雙眼睛神采奕奕，藏著的都是贏家的神色。

陳巧玲看見她，仍是一派乖巧模樣，說：「老闆娘。」

吳思瑀也不說什麼，側身讓她進來。陳巧玲熟門熟路地進了志峰的書房，非得弄出動靜來，好讓人聽見她翻找得多熟練，壓根也不必問哪個東西在什麼地方。再出來，拿了一些書，還有幾件襯衫和領帶。

陳巧玲手上提著這些東西，問：「老闆娘，最近還好嗎？住得習慣吧？」

「很好，謝謝。」她說。

「千慧跟千光呢？」

從她嘴裡說出孩子的名字，最讓吳思瑀覺得忌諱。她忍住不悅的表情，說：「他們都很好。」

陳巧玲放心地說：「太好了，這裡機能很不錯，又是學區。當初陪老闆看房子，好久才挑到這間，價格也買得合理。」她即時收住臉上過度張揚的得意，收斂地說：「重點是要老闆娘住得舒服。」

吳思瑀看著她，覺得好好笑，這女孩子太把自己當一回事，賣力表演，彷彿看見從前的自己。

吳思瑀從十九歲認識宋志峰，期間分分合合，在一起十幾年了，靠的早就不是愛情。陳巧玲滿腔熱血都是為了綠洲幻影一樣的愛意，這種脆弱的東西，也只有年輕女孩敢捧在手掌心裡呵護，不怕哪天驚醒，發現大把歲月浪費給一場幻覺。但吳思瑀又有點羨慕她，至少她還有幻象，自己呢，到底還擁有什麼？想必在陳巧玲眼中，自己非常可笑吧。

咖啡杯放上桌面，發出清脆聲響。吳思瑀說：「志峰還是睡在公司？」

「是啊，老闆太忙了。」

「我想也是，好幾天沒看見他。」吳思瑀假意地笑，說：「幸好有妳一直照顧志峰。」

陳巧玲神色有一瞬間的不確定，摸不準吳思瑀為何刻意這樣說。「這哪有什麼，我的一切都是老闆給的，回報老闆是理所當然的事情。」

吳思瑀一直緊緊看著她的表情，一點變化都捨不得錯過。吳思瑀想，既然陳巧玲還會感到心虛，就代表宋志峰不允許她跨過那條曖昧不明的線。吳思瑀覺得自己真是可悲至極了，竟然抓著這麼一點小小的發現而感到安全。

陳巧玲看了手機，趕緊說：「老闆娘，待會還有工作，我先走了。」但那手勢，分明刻意讓她看見來電的是宋志峰。

吳思瑀感到好厭煩，不等陳巧玲再說些什麼，朝她的面甩上門。室內再度恢復一片安靜。吳思瑀背靠在門上，平靜得連自己都很訝異。落地窗映出她的身影，確實變得比從前更加憔悴無趣了，站在陳巧玲那樣的年輕女孩面前，只是一個可憐的女人，也難怪對方不把自己當一回事。

千慧說得對，她已經很久沒有好好地看過自己。

◈

看著當面被甩上的門板，陳巧玲壓抑不住內心的愉悅。吳思瑀的動搖證實了她已經是個贏家。她等了宋志峰這麼多年，安於當一個左右手，甚至稱不上是個情人。她知道宋志峰眼裡沒有她。在志峰大大小小曾經發生過的關係裡，她的外表並不亮眼，個性也不出彩，唯唯諾諾，始終在等宋志峰愛她。但等待是值得的，宋志峰身邊還有哪一個女人擁有她這樣的包容與耐心？

陳巧玲壓抑不住上揚的嘴角，她腳步輕快，進了電梯。樓層不斷往下數，她看見了亮晃晃的電梯門上映射出的自己。現在的她跟幾年前已經不同，變得漂亮、也有自信，站在宋志峰身邊這麼合襯，所有的商業夥伴都知道她陳巧玲的存在。

即使宋志峰還沒有離婚，但她不在意。吳思瑀擁有的也就剩一張婚姻契約而已。她跟那個女人可不一樣，不拘泥一張紙的保護力。

她看見映像裡的自己在笑。這幾個月來，她幾乎已經覺得宋志峰是自己的了。那時她的判斷並沒有錯，要擁有宋志峰，唯有讓他離開原生家庭、離開他父親的公司……將他帶出布「康興生技」，就像把他硬生生從一個溫暖、嚴實的巢穴裡扯出來，這樣的宋志峰什麼也沒有，只能夠依靠她。其餘的什麼吳思瑀、兩個孩子，她一點都不擔心，畢竟宋志峰是生來在事業上棲息的鳥，只有她有能力，提供他合適的生長環境。

這幾個月來，面對吳思瑀，她簡直是演得不想再演。兩個女人哪會有什麼真祕密，不過就一張破紙黏在祕密上，看誰耐不住性子戳破這層薄膜。陳巧玲跟吳思瑀說話，早就都藏不住勝者的得意。

但她不著急，她相信時間站在自己這邊。

◈

樹影搖曳。宋再興撐著枴杖，一步步地登上健行階梯。他走得很小心，每一步都不容易。早上九點，登山步道上已經有不少人晨起健行。今天天氣正好，這條步道也非常簡單易行，可惜他的體力已經大不如前，走幾步就氣喘吁吁。

陪著他的劉瑾嫻得不時提醒他，說：「再停一下。」

宋再興沒輒地說：「現在真的很沒用了。」側過頭問妻子：「妳咁還爬得動？」

「我比你這個拿枴杖的還差勁，那還得了。」劉瑾嫻笑說。

天氣悶熱，吹來的風也沒有涼意，幸好此處正好有林蔭。身後有人要通過，宋再興拉了妻子一把，兩人退到山壁邊，讓給路人先行。劉瑾嫻說：「我早上打電話給思瑀，聽她聲音，很沒精神的樣子，夫妻倆不知道怎麼了。」

「他們夫妻的事情。」

劉瑾嫻橫他一眼。「要不是你，會變成這樣嗎？」

「是是。」

「曉立離婚的事情也快要辦好了，我問她究竟為什麼突然要離，一直都不願意說。」

「有什麼好說，曉立有自己的主見。她固執起來就像妳，一點都不怕被欺負，不用替她擔心。」

「奇怪了，怎麼不說像你？」劉瑾嫻拿出手帕替他擦汗，旋開水壺瓶蓋湊到他嘴邊。她擔心地說：「今天也未免太熱了，還是改天再來吧？」

「改天。」他語氣自嘲地說：「哪天就睜不開眼睛了，哪還有改天。」他擺擺枴杖，繼續往上走。

劉瑾嫻不高興地說：「不要老是說這種話，真是討厭，你要是先走了，留我一個人怎麼辦？」

宋再興笑了笑，沒回話。

幾片落葉飄落，擦過他的後頸，在肩上晃了晃，輕輕地墜到地面。宋再興頸後皮膚鬆弛、頭髮花白，少年時挺立的寬肩萎縮，像烏龜背了殼，幾乎要駝成一道山峰。劉瑾嫻在他身後，仔細照看他的步伐，心想，一晃眼真的兩人都已經老了。彷彿看見少年時，宋再興騎機車載她四處逛街。那時剛剛結婚，兩人都沒有錢，有的只是一大片空白的未來。生活很辛苦，但一切都值得期待。在來日的白紙上恣意地幻想風景。宋再興最愛在帶她逛街時，開玩笑說：妳現在看這間、那間，以後全部都買下來送給妳。劉瑾嫻時常被他逗得大笑，聽來都像是胡說的笑話。她還假意埋怨說，怎麼嫁了一個丈夫，就愛說大話。卻沒想到宋再興許給她的榮華富貴、一生順遂，竟然會盡數實現。

「妳還記不記得，有一次妳跑回娘家？」

「我還帶著志誠。」

「我跑去妳家裡面，給妳求情了好幾次……。」

劉瑾嫻自己都憋不住好笑。「我哥都快被你煩死了，後來叫我嫂子幫我收拾行李，叫我跟你回去。」

「是因為什麼事情吵成那樣？現在都不記得了。」

「怎麼會記得，都這麼久的事情。」結婚幾十年裡大大小小的爭吵，現在想起來一點都不重要。內容模糊、情緒也失真。倒是始終記得第一次與宋再興相親的那天，每一處細節都彷彿是昨日的重現，就連西餐廳裡懸掛的那一盞水晶燈，每一個水滴狀的墜子都透出虹彩，當時看起來多摩登。十八歲的她，也許是緊張過頭了，竟然站在那盞燈底下看了好久。直到身後有個男人說：「這燈很漂亮吧。」一回頭，就是長輩說的那個宋先生。那一年的宋再興才二十五歲，戴著一頂帽子和一副粗框眼鏡，斯斯文文的模樣，佯裝鎮靜，嘴角僵硬的笑容卻透露了他心底有多慌。他說：「妳是劉小姐對吧？」那一刻他的真誠跟可愛，可以在劉瑾嫻心中重播一輩子。

「我倒是記得，那時候我心裡想，這個劉瑾嫻啊，不要看她這樣溫溫馴馴，其實脾氣大得很。不順她的意她就要鬧得天下不寧。」

劉瑾嫻好笑又好氣地瞪他。「你別再四處替我宣傳，把我講得很可怕。」

正好有風。枝葉晃動，整條小徑轉眼剩下他們。

「瑾嫻啊。」

「嗯？」

「我要是先走，妳千萬不要怕。」

「幹嘛還要說這些。」

「我是煩惱妳。」

劉瑾嫻沉默下來。半途的涼亭總算到了，坐到冰涼的石椅上，劉瑾嫻默默地替他揀選藥丸，令他配著藥水一起吃了。

涼風習習，運動一陣後，宋再興感到久違的身心放鬆。他舒適地靠在涼亭欄杆上，望著城市遠景。他側耳聽山裡的聲音，蟲鳴鳥叫，遠處不知名的獸。他深深地從肺裡嘆出一口氣，幾個月來，整個身體都在想念山。一直一直都在等著這一刻……。

「妳這麼倔強，不會有問題。」

劉瑾嫻不想再與他說這些。她轉而絮絮地講起最近的事情，宋再興安靜地聽，偶爾發表幾句意見。幾十年來一直是這樣生活。她個性纖細、有時太過神經質，總是抓著夫妻睡前的時間，叨叨地講著高興不高興的事。好多抱怨，其實講完就忘，倒是宋再興會替她記在心上。

宋再興知道她驕縱任性，喜歡裝得什麼都不太懂，永遠涉世未深的模樣，於是他就擋在她面前替她張傘，許諾她一輩子好命，在她前頭、替她開路。

不曉得說到哪裡，宋再興還笑了笑，想是太睏了，輕輕將頭靠在她的肩膀上。劉瑾嫻又說起曉立、說起志誠、志峰……所有人都在她嘴裡轉了一遍，說起過去，時常談過去，因為前路已經快要走到底，彷彿把兩人的一生都在嘴裡說過一輪。宋再興從不嫌棄她，就讓她說，因為他知道，自己就是劉瑾嫻的世界。

偶爾吵吵鬧鬧，口角不斷，但彼此就是此生的摯友，從二十五歲開始，一直身邊就有她，往後一生未曾改變。他好慶幸。

劉瑾嫻的聲音停了。她感覺握在手掌心裡的手鬆開來。回過頭，小心地看他。直覺如此強烈，根本不需要查證。

劉瑾嫻臉色煞白。

◈

消毒水的氣味湧潮一樣灌入鼻腔，重新踏進醫院，恍若隔世。

一切都好像重來。這幾個月走過的康復路統統都不算數，肉體的衰竭說來就來，沒有告知、毫無預兆，死神重臨，宣告曾經擁有的都是借來的時間。宋再興再次倒下了，劉瑾嫻親眼看著數月前從他身上拔下來的儀器，幾分鐘內全都裝了回去。每裝上一項，劉瑾嫻的心就碎裂一次，直到感到自己不成人形。

宋曉立趕到的時候，就見劉瑾嫻獨自一人，像是走失一樣地站在醫院裡。她不捨地問：「媽，妳還好嗎？」

劉瑾嫻看著曉立，一雙眼睛像是深谷，看不見底。

曉立心慌，又問：「媽？」

劉瑾嫻回過神來，身形一晃，堪堪扶住了曉立。

「志誠呢？」劉瑾嫻問。

「志誠在路上了。」

劉瑾嫻點頭，又問：「通知志峰了嗎？」

宋曉立一楞，確實沒叫上志峰。

劉瑾嫻厭厭地說：「把志峰也叫來，如果爸爸怎麼了，他總得來見爸爸最後一面。」

當志誠趕到醫院時，正好碰見了志峰。兄弟在走廊上見到面，一時之間都有些尷尬。志誠壓下內心的不自在，先打了招呼，說：「大哥。」幾個月不見宋志峰，這些日子裡，來自志峰隔空的放話攻擊從來沒少過，再看見他，說心裡沒疙瘩是騙人。此時只有兄弟兩人，志誠恍然像是回到年初，當時父親送醫，他也是與哥哥在這樣的長廊上說話。那時，兄弟同樣的驚愕跟不安，誰也沒有預料到噩耗竟然會突然發生。

宋志峰問：「怎麼突然又這樣，他不是都好了。」

志誠也是突然接到消息，並不清楚詳情，只能說：「說是去爬山。」

「又是爬山。」宋志峰冷笑。

「爸爸已經好很多了，一直想要出去走一走。」

宋志峰更是覺得無法理解，好笑地說：「好很多，那現在為什麼會變這樣？」

志誠突然停住腳步，瞇起眼審視他的大哥。

「你是真的關心嗎？」

宋志峰一頓，隨即不悅地說：「你是什麼意思，不關心我來做什麼？」

「希望你記得自己是來關心爸爸，不是來看熱鬧。」志誠說。

宋志峰一時語塞，此時劉瑾嫻迎面走來，他原本要說的話就吞回去。看見媽媽，志峰心中動盪，離家以後，最掛記的就是她。

「媽媽。」他說。

這麼久沒看見這個大兒子，劉瑾嫻神情複雜，對他又是怨懟、又是感到虧欠。千言萬語此時也說不出口，只說：「怎麼好像喝了酒？」

志峰說：「中午有飯局，剛剛才趕過來。」

「不是自己開車吧？」

「沒有。」

劉瑾嫻點頭，輕嘆一口氣，又問：「最近過得好嗎？」

母親的問話令志峰臉上有一閃而過的痛苦神色。這輩子無論對父親有多少埋怨，最敬愛的就是媽媽。與家庭決裂，他不敢問母親是不是對他失望。

他點頭說：「都安置好了。如果媽媽願意，也能過來看看。」

劉瑾嫻表情並不高興，更多是傷心跟蒼涼，家庭的分裂像是一把刀插進她胸口，刀刃兇殘，至今都還卡在靈魂深處，製造出過不了的坎。

「再說吧。」

宋志峰心裡失望，也並沒有說。

志誠問：「媽媽，爸爸還好嗎？」

「曉立去問了，還在急救。」

「弄這麼久？不會是處理其他病患耽擱爸爸吧？」志峰說：「曉立是怎麼跟他們說的？對醫院

不要太客氣，客氣了有時候他們就不當一回事。我去看一下。」

還來不及喊他，宋志峰隨手就打了通電話，靠到遠處，隱約聽見是跟某某醫師講話。志誠感到不耐，這樣的危急時刻，沒有閒情逸致看彆腳的戲。

志誠低聲對母親說話：「媽媽，妳先坐著休息一下吧。」見她仍臉色鬱鬱，志誠又安慰她：「別擔心，爸爸這麼強悍，每個難關都挺過來，這次也會一樣。」

劉瑾嫻嘴唇張了張，像是要吐出一口很長的氣息。

她輕聲說：「這次不一樣。」

◈

搶救第三個小時，確實如志誠所說，宋再興扛了下來，在生命維持器的運作下，保住一口氣。醫生態度卻不樂觀，說目前還在觀察期，假使平安渡過，因為器官衰竭的緣故，之後也得要固定洗腎。他語帶保留地說，這幾天最關鍵，如果想要善終，得考慮是否即早送回家。

聽見醫生的話，眾人表情都無法言喻，像是吃進一團濕冷的死亡氣息，滿口沼澤味。

沒有人敢說第一句話，好久，志誠安慰母親說：「媽媽，醫學這麼進步，不會有事，別想太多。」

劉瑾嫻只說：「我今晚留在這裡陪他。」

奇特的共感在空氣流動，彼此好像都看穿心中的底牌。眾人心中都有答案，但同樣說不出口。

曉立難得不再勸，說：「好，我們明天一早就來。」

宋志峰低下頭，地板淺淺地映出他的模樣。他看不清楚自己的心意。

這個夜晚沒有人好受。

劉瑾嫻陪在宋再興身邊，眼睛捨不得闔上。

她楞楞地看著自己的雙手，還能感覺今早在山上時，與丈夫共享的陽光暖意。也感覺得到，宋再興的手指從自己掌心中鬆脫的那刻，彷彿是細沙從掌隙洩出，又或者是試圖要握緊一束風。劉瑾嫻心中的預感這麼強烈，聲音大得她不得不聽。隨後，搭上計程車，看醫護人員對宋再興進行搶救，劉瑾嫻的情緒一直是木然的。她腦中跑過無數景象，每一個相伴的時光都在眼前輪過一遍，最後如指針定格，停在離家出走的那一年。

那時，就要降大雨，陰了好多天，山風厲鬼一樣地吹。那是丈夫不回家的第幾天了，記不清楚。只記得在這個說好要讓她榮華富貴的房子裡，只有她跟孩子，一個大屋子，怎麼掃除也四處生灰。那一天，睡在公司數日的宋再興總算回來了，滿身酒氣，狼狽地像是從水溝裡被撈起。一踏進家門，就軟倒在玄關口，剛剛才擦拭乾淨的地板，旋即又被他吐了一地。

說是應酬，為了未來。未來好遠。

劉瑾嫻記得，當時的她看見這片狼籍，冷靜地擦拭地上髒污，也不知道從哪裡生出來的力氣，竟硬生生一個人將宋再興拖進客廳。跪在他身邊，檢視他的容貌，突然覺得一點都不認識這人。事業折損了家庭，劉瑾嫻無法權衡哪一個比較值得。宋再興此時才四十多歲，已經是滿頭白髮，臉上也都是細紋，尤其眉間一道深褶，活像是有一把斧頭曾經想將他對半鑿開。劉瑾嫺一直以為自己可以做宋再興無聲的後盾，但在這當下，她的心意卻動搖地厲害。跟這個人結婚幾年了？未來還有幾年？一輩子難道就是這樣，等待是為了光芒全照在一面企業的招牌上。好像突然起了大霧，籠罩劉瑾嫺的身影與思緒，讓這段婚姻變得越來越不可信，家庭的模樣也愈發模糊。她急切地起身，難以名狀的焦急，慌忙收拾包袱，還不知道要去哪裡，只知道自己得走了。

那一日，她帶著包袱、接走志誠，一路向南回到家鄉。快意比後悔多。

後來是怎麼回來了？

劉瑾嫺用力地回想，看見宋再興站在老家門埕前，撐著一把傘，一句話也沒說，眼神懇切地求她。兄嫂語重心長告訴她，妳得想清楚，這次走出娘家門，千萬不能再回來了。這一次，把牙咬斷了都不能抱怨。還是小姐的時候，怎麼知道一個人會有這麼多羈絆，她與宋再興千絲萬縷地綁在一起，扯了這條綁在手上的牽掛、還有另一條不捨地掛在脖子上。

宋再興天天都來，總算把她等到回了家。

薄雨裡站到宋再興面前，劉瑾嫺說，往後我們要共同犧牲，宋再興答應了，戒菸、戒酒，事業終跟家庭綁在一塊，走在一條路上，共存共榮。家庭就是「康興生技」維生的心臟，而這顆心臟，幾十年來，妥當地放在劉瑾嫺掌心上。

此時在醫院裡，看著宋再興，突然好明白，這次真的到了頭。曾經她的願望只有一個，請菩薩將手伸進陰陽交界之境，輕輕地拂開眾生，在冥府門前找到她的丈夫宋再興，將他拉回人間。現在菩薩也在她面前沉默下來。

她睜著眼睛，淚光在眼睛裡打轉。她沒有說話，深怕打擾他。宋再興累了一輩子，她想讓他在這裡好好地睡一覺。劉瑾嫻再度牽起他的手，緊緊地、用力地握在掌心中。不掉下眼淚，正如宋再興所說，她其實個性好強，生下曉立是有其母必有其女。

她緊緊抿著嘴唇，好像可以看見來時路。那是一條長長的田間道路，稻田水光晃動、蝸牛攀爬在嫩葉上。宋再興走在前方牽著她的手，抱歉地說：「對不起啊，這一生，其實讓妳為我很辛苦。」

◈

次日一早，劉瑾嫻告訴子女們，她要將宋再興接回家，宋志誠卻無法接受。

聽見母親的決定，他才發現自己抗拒的心情這麼強烈。一時間他說了好多話，說待在醫院裡就有機會、如果爸爸還在努力的話，怎麼能由他們做主，替他放棄？

曉立拉住他，安撫說：「志誠，你先冷靜下來。」

宋志誠忍住內心的不滿，知道自己過於激動。他說：「我去看看爸爸。」

來到父親病床邊，見他閉眼如同熟睡。窗子開了一條縫，徐徐有風吹來。風一團柔軟，與他內心的山搖地動都沒有關係。他心想，有時候他其實能理解大哥，他倆的挫折本質上沒有區別。在山一樣巍峨的父親面前，都成了滑稽的仿製品。宋志誠內心一直有一種信念，覺得父親就像是勇士，擁有一切他所沒有的勇敢特質，一生從未下過軟弱的決定，不曾逃避，總是選擇承擔。這次也一樣，他期待他會睜開眼睛，如果不是這一秒、那就會是下一秒，父親會醒來。

但父親此時躺在面前，身上插著各式儀器，像是一具勉強呼吸的肉。聽說，野生動物會隱藏自己身上的傷口，父親就像是荒野裡的象，高大、沉著，藏起體內的所有疼痛與衰敗。志誠心想，自己才剛剛學會跟隨他的步伐而已，怎麼會一切已經來不及。

走出病房，宋曉立站在那裡等他。曉立面色沉著，眼神卻很清晰。她總是知道在什麼場合裡自己該扮演什麼樣的角色，現在她的哀傷必須往內放。

曉立說：「跟爸爸告別完，我們下午就啟程。」

志峰此時到了，聽說母親的決定，點頭說：「那就這樣吧。」他遙遙地與志誠對望一眼，彼此一句話都沒說。

接下來發生的事情像是快轉。在禮儀公司的幫忙下，仍在昏迷中的宋再興被送上救護車。志誠負責跟在救護車上，一切又與年初相似。當時的他也是這樣，失魂地看著父親，只是這回已經不用祈禱他醒來。

死亡的氣味很相似，一年前，他也曾經經歷過。那時，親手料理未婚妻的後事，將她與她最愛的吉他埋葬在一起。痛失摯愛的那段時間，世界像是破裂的鏡頭那樣花白。志誠還記得，他起居如常，在該醒來的時間醒來，正常地工作、交際，也在該入睡的時候睡著，只是心臟外像是圍繞了一片海，他感受不到自己的心跳，也無法觸摸自己的感受。然後，突然有一天，他睜開眼睛發現自己什麼也做不了了。下不了床、無法外出，鎮日坐在床上，回過神時，白天已經換做黑夜。他澈底被擊垮了。

痛失所愛是一段獨自行經地獄的旅程，他不曾向臺灣的家人朋友提過這段經歷，就連曉立也被瞞在鼓裡。他始終覺得自己可以消化，然後好起來。度過了一段昏天暗地的時間，好不容易靠著藥物緩緩振作起來，只是檢視鏡中的自己，仍像是走了一趟陰間，幾分像人，其餘是鬼。

後來，父親正巧因為商務來到美國，約了時間來見志誠。宋志誠以為自己將情緒隱藏得很好，卻仍被一眼看穿。父親沒有問他發生什麼事，只說：「如果有困難，就回來家裡做事。你不會這件事也做不到。」父親的話是黑暗中一道細微的裂縫，透進光亮。當時宋志誠心想，他真的好想要回家。

此時，救護車爬上山坡，家門近在眼前。

回到家中，助念的師父們已經到了，一切佈置妥善。像是蓋了一座橋，要令宋再興安穩走向對岸。

遠遠地，宋志峰站在門口，猶豫該不該進去。

這裡儼然已經是半個靈堂，垂死的氣息讓宋志峰不敢再踏進一步。站在此處，志峰覺得自己就像是山裡的孤魂野鬼，無名無姓，踏不進別人的家園。空氣裡有山中花香，水氣般清澈的玉蘭花香氣，與往生的氣味依附在一塊，要牽引亡魂渡河。一時間，宋志峰好像看見在山坡小徑上與父親同行的那一日，朝霧綿綿地包覆住他的感官，也模糊父親的背影。幾個月前的羞憤與錯愕又縈繞回胸口，這段時間從來沒有平息過，恨意向眼裡扎根，望出去的世界全都醜陋不堪。

宋志峰往前踏一步，將要走進家門，想鼓起勇氣想看父親的臉。

此時，禮儀公司的人唱名：「長子在哪裡？」

宋志峰腳跟突然一頓，蛇一樣的涼意貼著背脊緩緩地往他腦門爬。腦中警訊大響，告訴他，快逃，不然就來不急。倉皇離開時，宋志峰雙手都在發抖，害怕看見自己的臉，上頭寫的是懦弱與輸家。

他心想，爸爸，我又讓您失望了。我是您成功的人生中唯一的失敗品。

◈

「長子在哪裡？」眾人一陣找尋，四處不見宋志峰。

時辰就要到了，有人焦躁地問：「怎麼回事？長子呢？」要送父親最後一程，習俗上得由長子親自揭下父親的氧氣罩。此時宋志峰突然消失，場面躁動。

宋曉立到門口尋了一圈，又急又抱歉地說：「我打個電話。」

沒人料想到竟有這樣的轉折，禮儀社的人說：「來不及了，長子不在，那就小兒子來。」

宋志誠站在人群裡，眾人視線齊一地朝自己看來。藏在樹林裡的夏蟬突然發狂般地鳴叫，無論是眼神或是聲音，都令志誠頭皮發麻。他看向仍依靠生命維持器微弱地呼吸的父親，躺在那裡，魂魄尚未離身，已經有死亡的味道。

見他僵著不動，那人又說：「你不做，難道要你媽媽來做？」

宋曉立搶話說：「不然我……」

「我來。」志誠打斷她。他難以掩飾不安，只能盡力地給曉立一個放心的微笑。「我可以。」

宋志誠來到父親身邊，看見氧氣罩中霧氣不時起伏，代表了父親還活著，仍在這裡。距離這麼近，清晰地看見他的生命跡象，宋志誠又感覺自己根本做不到。怎麼可能辦到？父親混濁的瞳孔裡還能映出他的臉。

「爸爸。」他的喉結滾動，說出口每個字都像是銳利的小石頭，刮傷他的喉嚨。宋志誠眼前也起水霧，模糊了視線。他想起來，不過幾天之前，父親親手為他斟一杯熱茶，滾水的蒸氣也如現在這般溫熱雙眼。那時父親向他說：「我希望你知影，你這陣做得每一件代誌，別人都會把你看作是我的繼承人。」

宋再興一生謹慎經營、也曾率性豪賭，像是牌桌上老練的賭徒，每一張打出去的牌，都經過他的計較琢磨。那他現在知道嗎？他是否聽見肉體頹敗的聲音，也能看見面前的小兒子，摘去氧氣罩如奪取父親活著的權利。宋再興是否也曾想過，活了一輩子，連自己的善終的方式都無法作主。

宋志誠毫無準備，也做不了準備。

「我……」他忍不住回過頭，母親已經站到他身邊。

劉瑾嫻輕輕扶著他的手臂，說：「不要讓爸爸受苦。」

宋志誠幾度呼息，緩和心中的恐懼，終於點頭。

他伸出手，在旁人的協助下，拆掉了宋再興身上的氧氣罩。那一刻，父親失焦的眼睛突然緩緩轉動，清晰地看向志誠。宋志誠手幾不可見的輕顫，渾身如進入冰川般刺痛，最後一拉，將氧氣罩完全退了下來。

法師助念，劉瑾嫻也閉上眼，堅持地站在丈夫身邊，在心裡默唸佛號。她不能睜眼，睜眼就會是天旋地轉，她要他最莊嚴地離開。

宋志誠則像是渾身被淨空。他幾乎親眼看見父親失去空氣，喉嚨緊縮，掙扎了好長一陣子，將相伴了一輩子的肉體靈魂分離是漫長的工程，他吐了好長好長的一口氣，終於將幾十年的壽命與回憶吐盡。父親的眼睛已經不再看著他，也已經失去光澤。

宋志誠強忍傷痛，說：「爸爸，接下來您全都不必煩惱。」渾身如針刺，痛苦不堪。他一直想，為什麼是他，又或者，也許真的必須要是他？再度想起父親的話，清晰如近在耳畔。他說：我叫你回來，因為你是我的兒子。

◈

莊重簡單的告別式上，白色菊花盛開。

宋再興的遺照高掛，率性的姿態，笑容爽朗，一如所有人對他的印象。從父親去世的第一天，宋志誠就感受到權力角力的暗潮。每句惋惜跟遺憾背後，都在秤量志誠的意向與行動。幾個大股東動作頻頻，已經在放話希望讓長子宋志峰回公司接任董事長一位。每個人都在等著宋再興遺囑公佈，到時謎底揭曉，才知道面對的會是哪一種戰爭。

甚至有人直白地對志誠說：「志誠啊，你要識大體一點，凡事都有先來後到的道理，不應該董事長走了，還把志峰排擠在外吧？」宋志誠壓抑著心中的荒誕與不滿，把情緒全部吞忍下來。

從父親過世那天到現在，大哥都沒有出現過。期間，大嫂來過電話，問要不要讓千光來參加告別式，倒是母親失望至極，說不要了，志峰自己都沒有到場，強迫千光一個孩子來這裡有什麼意思。

長子缺席，宋志誠頂替了大哥的位置，與曉立一起向前來弔唁的親友致謝。宋曉立長年習於社交，幾乎是在與人應對裡長大的，這份才能應用到了父親的喪禮上，第一眼就能看出前來弔唁的人是什麼名字、哪裡高就，與父親是什麼淵源。曉立做什麼、志誠就照做，接近中午的時候，一輛轎車在靈堂近處停下來，車門打開，緩緩走下一個身形清瘦的老人，都還沒走近，曉立當即就認出來，說：「大伯。」

宋再興在家族中排行第二，比他的大哥宋再盛略小五歲。宋再盛自幼大小病不斷，外貌斯文，個性內斂，跟愛好冒險刺激的宋再興性格截然不同，但是當年聽說宋再興要創業，大哥宋再盛二話不說，典押了部分地產借錢給他，宋再興始終感念在心。現在宋再盛年紀大了，近幾年深居簡出，過回了童年時的田園生活，鮮少出門。

聽說宋再興過世，他罕見地出了這趟遠門，要送弟弟最後一程。此時在旁人的攙扶下來到家屬面前，劉瑾嫻一看見他，蒼白地說：「大哥。」宋再盛與她說了兩句話，請她節哀，順勢眼睛往志誠和曉立身上一放，並沒有多說什麼。

他感慨地望向宋再興的遺照，嘆了幾口氣，向劉瑾嫻說：「我總是跟再興說，應該我比他早走，結果他還是這款個性，什麼都想先一步。」

「再興就是這樣，我行我素。」劉瑾嫻說。

宋再盛看向她身邊的兩名子女，說：「太久沒見面都不記得了，妳應該是曉立？」

曉立說：「大伯記性還是很好。」

宋再盛笑了笑，看向志誠，說：「你我就不認識了。」

「大伯好，我是志誠。」

「啊，在美國那個。」

「現在回臺灣了，在爸爸的公司裡工作。」

「做得什麼？」

「總經理。」

宋再盛若有所思，多在志誠臉上看了兩圈，卻沒有再說什麼。隨後跟劉瑾嫻說了些話，很快就走。從頭到尾沒有問起長子哪裡去了，也不曉得大伯是怎麼想這件事。

曉立輕聲說：「大伯以前最疼志峰。」

志誠多少有點印象。他們這些孩子跟大伯不常見面，只知道大伯與父親的感情好。當年父親創業成功後，為了感念大伯當年的幫忙，餽贈了大伯不少股權與財產。這對兄弟直到晚年都保持良好的關係，大伯知道志峰是宋再興一手栽培長大，連帶地也對志峰多一點關注跟照顧，至於聰慧的曉立，他也一向很欣賞。至於志誠，實在是年紀太小了，後來又出國十五年，與長輩相處頗有隔閡，與大伯從來不親近。在這些長輩面前，他彷彿永遠是那個最小的孩子，不太說話、害羞扭捏。

大伯離開後不久，幾個叔叔也到了。聽說大哥曾經來過，三叔還感慨，大哥就是這樣，兄弟難得聚在一起，也不等一等。四叔看見志誠倒是有點不高興，心裡起疙瘩。

幾次見四叔，宋志誠也算摸清他的脾氣。在幾個叔伯長輩裡，宋再慶個性最差，沒有耐性，時常發脾氣，但對兄弟最是忠誠，對幾個哥哥們都非常尊重，頗有一種受寵小弟的氣息。長大後，在創業上也被哥哥們拉了一把，他個性耿直，幾個兄弟裡他最重視手足情誼。因為這樣，他對宋志峰是最疼愛，頗有種要把二哥對他的好、回報在二哥兒子身上的意思，並不信志峰在暗地裡做的那些手腳，或者即使他知道了，也覺得都是家人、往公司裡拿點錢並沒有什麼。宋再慶這個性格，實在很難接受短短不到一年時間竟然風雲變色，「康興生技」手足互鬥的消息頻傳。在喪禮上見了志誠也沒有好感，表達地很冷淡。三叔就不一樣了，政治圈打滾的人，待人處事特別有彈性，見到志誠也是噓寒問暖，彷彿不知道志峰沒來。

過後不久，唐東易也到了。

自從志峰離職之後，就由他暫時接手子公司的營運，這幾個月人都在新加坡，同時也著手整理子公司的財務狀況，一查發現虧損果然高達幾億台幣。這些坑坑洞洞的虧損，竟然一直就被悶著不見天日，像是傷口已經化膿流湯，再晚一點就得截肢。

唐東易到的時候，臉上還有旅程的困頓。一向冷靜自持的他，今天也忍不住情緒。他紅著眼眶安慰劉瑾嫻，說：「大嫂，節哀。」

高興。」

劉瑾嫻直到看到他，壓抑的傷心才有點波動。她說：「東易，謝謝你趕回來，再興看到你會很高興。」

「我回來是應該的，董事長是我恩人也是好朋友。可惜沒見到最後一面。」他向宋再興的遺照鞠躬，看著這張照片，竟然久久說不出話來，許多心裡話都模糊在一塊，最後只能哽著聲音說：「董事長，這一生辛苦了。」坐飛機回來的時候，夢見了公司還在草創時期的兩人，那時沒日沒夜，壓力大得天天難以成眠，奇怪的是，唐東易這輩子就沒信過命運，但有時緣分竟能這麼綿長。他從來沒有勉強自己，但竟然一直都跟宋再興站在一起。他心裡知道宋再興離世是再自然不過的事情，但站在老友的遺照面前，竟然這麼心酸。最後深深地一鞠躬，起身時，傷心地幾乎站不穩。這一刻唐東易才發現，自己竟然也已經老得這麼脆弱了。

志誠伸手拉住他，問：「東哥，還好嗎？」

「沒事，暈了一下而已。」唐東易笑說。「真是丟臉，你爸爸看到了要笑得最大聲。」

「我陪你出去透透氣吧。」

唐東易答應，兩人相偕走出靈堂，尋到一個靜僻處，在樹蔭底下說話。涼風微微，空氣裡是紙蓮花的味道。

唐東易此時才問：「志峰沒來？」見志誠表情，不用說他也已經知道答案，於是說：「那就這樣吧。」

志誠說：「打過電話來。」

唐東易重重嘆一口氣。「這畢竟是他們父子倆的事情，旁人說不清，你也別去管。倒是董事長最後，有沒有說……」說到這裡，他的聲音懸在空中。

「遺囑還沒有公布。」頓了頓，宋志誠說：「爸爸離開之前，問過我有沒有意願。」這件事志誠還沒有跟其他人說過，那日與父親融洽的談話，一直藏在他心中，也許是那個時刻對他來說太過重要，對其他人實在說不出口。然而現在面前的畢竟是唐東易，如果連他也不能談，再不知道還有誰可說。

「你們兩人私下談？」唐東易試探地問，見志誠點頭，立刻輕拍大腿，怪罪地說：「董事長這輩子啊，什麼時候學不會謹慎，現在倒是會了。」

「這也是沒辦法的事。」

唐東易點了根菸，說：「股東們態度怎麼樣？」

「有些人堅持要大哥回來。」

「嗯。」他聽了也不意外，呼出口白霧。他一雙精明的眼睛看著志誠，跟往常一樣，幾分揶揄、幾分愛護。他說：「你爸爸問你有沒有意願。所以呢？你有沒有意願？」

宋志誠輕笑。「我跟他說，不知道自己有沒有資格。」

「不要說傻話，誰說你沒資格？」唐東易點掉菸灰，側著頭看志誠笑。「等我從新加坡回來。為了你爸爸，我的退休時間已經不斷推延，你可千萬別讓我做白工。要撐住了，總經理。」

第十四章

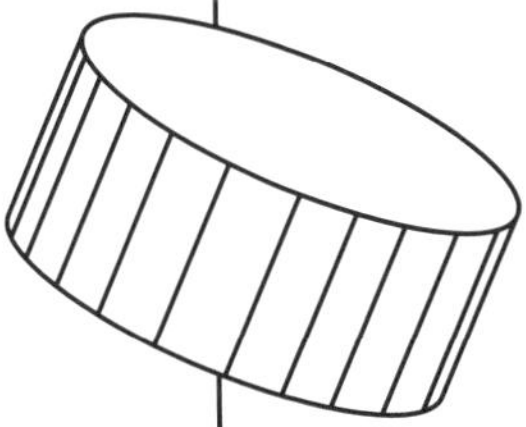

污點

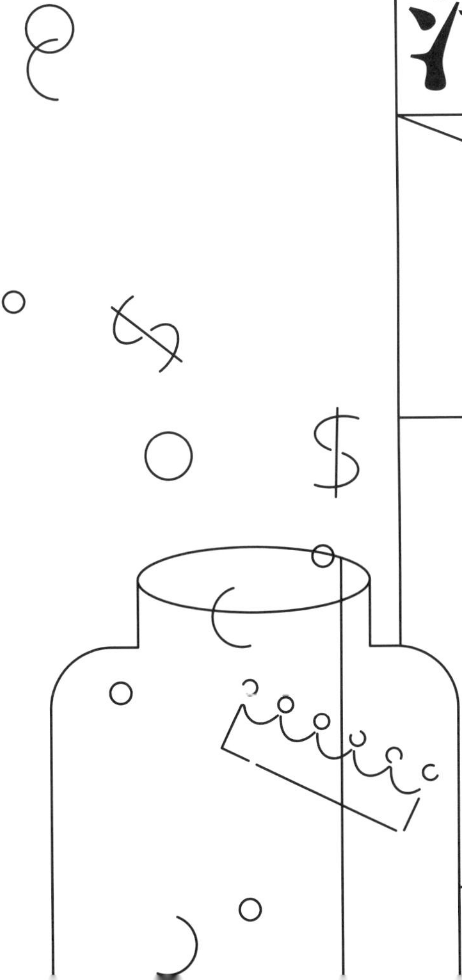

◈

二〇一八年。潮潮海聲。屬於西岸的夜晚，整座城都在水潮中晃蕩。失去太陽照耀的海水一片漆黑，沒有形體和疆界，唯有浪濤低吼鳴動，像慍怒的神。大水能量充沛地沖刷地面，唰、唰……越來越近，隨時張嘴吞噬城市。

臨海的公寓裡。她的側臉被月光映白，透明可見肌膚上細小的血管。昔日漂亮的雙眼微微凹陷，嘴唇終年沒有血色。她的視線始終緊貼著窗外那片海水，無意識拔脫中指上的戒指，又戴上，脫掉，再戴上，像是在玩。

宋志誠開門時，看見的就是她這副鬱鬱的模樣。給了她擁抱跟親吻，問：「今天還好嗎？」

其實壓根沒有什麼好不好可以說，一直是這樣。但她仍然努力地提起嘴角，說：「嗯。你呢？公司還好嗎？」

「很好啊。我跟他們說，等妳身體好一點，我就請一個月的假，帶妳出去走走。」

「不用了吧，」她冷淡地說：「你們現在這麼忙。」

看見她擺在床邊的吉他，志誠問：「今天有練琴嗎？」

她又把玩戒指，說：「彈了一下子。」

「好。」宋志誠聽了很高興，卻不敢多說，擔心自己多一點點的關心，就會激起她不愉快的情緒。

「你沒有其他的想問嗎？」她問。

宋志誠側著頭想一會。「嗯……妳……想出去走走嗎？」

她的笑容變得諷刺。「還有呢？」

好像聽不出她話語中的攻擊性，志誠仍是充滿寵溺地問：「妳怎麼了？今天心情不好嗎？」

「我不懂你為什麼要一直裝不在乎。」

「不在乎什麼？」

她搖搖頭，說：「沒什麼。」

宋志誠知道自己可以追問。她一直都在釋放訊息，讓自己多問一點。問問關於那天的事、那時她為什麼會在那裡、究竟經歷了什麼。但他沒有勇氣詢問真相。於是話臨到嘴邊，又溶解在喉裡。

他知道自己正在犯錯，只是不曾想過，後果比他想得還要殘酷。

◈

二〇一九年七月一日，「康興生技」已故老董事長宋再興遺囑公布。

財產、股票重新分配，長女宋曉立獲得最高比例的股權，一躍成為大股東之一。至於「康興生技」董事長一職，遺囑中，宋再興提出希望由次子宋志誠接班的願望。消息一出，果然引起部分股東與董事們的強烈不滿，以宋志誠回臺不滿一年、無法放心將公司交到他手上為由，認為正式的人選應該還是要在一個月後的董事會上選出，不應該以遺囑揣測「康興生技」的未來。長子宋志峰也公開發表異議，向手足隔空喊話，指父親過世前時常意識不清、記憶力衰退，他質疑遺囑效力，將提起遺囑無效訴訟。

次子宋志誠隨後表示，願暫以總經理一職保證公司運營如常，至於公司負責人一事，將尊重董事會的決議。

◆

早上十點，康興生技。

宋志誠匆匆地走進大會議室內，抱歉地對在座主管笑說：「上一個會議有點耽擱，我們開始吧。」今天開的是新品開發的會議，由研發部部長鄭大業等人參與，談接下來「康興生技」要進軍飲料市場的計畫。這幾個月裡緊鑼密鼓地討論，已經有一些雛形誕生。大業很積極，他早就想做這種嘗試。

自從父親過世之後，宋志誠每一步都像在犁田，突然承擔了這麼大的責任，每一個細節都是體力活，需要更多的專注跟時間，志誠忙得連累的本錢都沒有，知道唯有自己撐著，公司才能在這樣的危急時刻存活下去。董事長一位空了下來，帶來許多實務上的不便。缺少董事長的核章，許多事情要執行就得彎彎繞繞地耗費許多時間才能通關，但在實際改選之前，也只能將就。

目前志誠私下跟董事們碰幾次面，對於繼承人選，大家還是無法達成共識。以孟昕為首比較年輕的董事認為志誠的表現穩定，可以直接把公司交到他手中。大部分的人還是覺得風險太大，在聘請專業經理人或者選擇志誠之間猶豫不決。一小部分的聲音非常堅定地說要把志峰找回來，這種聲音雖然不佔多數，但態度很強硬，以四叔為首，痛罵宋志誠收割了大哥志峰長期的耕耘。

覺得辛苦的時候，宋志誠就回想那日在書房裡與父親的晤談，父親問他：「問題是，你咁有意願？」時光凍結成蜜，慶幸的是，他確實趕在父親過世之前，朦朧地觸摸過他真實的心願。

此時，會議開到一半，樓下突然傳來騷動，聽見是有些員工站在走廊上說話的聲音。聲響越來越大，會議數度受到干擾。鄭大業首先沒忍住，問：「怎麼回事？」

像是要呼應他的詢問，一個小助理面色蒼白地敲門進來，說：「董事長，調查局的人來了。」

◈

新聞快訊，午間時段的消息，主播正唸到，「康興生技」繼上一回鬧出兄弟對打擂台的風波，今天又傳出熱銷瘦身產品「孅輕素」成分疑雲。據瞭解，這款標榜使用日本維生素的商品，竟然爆出進購維生素與標示不符的疑雲，有欺騙消費者的嫌疑。檢調於今天上午突襲「康興生技」總公司，扣押證據數箱，並且帶走六名與此案相關的員工，目前案情正在釐清當中。而「康興生技」尚未對此事做出回應。鏡頭回到棚內，主播與來賓討論，近年臺灣食安問題嚴重，消費者有什麼方式可以應對企業惡行？

行經電器行，宋千慧停下腳步，皺眉看著數台並排的電視螢幕，正播放著「康興生技」的危機。畫面上，數度出現宋志誠與宋志峰兩兄弟的照片。她看了一會，難掩臉上的厭惡，不願再多關心。雙手緊緊抱著一幅用布包裹起來的畫，小跑起來時，背包在身後搖晃，傳出畫具撞擊到書本的聲音。

今天，她下定決心要見徐子青一面。

跑上那道久違的長樓梯時，已經沒有以往期待的心情。時間消磨掉很多情緒，這次，她抱著一種決絕的心態來見徐子青。

事情爆發之後，她就曾找過子青一次，那回他沒見她。宋千慧不追問，她有自己的骨氣，從此之後兩人就沒見過面。然而今天，她總算完成了當初徐子青指導一半的畫，考慮了好久，還是想來見他。想站在他面前，問他，你覺得現在的我怎麼樣？我畫得好嗎？我長大了嗎？你說的我其實都學會了，也許從你身上再沒有別的可學了。始終記得十五歲，徐子青認真地看待她的作品，沒有嘲笑、沒有敷衍，告訴她：「會有點辛苦、但沒關係，就試試看吧。」

千慧越跑越快，總算踏上最後一節階梯。

視野瞬間開闊，沒有邊界的天空底下，頂樓反射著刺目的陽光，亮晃一片，她瞇起眼，在眼睛適應強光的一兩秒鐘裡，天台上晾著的棉被、衣物、嬰兒用品逐漸清晰。晴天下，乾爽的衣物隨風擺盪，盡頭小房子裡隱隱傳來嬰兒的哭聲。宋千慧站在原地，好久沒搞懂這是怎麼回事。

小房子的門開了，走出一個陌生的男人。滿臉的鬍渣，身後還跟著一個哭得脹紅臉的小孩子，正一邊尖叫一邊拉著他的四角褲，堅持不讓他離開。他狼狽地說：「你真的很盧，爸爸只是去收衣服而已。」

一抬頭看見宋千慧，他問：「妳找誰嗎？」

宋千慧花了好一會回過神，視線在他與小孩之間轉來轉去，生生地說：「我走錯了。」太陽曬得她皮膚發燙，顯得不安。她又問：「我能在這裡待一下嗎？」

男人表情雖然有點狐疑，仍然擺了個手勢，讓千慧自便，逕直抱起還在哭鬧的兒子，一件件地收拾已經曬暖的衣物被單。

千慧走到牆邊，望著遠方的大河。正午時分太過炎熱，景色都被熱氣扭曲，空氣彷彿滾燙的沙，一踩進去就寸步難行。她茫然地張望四周，發現除了遠方牆面有幾筆顏料之外，沒有更多屬於徐子青的痕跡。十五歲、十六歲……她在心裡細數。她已經快要十七歲了，這兩年，慢得像是冰川流動。她恨不得下一秒就成年，想要說出口的話能夠被當一回事，想要一躍就追上與所有人的差距。無論是愛意或恨意，都不會被當成年幼無知。她好想要看見自己的人生，然而徐子青卻澈底地消失了，連帶地埋葬她的十六歲。

男人收完被單，關心地問她：「妹妹，妳是怎樣，失戀嗎？不要跳下去喔。」

聽見他這樣問，宋千慧忍不住想要笑。跳下去？怎麼可能。她斜斜地看他，突然卸下背包，從裡面掏出徐子青送她的畫具顏料，一股腦地放到地上，說：「送給你。」

「我？我沒在畫畫啦。」

「那就給你兒子，隨便，不然就幫我丟掉。」她說。也不給對方拒絕的空間，她重新背起包包、抱著畫，轉頭離開。這是宋千慧第一次造訪這個天台，往後的日子，小房子會在記憶裡越來越模糊，直到連徐子青的面目都辨識不清，成為生命眾多紋路中的一個小疤痕。十六歲從此蒸發在酷熱的季節中。

◆

檢調來得又快又急，旋風式地扣走了人跟證據，他根本還來不及搞懂是怎麼回事。說「孅輕素」打著使用日本原裝進廠的維生素，實際用的是臺灣不明廠商的產品，宋志誠根本沒聽過這件事。

大業正在解釋：「研發部頂多就是給調配的建議，後續到底是用了哪裡來的維生素，我們不會知道，頂多採購跟生產端可能曉得到底發生什麼事。所以你問我，我也不知道發生什麼事。」

「大業，你別急，我問這些不是為了質疑你。」他知道在這當口上，所有人都跟他一樣焦慮，不知道公司面臨了什麼危機，也怕帳算到自己身上。鄭大業擔心志誠不懂作業流程，誤會了自己，倉皇地解釋得一張臉脹紅，志誠當然看得出來，但當務之急，宋志誠並不打算抓戰犯。他說：「我想要確定如果真的有這個情況，究竟是某幾批貨出了問題，還是所有的貨都有問題？」

其他主管說：「我們可以試試看追蹤當初的貨號。」

一時間確實也只有這個方法，眼見在場好幾個部門的主管面色憂慮，志誠對他們說：「那就這樣做。另外，我們先擬個聲明稿，產品全部下架，提供清楚的退費流程給消費者。」

「是所有人都可以退貨嗎？還是要先確認是哪一批次的貨出了問題？」有人發問。

志誠堅定地說：「不用了，現在就要解決消費者的恐慌，不管他買的是什麼時候的『孅輕素』，都讓他退費。」大家一時沒有意見，志誠又說：「後續的事情找公關公司解決，我會請阿傑聯繫。」

見所有人仍是一副眉頭深鎖、憂心忡忡的模樣，宋志誠忍不住笑起來，說：「不要愁眉苦臉了，不管出什麼事情，我一定會擋在各位面前，讓我們一起度過這個難關。好吧？」

◈

總經理室內，宋志誠透過電話跟曉立了解家中的狀況，他倆核對時間，公司被搜完之後，沒過多久，檢調的另一路人馬就到宋家別墅，一進門同樣亮出識別證和搜索票，搜了宋再興的書房、臥房，還包括宋志誠的房間。

志誠問：「他們帶走什麼？」

「我也不清楚，他們要搜，我就讓他們自便。」

宋志誠哭笑不得，不清楚自己在打什麼仗的感覺很差。他說：「媽媽還好吧？」

「調查局的人突然出現，把她嚇了一跳，但現在看起來情緒還算穩定了。」

志誠鬆一口氣。「那就好。」

「你呢？公司現在還好嗎？」

「有幾個同事被帶走了，現在也只能等。我請一個記者朋友替我問問看，媒體那裡有沒有什麼消息。」

看了看時間，他一面講電話，一面往四樓行銷部的方向走。

他跟曉立說：「我剛剛跟東哥通過電話，他聽起來對這件事也不了解，本來說要立刻飛回臺灣，我叫他先別急。」

「現在他急著跑回來也沒用。」曉立在電話那頭一一將這件事跟志誠對過一遍，確認現在該做的、需要做的，核對到其中一項，志誠突然說：「保釋金也是個問題，一次帶走這麼多人，不知道到時候我們現金夠不夠。」

此時宋志誠已經站到了行銷部門口。

行銷部辦公室內，李叔陽首先看見了志誠，他一臉不尋常的擔憂，平時他根本不可能有這樣的表情。掃了一眼，辦公室裡只剩下叔陽跟阿傑。檢調帶走的六人之一，包含了行銷部的賴彥如。

宋曉立說：「錢的事情你就別擔心了，讓我來處理。」

稍後，宋志誠靠在自己熟悉的辦公桌旁，雙手抱胸，皺著眉聽叔陽跟阿傑還原白天的經過。叔陽這個人雖然講話油條，質地倒是很真性情，講起彥如，他臉上的擔心很真誠。說：「那個檢察官還調查官什麼，一來就說要找，賴彥如在哪裡？要把她帶走。彥如本來就膽小嘛，緊張得差點站不起來。我只好代替她跟調查官問，好聲好氣喔，問說，啊請問要找彥如做什麼？對方超兇的欸就說要調查什麼。」李叔陽大嘆一口氣說：「我們就安慰她啊，跟她說沒事啦，很快就回來了，就當作去泡茶……。」

阿傑補充：「結果我們一起走出去看，才知道出大事了。」

宋志誠問：「你知道為什麼彥如會被帶走嗎？」

「我怎麼會知道。」叔陽擺擺手說：「不過我猜啦，應該是她在業務部的時候可能有處理到這件事，她比我晚被調來行銷部，加上她個性又這麼靜，我還是這半年才開始跟她變得比較熟，之前她到底發生什麼事情，我還真的不清楚。」

這次檢調帶走的六個人裡，分別有業務部、採購和生產部門的職員，志誠完全沒有意料到彥如竟然也會跟這起事件有關。幾個月前，他調任成為總經理後，雖然名義上仍兼任行銷部的工作，但畢竟精力有限，無法顧及每件事情，幸好行銷部跟他做事半年多，早就培養起默契，這三人個性互補，各司其職，原先的計劃都還能順順地推展下去，沒想到會突然出這種事。宋志誠不得不想起許久前慶功的那個夜晚，賴彥如欲言又止的模樣，像是懷抱著什麼祕密說不出口。

志誠向他們說：「我知道了，你們別擔心，我會處理。阿傑，你記者會的事情都聯繫好了嗎？」

阿傑說：「聯絡好了，下午收盤後就可以立刻開記者會。」

志誠看阿傑面色鬱鬱，笑問：「你怎麼了？」

阿傑本來就藏不住情緒，隨便一問就什麼心事都說出來。他抱怨說：「網路上很多人在罵我們欸。」

「這不是當然的嗎？」別說網路上了，一早開始宋志誠就陸續收到投資人的訊息，每一個都焦慮得好像字裡有火簇在燒，急著想知道究竟怎麼回事，有的比較不客氣，直接就在信裡開罵了。消費者肯定也很不高興，被罵完全在預期之內。

阿傑連忙說：「不是，是有很多古怪的留言。」他開了網頁給志誠看，好幾個臉書的瘦身社團在討論這起新聞，這都還算是正常討論，阿傑往下滑，找到一個月前的貼文，說：「你看，怎麼可能一個月前就有人在說這件事？」阿傑又陸續叫出了幾張擷圖，不只在臉書社團，在某些論壇上，一個月前就有人零星地在散播「康興生技」瘦身產品有問題的貼文，只是在當時，這些討論都還沒什麼人回應，只有寥寥一些對貼文真實性充滿懷疑的留言。

宋志誠皺眉檢視，思考了好一陣子，說：「這些留言都先不要回應，倒是現在那些恐慌地說產品可能對人體有害的留言，你思考一下怎麼處理，是不是要再一一闢謠。」

阿傑答應了，但仍是很失落的樣子，嘆氣說：「真的是很衰，明明我們做了這麼多，也這麼用心在做。」

志誠明白阿傑的意思。他畢竟還很年輕，這甚至是他的第一份工作，無論是先前的人蔘飲、或是現在正在開發的新品，阿傑都全心全意地投入其中，甚至號召了整條街的菜市場來響應他們的產品。原本預期要開花結果的成績，突然遭逢這樣的挫折，根本是天災。志誠感到對他、以及這段時間一起努力的同仁都很抱歉，說：「別難過，一切都不會改變，已經在進行的計畫，我們照常進行，你相信我，最多半年，我一定會讓這起事件平安落幕。好吧？」

聽他這樣說，阿傑不好意思地說：「我知道啦，哪一次不挺你。」

志誠笑起來。「謝謝你。」

◈

走進被檢調橫掃過後的書房，劉瑾嫻出神地看了好一會。

她無奈地拾起幾本不慎掉落的書，替宋再興歸位。他離開之後，她一直都還不捨得動他的東西，書房維持原狀、臥房也維持原狀，一切與宋再興生前有關的足跡，都還安好地被保存起來，時光被凍結在宋再興離世的那一天早上，晨光美好，她與丈夫換上登山的裝束，一同出門。一路上兩人還能說說笑笑。

劉瑾嫻坐到宋再興常坐的沙發旁，漸漸地彷彿他就坐在那裡，與往常一樣，戴著眼鏡、捧著一本書，與她斷斷續續地說話。好像聽見宋再興說：「這個劉瑾嫻，不要看她這樣溫溫馴馴，其實脾氣大得很。」又說：「妳這麼倔強，不會有問題。」笑看著她，眼裡是幾十年來的夫妻恩情，說：「我若是先走，妳不要害怕。」

聽見曉立的聲音，劉瑾嫻低頭抹掉眼淚。

曉立看一眼被搬得零零落落的書房，她不捨地說：「弄成這樣。」

「沒關係。趁這次該丟的就丟了吧。妳爸爸不在，也不需要再留著了。」

宋曉立順著她的話說：「這樣也好，家裡也該收拾了，連妳心愛的保養品都長灰塵，這才是大事。」

劉瑾嫻笑說：「妳要是好心點，怎麼不替我整理整理。」

「可以啊，那我們找一天一起打掃吧，妳也該動一動了，難得妳六十幾歲保養這麼好，一懈怠變醜了怎麼辦。」

「有什麼關係，以後也沒人看了。」

「妳怎麼知道？」

母女倆互看一眼，劉瑾嫻率先笑起來。「宋曉立，妳這張嘴真的是。妳爸爸才剛走。」

「爸爸不會在意吧，能讓妳笑一笑，他說不定還會稱讚我。」

劉瑾嫻拉拉嘴角。「我倒是真的很想振作起來。前陣子忙妳爸爸的後事，還沒有感覺，自從送走他之後，這麼長一段時間，還不知道該怎麼過日子。」

「以前是怎麼過日子，現在就怎麼過日子。」她刻意說：「反正我們現在都一樣，都單身了，是吧？」

劉瑾嫻看她一眼。「我是不想管妳，妳還自己提起來。」

「這就對了，千萬別管我。」

「就跟妳爸爸說的一樣，宋曉立永遠有自己的主意，反正誰也攔不住。妳爸爸說過，三個孩子裡妳最聰明，但又最膽小，要面子這點像他。」

「爸爸這麼說？」宋曉立不敢相信他們背後這樣數落自己。

「妳爸爸看得很清楚，就妳不知道。」
宋曉立不高興地說：「是嗎？我以為他只會叫我做東做西，然後再嫌我。」
「胡說，妳是他唯一一個女兒，他希望妳過好日子。」她怪罪地看宋曉立。「就妳自己偏要往麻煩走，要怪誰呢？」
「好了，不要再唸我了。」
劉瑾嫻抬頭檢視這間臥房，說：「這個屋子，我三十歲那年妳爸爸買的，說是起家厝，未來要過好日子了。我仔細一想才發現已經在這裡住了這麼久，真奇怪，從來也不知道這屋子這麼靜。」
她皺著眉說：「妳也覺得嗎？」
「妳想太多了。」
「是真的。」劉瑾嫻強調地說。「這麼空，真是有點害怕。晚上的時候，四處都是不知道什麼的叫聲、風聲，聽起來好像在哭。怎麼以前不覺得……我就想，不如我們把屋子賣了吧？」
「媽，都說是起家厝了，怎麼能賣？」她有點生氣地說。
劉瑾嫻當然也知道自己只是不適應，但無助的感覺這麼真實。
宋曉立猶豫地說：「媽，過陣子，我想跟東哥還有志誠商量，讓我去新加坡。」
劉瑾嫻訝異地看她。「為什麼？」
「東哥不能永遠待在那裡呀，況且，沒有人能做得比我好了，妳說是吧。」
劉瑾嫻神情有點不捨，卻沒說出口。

宋曉立坐到母親身邊，握著她的手，深深地說：「媽媽，我已經決定好了，我會當志誠的後盾。妳也得做好決定，知道嗎？」

劉瑾嫻聽懂了曉立的意思。她笑了一下，說：「妳不用擔心，妳爸爸怎麼希望、我就怎麼希望。」她看著女兒的眼睛，漂亮的茶色瞳眸裡映出自己。時常覺得這個女兒與自己一點都不相像，更似宋再興，但互相依靠時，看見的又是彼此的形體。她說：「就像是，妳如果去新加坡，確實妳爸爸也會比較放心。」

看出劉瑾嫻表情裡的寂寞，曉立說：「別擺出這副表情，妳要是不習慣，我把妳一起帶去就是了。好嗎？」

劉瑾嫻知道她貼心。「知道了，我再想一想。」

第十五章

王冠

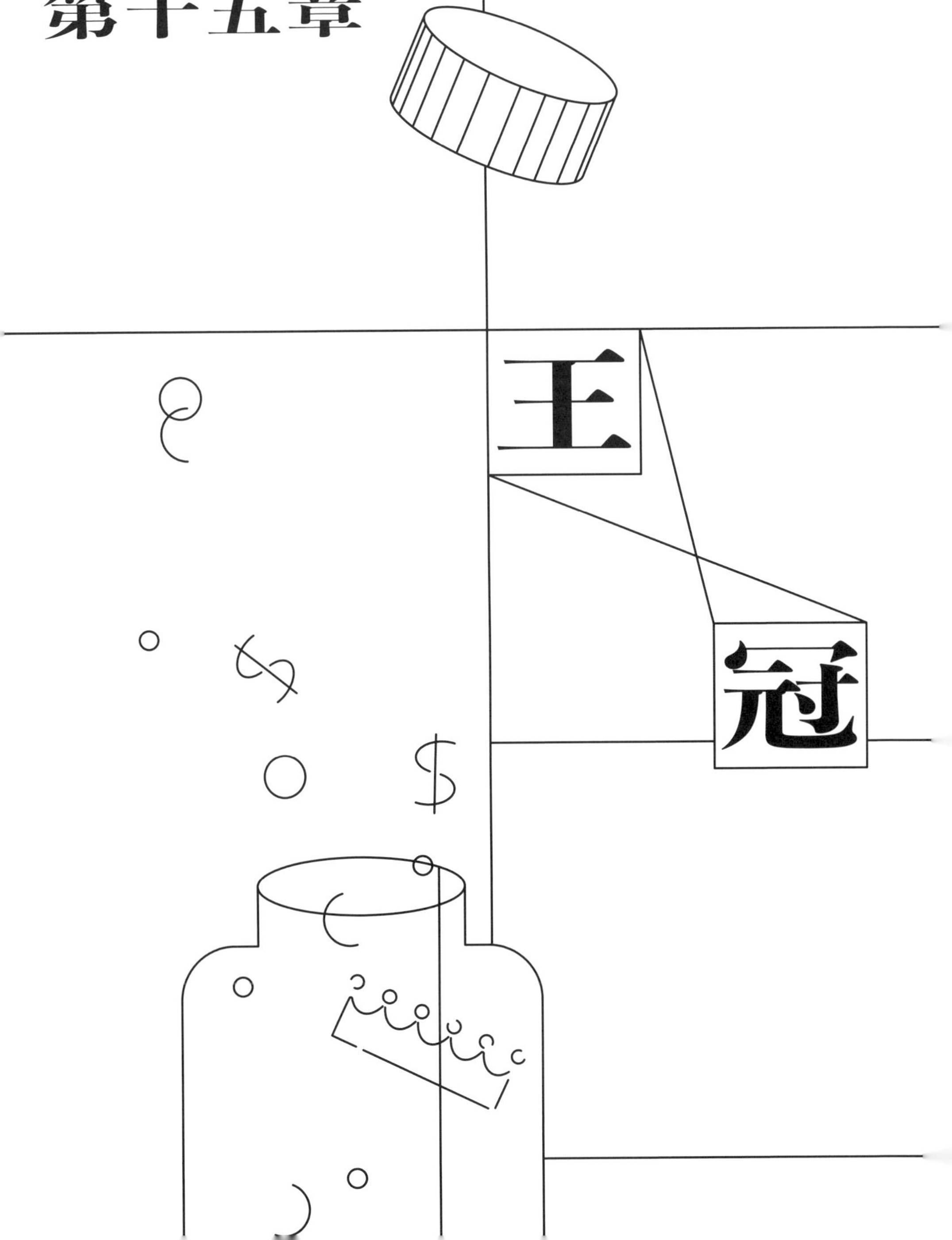

◈

那是在父親過世後的紊亂日子裡，某個早晨的事了。那時，宋志誠在滿盈的日光中醒來。一睜開眼，看見地上還東倒西歪擺放著尚未收拾的行李，沾附在上頭的泥土與雜草已經乾脫，土屑碎碎地落在地上。起身時，看見桌上擺放了幾本攤開來的教科書，是高三的內容。他恍惚地想，是夢境。站在鏡子前面，果然看見的是十八歲的自己，面容與三十五歲的他相去不遠，但更顯稚氣。夢裡沒有一絲聲音，失去山中鳥鳴，也沒有風聲與水流，一切都靜止在十八歲的某個早晨裡。

他平靜地想，又是這裡。

這個夢幾乎已經化身成一個固定的空間，漂浮在某個時空裂痕當中，時不時就會誤訪此地。宋志誠沒有猶豫，他知道自己該往哪裡走。循著記憶的路線，來到廚房。靜止的夢在此刻流轉起來，聲音湧入，色彩鮮明。

母親正照料著鍋裡的湯，看了志誠一眼，應該是笑著的，但五官籠罩在過曝的光裡。她說：「你醒來了，陪你爸爸去登山很累吧，睡這麼久。」

志誠接手了水槽旁的蔬果，放到流水中沖洗。清水冰涼，這麼真實，夢境太過狡詐，他常常在這一刻為夢與真實的分界感到動搖。

「很累，但很有趣。」他聽見自己的聲音，朗朗地說著去了哪裡，幾日中還單獨與父親在海邊喝了酒。他高興地說：「本來第一次單獨跟爸爸出門，還怕沒有話題聊，沒想到他很健談。」

「你爸爸就是這樣子，悶騷。」母親好笑地說：「他太習慣當老闆了，在家裡就不知道怎麼當爸爸，不好意思表現給你們看。」

青草的氣味。志誠想起與父親爬山，通往山頂湖泊的最後那段山脊，綿綿青草在身側擺盪。父親回過頭，問他會累嗎？這一瞬，他巴不得再看久一點，想看清楚父親的面孔。他在心裡回應母親：我也是現在才明白。

夢裡的他持續在說：「爸爸問我，上大學前要到公司裡哪一個部門實習。」

「你怎麼說？」

山海之間，營火搖動。某個晚上他與父親坐在海邊喝酒，趁著酒意，父親興致高昂地跟他分析各部門的工作，又說起當初怎麼創業，人蔘飲是怎麼從零到一地誕生。他說，維繫一間公司最有趣的事情是探索自己的能力邊界，就像是爬山，即使是同一條道路，今天走、明天走，每一刻都在變化。每一天都在摸索自己能力的邊緣，在挫折與痛苦中重新認識自己。無論是失敗還是成功，都很好玩。他說起好玩，語氣這麼真摯，宋志誠竟然羨慕起父親，畢竟一生難能有摯愛的事。

他回答母親：「聽起來都滿有趣的，如果可以的話，每一個部門都想去看看。」

「你還以為是在參觀呀？」母親取笑他。「你有興趣，去走走看看當然很好。」

陽光好亮，每一回都是在這時候，母親的聲音變得像是碎玻璃，晶亮、刺痛。刀峰劃在魚腹上，鮮血滲出，志誠看見自己的雙手，滿是腥氣的血水。

「你記得有一回你去碰哥哥的車子，害哥哥被打得好慘嗎？」母親的語氣仍是笑盈盈地說。

「記得。」

鍋中鮮味四溢。宋志誠手中的魚明明被開腸剖肚，仍是抽搐般地跳動著。好像心臟，他想。母親說：「有興趣就好了，不要做過頭。要懂事一點，不要再去碰哥哥的東西，好吧？」

「但是來不及了怎麼辦」，媽媽沒有聽見他的聲音，這是當然的，十八歲的回憶仍按照劇本走，怎麼預知三十五歲的他，竟然即將取代哥哥的位置。志誠用盡全力地想要告訴媽媽，「媽媽，我還是拿走了哥哥的東西」。

夢裡的母親仍悠悠地說：「你要給哥哥空間，哥哥現在才開始起步而已，你想，公司裡好多人都盯著他，你爸爸對他又這麼嚴格……你這時候進公司，大家看著你們兄弟倆，一定有比較。你明白吧？」她刻意避開了志誠的視線，繼續說：「我知道你對爸爸的事業很有興趣，但是凡事總是有先來後到啊。」

「但是我只是去實習，而且爸爸也跟我說好了……。」他聽見十八歲的自己忍不住說。

「志誠。」媽媽放下廚具，嚴厲地轉過頭來，說：「你怎麼會有這種想法？他是你哥哥，你不能這麼自私，只顧自己想要什麼。你讓哥哥壓力很大，難道你自己不知道嗎？」

夢裡的他沉默了很久，隨後說：「我知道。」

「你很懂事。」母親欣慰地說：「媽媽知道你也很努力，但是把表現的機會讓給哥哥，我看你大學到國外去讀書也好，走遠一點。」

他問：「國外哪裡？」

「你自己決定吧，離開就好。」

志誠閉上眼。到了這一刻，他就會從夢境裡醒來。但這一回，他忽視不了內心巨大的噪音。

◈

一早，「康興生技」的員工們，信箱裡多了一封信。標題是「致親愛的康興生技同仁」。

信件內容寫著：

「親愛的『康興生技』全體同仁，很抱歉近期因新聞事件造成各位的恐慌，請放心，目前公司的產品供應和通路銷售都持續進行，一切都會運作如常。老董事長生前告訴過我，老闆沒有回頭路，承擔的是所有員工的幸福與未來。請相信我，我一定會為你們、以及你們的家庭負責，以員工的權益作為優先考量，公司既往的福利和政策，不會受這起事件影響。……父親說，善良才能夠做好藥，我一直記在心中。秉持著善念，盡心傳承父親的事業。謝謝同仁們一直以來這麼信任公司，成為『康興生技』的支柱，四十年來，創造了這麼令人驕傲的成就。公司不會被擊倒，我會勇敢面對，帶領大家度過這次的風暴，不枉老董事長創立『康興生技』的初衷，以及對我的期許。」署名，「康興生技股份有限公司」負責人宋志誠。

記者會倒數計時十分鐘。宋志誠早就把講稿在心裡背得爛熟，但眼看開始的時間迫近，不斷在喉嚨裡滾動的那些詞語字句，一個個好像都在塌陷。他閉上眼，淺淺地吸了幾口氣，已經幾個月沒有現蹤的、病的碎屑，一瞬間像是過敏反應，在他的肺部長出了一排肉芽，再度令他難以呼吸。

手心不斷冒出冷汗。他想，該吃藥嗎？現在不吃，若是記者會上發病了怎麼辦？宋志誠實在不願意在其他人的目光底下拿出藥來，病是他最私密的祕密，一說出口就會曝光他的脆弱。他一直隱密地與它共存。

正在考慮，心中的恐慌跟躁動如戰車壓境，劉瑾嫻突然坐到了他身邊。

「你的臉色很蒼白。」劉瑾嫻說。

宋志誠僵硬地說：「可能有點緊張。」

「志誠，要做一個老闆，不能夠軟弱。」

劉瑾嫻輕飄飄的一句話說出口，突然就成了巨石，沉重地壓在他的肩頸上。說這些話的時候，宋志誠清楚看見母親眼中的生冷。這樣充滿距離感的母親，他一點也不陌生。劉瑾嫻奇異的天真與冷漠並存，在論及生存的時候，她比誰都要強硬。九歲時見過一次，十八歲下定決心離家時，也見過一次。

宋志誠說：「我知道，我會調適。」只是他沒有想到，劉瑾嫻會突然握住他的手。他詫異地看著她纖細骨感的手掌，輕輕地覆蓋住自己的左手。劉瑾嫻的手四季泛著一股寒氣，此時傳來的反而是一股堅定的暖意。

「我知道有時候我對你比較嚴格，既希望你成功，又不希望你搶了哥哥姐姐的光彩，但我沒有懷疑過你的能力。」劉瑾嫻的視線看著前方，聲音只圍繞在兩人身旁。她平靜地說：「也許就是因為這樣，當初我才對你說那種話。你爸爸一直不能諒解，為什麼你當年執意要出國，一去那麼久。我也不敢對他說實話。」

與母親的談話令他漸漸沉澱下來，病如退潮般消退，現出一大片映照月光的光燦沙地。

宋志誠看著母親的側臉，好像看見了幼年時那段蒼茫的海線，他與仍是少婦的母親站在公車站牌旁，遙望被熱氣烘得變形的海平線。他年紀還小，不懂母親離家出走的憤怒，但他能感受她的委屈。他不知道離開的原因，更不知道下一站要去哪裡，更害怕的是，媽媽會不會就這樣一去不回了？連他都拋在路邊？

後來究竟是怎麼回到家，離家出走的時間又有多久，現在一點也記不清楚，長大之後，那一段支離破碎的記憶也沒有理由再被重新拼湊，但他一直在心中跟母親共享著這段只有他倆的回憶。

「結果我還是拿走了哥哥的東西，會讓妳失望嗎？」

劉瑾嫻愕然地眨了眨眼，低下頭，抿掉不該有的情緒。她的聲音像是一團霧，輕盈但潮濕。「我沒有別的想法，只希望你不要愧對你爸爸的事業。」她看向志誠，堅毅地說：「我希望你知道，無論現在事態如何，其他人又是怎麼想，今天記者會上是你站在這裡，你就是繼承人。這是鐵打的事實。」

宋志誠將母親的話全聽進心底。這一刻才有實感，自己真的取代了大哥的位置，坐上一個動彈不得的王座。宋志誠感到恍惚，命運的變化太過劇烈，從來沒想到自己會走到這一步。

◈

「康興生技」的記者會在證交所召開。

電視機前，宋志峰光裸著臂膀，一面淺淺地喝酒，等著看志誠會說出什麼話。其實他也替他們想好台詞了，比如說「對此完全不知情」、「這是抹黑」……光想就覺得很好笑。陳巧玲從房間出來，帶著睡意從背後摟抱住志峰，感受他身上的體溫。輕聲問：「怎麼看起來不高興？」

不高興？若非陳巧玲提醒，宋志峰也沒有發現自己臉色陰鬱。他暗自訝異，畢竟這一刻他等了這麼久，就為了看父親一手創造的「康興生技」傾垮，但為什麼到了此刻，心中一點快意都沒有。

電視螢幕上，鎂光燈頻閃，宋志誠走在前方，身旁跟著的是母親劉瑾嫻與姐姐宋曉立。這半年來，關於這個「康興生技」小兒子的各式新聞、消息越來越多，但在鏡頭前亮相倒是第一次。快門如蜂鳥振翅，即使是坐在電視機前的觀眾，都能夠感覺到那股被振翅攪動的空氣。

在鏡頭前，看得出他還不夠習慣，奔波一日一夜的疲勞清楚寫在臉上，但笑容溫潤，首先感謝到場的媒體們對「康興生技」的關心，後說到公司已經全力在查清詳情、且不排除這可能是惡意的攻擊事件。

宋志峰出神地看著，他聽不進志誠究竟說了些什麼，嫉妒從他的心口冒出芽來，等到發現的時候，血肉早已與嫉妒的根盤根錯節地綁作一塊。呼吸時，那口芽就滲出血，痛覺清晰。

回過神時，劉瑾嫻已經站起身，輪到她說話。

一陣子不見，母親看上去又更瘦了一些，比起從前，更顯出一種病弱美。等到鎂光燈暫歇，她才字字清晰地說：「我與再興結婚一輩子，比任何人都要清楚他是一個多赤誠的人。為了公司，沒日沒夜地工作，與優秀的同仁們一起打造出『康興生技』，把產品的品質看得比任何事都要重要。再興剛剛離世不久，我很確信，如果他還在現場，發生這樣的事情，他肯定比任何人都痛心跟自責。」情緒湧動，她稍停片刻，才又說：「我沒有更多好說，發生這樣的事情，做媽媽的都知道，每個孩子在心裡是一樣重要，哪個都無法割捨，手心手背都是肉。我相信志誠一定會承繼他父親的責任心，給社會大眾交代。」

記者會現場有一瞬間的凝滯，很快地文字記者迅速開始寫稿，劉瑾嫻的話，幾乎是明示地說了，這次的危機來自兄弟鬩牆。就連一旁的宋志誠都難掩訝異，他沒有想到母親願意將事情說得這麼明白。

劉瑾嫻牽起志誠的手，深深地向鏡頭鞠躬。

看到這裡，宋志峰已經無法再看下去。他關掉了電視，拂開陳巧玲。

「你要去哪裡？」

宋志峰沒有辦法回答。他不知道自己還剩下哪裡可去。

◈

這一整天尚未結束，宋志誠努力讓自己在董事們面前不要面露晒容、盡力地集中精神，聽著幾位董事的砲火隆隆。記者會一開完，幾個心急的長輩們就說要到公司見他，想知道怎麼會搞出這樣的事情，其中尤以四叔宋再慶最氣憤。

「公司怎麼才交到你手上就出問題？」四叔指著志誠痛罵：「你說是一年前出的事，那這一年間都沒有事，怎麼到你手上就成了危機？」

宋志誠知道他們是關心則亂，這一年來，「康興生技」接連歷經動亂，宋再興走了，彷彿一座大樹被砍去根，搖搖欲墜，養樹人看了不免心急。

志誠不斷重申目前公司危機處理的方式，他一這樣說，更讓四叔不高興，說：「宋志誠，你不要跟我說這些有的沒的，我只想知道你怎麼收拾這件事。」

志誠耐著性子說：「四叔，剛剛我也已經跟你們說過目前的應對策略了，況且記者會開完之後，至少媒體已經不是一面倒地在罵我們，既然有不同的意見出現，那就是一件好事⋯⋯。」

但是說到記者會，四叔更是不以為然。指著志誠的鼻子罵：「那什麼記者會說到底就是在說公司有內鬼，那你們說誰是內鬼？真的有什麼鬼的話，為什麼不抓出來除掉就好了？我真是越看越氣，如果事情是你爸爸來處理絕對不是這樣子，你讓你媽媽說那些話，都不覺得丟臉嗎？」

宋志誠反應迴路卡在半路，忍不住說：「四叔，我絕對不會強迫媽媽唸稿，她說出來的話，就是她想要講的話。至於內鬼這件事，我們還要花一點時間調查。」

「所以就是沒查好就公布了嘛！」他氣得拍桌。「那跟沒證據亂說有什麼不一樣？你要搞清楚喔，我們是因為你爸的緣故，才同意把公司交給你。一出事就被看破手腳，還是你真的太年輕？如果是這樣的話，我寧願叫志峰回來做事。」

宋志誠雙手撐著桌面，滿腔悶火地說：「我接任總經理以後，營收表現四叔你也都是看到的，單說人蔘飲，近十年沒有過這麼好的成績。一年前的事情突然爆發，你怎麼不問問當初管事的總經理是什麼原因？就急著把他找回來做事了？你會不會太著急？」

其他人也鮮少看到志誠發怒，有人想勸和，倒也有人想趁機火上澆油，說志誠出言不遜。宋志誠這幾個月以來沒少跟這些人抗衡過。四叔也許真的是擔心公司的未來所以出言不遜，但志誠也知道，不少人表面中立，骨子裡其實就是宋志峰的支持者。

宋志峰畢竟耕耘這麼多年，不少人把希望放在他身上，現在他突然就走了，就算不急著扣他們跟志峰串通一氣的帽子，也知道他們的心是偏向哪一邊。這些人藉著四叔的嘴一起罵宋志誠，在這些人銳利的審視下做事，志誠像是身旁跟了好幾台攝影機，一舉一動都被錄影回報。

宋志誠甚至知道，他們巴不得「康興生技」趕快出事，他們就有理由讓這個中途回家的小兒子趕快出糗走人。

又吵了一陣，志誠說：「你們如果不給我時間，什麼事情都做不了，明明輿論也控制住了，現在到底誰來做會更好？」

「好啊，你現在就把內鬼抓出來，讓我看看你說的內鬼是誰？你憑什麼這樣說你爸爸的公司，怎麼以前都沒事，你一上任就所有人都是奸細了？你有沒有想過是你做得不好，人家才要針對你？」

整場對話不斷空轉，毫無進展，說到底就是要志誠知難而退，最後還是不歡而散。

事後堂哥孟昕知道了這場鬧劇，還特意打電話來揶揄志誠，說：「加油啊小堂弟，不要位子還沒坐上，就被搞掉了。」

◈

吳思瑀是在上完瑜伽課的空檔，看見「康興生技」記者會的轉播。

宋千慧那句「妳多久沒有好好看看自己」像是魔咒，日夜縈繞在她耳邊。吳思瑀再也無法在這個漂亮但空蕩蕩的屋子裡與自己相處，嘗試在道場修行之餘，也去上社區的瑜伽課程。她好久沒有與一群陌生人相處，起初很畏懼，獨自來上課、獨自離開，安安靜靜地，像是影子。吳思瑀發現，自己確實愈發地活成了一道鬼影。

從瑜伽教室返家時，正好看見手機跳出來的新聞推播，經過剪輯的畫面，將焦點鎖在劉瑾嫻牽起小兒子手的瞬間，沉痛地說：「……做媽媽的都知道，每個孩子在心裡是一樣重要，哪個都無法割捨，手心手背都是肉。我相信志誠一定會承繼他父親的責任心，給社會大眾交代。」一時，鎂光燈瘋狂閃爍，畫面一片花白。吳思瑀看到這裡，心底一跳。她心想，志峰呢？志峰一定看見了，他的反應是什麼？她緊揣著不安，匆匆返家，打開門，卻看見一雙女鞋放在玄關口。

吳思瑀一楞，就見陳巧玲走出來，手上抱著志峰的東西，說：「老闆娘，抱歉，我看妳不在家，自己開門進來了。」陳巧玲的目光落到她的裝扮上，笑說：「老闆娘去運動嗎？」

吳思瑀皺起眉，胸口湧起一陣不滿。

「妳怎麼進來的？」

陳巧玲好像沒料到她會不高興，訝異地說：「老闆有給我鑰匙……。」

「志峰給了妳鑰匙？」

「他給了我備份鑰匙。」

「交出來。」吳思瑀伸出手。「這是我家，妳也該有個界線。」

講到這裡，陳巧玲也有點不高興了。「妳幹嘛這樣，這個屋子當初還是我去跟仲介談的……。」

「所以妳終究只是一個跑腿小妹，聽不懂嗎？」吳思瑀冷下臉。「拿出來。」

陳巧玲臉色一變，也尖銳地問：「那妳是什麼呢？」

吳思瑀冷笑。「我是宋志峰合法的老婆，他兩個小孩的媽媽。陳小姐，妳可能還年輕，以為名份不重要，揮霍青春無所謂。但妳漸漸就會懂了。把鑰匙拿出來。」

陳巧玲瞪視她，衡量吳思瑀到底有多少底氣站在這裡跟她說這些話，但她終究還是畏懼宋志峰，擔心做得過火，惹志峰不高興。雖然不甘心，陳巧玲還是掏出鑰匙，重重地放到桌上。

吳思瑀說：「我不管妳現在跟志峰是什麼狀況，但算是提醒妳，陳巧玲，妳還年輕不明白，但人心最怕就是後悔。」

「妳什麼意思？」

吳思瑀沒有回答，一把將陳巧玲推出門外，落上門鎖。她必須很冷靜才能夠告訴自己：沒有、吳思瑀，還沒有。妳還沒有全盤皆輸。

◈

深夜，宋志誠總算從公司離開，與江裕堯約在一處營業到深夜的咖啡館見面。燈光昏暗的小咖啡館縈繞著菸與咖啡的氣味，在這樣動盪的夜晚裡格外醒神。

就著微弱的光線，宋志誠仔細閱讀他帶來的這一份複印文件。江裕堯說：「這是明天我們報社的獨家頭條。對你夠好吧。」

宋志誠問：「你們從哪裡拿到這東西？」

說起這個，江裕堯別有深意的揚眉。「今天下午我們收到一則匿名的信件，我們的司法記者也跟檢方查證過了，不會有錯。」

宋志誠難以置信地看他一眼。「我沒有看過這份文件。」

「我想也是。」

這是一份二〇一八年初的內部文件，報請更換「孅輕素」使用的原料代理商，在這份文件上，確實押了當時的董事長宋再興的核章。而在當初這份單子上蓋章的其他主管，已經被檢調分頭帶走，宋志誠注意到業務部專員上，簽的是賴彥如的名字，負責人一欄蓋的則是已經離職的前業務經理莊政永的核章。

志誠說：「但光是換代理商，並不代表我們有同意代理商調換原料吧？」

「不好說，如果檢方就是有證據呢？你有沒有查過這間代理商的資訊，還在合作嗎？」

志誠搖頭。「事情發生之後，我們已經緊急終止合作。」

江裕堯哼地笑出來，奇怪地說：「最好查查你哥認不認識對方吧？」江裕堯收回那張複印文件，他問：「對了，你哥搞了一間新公司你知道嗎？」

宋志誠苦笑。「怎麼可能不知道。」

「你覺得這件事是你哥做的嗎？」

「這是在訪問還是閒聊？」

「都有吧，好歹我搞了這東西搶先給你看，要點回饋不過份啊。」

想想也是，宋志誠說：「一定是他。但又能怎麼樣？公司裡還一群人想要他回來。」

「如果他贏了呢？」

「他不會贏。」

「真難得看你這麼強硬。」江裕堯詫異地說。

江裕堯想起這起偽標的案件剛剛爆發時，他剛從自己的單身漢小套房裡醒來，空氣裡漂浮著一股微酸的氣味，來源是他身上三天沒洗的 T-shirt。那天，他剛因為交稿熬夜，睡到中午仍昏昏沉沉，睜眼開手機已經是反射動作，沒想到就看見了「康興生技」的案子。他當即清醒，不可置信地瀏覽四散的消息。

江裕堯是跑財經的記者，對司法線不熟，但上市櫃公司出事，自然也引起他們內部熱烈討論。綜合當時有的消息，只知道檢調搜完「康興生技」後，帶走了一些東西跟幾個人，更詳細就不知道了。江裕堯畢竟有認識志誠的優勢，當即就打電話給他瞭解狀況，初步以志誠給的說法，搶先同業出了一篇即時。江裕堯記得自己當時打給志誠的第一句話，就是：「搞什麼宋志誠，你怎麼會這麼倒楣？」

原本想，宋志誠這傢伙平時溫溫和和的，不曉得該怎麼挺過這場風暴。江裕堯當記者十幾年，天天在他最拿手的人際關係中打轉，他的聯絡人名單越來越長、說得出口的人脈也源源不絕，只是隨著年紀增長，簇擁在身邊的人也逐漸失去臉孔，每一個都不能交心。前年離了婚，身無一物，仍然是個記者。然後宋志誠回來了，外表是變了一點，質地清澈乾淨一如當年。見到他，令江裕堯好懷念。只是現在，他也隱隱地感覺到，宋志誠的氣息因為這起事件有了改變。

咖啡店內煙霧繚繞，宋志誠在朦朧的視線裡斂著笑容說：「爸爸走之後，確實發生太多事情。」

「安啦，不會有事，至少有我幫你對吧？」他掏出紙筆。「好了，現在給我一些總經理的獨家回應吧？」

◈

天濛濛地亮。宋志誠一睜開眼，看見倒映在天花板一閃而過的紅光。他從夢境裡醒來，第一時間思緒還不清晰，被風撩起的窗簾、掃過室內的警示燈，一時間令他想起未婚妻自殺的那個凌晨。那時，窗口湧入潮濕的冷風，滿地的碎玻璃。他不過就是離開一下子的時間而已，從沒想過她會往下跳。但此處沒有海潮，只有山裡樹海被強風拂動的乾燥聲響。宋志誠思緒漸漸清明，知道這裡是臺灣。紅光再度一閃即逝，他聽見車門關上的聲音，有些人聲。

宋志誠坐起身，在低光中，彷彿能看見未婚妻站在他面前，憔悴地笑，說：「你只要告訴我實話就好了。」又是一道紅光，未婚妻的幻影消失無蹤。宋志誠換上襯衫來到窗邊，看見外頭的調查官。這次輪到他了。

從調查局到地檢署，一整日一晃眼地過去，還來不及看見今天的太陽升起，等到宋志誠踏出地檢署時，竟然已經日落黃昏。閃在眼前的鎂光燈更似日光，刺眼地令他一時間睜不開眼。訊問過程很長，到了後來，宋志誠已經有點疲憊，只記得從調查局轉到地檢署之後，偵查庭上，檢察官問完姓名資料、宣告權利以後，第一句話就是問他：「你跟莊政永關係怎麼樣？」

志誠事前已經跟律師彩排過偵查庭上的問答，怎麼也沒想到檢察官竟然會問這題，但仔細一想，志誠心裡就大概有底了。檢調事前帶走的六名職員當中，有兩名已經離開「康興生技」，其中一人就是前業務經理莊政永，另一名則是生產端的員工，早就在去年退休。莊政永不一樣，他跟隨大哥的腳步離開，對志誠大概沒什麼好感，他不曉得對檢察官說了些什麼，大概都是不利於志誠的說法。

親自到了偵查庭，看著檢察官冷漠的面孔，說沒有一絲慌張是騙人的，他畢竟從來沒有經歷過這些事情，下意識地揣測莊政永的供詞，想著自己怎麼回應能夠保護公司。這樣的想法一閃而過，隨即覺得沒有必要。他並沒有什麼好說謊，所擁有的武器也只剩下真話而已。於是他坦然地說：「我跟他只有公事上的交流，因為我那時候還是行銷經理，有些業務跟他重疊。他前幾個月已經離職了。」

後來的訊問內容他無法全部記清晰，只記得自己時而看著前方螢幕上的文字，時而看向檢察官。偵查庭的光線扁平冰冷，看不見窗，感覺時間凝固在房間內，凍結成一塊巨大的琥珀。有些時候，答辯速度變得奇快，即使他沒有謊言可說，仍然被問得一時答不上來，知道檢察官是刻意在找出他回答中的破綻。其中一題，檢察官尖銳地說：「令尊交接給您的時候是怎麼說的？」宋志誠回答：「我父親沒有交接給我什麼。」

直到走出地檢署，已經是深夜，聞到流動的空氣，恍如隔世。面前擁著許多記者、嘈雜的快門聲聽起來殺氣騰騰，但總算走出地檢署，仍然讓他如釋重負。他朝鏡頭微笑，這一幕被媒體保留了下來，即時新聞大筆揮灑，寫著：「康興生技次子宋志誠於今天傍晚交保」。

◈

臥房內，吳思瑀的軀體是充滿彈性的羽毛，她閉著眼睛，隨著空靈的樂音伸展身肢。在流動的姿勢中感受肌肉的緊繃與痠痛，每一次疼痛都是在與自己直面談話，彷彿站在遠處檢視自身，有哪幾處破碎、哪幾處則早就斷裂……。

聽見宋志峰回家的聲音，她從伸展中驚醒。

坐在原地，分辨腳步聲走向，果然志峰先去看了千光，接著才一身酒氣地站到臥室門口，粗聲問：「妳在做什麼？」

「你怎麼喝成這樣？」吳思瑀沒有回答，關掉了音樂。

宋志峰的腳步輕晃，瞇著眼睛湊近看她，冷笑著說：「妳在家就搞這些？」

吳思瑀起身說：「衣服脫下來，去洗個澡吧。」

志峰不耐地閃開她想幫忙的動作，頭暈腦脹地罵：「滾開。」

吳思瑀不跟他爭，見他自己去了廁所，她便兀自收拾起瑜伽墊。軟墊捲到一半，突然浴室傳來驚人的撞擊聲，以及志峰慘痛的呻吟。她嚇了一跳，捲到一半的墊子從手中彈開。她急忙到浴室查看，見宋志峰痛苦地倒臥在廁所地板上。

她驚嚇地問：「你怎麼了？」

吳思瑀伸手要拉他，但宋志峰醉得不醒人事，全身放軟。她幾度被他的重量扯倒，膝蓋撞地發疼。她氣急敗壞地罵：「宋志峰！你起來！」

宋志峰的雙眼緊閉，雙頰漲紅、嘴唇卻異常地死白。吳思瑀看了有點怕，從不見志峰醉成這副德性。她越想越慌，伸手輕拍志峰的臉，焦急地說：「志峰，你是怎麼了，你醒醒。我叫救護車好嗎？」遲遲沒有回應，吳思瑀感到恐慌如烏雲過境，逐漸籠罩他倆。

她雙手發抖，正尋思著手機放去哪了，該打電話求助……突然宋志峰眉頭緊皺，身體不自然地扭曲，像是捲起的蝦。他噁心地想起身，卻渾身使不上力氣，突然之間，嘔吐物像是地裂後冒出的沼澤污泥，一股腦地從他的嘴裡湧現。一團又一團地冒出，吳思瑪閃避不及，身上、雙手都沾滿了他的嘔吐物。

好像有一隻無形的巨手扭著宋志峰的身軀，要將他身體裡的穢物盡數清出。他吐了一次又一次，嘔吐物是他陳年的仇恨、憤怒與嫉妒，冒著臭氣，不斷往外推送。四十年太久了，吐也吐不完，他渾身冒汗發抖，彷彿要吐出一個自己。宋志峰的嘔吐物沾滿他的身體、吳思瑪的身體，堆積在兩人的頭髮、鼻息、每一個毛細孔上……好久，他才停下來，排泄過後沉沉地睡著。吳思瑪動彈不得，好一會，感覺怒火比理智更快回來。她氣得渾身發燙，在心裡不斷想著，你為什麼要回來、為什麼要回來。

吳思瑪掐起宋志峰的領口，既然他們身上已經一樣骯髒污穢，她就沒有什麼好怕。她騎到宋志峰身上，高高舉起手，一下又一下地甩他巴掌。

啪、啪！巴掌聲像是在炭火餘燼裡擦出的火星子，一點亮光、再一點亮光，瞬間就能著火。她咬牙怒罵：「宋志峰！起來！你給我起來！不准睡、誰准你睡了，你給我起來！」

她用盡全身力氣拚命要將他打醒，夫妻十幾年的新仇舊恨，打得掌心發疼。宋志峰痛苦地低吟，她才總算停了下來，惡狠狠地瞪著他喘息。

「宋志峰，醒來，再不醒來我就把你掐死，誰都不要好過。」

宋志峰微微睜開眼，昏沉難受地說：「思瑪，我好痛苦。」

「你為什麼要把自己變成這樣？」

「我不知道。」

吳思瑀說：「你已經沒辦法回頭了，你有想過嗎？」

「我一點也高興不起來。我怎麼了？」

宋志峰竟然哭了。從沒見他哭過。吳思瑀原先舉起的巴掌僵在空中，下不了手。她竟然看見他的眼淚仍會心痛。

這段時間，她不是沒有考慮過離開。遠走高飛這個選項，始終縈繞在她心中。她不斷檢視自己是否已經做好十足的準備，可以離開這個男人。但此時看見他哭，竟然還會感同身受。她好氣自己，怎麼也打不下手。在一起十幾年，她將宋志峰的挫折和懦弱看得太過清楚，宋志峰深愛千光，無非是補償他要不到的父子關係。現在他離開父親羽翼，獨自創業、與原生家庭站在對立面，她當然明白他的恐懼與嫉妒。

吳思瑀緩緩放下手。

「志峰，你害怕嗎？」

宋志峰在眼淚中點頭。

「我可以幫你。」她說：「道場裡還放了一點錢，只要你開口，我可以全部給你。」

宋志峰緩緩睜開眼，想起那幾筆連年被洗入道場中的錢。創業比他想像中還難熬，他連父親留給他的股票都賣光了，還是不夠用，新公司是個無底洞，他的一切都在裡頭被燒成灰燼，仍看不見鎔鑄出的結晶。他當然想過動用那筆錢，但至今一直都是吳思瑀在操辦這個戶頭，他還沒有想過向思瑀索要。

「但我有條件。」吳思瑀輕撫他的臉頰，揩去他的眼淚與嘔物，指節擦過下顎線條，冰涼地扣上他的頸項。她陰冷地說：「以後的事都由我作主，否則我會帶你兒子離開，你一輩子別想再見宋千光。」

◆

宋志誠一到公司，就直直往行銷部走去。

四樓鏽蝕的鐵花窗、斑剝的地板一如往昔，志誠沒有心情細看，一走進辦公室就問：「彥如來了嗎？」

當下辦公室裡只有阿傑一個人。他正在座位上工作，聽見聲音，伸長了脖子對志誠說：「彥如今天也沒來。」

「今天也沒來？」宋志誠有點心急了。「有說為什麼嗎？」

「她是有在群組裡說要請假……。」

找不到人，他立即就要走，沒想到阿傑又喊住他。

「等等，經理，我想跟你說一下廣告的事可以嗎？」

第一時間宋志誠並沒有心情談這件事，他急著找已經消失兩天的賴彥如，詢問她跟「纖輕素」

事件的關聯是什麼。只是，無論是新品的開發，抑或是從志誠回臺後，就一直期望推動的品牌再造，這些事情目前都由阿傑策劃，他知道阿傑花了多少心力在處理這些事，況且，他也早就承諾過阿傑，一切都會如常進行。於是宋志誠仍按捺下內心焦躁，說：「怎麼了？你說吧。」

「我們本來要先推的品牌廣告，我有一個新想法，昨天也跟導演聊過了，想說是不是可以改成一個比較溫情的版本。」阿傑不太自信地說：「最近發生這個事情，我想短期內消費者對我們應該都沒什麼好印象，這時候推話題性的廣告，效益可能不高，不如訴諸感性會好一點。」

想了想，宋志誠說：「那就試試看吧。」

「真的？」阿傑不太確定，畢竟這支品牌廣告已經討論快一個月了，雖然還在發想階段，但臨時要做更動，他也覺得有點冒險。

「你們有什麼想法了嗎？」

阿傑說：「我是初步想，可能可以訴說『康興生技』的產品曾經帶給你什麼美好回憶之類的。昨天跟導演談，他給了幾個故事都滿好的，如果老闆同意，我們就先發展下去。」

回想起那兩位司機，志誠忍不住笑起來，在這兩日的混亂中，難得又想起可愛的事情。他說：「那好，我也想到幾個故事，可以分享給你們參考。」

◈

巷口的老樹遮住半邊藍天，枝幹有力地貫穿鄰家民宅，從側邊穿入，在屋頂開枝散葉，老樹與屋共生。宋志誠熱得渾身是汗，不得已捲起袖口、解掉領口鈕釦，再三核對手中的地址沒有錯。

昨天傍晚從地檢署離開之後，志誠又與律師討論案情，從檢察官的問話看來，律師認為志誠的勝算還是很大，只是他急需有人可以站出來為他作證，說明當年「纖輕素」事件的始末。檢調帶走的六人中，除卻已經離職和退休的員工，尚有四名在職人員。志誠已經委請法務跟其中三人聊過，大多誠實地說，當初就是走流程蓋章而已，不清楚背後的細節。有人則說，因為沒能幫上忙，覺得很抱歉。這三個人都是快要退休的老員工了，對公司有一種舊時代特有的忠誠與認同，看得出來老董事長過世後、公司搖搖欲墜，也令他們非常擔心。

至於同樣被檢調帶走的賴彥如，在獲保後，已經兩天沒有來公司了。這兩天內志誠拜託叔陽替自己用電話、訊息聯繫，彥如都不願回覆。無奈下，他只好擅自拜訪彥如的住處。

站在老式的綠木框紗門前，光線透不進深長的內屋，隱約可見傢俱輪廓，但不見人影。宋志誠先是找半天門鈴在哪裡，突然就看見腳邊端坐一隻黑貓。黑貓舔舔手，沒有興趣地抬頭看他一眼，突然扯起嗓子喵喵叫。牠一叫，二樓就有人下來了，踩著碎碎的步伐，小聲抱怨：「咪咪，你真的好煩。」

走到近前，才看清楚也同在門前的宋志誠。賴彥如腳步一頓，進也不是、退也不是。「經理，你怎麼……」

志誠彎身把黑貓撈了起來，貓竟然也毫無反抗地窩在他懷裡。志誠向彥如說：「抱歉，彥如，沒有通知妳一聲就跑來了。」

傳統的透天厝建材令室內透著天然的涼感，老樹部分枝枒穿入一樓客廳，綠葉與樹鬚就在近處擺盪。宋志誠如願進了門，坐在成套的木製沙發上，隱隱能聽見附近流水沖刷鍋碗瓢盆的聲響。黑貓一進屋就像閃電一樣，從志誠懷中竄出，溜地不見一點影子。

彥如端出一杯茶，怯怯地放在志誠面前，自己坐到另一側的單人座，縮著身體，不知道該說什麼。

「那隻貓……是放養的嗎？」志誠問。

彥如不好意思地拉拉嘴角，說：「咪咪嗎？不是，牠只是喜歡出門，回來了就要叫人幫牠開門。」

「我看牠不太怕人的樣子。」

「牠其實是很膽小，只是這裡是牠的地盤吧所以……就大搖大擺的。現在應該跑回二樓吃飯了。」

志誠注意到她雙眼浮腫，大概這兩天都沒有睡好。他盡量挑揀不刺激她的字句，說：「突然發生這種事，妳應該嚇壞了吧？」

彥如搖頭，不自在地縮緊坐姿。說：「經理你才是……應該很驚嚇，發生這種事情……連新聞都在報，怎麼會鬧得這麼大，我根本沒有想到……。」

志誠靜靜地觀察她。彥如的話語充滿棉絮，有時沾黏、時而發散，與其說是在回應他，不如說在安撫她自己。見她聲音越來越小，幾乎溶解在喉嚨裡，志誠說：「彥如，妳不要緊張，看著我好嗎？」

彥如點頭，鼓起勇氣抬頭看他，宋志誠這才看見她雙眼泛紅，竟然是快哭了。宋志誠說：「妳能告訴我究竟發生什麼事情嗎？」

賴彥如面色慘白，神情飄忽，她看著宋志誠，也很努力地想要搜集身體四處散落破碎的勇氣，一點點也好，讓她不再擔心受怕地躲在家中。她難受地說：「經理，我真的很怕會被解僱，我很需要這份薪水……我沒有其他地方能去了……。」

宋志誠在心裡嘆息。「妳本來就不該自己承擔這種情緒。妳把實情告訴我，我們一起想辦法，好吧？」

彥如緊張地搓揉雙手，將汗濕的手掌夾入膝蓋中間，藉此得到一點點的安全感。她先是不斷說：「我真的沒有想到事情會變這樣，不知道會變得這麼嚴重。」

去年初，賴彥如還待在業務部。

她沒有刻意去數是待在業務部的第幾年，但確實自從莊政永上任之後，她就更覺得自己不適合這裡，只是因為也無處可去，就一直留了下來。某一天，莊政永交辦她一個工作，說是要更換部分產品的代理商，叫彥如負責去跟對方談合約細節。

「但對方的態度非常奇怪。」回想到這裡，彥如表情飄忽。原有的慌張逐漸飄散，現出一種有如夢遊的神情，眼前每一個畫面，都化為二〇一八年那回怪異的經歷。她說：「我記不太清楚細節了，當下覺得那是一間非常奇怪的公司，從他們給的價格，還有說話的方式，都讓人感覺很可疑。我工作這麼久，從來沒有聽過哪一家代理商可以給出這種價格。我再三詢問代理的真是日本藥廠的原料嗎？對方卻一直說，我跟你們總經理那麼熟，沒問題啦，合約這樣寫就好了什麼的。」說到這裡，她扯著嘴角笑，好像看見去年的自己，又困惑又擔憂的樣子，親自跑到對方公司好幾回確認合作事項，但每一次都被糊弄。回想起來，對方的神情真是看不起她，好像把她當作沒有工作經驗的新鮮人，隨便講兩句就想把她打發。

「有好幾次我跟莊政永說，這家代理商真的可靠嗎？他叫我趕快把合約弄完、簽就對了，還說，妳是不是不想幹了想推託責任才講這麼多廢話？」她不由自主地絞緊十指，想起這段往事，仍是對莊政永懷抱怨意。彥如說：「我想，好啊，反正我把工作完成就行了。但是……」

彥如深吸了一口氣，往下繼續說：「在簽約的前幾天，我發現一份附錄，寫了這次更換代理商會變動的原料跟產品，上頭列出的名稱根本不是我們公司常合作的廠商，是我聽都沒聽說過的廠商。我做了一件事。」

賴彥如的神情變得嚴肅且蒼白，呼吸短淺急促。

一年前那個不安的彥如像是鬼魂附到她身上，向志誠敘述自己當時做的那個決定。「我寫信給總經理，跟他說我現在碰到的事情、我觀察到的狀況是怎麼樣，如果一定得跟這間代理商合作，是不是可以多給我一點時間評估看看，這間公司是不是真的沒有問題？總經理回信給我，叫我不要想太多，按照莊政永的判斷就可以了，也不要養成這種越級上報的壞習慣。」她荒謬地笑，說：「果然後來就被莊政永罵了一頓，說我品行不好、居心不良、小人，逼我說出是不是誰想搞他，指使我做這種事情，還罵我是商業間諜應該要槍斃，說看不出來我平常安安靜靜，竟然這麼惡毒……他就是那樣，跟上面的人都和和氣氣的，回到部門裡面就陰晴不定，像顆炸彈。」

賴彥如接著說，本來以為那次就會被辭退，事後也懊惱了好幾天，為什麼自己要這麼多事，一直想，要是沒有寫那封信就好了……但沒有想到，陳巧玲竟然對她伸出援手。

「我也不知道巧玲從哪裡聽來這件事，竟然主動提出把我調到行銷部。再後來的事我就沒再聽說。」

聽到這裡，宋志誠眼前幾乎可以清楚看見大哥的面孔。他感到噁心，對於宋志峰這個人，真是厭惡至極。

◈

攝影機亮起運轉中的指示燈。

吳思瑀發現，身體竟然都記得。大腦忘了，但身體記得面對鏡頭時，要怎麼樣自然地亮出最有自信的角度，也記得要怎麼樣不經意地向觀眾報以微笑。身體記得被展示的感覺。她像是疏於練習的運動選手，即使肌肉鬆了、肚子垮了，一踏上賽場，熟悉感像是被搖晃過的碳酸飲料，一扭開瓶蓋，過往學會的東西搶灘似地湧上來。前世記憶回魂。

身旁，宋志峰正針對主持人剛剛的問話侃侃而談，講新公司的願景、對未來的想像……主持人問起『康興生技』最近的風波，宋志峰嘆了一口氣，說：「看到爸爸的公司變成這樣，說不難過是謊話。我祝福我的弟弟，希望他可以好好地負起對消費者的責任，不要逃避，做錯的事情就是做錯，希望他還有機會彌補。」

主持人又問：「在您的印象中，弟弟是什麼樣的一個人呢？」

「我的弟弟？」宋志峰輕鬆地靠在沙發上，雙腿交疊，手指在膝蓋上輕點，琢磨著用詞。他說：「我是一個很真的人，不太擅長說謊話……我這個弟弟，我其實跟他不太親近。畢竟他很早就出國了，後來在國外十多年，很少有時間待在家裡，他本來也對家裡的事業啊什麼的，表現得沒什麼興趣。所以，要我說他是什麼樣的人，真的說不上來。」

主持人點到為止，話題又帶到宋志峰對未來的展望上面。吳思瑀坐在一旁靜靜地聽，正在出神，她聽見話題帶到自己身上來。主持人說：「……夫人以前也是很有名氣的女歌手，淡出這麼久，重新出現在螢光幕前，還是這麼漂亮，好像一點都沒有變。」

吳思瑀當即堆起含蓄的笑容，不經意看見前方小螢幕上的自己，嚇了一跳，這麼多年，竟將劉瑾嫻的儀態模仿了七八成。按下心驚，她微笑著說主持人過獎，已經是個媽媽了，跟以前很不一樣。

主持人好奇地問：「兩人結婚多少年了？」

宋志峰說：「快要十年了。」

吳思瑀覺得有點好笑，宋志峰從來不記這些，為了回答題目特別做了功課。

主持人說：「那真的是神仙眷侶等級了。兩位有什麼維持婚姻美滿的祕訣嗎？」

又是宋志峰回答，說：「也沒有什麼祕訣，我想……就是讓另一半保有自己的生活吧。思瑀的興趣愛好很多，我都不過問，最近也喜歡瑜珈什麼的。」

吳思瑀微笑回答：「是啊，志峰一向不干涉我。」

訪談到了尾聲，與主持人、在場的工作人員道謝之後，主持人閒聊地問她：「夫人真的是很漂亮又好有氣質，有考慮過要復出嗎？」

宋志峰就站在她身邊，吳思瑀做戲做足，朝他投去濃情蜜意的一眼，委婉地說：「前陣子也有製作單位寫信詢問我的意願，我已經拒絕了，這個階段對我來說，最重要的還是我的家庭。尤其是我的先生勇敢地選擇創業這條路，更需要我的支持跟陪伴。」

她當然知道攝影機還沒有關機，指示燈在運轉，這麼好的一個畫面，他們怎麼捨得不剪進節目裡呢？吳思瑀感受到宋志峰看著自己的眼神截然不同。他像是從來沒有想過，有一個漂亮又懂得應付媒體的老婆，原來這麼重要。

◈

離開攝影棚後，宋志峰返回公司開會，吳思瑀慢條斯理地買了個下午茶，才款款地進了公司。推開新公司大門時，一股油漆味撲鼻。新辦公室的裝潢簡單，好幾處還遺落了尚未清理乾淨的木屑。幾個角落裡擺了高大的龜背竹去除臭氣。

吳思瑀踏進辦公室，一些員工跟她對上眼，他們叫她：「老闆娘好。」一切都在好轉。她停滯了十年的人生，以過去她不能想像的速度運轉起來。吳思瑀的快樂裡藏有一點心驚，像是窮孩子終於得到一顆糖。揣在手心裡怕融，放在口袋裡又怕丟。

推開董事長辦公室的門，裡頭沒有人，她知道志峰在樓下開會，甚至連會議室的編號都記得。近日，她的興趣就是打開宋志峰的行程表，看著上頭彩色的行程方塊，想像志峰又從哪處走到了哪處，午休時人在哪裡，可能吃了些什麼當作中飯。

坐在辦公室裡等候志峰的時候，陳巧玲進門了。一看見她，臉色微變，不情願地說：「老闆娘，妳來了啊。」

「妳找志峰？他還在開會。」

「我知道。」她乾乾地說。

吳思瑀不明白地問：「那妳進來做什麼？」

她說不上來，只好說：「我忘了拿要給老闆的東西，現在去拿。」

見她趕忙要走，吳思瑀實在捨不得，親熱地想跟她多聊兩句。

「巧玲啊，妳是怎麼了？妳以前再忙也得裝個樣子晃來我家跟我說兩句話，我實在是喜歡妳這麼窩心，怎麼最近都不來了？」

陳巧玲沉下臉，粗魯地推上門，靠在門板上刻意地與吳思瑀拉出一段距離，生硬地問：「妳要這樣是吧，那我也直說了。」

吳思瑀不禁笑起來，面色很困惑。「怎麼回事？妳吃炸藥了？」

「我問妳，妳做了什麼？」

吳思瑀真的不明白，奇怪地看她。「妳說話沒頭沒尾的。」

陳巧玲卻很激動，認定吳思瑀就是兇手似的，憤怒地瞪著她。「妳對志峰做了什麼？」

吳思瑀面色訝異。「我？我能做什麼？妳要不要說得更清楚一點？我沒有慧根，我只是個普通的太太，又不是偵探。」說出這句話時，心裡又想笑，抄的仍是劉瑾嫻的句子。這些年來跟在她身邊，真是把她的模樣雕刻似地記在心裡。以前還沒感覺，離開大屋子之後，發現自己彷彿成了劉瑾嫻的影子。究竟是恨她還是嚮往她，吳思瑀自己也沒有定論。

見吳思瑀這副有餘裕的模樣，陳巧玲氣得嘴唇發白。

「妳明明就知道……志峰為什麼變了一個人……他對我……」

聽到這裡，吳思瑀怪罪地皺起眉毛，輕聲說：「別這樣，這裡是什麼地方，哭哭啼啼的，被志峰聽到還得了。」又提醒：「改掉妳的稱呼，叫他老闆。妳知道志峰什麼個性，我說這也是為妳好。」

陳巧玲竟回不了話，知道自己擅自越線，揭破與老闆曖昧又模糊的關係會是宋志峰的大忌。她只是本來以為自己勝券在握了，太不甘心。自從「康興生技」記者會過後，宋志峰對她的態度就變了，陳巧玲明顯感覺到他和自己的距離一下子拉了開來，連肢體碰觸都消失了。宋志峰從男人變回老闆，接著，吳思瑀就頻繁地出現在公司裡了。陳巧玲的心慌無人可訴說，畢竟這麼多年來，她都謹守著祕密的分界。宋志峰對她只有肉體的方便與習慣，這些都稱不上戀情。對自己說的謊破滅得太快，陳巧玲來不及，她沒有心理準備，才會倍感受傷。

「巧玲，妳要看開，我早就告訴妳了，人心最怕就是會變。」

陳巧玲的臉色變幻得比霓虹燈還精彩，先是脹紅、氣青，最後刷白。吳思瑀看得很高興，像在欣賞表演。

「隨便妳怎麼說，我要走了。」

吳思瑀卻不打算收手，冷笑著說：「陳巧玲，妳還想要這份工作嗎？」

「怎麼樣？妳要威脅我？」

「我怎麼會是威脅妳，像妳這樣忠心耿耿像隻小狗跟在志峰身邊，實話說還替我省了不少心。」

吳思瑀說：「我也不拐彎抹角了，我問妳，妳還想要志峰嗎？」

陳巧玲臉部細微的抽動。「什麼意思？」

「妳如果還想要他，以後就好好跟我配合，我可以睜一隻眼閉一隻眼，對我來說又不費事。」

陳巧玲逐漸冷靜下來，打量吳思瑀的神情，在心裡揣測她的用意。

吳思瑀說：「我想為志峰做點事，讓他開心一點。」她笑了笑，說：「妳能幫上忙吧？」

看著她的眼睛，陳巧玲本能地感到不安。

第十六章

回家

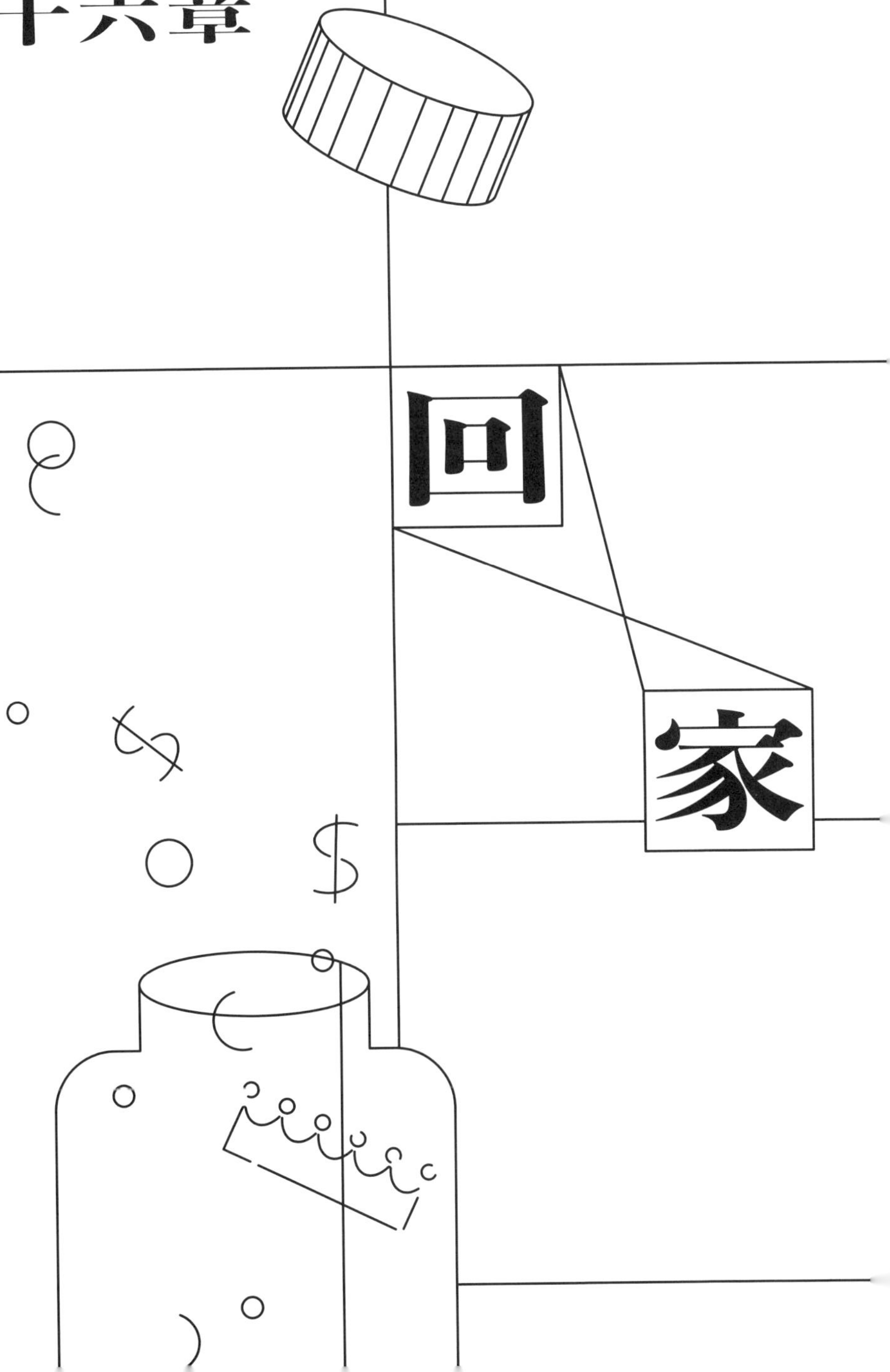

◈

報紙散亂一地，沾上灑出的半筒洗筆水，五顏六色被吸入油墨中。報紙上標示著「宋家壽宴」的照片，每個人的臉都被顏料沾得骯髒難辨。

徐子青看著腳邊這攤水，好久無法回神。細小的水流吸附在水泥裂縫中，四面八方地流竄，覆水難收，整間屋子都是顏料水的味道。他渾身脫力地蹲下身，雙臂垂掛在膝蓋上，楞楞地看著這張已經浸爛的報紙。照片上，他站在角落裡，一旁是宋曉立。還記得那一天的情景，他始終不習慣這樣的場合與宋曉立丈夫的身分，一整日都在鬧彆扭。宋曉立一向會包容他，那天也忍不住對他生氣。

徐子青一直沒辦法對自己承認，他早就已經失去了對宋曉立的愛情。畢竟怎麼可能呢？那可是宋曉立，說給任何人聽，沒有一個人會信。但從一年前、甚至更久之前，他就感覺到愛情從心臟裡一點一滴地正在流失。他看見宋曉立竟然一點感覺也沒有，沒有熱情、沒有激動。他於是告訴曉立，是因為那棟房子、是因為不自由，才會讓他過得這麼不快樂。但他最怕的是，即使搬出那棟房子，他也沒辦法對曉立訴說這麼殘忍的真相。畢竟他是親眼看見曉立為挽回兩人的感情，做盡了多少努力。後來宋千慧站到他面前時，他知道自己正在做錯事。

與宋曉立談判離婚的那天，好幾度他其實想說，是宋千慧勾引我、原諒我、我還愛妳。但他看著曉立，說不出口。於是他只說：「對不起。」其他無話可說，知道自己傷透曉立的心，但已經厭倦再說謊，謊言是慢性病，衰竭一段關係。

他抬頭看著這幅畫，畫了把個月，一點進展也沒有，到現在也是一塌糊塗，但他就是必須做點什麼，才能夠消耗掉內心的恐懼與慌張……。

門外有人聲，徐子青注意到了。他沒料到自己會有訪客。

「子青，你在嗎？」

徐子青困惑地起身。

◈

流水晶瑩地滑過手掌。賴彥如雙手浸在鍋碗裡，指間還堆滿了白色的泡沫，她卻好像忘了原先在做什麼。她直直地盯著自己的手。彥如從來沒有注意過自己的手原來這麼白皙透亮，一直覺得自己渾身沒有優點，隨著年紀增長白白地多了肥肉，堆積在身體各處，飽滿的脂肪像是有怪物要擠出這具肉體，她的腹部奇異地外突、大腿腫脹，腋下摩擦乳房，連腳趾頭都腫脹變形。很久不看鏡中的自己，現在卻突然在水流裡，注意到自己有一雙漂亮的手。怎麼回事？一直以來都有嗎？為什麼從來沒有發現過？

她心念一動，將被水沾得晶亮的手舉到眼前，竟然想要咬咬看，看是不是真的，她怎麼可能會突然喜歡自己。

「喂，去幫我買一包菸。」

丈夫的聲音從客廳傳來，不用看也知道他翹著腳躺在木椅上喝酒看電視，有時不看電視，只喝酒。菸沒了，菸盒乾扁，就叫她：「喂」。賴彥如被拉回現實，擦乾手，不多說也不抱怨，匆匆地拿了錢包就要出門。

路過客廳時，丈夫竟然又說：「妳這兩天搞什麼？」

「什麼？」

「一直在笑。」

賴彥如於是低下頭。「沒有吧。」但她知道自己確實在笑。這個在心中懷抱了一年的祕密，在她心中結成礦物。那是一塊凹凸不平、奇臭無比的礦，是用恐懼、愧疚、不平與她的血肉脂肪結出來的一塊小石，卡在胸口，令她難以呼吸、聲音細微，稍一用力就清晰地痛。但今天終於排出來了，跟著屎尿被送出體外，許久不這麼放鬆。

傍晚下了一場雨，小巷裡四處是積水。她踩過一個水窪，雨水濺濕小腿的感覺太過痛快，腳底的濕意也不算什麼。她想，自己真的做了一個好決定對吧？前幾個月，信箱裡收到陳巧玲的來信，說是在外面開了一間新的公司，想要「挖角」她來新公司幫忙。挖角？聽了都想偷笑，她從來就不是什麼出色的人，怎麼會令人用挖角這樣的字眼。她其實很喜歡巧玲，巧玲擁有她缺少的特質，年輕、勇敢，聰明且機靈。即使她年紀小自己這麼多歲，在她底下工作，賴彥如也不覺得有什麼不對。

她對巧玲有一種姊妹式的偏愛，覺得這個女孩子，未來一定很好、很美，什麼都有，可以住在西式時髦的房子裡，還會有最好的婚姻，得體懂事的孩子……她已經替巧玲想得很遠很遠，好期待她的蛻變。直到，她知道巧玲跟宋志峰在一起。突然好多事情都有了解答，比如她為什麼年紀輕輕就坐到這個位置、為什麼她的衝勁好像別有所圖。

賴彥如沒有將這個祕密告訴任何人，她依然在心裡心疼巧玲，但同時也拉起了一條界線。陳巧玲在走一條很危險的路，她們不能是同路人。

所以那天收到那封信，賴彥如簡單地回覆：「謝謝，但我沒有離職的打算，巧玲，祝福妳一切順利。」前半句是真的，後半句也是真的。

買完了丈夫交代的香菸，她踩過一個又一個的水坑，啪擦、啪擦地回到家，嘴邊有溢出的笑容，太開心了，好像撿回童趣。終於踩到最後一個水窪，回到家門口，她的視線定格在紗門前一雙陌生的皮鞋上頭。

裡頭有談笑聲，認出是莊政永。

◈

花香滿溢。典雅的畫廊內，誌賀畫展開幕的鮮花幾乎滿出了展區。聯合畫展內的其中一區，擺上了徐子青的畫作。

徐子青一身嶄新的淺色西裝，剪了短髮，新造型讓他一掃幾個月前失意的模樣，眉眼裡都是順遂的笑意。他仰頭看著自己的作品掛在牆上，仍覺得不可思議，不過幾天之前，他還困在自己潦倒的房間內，滿地髒亂，對未來毫無希望，現在，他的作品竟然能重回眾人眼前，得以擠上這面牆的位置，幾尺的牆面，硬生生比其他藝術家小了一些。

這面小小的牆，帶給他無與倫比的幸福感。徐子青懷疑自己在夢中，幸福到渾身發軟，但他並沒有忘記自己今晚的使命。

掌聲響起，輪到徐子青說話，走到台前，他再三感謝今天百忙之中來參與開展的各位嘉賓，談起重回畫壇如何一波三折，他感到非常幸運。

「謝謝大家，其實這次參展的作品，有一些是已經等了好幾年的畫作，現在終於有機會可以展示在大家面前，當初都沒有想到，竟然會經歷這樣漫長的等待……。」他笑說。

他跟宋曉立當年結婚的消息是童話故事，現在離婚了，很多人很惋惜，也有人暗自猜測豪門不易相處，本來就門不當戶不對，徐子青肯定是忍無可忍才會下此決定。他現在這樣說，更引起不少人做聯想，兩人的婚姻肯定有些什麼問題。

稍後，自由參觀時，一群比較熟識的畫壇朋友圍著徐子青聊天，一放鬆竟然就有人問起他跟宋曉立離婚的事。徐子青坦蕩蕩地，沒有什麼好隱瞞，說：「我們幾個月前就離婚了，本來那個畫展她也把資金抽走，才會又拖到現在。」其他人說了些什麼，徐子青笑了笑，說：「嗯……曉立就是，比較驕縱，這也不是她的錯，沒辦法，家人太寵了，情緒控管很差，醋勁很大，疑神疑鬼真的受不了。我連要去大學教書她都說不行，疑心病很重。」幾個人說了一些關於宋曉立的軼聞，徐子青握著酒杯，笑而不答，最後才做個結論說：「是啊，有些人就是比較適合當朋友。」

有人說起「康興生技」最近的風波，徐子青接過話來，說：「這個……說實話我不是很了解，我又從來沒要他們家的什麼錢什麼位置。不過那個宋志誠本來就是……」他壓低聲音說：「你們知道他為什麼突然回臺灣嗎？」

徐子青賣了個關子，見眾人一臉好奇，接著說：「我也是最近才知道，他在美國劈腿，總之是個渣男，搞得未婚妻自殺，在原本的生活圈裡混不下去了，才回來臺灣。」他喝了口酒，挑眉點頭，說：「我也沒有想到他看起來乖乖的，竟然是那個樣子，他哥真的也是滿可憐的，耕耘家族企業這麼久，竟然……」後半段淹沒在眾人默契的笑聲裡，徐子青說：「算了，別人的事情，不說了。」

徐子青在展覽上與朋友說的閒言閒語，竟然被人側錄下來，轉發到網路上。「康興生技」本就在浪尖上，這則影片，數小時之內吸引了無數人轉發，底下留言奚落地說，難怪老企業走成這樣子，不就是老董事長沒有良心，養出這種丟臉的小孩也不意外。有人重新把宋志峰離開「康興生技」時的專訪找了出來，當時報導裡就講到，受寵的小兒子回到家要爭產等事。那時這則報導誰要關心呀，現在「康興生技」出事了，回頭正好成了整起事件的解答。

幾小時內引起的巨量討論如洪水暴漲、衝破提防，原先還不在乎什麼「康興生技」事件的人，一下子被八卦給吸引來了，奚落二代是最快意的事，彷彿在荒原上找到一塊肥沃的肉排，誰都想咬一口。肥肉上聚集了一群蒼蠅，黑壓壓的一片，把彼此的手腳、薄翼都沾黏作一起。

徐子青倒是很快發表了聲明，說當下的發言只是跟朋友在說話，不了解內情的人請千萬不要擅自揣測真相，他沒有想到只是聊天內容竟然會被公布到網路上，絕對沒有攻擊「康興生技」的意思，請大家不要再轉發訊息，他也不排除會對原始發文的人提告……。

但怎麼擋得住潰堤的大水？影片刪了還有備份，徐子青這番著急的聲明，反而引來更多嗜血的興趣。似真似假的消息如被海水帶上岸的垃圾，一波又一波地堆積在沙礫上頭，久了，就發臭。

◈

夜裡，安靜冰涼的美術館像是一處自然長成的岩窟，靜謐肅穆。半山腰的美術館與草木同生，不像是刻意建在此處、而是從山中孵化的一座巨石。夏夜能觀星，每到這個時節，美術館就延長夜間開放的時間，不少遊客攜家帶眷來到此處，圍繞在美術館裡巨大的天井，或坐或躺，相互依偎。宋志誠踏進館內時，忍不住多看了一會，與一群陌生人共同等待星體的光線來到地球的場面，竟然這麼親密，過去不曾經歷過。這裡是宋曉立一手打造的王國，有別於「康興生技」，自成另一種生態系。

館長室內，宋曉立難得地戴上眼鏡，神色憔悴。連日的風波確實也衝擊到了她的工作，尤其今天看見徐子青被流傳在網路上的影片，令她更加煩躁不悅。那個影片內容，怎麼看都是演技拙劣。那些話分明是說給鏡頭聽的，他知道鏡頭就在那裡、也知道這場演出有觀眾。別人也許不清楚徐子青這個人，但宋曉立跟他結婚這麼多年，怎麼可能看不出他臉上太過熱烈的興奮？真是諷刺，當初離婚心軟地想給他留一條生路，卻沒想到他去幹這種造謠的勾當來。

謠言像是會飛的種子，隨風飄散，也不管棲地如何，落地就生根。宋家兩姐弟的形象，在一天裡不斷地變形再造，早就變成了妖魔鬼怪，那些網路上的獨家說法，連他們自己本人看了都覺得陌生，彷彿是在形容一個陌生人。

「我是聽說他要參展，原本還想說，是不是表面上維持點風度，不要給人背後亂臆測，給他送幾盆花籃，現在看起來，不送輓聯已經很客氣了。」宋曉立表情上不顯現出來，講出來的話到處都冒著火氣，尤其這個徐子青朝她身上潑髒水也就算了，還把她的弟弟也扯下水，太難忍受，宋曉立巴不得提槍往他臉上開火。

「我已經交代了，這種私人的事情我們不會回應，但我們會對徐子青提告。」宋志誠說。

「告他是一定要告，但是徐子青究竟在說什麼？」宋曉立懷疑地問。「他說的未婚妻什麼的，不是能編出來的事情吧？」

宋志誠知道自己躲不了這個話題。他可以顧左右而言他，可以說這都是徐子青胡謅的故事，但是面對曉立，他太難說謊。志誠隨意地拿起曉立放在桌上的晶石把玩，石頭凹凸不平的表面微微刺痛掌心。

當他看見影片時，內心漏了好幾拍，一直在想，徐子青怎麼會知道？這件事被密封在海洋的另外一端，有海浪隔絕、有雲霧遮蔽，肯定是有人餵養他這些消息，刻意地要在這種時候，藉由他的嘴巴挑起更大的風浪。當未婚妻的死在徐子青洋洋得意的嘴巴裡被翻來覆去地說，宋志誠第一次這麼清晰地感到胸口的恨意。

摯愛的死成了別人揮灑口水的題材，宋志誠這才知道自己的心中還是有一塊開了口的地獄，他將負面情緒全放在那裡頭，現在陰風大作，惡鬼都要出來。

宋曉立觀察他表情細微的變化，擔心地說：「志誠，你還好嗎？你不想說也沒有關係。」

宋志誠搖頭，感覺著細小的晶簇在手裡左右磨壓。痛覺令他感到真實。他說：「反覆出軌的人是她，但自殺是真的。」實在說不下去，他看起來像是在微笑，才不顯得脆弱。媽媽說了，要當老闆的人是沒有資格脆弱的。不過一句話而已，講完已經口乾舌燥，他已經無法再說。「對不起，姐姐，我真的沒有辦法。」

宋曉立好一會說不出話來，她好難過，彷彿經歷一切的人是她。

「是那個很會唱歌的女孩子嗎？」

宋志誠點頭。

「沒事了，姐姐會保護你。」

宋志誠笑起來。「說錯了，這次是我保護你們。」他的念頭從未如此清晰。他說：「我會讓這些興風作浪的人付出代價。」

◈

似有颱風要來，天氣像是悶煮久熬的鍋。雨還不來，鍋內的湯汁率先凝結成凍。雲層極低，就快要迫降到地面的高度。宋志誠在這樣溽熱的陰天裡進到公司，每一個步伐都像會從空氣中踩出水來。他神色凝重，像要襯這樣的壞天氣。

今日清晨，宋志誠等人收到一封信，數名股東署名，洋洋灑灑地寫了一大篇文章，條列宋志誠罪狀，如何不適任由老董事長宋再興親手打造的「康興生技」，先說他待在美國太久，與家族企業毫無感情，再講惡意鬥爭手足，趕走了深耕「康興生技」二十年的大哥宋志峰，況且宋志誠現在在公眾面前形象極差，真的可以帶領公司走過這場四十年來最危急的動盪嗎？

董事長改選不日就要進行，這封信中表明希望也可以另提董事長人選，候選人其中之一，就是最近頻頻在媒體上露面，聲勢極旺的宋志峰。

宋志誠知道，既然海上有強烈風暴形成，那麼這場風雨是遲早要刮進屋門。現在水氣已經臨到眼前，這場仗就非打不可了。

進到公司，他首先跟還遠在新加坡的唐東易通過電話，靜待曉立跟孟昕赴約的時間裡，他打開董事長室的門，好一陣子沒踏進來了，上一回是父親過世後，替他收拾遺物。東西不多，畢竟父親病後，好一段時間並不踏入公司，公務用品早就陸陸續續地送回家中。倒是桌面一支忘記蓋上筆蓋的原子筆，以及一份閱讀到半途的報紙，被刻意地保留在原處。辦公椅微微向外轉了一個弧度，也可以看見父親當時起身的影子。

強風推擠窗面。宋志誠繞過寬大的木桌，坐進了父親昔日的位置，從這裡望出去，如登頂瞭望，也許可以看見父親四十年來眼中的世界輪廓。

康興生技，總經理室內。

孟昕跟曉立都到了，兩人今早也收到了信。就信件內容看來，宋志誠到底適任與否已經不是重點了，他們就是想要鑾幹推舉其他人。

「他們說要聘專業經理人，難道就是宋志峰？」孟昕嗤笑說。

宋志誠已經把整件事情想過一次，沉著地說：「不管他們要推誰，都跟我們沒關係。那天就是兩件事情，早上改選董監事的時候，無論如何姐姐這次一定會被選進董事名單裡，那就大幅提昇了下一場會議時我們的勝算。」

曉立說：「剩下就是拉票的問題了。」

宋再興過世之後，將大部分的股權都留給了長女宋曉立，曉立不僅一舉成了大股東，在接下來的董監事改選內，不出所料應該也會成功地以「康興文藝基金會」負責人的身分，兼任「康興生技」董事。以目前預測的董事會名單來看，對於可能會支持志誠的比例，宋曉立保持正面的態度。她說：「現在大部分董事的態度還是搖擺不定，畢竟現在局勢不穩，他們可能不喜歡冒險，能夠讓志誠一直做下去，當然是最好。不過找志峰回來對他們而言確實也是一種選擇……。」

「我真的是搞不懂這些人，志峰在當總經理的時候都那個樣子了，真的當上董事長，董事會就等著被架空吧。」孟昕不悅地說。

志誠說：「如果我可以提出證據，證明『孅輕素』的事情是大哥做的，他們態度就不一樣了吧？」

「你有把握嗎？」曉立問。

志誠點頭。「目前有一個員工，應該是可以作證。」

「那就好了。」曉立放心地說。「如果這個人提出來的證據可以說服董事，那就沒有問題。」

「是啊。」雖然這樣說，宋志誠心中還是有沒說出口的不安。雖然那天跟彥如聊下來，她很願意提供證據，但彥如畢竟生性害羞，能不能說服她出席董事會，志誠也沒有十足的把握。他將這個疑慮按了下來，並沒有告訴曉立和孟昕。

孟昕說：「那就這樣吧，這段時間我們就分頭去遊說能被說動的人選。」

宋志誠雙手交握，一邊思考，感受到指節緊縮帶來的疼痛感。

他還有一個想法。

「保險起見，我想要說服一個人。」宋志誠抬起頭，看向他們兩人，說：「我要去找大伯。」

曉立跟孟昕一時間都回答不上話。大伯宋再盛雖然列為董事，但他輩分高，根本不出席董事會。而且近幾年過著堪稱隱居的生活，只有在宋再興的喪禮上，非常久違地露了面。再說，宋再盛疼愛宋志峰大家都知道，要說服他實在不容易。

曉立惴惴地說：「確實大伯如果願意出席是最好。但是……不然，由我去吧？大伯對我還算是有印象。」

志誠搖頭，已經做好決定。

「不，就讓我去。我本來就應該要親自拜會他。」

◈

下車的時候，周遭是一片農田。

司機是本地人，熟門熟路地告訴他，就是這裡了，如果要找宋先生，就得跨過這片芭樂田，左轉有一處田寮、田寮邊有一處廢棄的枯井，你會看見一條長滿雜草的小路，穿過去後，就是小村，這是最快的方式。司機豪爽地說：「我載你繞一圈進村，要多兩百塊，對你齁，不合算啦。」

於是宋志誠下車，腳底下這條長長的柏油路，柏油滾燙，左右各一排大水溝。水質清澈，有螺附著在石塊上。大水溝與田地共生，左手邊是大片的水田。八月的南方，秧苗翠綠整齊，稻秧間隙處，可見晃動的水光。右手邊是司機說的芭樂田，細一看，也許還有一些檳榔跟香蕉，再有的認不出來了。

好熱，宋志誠後悔穿了襯衫來。其實好想跟那個司機說，多兩百塊也沒關係，但在他熱切的眼神下，不知怎麼地就下了車，好像親自走這段路，也能讓大伯感覺誠意。一下車就後悔。他捲起衣袖，左右張望，在芭樂田前方尋得一處搭在大水溝上的木板，簡陋搭乘，看得出經常有人踩踏，大約就是出入口了。這樣算非法侵入嗎？宋志誠完全搞不清楚，走進芭樂田，聽見狗叫，但沒有人聲。

什麼叫作穿過芭樂田？芭樂田長這樣，是往左還是往右？宋志誠完全迷失在芭樂樹裡。芭樂樹枝幹矮小、葉片寬大，長出的果實被塑膠套包起來，芭樂的清香與泥土味長在一起，快要分不出來。勉強辨清方向，看見前方有鐵皮搭起的田寮屋頂，一走近就是一串響亮的狗吠。

汪、汪汪汪、汪汪！

「靠夭啊！」另一個聲音叫罵。

看不見情形，但狗吠聲不停，還有鐵鍊被拉到極限的撞擊聲，可能堪堪地拉住了看門狗的脖子。

腳踩著雨鞋的老婦走過來查看，看見宋志誠，表情楞了楞，流利的臺語問：「嗯？你是誰？」

宋志誠抱歉地說：「我是……」一時解釋不清楚，又說：「呃，歹勢，我要到村子裡找人，計程車司機叫我從這裡走過來。」越講越覺得心虛，明明說的都是實話，不知道怎麼地講起來卻很可疑。他盡量讓自己看起來和善誠懇一點，頻頻地跟老婦道歉。

「嗯……」老婦看起來剛農忙結束，臉上還包著嚴防酷暑的頭巾，斗笠拿了下來，握在手裡搧涼。她褐色的皮膚上有長年勞作下的曬斑，一雙眼睛卡在充滿皺褶的眼窩裡，看著宋志誠的眼神，又奇怪、又好像很無所謂地接受了他這番說法。她問：「你欲揣[11]誰？」

「宋再盛先生。」

老婦突然就一臉了然。「喔，按呢。」她擺擺斗笠，示意他跟著走。跟著她，輕鬆地就找到方向。宋志誠看見那條盡忠職守的黑狗，被拴在大樹旁，看見志誠還是充滿敵意地低吼。

老婦厭煩地說：「好了啦。」順手一指：「這摳叫作黑輪。」

認識了黑輪，一轉眼就看見司機口中說的荒井。老婦一邊問：「你是宋桑的什麼人？」

11 臺語，tshuē，尋找。

「我是伊的姪仔。」

老婦睜了睜眼，視線多在他臉上掃了兩圈。此時兩人走進了司機口述地圖裡的雜草小徑，不遠處已經看見庄頭。老婦問：「你是佗一个[12]？」

志誠說：「我爸爸是宋再興。」

「難怪。」老婦微微駝著背，腳力卻很好，邁開腳步毫不費力。「我聽說你爸爸轉去了。」

「對，不久前走的。」

老婦沒說什麼，輕描淡寫地說：「也是真久無看過阿興。」

進了庄頭，這座小村民宅大多翻修過了，新式的樓仔厝間偶爾可以看見傳統的三合院。有的沒人住了，年久失修，正廳的門傾斜，裡頭探出雜草。宋志誠以為老婦送他到村子就算完了，沒想到一路帶他左彎右拐地，尋到了一處寬敞三合院落。門埕口，有兩棵老芒果樹。宋志誠有印象，很小的時候來過幾次，那時覺得這兩棵是巨樹，現在一看，才發現芒果樹其實不高，比較矮的枝幹他跳起來也能勉強抓到。

一隻老黃狗躺在樹底下，不如黑輪來得用功，牠睜開眼，打了個哈欠，換個姿勢睡了。

老婦往偏廳走去，打開紗門大喊：「宋桑，你侄仔揣你。」

沒聽清說什麼，過一會，又聽見老婦笑說：「在田裡遇到的，把我嚇了一跳，還以為是看見少年時候的再興仔。」

紗門開了，宋再盛走出來，看見是他，好像也並不意外。

志誠朝他頷首，說：「大伯。」
「你吃過了沒？」
「吃過了。」
「可惜，早起有炊粿，實在吃不去。」他可惜地說。「進來吧。」

◈

不知從何處來的水流聲。
宋再盛的書房內，四處都是書冊，真的是胡亂放，地上歪歪斜斜地長出半個人高的書堆，書架上直著放不夠，還要斜著塞。多虧他年事高了，竟然還能準確地閃避如積木一樣堆積起來的書本，坐上房間底部的榻榻米。
榻榻米上的矮桌還攤著一本小冊，不曉得寫得什麼，矮桌旁開了一扇窗，吹進來的暖風捲入了宜人的乾草香，以及遠處人家飼養的雞鳴。又長又宏亮的咕咕叫聲。
宋再盛問：「你安怎來的？」
臨到眼前總算看清楚，宋再盛看的是中藥的書。
志誠說：「從車頭那裡坐計程車來，結果司機叫我從芭樂田那裡走過來。」

12 臺語，tó tsit ê，哪一個。

「有夠三八，就是不想多繞一圈才叫你自己走。」

「這樣走過來也很好，很久沒有回來，這裡好像都一樣。」

宋再盛拿來一旁的鋁製茶壺，隨便在志誠杯子裡灑一點茶葉末，熱水胡亂地往內澆，就算完成了。銀色的簡單茶壺表面有不少凹洞，看顏色以及壺嘴的茶垢，不曉得用了多久。

宋再盛說：「再興仔還在的時候，一直跟我說想回來走走，說到人都死了還沒轉來過。這摳是最會講白賊。」他笑了笑，笑起來時，兄弟的眼睛跟鼻梁相當神似。

志誠說：「爸爸走之前，確實常講起故鄉的代誌。」

「他說了啥物？」

「常常想起水田。」

宋再盛揚揚眉毛。「這又是為著啥款？難道是因為少年時送藥，定定[13]騎車摔下去。」

志誠也笑起來。「有這款代誌？」

「伊那台跤踏車，我不知道跟伊做伙修理過幾次。」

「大伯跟爸爸的感情真好。」

「我跟這個弟弟，算是有緣分。再興仔很有自己的想法，是阮這幾個兄弟裡面最巧[14]的。我這個做大哥沒有什麼才情，就單單只能支持這些弟弟，做他們想做的事。」

「其實大伯過這樣清閒的生活，是最自由最讓人欣羨的。」

「哪有每一個人攏仝款？譬如說你爸爸，這世人不知道攏咧無閒啥物[15]，不過伊就是愛按呢才會歡喜。我是過不來伊彼款人生。」

宋再盛起身，將茶壺放回台子上煮，爐火燒灼歷經歲月滄桑的壺面，水壺輕微晃動。再回來時，他說：「志誠啊，你要找我做的事情，我是做不來。」見志誠神情驚訝，他好笑地說：「你攏來到我的門口，我怎麼會猜不出來？」

與大伯對坐而視。宋再盛雙眼帶笑看他時，模樣實在太像父親。父親調侃人時，就是這樣的神情。宋志誠在大伯身上找到一點熟悉的親近。看著大伯，原本揣了一陣路的話，還沒說出口就失去異議。宋志誠怎麼能甘願。

「我們兄弟不如大伯跟爸爸這樣和氣，我也感到很歹勢。」雙手撐在膝上，他說得有些急了。

「不過我還是希望大伯可以支持我。」

「你爸爸最後是怎麼說的？」

「爸爸遺書說由我繼承公司。」

「我不是說遺書，我說他怎麼講。」

志誠慢了半拍意會過來。「爸爸有問過我的意願，他還說，希望我當一個負責人，而不是繼承

13 臺語，tiānn-tiānn，經常。

14 臺語，khiáu，聰明的樣子。

15 臺語，「這輩子不知道都在忙些什麼」。

人。」

「這樣不就好了，再興仔的意思很清楚。」

「但董事會不是這樣認為的。」宋志誠解釋了近期的紛爭，還有現在各個派系的看法。宋再盛看似在聽，但也不曉得聽進去多少，面色看來毫不在意。

「志誠啊，你要體諒，我是從來不管這種事情，你爸爸最清楚。」宋再盛斂起笑容，抱歉地說。「你爸爸確實給了我很多的東西，我很感恩。但若是有一天沒有了，我也不要緊。」

水重新煮開了，發出刺耳的嗚嗚，像是對話結束的預警。

志誠低下頭，說不挫折就是騙人，他非常失望，但仍勉強整理了情緒。

「我明白了。」

宋再盛又替他加了一杯熱茶，水位過高，碎屑一樣的茶葉堪堪地攀住杯緣，險些被沖出杯外。

志誠想起父親最後在書房為他倒的那杯茶水。

「留下來吃飯吧。」宋再盛說。「你伯母知道你來了，剛剛就開始煮了。你咁有聽到？」他示意志誠側耳聽。剛剛都沒注意，此時果然聽見灶房傳來的聲音。

志誠說：「好，多謝大伯。」

宋再盛一手撐在盤起的膝蓋上，懷念地說：「你生得真親像再興。」

「很少人這樣說，都說是大哥才像爸爸。」

宋再盛搖頭，慢悠悠地喝了一口茶，往窗外的野草看去。

「剛剛開門，日頭赤焰，雄雄按呢一看，若是不講，真正以為是少年時的再興回來了。」

◈

宋千慧第一次看見那段徐子青的影片時，她正在美術教室裡作畫。

放學時分，教室裡已經沒什麼人了，半個人高的木窗玻璃透入晚霞，橘黃色的金光隨窗紗起伏，斑剝地落到她的畫布上，點妝畫中湖色。再一下子，天就要黑了。教室裡剩下三三兩兩的同學也正在收拾工具準備回家，宋千慧不為所動，她已經習慣獨自在美術教室裡待到夜深。

此時有個女同學拎著手機，湊近問她：「千慧，宋曉立是不是妳姑姑啊？」千慧從作品上抽回神，畫筆還僵在半空中。

她不明白地問：「怎麼了嗎？」

同學將螢幕擺到她面前，說：「妳有看過這個嗎？」

宋千慧沒想到會在這種情況下重見徐子青。她手中的筆一鬆，險些掉到地上，她趕緊將筆丟進洗筆水內。仔細端詳影片，心中詫異，沒想到他的畫展竟然悄悄地開張了，又見他優越地談論宋曉立，說她驕縱暴躁。說這些話時，徐子青的神情油膩得意，語氣飛揚不定，明顯太過興奮且懷抱恨意。宋千慧簡直看傻了眼，影片裡的徐子青與幾個月前判若兩人，過去那個失志但溫柔的成熟男人搖身一變，成了一個庸俗無比的傢伙，宋千慧不敢相信。實在看不下去了，按下暫停。

她心煩意亂地將手機還給同學，忍不住說：「不要聽他亂說，宋曉立不是那樣的人。」話說出口被自己嚇了一跳，從來也沒想到自己有一天會為曉立辯護。她緊緊捏著畫筆盯著畫布，週遭同學漸漸都走了，學校寂靜無聲，她卻躁動地一筆都畫不下去。

想起徐子青的嘴臉，逝去的初戀全成破爛。

◈

當宋志誠回到臺北，才發現賴彥如澈底失聯了。

電話不接、訊息不回，打了幾通電話到她家裡，終於有人回應。說話的卻是彥如的丈夫，態度粗魯地說：「你們到底要做什麼？賴彥如離職了，不要再打電話來。」

「離職？」宋志誠並不信，想起上回見面，彥如還為了可能被資遣，擔心地差點就哭出來。幾天時間而已，就不在乎這份工作了？但轉念一想，也可能是那天兩人談完以後，賴彥如自己想了想，不願意作證。這倒是情理之內，畢竟他們說穿了就是半年的共事關係，感情也沒有到那麼深厚，賴彥如非得承擔壓力、站出來替志誠說話不可。

「對，對，就是不幹了，走人了！聽懂吧？不要再打來了。」

宋志誠說：「那能不能讓我跟她說句話？」

「她就是不想跟你們說話，你搞懂沒有啊？」

「只是說句話而已，您是她的先生吧？能幫我跟她商量看看嗎？」

「你怎麼這麼煩？」電話那頭傳來一陣細微的爭吵聲，依稀可以聽見彥如說話，但聽不清說什麼。

志誠問：「彥如？」

通話那端安靜無聲。丈夫重新接起來，不耐地說：「你要說什麼跟我說也一樣。」

「那麻煩您替我轉告彥如，我不希望她因為我的關係，必須要捨棄原本喜歡的工作。如果她還想回來上班，隨時可以回來。」

剛講完，通話就被切斷了，耳邊只剩下空洞的單音。宋志誠剛剛那番話，說不定也只是自言自語，根本沒人在聽。

宋志誠別無他法，心中又生出一股擔憂，從頭到尾沒跟彥如說上一句話，她會不會怎麼了？擔心自己貿然再去拜訪，會給她增添壓力，志誠私底下拜託阿傑去探望彥如。阿傑跟叔陽並不知道彥如離職的隱情，只知道她突然就不來了。阿傑受到志誠拜託之後，後來一共去彥如家拜訪了兩次，兩次都是大門深鎖，一整棟透天厝，安靜地像是沒有人住。按了門鈴，門鈴聲就像飄進地洞，太深了，聲音被洞裡的怪獸吞吃入腹，不留一點聲響。

志誠問他，拜訪的時候，有看見一隻貓嗎？阿傑困惑地說：「什麼貓，連一聲喵喵叫也沒有。」

至此，距離月底的董事會，只剩下幾天時間了。

第十七章

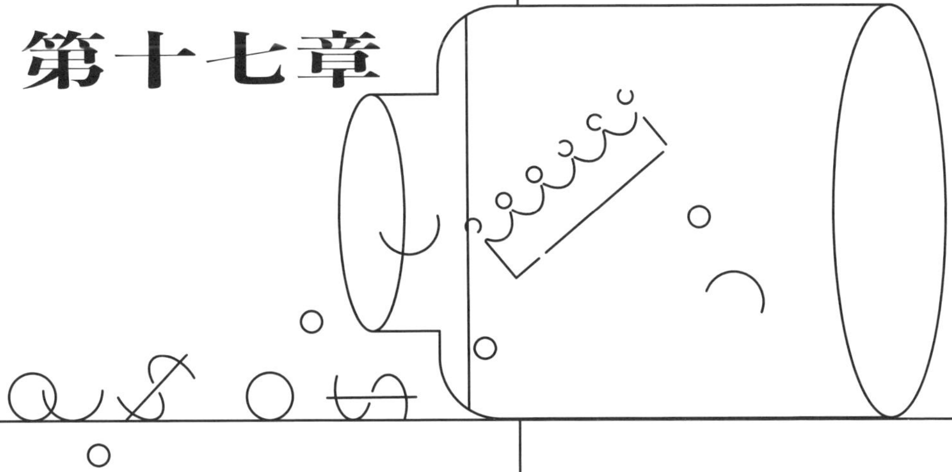

權力製造

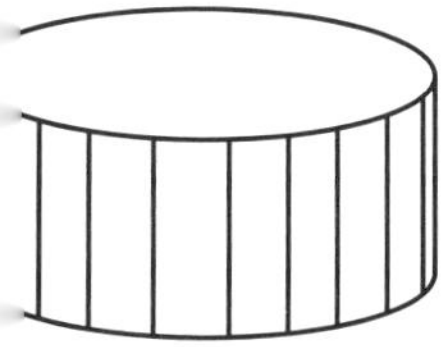

◈

掃除的時候，宋千光看見草叢裡有一條蛇。

他就站在花圃邊，手裡拿著竹帚，意興闌珊地將一堆又一堆的落葉掃作一座小山丘。耳朵精確地捕捉到了落葉刮動地面以外的細微聲響，他四顧找尋，總算在階梯與花圃的縫隙裡，看見兩隻晶亮的眼睛。

好久沒有看見蛇了。自從那個晚上，與家人逃難式地離開山上的大屋子之後，就沒有再見過蛇。除了蛇，還失去青蛙、昆蟲，以及夜裡推擠著樹林的風。九歲前的童年泡進記憶的皺褶裡，都市的氣味讓過去的圖像變得軟爛模糊。同學老師都告訴他，說覺得他變得開朗了。遠離山的濕氣、遠離大屋內各個縫隙裡傳出的哭聲，他總算是擺脫了鬼影，變得活潑、多話，短短幾個月，搖身一變成了另外一個孩子。宋千光不再在乎山和雨，只有聽說 Grandpa 死掉的時候，內心起了一點奇異的疙瘩，一顆一顆的，從他的喉嚨開始，汗毛倒豎。他不知道為什麼會起這樣的反應，不愉快的記憶快要呼之即出，他不喜歡，所以用城市的噪音將回憶埋起來，再度忘得一乾二淨。

害怕的事情，都忘記就好了。

離家前連日的高燒帶走很多東西，淨化了他心中那塊飄著臭氣的河流。現在他好了，更加地健康、更受歡迎，四肢強壯，終於可以像是普通的孩子一樣，追趕地補足他太過空白的童年樂趣。

但此時千光楞楞地看著這條蛇，潔白、紅眼，細微地吐著蛇信，柔軟的身軀蜷作一個圓。有一種好熟悉好熟悉地感受從腳趾爬上來，皮膚感覺到舒服的輕微刺痛，他心跳得好快，甚至無法克制地伸出手，想要觸碰牠冰涼的鱗片。

一聲尖叫撕裂空氣。身旁的同學大喊，有蛇。千光被趕到的老師迅速拉到遠處，蛇早就遠遠地逃走了。宋千光若有所失，還不曉得如何用語言拼織自己胸口的空洞。再後來，聽說那隻蛇被捕捉到了，不曉得下場如何。

宋千光再度忘記他的山。

◈

宋千慧坐在紅磚砌成的矮牆上，夕陽幾乎要沒入城市的另一端，石板路上亮起街燈。大學人來人往的校門口，一些學生打響了腳踏車鈴閃避路人。宋千慧看見了她要找的人。

徐子青牽著腳踏車，與兩名學生並肩走出校門。他低著頭與學生聊天的模樣，依然是那個溫柔易感的藝術家。宋千慧看著他，過去是翻篇的章節，曾經翻湧的情愫變得不值一提，但再見徐子青，情緒的起伏就像肌肉反射動作，依然有酸楚，或者是不甘心。

聽說徐子青在幾個私校社團教課，她花了一番力氣，總算問到課表。來見他以前，心裡也並不知道見了他該說些什麼。兩人哪有過去可說。

隔了幾個人的距離，宋千慧跟在徐子青身後，看見他在巷口與其中一個學生道別，另一個女同學又陪他走了一段路。周遭行人越來越少了，千慧於是將腳步放得更慢。

跟到了公園入口，徐子青伸手輕揉女學生的頭髮，眼神深情。女學生依戀地抱著他的手臂，兩人就這麼靜靜地靠在一起。

宋千慧停下腳步看著他們，對自己難以克制的感情感到可笑。

◈

晚間，宋志誠與曉立約在老廠房碰面。

他想起家中擺放的那張合照。老廠前，三十歲的父親與員工們合影，那時他們都還很年輕，還未能預期到這間公司未來茁壯的身姿。

老廠至今還有運作，只是大部分的業務都轉到了設備更完善、空間更大的新廠。志誠回到臺灣以後，還是第一次特意到老廠來看看。站在門口等候曉立，工廠內點著幾盞微弱的燈。廠房上頭，「健康誠實」四個字，已經隨歲月斑剝。他抬頭看得出神。

宋曉立遠遠地趕到，一臉不解：「怎麼約在這裡？」

志誠說：「逛一逛，走吧。」

「逛什麼？」

曉立還來不及多說什麼，志誠已經率先往裡走。宋志誠轉過頭對她說：「走吧，看一下。」

老廠現在僅存做部分商品裝填跟包裝的用途，設備雖老舊，但保持得很乾淨。走過甬道，摸到開關，整個樓層瞬間燈光通亮。再往上走，就是舊時的辦公室，裡頭還有以前的董事長室。家裡有一張父親與三名兒女的照片，就是在這裡拍攝的。

一面走，志誠說：「大伯不願意。」

宋曉立的表情難掩失望，即使早知道大伯一定不輕易幫忙，但特意地南下一趟，仍然得到這樣的結果，實在讓人灰心。她不甘心地問：「他是怎麼說？」

「他說他從來不管這種事情。」宋志誠苦笑。「又說，反正爸爸的遺囑怎麼說就怎麼做。」

「哪有這種事情，他想得未免太簡單。」

「他態度很堅決，總之是原則性的問題。」

宋曉立兀自煩惱。「如果大伯這條走不通其實也沒關係，我們本來也沒太期待他會答應，反正這幾天努力一點，再說服其他董事，還是很有機會……。」

兩人上了二樓，空曠的辦公室現在已經沒什麼人使用，空氣裡有一股涼涼的霉味。彷彿被塵封在三十年前。志誠打開董事長室的門，沒有上鎖，但裡頭也是空無一物。嘗試開燈，燈泡竟然壞了。宋志誠失笑。開了窗，令灰塵疏散。

宋曉立懷念地環視這間房間，看見從前。那時要找父親，就得來這裡。

宋志誠斟酌著該怎麼講第二個壞消息，宋曉立倒是立刻注意到他的表情，敏銳地問：「怎麼了？」

志誠說：「先前講的那個員工，可能沒辦法出來作證了。」

宋曉立當即瞪大眼睛。「怎麼回事？」

宋志誠將原委告訴她，看見曉立的表情越來越凝重，他說：「我還是會嘗試聯繫她，但成功的機會……可能很渺茫。」

「這下該怎麼辦？」

「沒有關係，這陣子我跟幾個董事私下聊過，他們也說，現在時局動盪，他們更希望趕快把人選定下來。我覺得自己還是有勝算。」志誠神情很坦然，眼神沒有動搖。一整天的期望都落空，他反而有一種奇特的豁達。回來的路上，他已經好好想過了，自從父親過世之後，董事長一位一直空懸在那裡，最明白其中不便的人就是實際管事的宋志誠。且不提實務上缺少董事長核章有多麻煩，光是董事長一位一直沒有結論，整個公司的氣氛就顯得扭捏詭譎，像是集體都在等一個答案，很難有心共同創造未來。宋志誠想清楚了，在這個危機上，他沒有更好的手段。

宋曉立當然也明白，只是禁不住的擔心。「你有沒有想過，輸了怎麼辦？」

志誠笑說：「輸了我提名妳。」

宋曉立睨了他一眼。「這種時候就不要開玩笑了。」

「我沒有開玩笑。」志誠說：「我考慮過了，如果真的失敗，我就會提名妳。妳是我心中最適合的人，甚至現在把這個位置給妳，我也不會有任何埋怨。」

宋曉立楞楞地看著他，分辨出他眼神裡的認真。她這個弟弟一向很溫柔，給人感覺像是風，無色、透明，能行經天地、河流，能穿過巨大的岩壁，也能俯視城市如巨獸身影。有時甚至給人感覺，好像隨時準備離開。但心意堅定時，他眼神溫潤，柔和中透出一種無法被改變的堅定。每當這種時候，宋曉立就想，志誠其實不像任何人，也從來沒有嘗試過去像誰。三個孩子裡面只有他，有自己的模樣，從不試圖去模仿父親、或是臨摹母親。

宋曉立沉默下來，片刻後，誠實地說：「我確實曾經想過。」

能聽見廠內老鐘指針的走動，喀、喀、喀，像是這棟房子的心臟。這裡這麼空，也許才能夠辨識彼此的心聲。

「我以前想，爸爸總是沒有想到我，因為我是女孩子。」宋曉立緩緩地說：「曾經有一次我跟他吵過這件事，那時他很訝異地跟我說，宋曉立，妳應該是一個創業的人，怎麼會想過別人的日子？我一點都聽不懂，覺得爸爸只是在敷衍我。但他過世之後，或者說，我離婚後，開始有點明白他的意思。爸爸當初那些話可能是真心的。」

曉立的話像是講到宋志誠的心底，在濕潤的胸腔裡產生回音。宋志誠說：「那天我去了美術館，真的冒出這個感覺，那是只有妳能打造的王國，我跟大哥，也許都沒有這種本事。大家都說妳的性格最像爸爸，其實我很同意。」

宋曉立抿著嘴笑了笑，說不清是什麼心情。不平與膽小，過去一直糾纏著她不放，她從來就不敢真正放開手腳，去證明父親的那句話：創業的人。

她沒有向家人說過，看見遺囑分配的那一刻，她有多震撼，彷彿父親用遺書應驗了他曾經對曉立說過的話。妳得做自己想做的事，創造自己的生活。

宋志誠說：「但是我的想法不會改變。如果我輸了，我還有妳。所以我不會擔心。」

志誠的坦白讓她很高興。手足之間的誠實與互相支持這麼罕見跟珍貴，真的好慶幸，有這樣可以手牽手不必互相猜疑的弟弟。也許是氣氛鬆弛，宋曉立突然看見了志誠鞋子上卡著的乾土，以及褲管上一根從農地裡帶回來的雜草。她忍不住笑說：「你後來就這樣回公司？」

宋志誠低頭看了一眼，無所謂地說：「不然我還能怎麼辦呢？當總經理還是有點好處，至少沒人質疑我早上去哪裡。」

兩人相視而笑，曉立下了決心。

「那我們就這樣做。你輸了有我，但是我不會讓你輸。」宋曉立說。

◈

姐弟倆又說了一會的話，不自覺聊到夜深，原本培養出的些微睏意在志誠回到自己房內後，突然又消失無蹤。宋志誠躺在床上，看著天花板上變幻的窗影，睡不著，清醒得恐怖。窗影像是宋志誠心中各式鬼魅的投射，有時是人臉、有時僅有記憶的殘片，時而發散又緊縮，幾乎看不清形體。窗外枝葉搖動，回來這段日子，早就重新習慣山裡的聲音，今晚聽起來卻格外詭譎。心臟跳得很快，他本能地想要吃藥，才突然記起，自己很久沒有發病了。想要保護父親事業的心太過強烈，讓他幾乎忘了自己。

宋志誠完全醒了過來，腦子裡復而塞滿了改選的事。棋盤該如何展開，如果沒有當選又該怎麼辦。睡不著了，他起身想再喝一點酒，尋找開瓶器的時候，突然在書櫃一角注意到前陣子替千光取回來的相機。

糟糕，明明一直惦記著找機會要還給千光，竟然完全忘記了這回事。拿著這台冰涼的機器，宋志誠感到愧疚，現在這種情況，也找不到理由見千光。他取下相機，以一個孩子來說，拿著這台機器還是嫌沉了一些，真多虧千光當初能抱著它四處跑來跑去拍攝昆蟲。宋志誠坐回床側，一面淺淺地喝酒，一面按下開機鍵。

手中的機器微微震動，重新啟動。

起初是山林的照片。昆蟲、動物，歪斜的藍天。偶爾有人像，多是側臉，或是奇異的仰角。幾段影片裡有宋千光的自拍，他端著機器對準自己，一臉嚴肅地對著鏡頭說話：這是什麼蟲、那是什麼鳥，這個是我的叔叔……宋志誠訝異地看見影片裡的自己，正在跟母親說話。千光的鏡頭追隨著志誠的身影走了一段路，似乎對他感到很好奇。突然宋志誠轉過頭來，他便不拍了，影片停在這裡。從千光的角度看見自己，感覺很奇特。宋志誠忍不住笑起來。再往下看，漸現另外一個故事。

宋再興的背影出現在山林小徑上。

影片裡的宋再興回過頭來，露出溫情的笑意。說：「千光，這是什麼？你會嗎？」鏡頭一滴兩滴地沾上水珠，宋千光隨意用手指擦乾。

那是雨水。影片裡，未亮的天空開始下雨了。

宋志誠渾身發涼，他再清楚不過。再過不久，暴雨將至。

◆

康興生技，董監事改選會議。

一早，宋再慶就先來找過志誠。他私底下一向不願意跟志誠有接觸，今天一反常態，到了公司就直直朝他走來，劈頭粗聲問：「你咁是去見了恁大伯？」

志誠並不明白他的怒氣為何而來。就算去見大伯，也不關四叔的事情。他於是說：「對，我見了大伯。怎麼了，四叔？」

宋再慶不以為然，他忿忿地說：「你公司的事不好好處理，倒是會花心思討好長輩。」

宋志誠不多爭辯，淡淡地說：「四叔，相信我，我是為了公司。」

此時孟昕到了，聽見他們對話，硬是也過來湊熱鬧要講兩句。宋再慶一向最受不了孟昕，當即轉頭離開，孟昕感嘆：「我對四叔就是這麼有影響力。」回過頭，他端詳志誠表情，奇怪地問：「你怎麼了？」

「什麼？」

「臉色這麼難看。」孟昕揶揄地說：「太緊張了？」

志誠含糊地說：「大概吧。」

宋孟昕平時四處閒晃，最喜歡的就是參加各種會議。股東會、董事會、高爾夫球俱樂部同好會，連大樓管委會他也很喜歡。自嘲有錢就是快樂，能大聲說話的地方，都算在他的好球帶內。只是雖然宋孟昕平時把自己說得遊手好閒，在董事長改選這件事上，暗地裡確實替志誠出了不少心力，為他爭取了許多喘息空間。其他時候看不出來，這時的宋孟昕倒是很真心。

他擔心地說：「你真的沒事吧？都到這步了，就別想太多。」

「我知道。」

宋孟昕想說什麼，又吞回去。他拍拍志誠肩膀，示意他打起精神。

「謝謝。」志誠說。

會議前，志誠回一趟辦公室。打開抽屜，裡頭躺著千光的相機。光是靜靜地看著這台機器，就想起影片中的雨。影片裡，雨勢漸大，祖孫找了遮蔽處躲雨，鏡頭長時間對著泥地，但能聽見宋再興與千光的交談聲。突然，一聲爆裂般的雷鳴劈開時空，也撼動窺探祕密的宋志誠。暴雨來了，志誠必須整個耳朵貼在機器上，才聽得見祖孫倆的交談。

宋再興說：「去叫人幫忙，叫你爸爸來。」

影片斷在這裡，但宋志誠知道這之後的故事。他再清楚不過，那天早上六點鐘，他會被母親叫醒，到山林裡找到了昏迷的父親。而大哥隨後到了醫院，神情慌得太過怪異。

敲門聲打斷志誠思緒。宋曉立探進門來，擔心地問：「志誠？聽孟昕說你狀況不好。」

影片的內容在志誠胸口打轉，他考慮要不要告訴曉立。

曉立好笑地問：「怎麼了，那個表情。」

「沒什麼。時間差不多，我們走吧。」他起身，順勢推上抽屜。抽屜裡的相機抱著祕密，再度被推向沉默的深處。

上午，董監事改選順利落幕。毫不意外，宋曉立以持股優勢順利地進到新任董事名單。權力版圖重新洗牌，為下午的董事長改選增添不少勝算。但勝負的關鍵仍在宋再慶身上。志誠琢磨了一整個晚上，該不該將影片內容公諸於世？宋再慶脾氣雖壞，卻深愛家人，尤其敬愛他的兄長們，若是他知道當初宋再興昏迷的真相，也許就不會再將宋志峰當作心中唯一繼任人選。真的該這麼做嗎？宋志誠始終感到不踏實，沒辦法做下決定。

公布影片，會影響什麼？夜裡他想了又想，推演每一種結局，內心仍有雨雲籠罩，終究有模糊的隱憂近在眼前，不輕易被看透。

下午三點鐘，「康興生技」董事長改選會議正漫長地進行。窗外天氣晴朗，金燦的陽光透進室內，被強烈的冷氣沖淡了溫度。彷彿是假的。志誠做了個開場白，尊重接下來的投票結果，順道向在座董事簡短報告「孅輕素」的後續處理。宋志誠說：「目前有問題的產品都已經下架回收，消費者的賠償也已經在處理中。」他刻意一字字地說著，說得很慢，在每個字句細縫裡觀察所有人的表情。尤其是宋再慶，他注意到四叔表現得比以往浮躁，似乎想著其他事，對志誠正在說的話一點都沒興趣。這也是當然的事，今天的重頭戲本就跟「孅輕素」後續怎麼處理沒有關係。

志誠想起來，出門前，母親曾問他：「今天要不要我去？」宋志誠毫不猶豫地搖頭，笑說：「妳來了會非常為難。」母親聽懂了，無論她如何不諒解志峰離家的選擇，心裡面終究捨不得這個長子。在兩個兒子中間做出過於直白的答案，讓她感覺自己是個恐怖的母親。劉瑾嫻當了一輩子的妻子與母親，現在丈夫沒了，如若連母親都做不了，那她究竟是誰。宋志誠當然明白，光是記者會上那一番話，已經是她夜不成眠數日後的結果。再說，宋志誠口中的為難，一部分也來自他自己的心思，劉瑾嫻到場，縱是宋再慶看在嫂子的面上做出讓步又如何，畢竟要承擔重任的人應該是志誠自己。

「說這些都沒有用。」宋再慶總算開口，嗤哼了一口氣。「今天是來選舉，不要浪費大家的時間。」

「哪有這種事，」孟昕說：「只要跟我的錢有關的話題，我都非常關心。四叔比較有錢，也許不在乎。」

宋再慶橫了孟昕一眼。「你少說些廢話。」

宋志誠說：「抱歉四叔，佔用一點時間跟大家報告狀況。我說這些事情當然還是想讓董事們安心，這本就是我的職責不是嗎？雖然我們受到『孅輕素』事件影響，業績成長萎縮，但數字都在預期之內，衝擊不如想像來得大。」

場面仍顯浮躁，宋曉立笑說：「其實四叔說得也對，大家都是花費寶貴時間來到這裡，我們這就表決吧？」宋曉立天生為這種場合而生，幾句話就擺平眾人紊亂的情緒，只是有些人心底還是沒拿定主意。這陣子，當然不少人已經被孟昕和曉立私底下勸服，但他們也同意其他人的說法，志誠畢竟剛回來不久，就要接管一間公司，是不是太過冒險？

宋曉立又說：「只是表決之前，我有個想法。」都說是長姐如母，曉立起身說這話的時候，每個細微的神態都像極了劉瑾嫻。她說：「我的這個弟弟，從小就聰明又努力，就是比較悶，什麼事都是拚了命地做，辛苦不太向別人說，其實我父親也是這個樣子，各位都比我熟悉我的父親，你們一定也同意他是這樣的人。我希望大家能給志誠一小段時間，聽他說說自己對公司的看法。好吧？」

她這樣說，眾人一時又想起宋再興。他們與宋再興相識多年，在世時難免有爭執跟不愉快，人死了倒是瑣碎的事全不記得，想起的都是他的真誠。沒有人有意見，不得不承認，有時看著志誠，恍惚竟能看作他父親。

志誠感激地朝他的姐姐致意。他攏著西裝外套起身，想好的一番話，突然幾個字噎到喉嚨裡。他一開口，眼前又下雨，不得不暫時閉上眼睛，才聽不見遙遠早晨傳來的恐怖雷鳴。湍湍水流，父親就倒在那裡。他的衣鞋盡濕，手腳冰冷，腦袋裡只有一件事，他要趕緊背父親下山。沿途，他聽見自己不斷地說：爸爸，快醒醒。

他想起來，宋再興到美國找他的時候，正好是美國的父親節，宋再興當然不瞭解美國的節日，宋志誠自己又是在年紀漸長中，才重新地用社會化的方式學習與父親相處。來時說不出父親節快樂，走了又學不會親口說祝福，只說，爸爸，飛機落地時跟我說一聲。父親走後，一封簡訊在手機裡來來回回地編輯，終於才寫出幾個字：「六月是美國的父親節。爸爸，父親節快樂。」宋再興回覆：「知道了，謝謝。」宋志誠要花很多時間才理解，父親對他有節制的愛。

宋志誠向董事們說：「我知道還有許多人懷疑我是否適合承擔這麼大的責任。」一開口，言語乾裂，他潤了潤喉，仍然在想，其實還有機會。他可以現在就叫暫停，私底下將影片提供給宋再慶，讓他知道，他一心寄望的宋志峰對親生父親見死不救。但一方面他心裡面又生出抵觸，直覺拚命告訴他，這究竟有什麼意義。利用父親的死、父兄間的瘡疤，堆疊出的寶座，會是什麼模樣？

反反覆覆地想起去見大伯的那日午後。滾水的聲音與農作的氣味，始終散不去。大伯的聲音像是曬乾的稻草，乾爽、豁達。當時他說，若是不斟酌看，真以為你是少年再興回來了。大伯說這話時的慈愛與懷念，弭平了志誠喪父的悲傷。

離家時，他希望自己能夠長成另外一種模樣，與父親截然不同，但又更高、更寬廣。然而現在的他，卻渴望能在自己身上，留下一些親像父親的印子。他夠不夠匹配作為宋再興的繼承人？說出祕密後，他還能抬頭挺胸地說，自己與大哥不一樣嗎？

他真希望自己有一點點像父親，微小的相似也可以。

「我不會貪戀職位，這不是我回來的理由。」志誠緩緩地說：「現在，這個由我父親一手創立的公司面臨巨大的危機，我無論如何都要帶領公司度過這個難關。請相信我，我知道很多人都很懷念父親，我也一樣。取代父親的位置，把宋再興的名字從負責人的欄位上換下來，不只你們捨不得，我比任何人都要難受。」他看向宋再慶，眼神裡有著坦然。

「回家時父親告訴我，經營公司就像是做人，善良才能做出好的產品。我比誰都希望自己能夠做到他的期待，成為像他一樣好的人。我會尊重今天的表決結果，但也懇請你們信任我，給我機會，讓我對公司、員工，以及對股東負責。」

一席話說完，在場都是認識了宋再興一輩子的人，各自有感觸。宋再慶臉上看不出是怎麼想的，只說：「話說完了，那就投票吧。今天就做出決定。」

◈

稍後，一片掌聲中，宋志誠以全數同意票，坐穩了董事長的位置。他原先預想，最好的情況也許會是以幾票之差險勝，未曾料想會是一面倒通過的結果。尤其是宋再慶，得知他投下同意票，宋志誠難掩臉上的震撼。

會後，宋志誠單獨找上宋再慶，說：「四叔，謝謝。」

宋再慶還是無法全心地支持志誠，他知道自己心中仍有疑慮，此時志誠誠懇地道謝，宋再慶滿是不自在。手足倫理在宋再慶的血液裡生根，難以被輕易撼動，對他而言，宋志誠是竄奪了本屬於志峰的位子。這想法一旦浮現，看見志誠就充滿疙瘩。

他說：「不用謝我，記得知會你大伯就好。」

志誠訝異，問：「大伯？」

他簡直不想多解釋，只訕訕地說：「大哥打電話給我，叫我遵照二哥的遺願做事。」

宋志誠沒有想到，最終大伯仍決定幫他一把。他說：「我知道了。」

「嗯。」宋再慶走開了幾步，想了想，仍舊折回來，說：「你剛剛說你爸爸的事……」

「是？」

「希望你要說到做到。」宋再慶艱難地說：「我是因為你那番話，才終於同意了大哥的勸。」

宋志誠詫異地好片刻說不出話，宋再慶不習慣空氣裡的親近，他不願再多說，轉頭就走。

宋再慶離開後，孟昕走了過來，笑嘻嘻地說：「這下好了，能賺錢養我了吧？」他東張西望地說：「曉立又去招呼人，真是天生的公關。晚點怎麼樣，我們三個一起去喝酒？」

宋志誠婉拒，說：「恐怕不行，我還有件事沒有做完。」他心裡很清楚，他必須去見誰。

◈

宋志誠真是也沒想到，志峰跟他約好碰面的地點，是他新公司的辦公室。新落成的商業大樓裡，每一處細節都是新生的，與充滿舊時代光影的「康興生技」很不一樣。志誠覺得很可笑，約在這種地方，彷彿急著透露志峰有多害怕見到他這個弟弟。

宋志峰親自來迎接，掛著大大的笑容，一開口就說：「志誠，好久不見，恭喜你。」笑容模範得太過虛假，志誠不為此高興，他來也不是為了跟志峰炫耀。志峰又說：「難得來一趟，帶你逛逛。」

時間已近傍晚，員工三三兩兩地離開，顯得志峰嶄新的辦公室更加空曠。宋志峰帶著志誠在兩層樓的辦公室繞了一圈，介紹各處細節。公司入口有一面牆，寫著創辦宗旨，上頭印了一張宋志峰的照片，寫著創辦人兼CEO。意氣風發的模樣，確實是志峰最渴望的形象。宋志峰跟志誠解釋，工廠還在動工，等到落成，他不藏私，歡迎志誠來看看大哥的成果。

宋志誠看著這地方，一切都與「康興生技」不一樣，卻又處處相似。

「大哥看起來過得不錯。」志誠說。

「新公司，跟爸爸的事業怎麼能比。」

迎面走來幾個員工，看見志誠時的表情訝異，顯然認出了他。志誠心想，大約是從「康興生技」被挖角來的員工。志峰一走，確實帶走不少人才。

隨著志峰進到他氣派的辦公室，志峰笑說：「怎麼樣？跟爸爸那輩的審美有差別吧。」站在他的辦公室內，空氣還留有新裝潢的氣味。嶄新得刺鼻。環顧這個空間，宋志誠清楚地意識到大哥的膽小。他的大哥，連父親過世也沒勇氣踏入靈堂一步。現在也是，因為害怕，必須約在自己的地盤裡才有勇氣與弟弟說話。

但現在才害怕，不遲嗎？

宋志誠看著他大哥微笑，說：「你不問我為什麼來？」

「兄弟見面，要有什麼理由？」

「可惜我們不是感情這麼要好的兄弟。」

一番話像是第一場寒流來襲，兄弟間演出來的溫情驟降。志峰也斂起笑意，瞭解地點頭，嘲諷地說：「難不成要來借錢？」

「全世界都能借錢也不能向你要啊，大哥。」志誠舒適地坐到沙發上，視線緊緊地跟在志峰的臉上，唯恐漏掉他任何一個可疑的猶豫。他說：「我問你，那時候千光有去找你嗎？」

宋志峰皺眉，沒聽懂。「你在說什麼？」

「下大雨的時候。」宋志誠嘆了口氣，像在解釋一道極簡單的題目給學生聽，語氣生厭，彷彿志峰沒聽懂是他的錯。他不耐地重述這個故事，在他的話語裡，生出風捲冷雨、砂石奔流。他說：「下雨的那天早上，你忘了嗎？千光跟爸爸在一起，被困在山坡上，你怎麼會不記得。」

宋志峰是一點一滴地聽懂了，臉色漸白。他更換坐姿，防備地說：「我聽不懂，要是想說謎語，我沒有時間陪你。」

「怎麼會聽不懂。」宋志誠荒謬地笑說。「我說得越明白你會越難堪。哥哥，爸爸在山坡上跌倒的時候，叫千光回去找你，你難道要把錯都推到千光身上，說你不知情？」

宋志峰面色緊繃，死死地抿著嘴唇。

志誠說：「難不成要我去問千光，他會怕吧，我也捨不得他，跟你一樣。」

宋志峰當即憤怒地說：「你夠了宋志誠。」

「大哥，我真是佩服你。怎麼爸爸當初醒來，你好像一點也不慌。」

宋志峰怒視他片刻，似在猶豫。良久，他問：「是爸爸說的？」

志誠不答，在心裡拆解這番話的意思。所以爸爸確實記得山上發生的事，一直到過世前，他都替大兒子保守這個祕密。志誠在心裡嘆氣。

「你是因為這樣，所以才離開公司嗎？你不敢面對爸爸。」志誠說。

宋志峰嗤笑。「我離開是因為那是一個爛地方。」

「你不是離開，你是逃走。」從志峰口中驗證了這個事實，他反而心情很平靜。從昨晚開始不斷在心口擺盪的風雨漸歇。宋志誠緩緩地說：「大哥，我曾經最羨慕你，你擁有我所沒有的自由。現在卻逐漸看懂，你怎麼會把自己活得充滿恐懼。」

宋志峰荒唐地看著他。「你覺得自己有資格評論我？」

「我確實沒有資格，甚至我來到這裡，可能還有一點期待。」他環視這個所謂由大哥一手打造的公司，感覺到一種發自內心的好笑。「看起來就像是父親的贗品。我剛剛才終於明白，你沒有夢想，跟我很像，一心想變得跟父親一樣。其實我們都承認就好了，我跟你，我們一樣，在他面前都非常平庸。」

宋志峰神情複雜。即使志誠的話說得去頭斷尾，他卻不得不承認自己仍然聽懂。在父親面前，一輩子都又愧又恨。

「我曾經非常的羨慕你。」志誠感嘆地說。

宋志峰冷硬地地：「他從沒拘束過你什麼。」

「那是因為只有你被期待。」志誠坦然地說。

宋志峰的表情有一瞬間的動搖。「你離家這麼久，也許對他有什麼美好的想像……」頓了頓，他轉而將話吞入肚中，苦澀地說：「我問你，你看見的究竟是什麼樣子？為什麼我從來都感受不到。我怎麼需要別人的轉述才知道我的父親是什麼樣子？」

看著他眼裡真誠的疑問，宋志誠突然覺得很可悲。過去的幾十年裡，宋志峰活在一個充滿鏡子的世界，鏡中萬千反射，全是他疲弱的樣貌，一件件穿上父親的衣服，卻越看越假。

「大哥，你若打從心底不知道，就不會模仿他。」說到了這裡，彷彿已經不需要再說。志誠問同一個問題：「千光那時候去找你了，對吧？」

想起千光，宋志峰眼前也生出一片雨景。那天早上千光確實來找他求助。他小小的腳印踏過雨水與泥土，沾在家中的地毯上，彷彿鬼魂刻意捉弄，事後怎麼也乾不了。宋志峰得在那條長廊上來回踩踏，一腳步一腳步地，踩亂千光當初的足跡，以此掩蓋那個清晨的祕密。

宋志峰的表情已經告訴志誠完整的答案。志誠放棄追問，卻還有一個問題，充滿困惑與痛心。

「我一直以為你疼愛千光，怎麼能讓他一個人守著這麼恐怖的祕密？」

宋志峰無法反駁。他對千光的寵愛像在彌補童年的自己，深怕像了父親，變成兒子幼時的噩夢。但他仍然做了一樣的事，甚至他給千光製造了更恐怖的夢境。

宋志誠起身，同情地看著他。

「就這樣吧，大哥。我們日後法院見。」

◈

宋千慧又回到這裡。坐在矮牆上，她一面喝著奶茶，遙遙望著校門處。徐子青七點以前就會出現，準時得彷彿是在赴她的約。宋千慧心裡覺得好笑，像是有癮頭，又或者是單純的不甘心，就是想看看徐子青從她的生命中消失之後，到底過著什麼樣的日子，是否又跟女學生糾纏，看見越多他的不堪，千慧心中的難受與快意共同滋生。

今天的徐子青看起來格外不安，東張西望，似乎顧忌什麼。宋千慧跟在他身後，發現他的步伐奇快，她費了一番功夫才得以保持不遠不近的距離，緊緊地跟在他後頭。

一連穿過兩個路口，見徐子青突然地停下腳步，總算找到他要找的人。遠遠地，看不清徐子青什麼神色，彷彿是不太願意，勉強上了車。

宋千慧納悶地看著那台車子，越看越眼熟，直到車窗從面前略過，如慢速播放，她甚至能看見窗上照出自己的臉。分明只是一瞬間的事，但她卻看得好清楚裡面的人是誰。

◈

專輯封面上的女孩子，妝髮還停留在十多年前的款式，眼影跟瀏海都太過厚重，但少女有天然的可愛神態。那時還非常年輕，所有能說出口的經歷，對這個社會來說都太過渺小可笑，於是一不小心就沉浸到了捉摸不定的愛情中，即使痛苦的時間居多，但還是喜歡愛著一個人的時候，清晰地觸摸到自己靈魂的感覺。

吳思瑀心想那時的自己，痛苦之餘，大概也有一種幸福。現在沒有了，擁有的痛苦都是怨恨結塊而成的，沒有參雜任何一絲朦朧的美感在裡頭。恨意的結晶醜陋流膿，對半剖開，裡頭都是她的血肉。

突然聽見腳步聲，吳思瑀趕忙將專輯塞入抽屜深處。千慧回來了，梳妝鏡裡映照出她的身影，表情冷得像冰塊冒煙，死握著書包背帶的指節洩露了她的怒氣。這幾個月裡，千慧刻意地與她製造出一段冷漠的距離，特意地選擇獨自長大。但即使如此，她多了解這個女兒啊，一眼就看出她瀕臨爆炸的脾氣。

「妳怎麼了？」吳思瑀問。

「妳知道嗎？」宋千慧話一說出口就像是子彈，又衝又硬，每個字裡都暗藏火藥。

「知道什麼？」

宋千慧懷疑地看著她的媽媽，在吳思瑀臉上看見非常誠實的困惑。「妳真的不知道？」

吳思瑀沒有猜謎的精力。她直白地問：「妳在說什麼事情？」

「我說徐子青。」

徐子青三個字一說出口，就成了母女之間的密語。吳思瑀是再會演戲都騙不了她的女兒，她輕輕掀動睫毛，宋千慧就知道她的心思。

「所以妳知道。」宋千慧咬牙說。

吳思瑀悠悠地問：「徐子青又怎麼了？」嘴上不正面承認，語氣卻不打算掩飾。她背過身，不願直面宋千慧的眼神。

「為什麼徐子青跟陳巧玲在一起？」

吳思瑀荒謬地笑。「我怎麼會知道，陳巧玲徐子青哪一個是歸我管？」

「妳如果不知道為什麼不敢看我？」千慧又說：「是不是陳巧玲去勾結徐子青，他才會在畫展上說那種話？妳就這樣放任他們？」

「宋千慧，妳到底在說什麼？陳巧玲的事情，妳應該去問妳爸爸。」

宋千慧像是渾身長刺，尖銳地問：「哦，問我爸爸，所以我應該告訴他，爸爸，徐子青以前曾經跟我不倫，你怎麼還跟他合作？你給了他什麼好處？還是你把女兒的醜事當把柄，拿去威脅徐子青？」

千慧的話太過刺耳，吳思瑀生氣地制止她，說：「宋千慧，妳發什麼瘋，這種話妳都說得出口，這麼丟臉的事情妳也敢這樣大聲說出來。」

千慧的表情有一刻的扭曲，她知道自己與徐子青的關係，並不是什麼值得緬懷的美好過去，但這樣的話親口從媽媽口中說出來，還是讓她感到傷心跟羞辱。

「所以我問妳，」千慧繃緊聲音問：「妳知不知道他們在合作？還是，妳根本也參與其中？」

吳思瑀沒有說話，宋千慧的表情更見傷心。

她輕聲說：「妳說我丟臉，妳呢？小三變正宮，丈夫再有其他小三。有比較光榮嗎？」

吳思瑀駭然瞪著她。「妳怎麼能對我說這種話？」

「我可能真是像到妳。」千慧諷刺地笑，不顧母親追問，悶頭回了自己房間。落鎖的聲音響亮，在母女間拉起一條刺眼的地界。

屋子再度恢復死寂。吳思瑀茫然地心想，千慧說的其實都是實話。人家都說女兒讀母親的心，千慧也不過將她心裡的刺一根根唸出來而已。

落上門鎖，宋千慧站在房內，天旋地轉。她看見鏡子裡的自己，比起幾個月前，高了一些、變得更瘦。她其實覺得自己變醜了，不如以前精神跟漂亮。成長是一道霸道且不均勻的力量，不顧慮美感、更不在乎心靈，哪裡能出力，就像是揉捏黏土一樣擅自將人又捏又拉。拉長了手臂、卻忘了讓腳也長一些；令臉變瘦了，眼眶卻跟著凹陷了一圈。她的各處都在崩解與重整，對自己所有地方都不滿意，連僅存的勇氣都沒了，過往用怒氣撐起的自信，突然只剩下一窪乾掉的水池。她怎麼會變成這樣，長大成了厭惡自己的過程，於是只能變得更加沉默，就像是要繞過一隻熟睡的猛獸那樣，躡手躡腳，期待不要驚擾命運。

門外傳來吳思瑀的聲音，猶豫地喊：「茜茜，媽媽能跟妳解釋，開門好嗎？」

一股無名噁心竄上心頭，宋千慧沒有回應。她蹲著蜷縮在牆邊，許久不見的憤怒揉雜了困惑，她起了無比陌生的感受，竟然感覺灰心。她抬起頭，看見自己的畫，想起了宋曉立。

第十八章

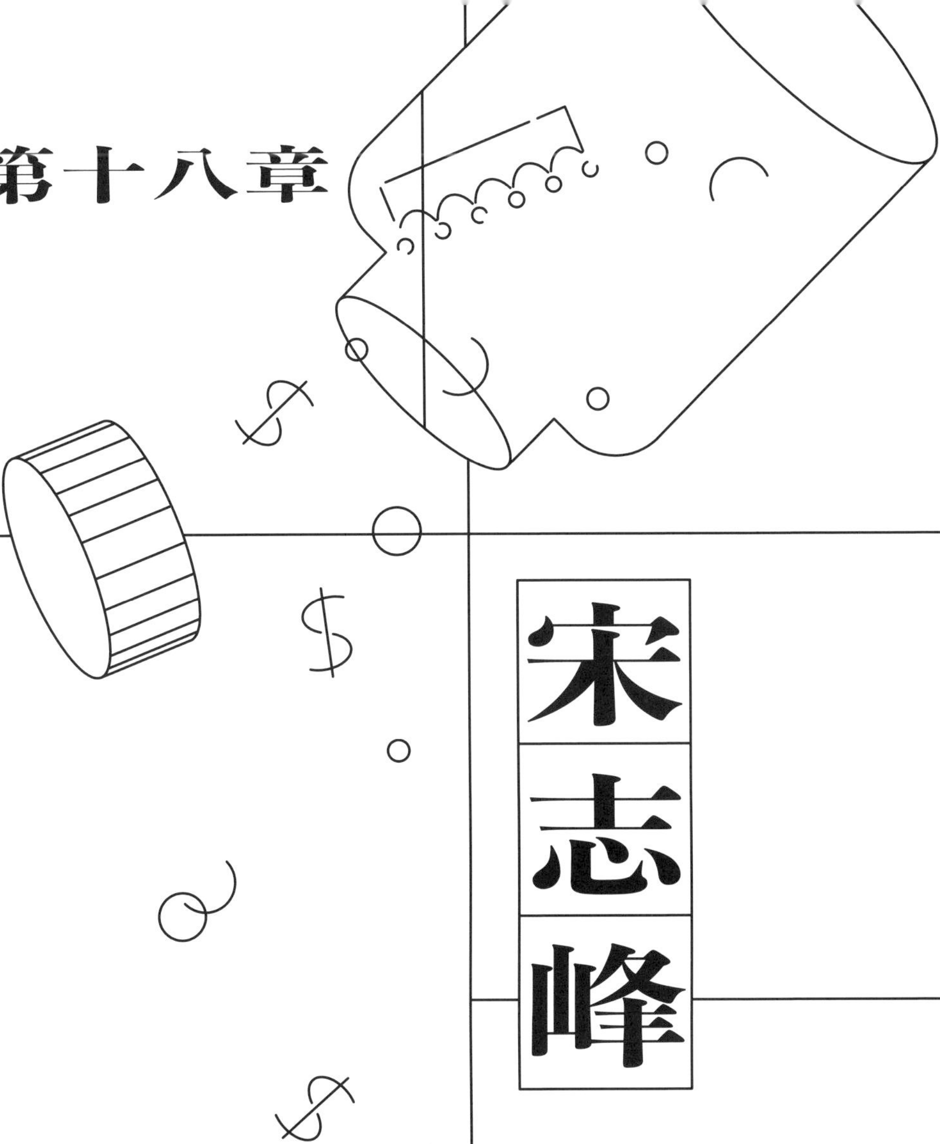

宋志峰

◈

鄉下的老房子門埕前，置放著一個大水甕。那大甕足足有一個小孩這麼高，終年注水，水面偶有落葉，積累得多一些時，就拿水瓢一撈，隨意地往地上潑。水珠上濺，十隻腳趾頭都感覺得到清涼。大甕旁是洗衣房，混凝土搭建出的狹長空間，盡頭放了一台老舊的洗衣機，運轉時像在鑿地。

就是在那個洗衣房裡，四叔拿了一台腳踏車出來，拿了一條抹布往甕裡沾水，費勁地擦掉層層的蜘蛛網，看出亮漆的紫色，接著又拿出打氣筒，往乾癟的輪胎裡注氣。

十二歲的宋志峰站在一旁看，直挺挺地，動都不敢動，只差沒有稍息手背背後。四叔抬起眼皮看他一眼，笑說：「你是童子軍？」

宋志峰沒聽懂。「不是。」肢體緊張，眼睛卻緊黏著四叔的動作，看著輪胎一點點地膨脹起來，不久前還姿態萎靡的腳踏車此時抬頭挺胸，自信昂首的模樣。宋志峰雙手緊張得汗濕，不到四叔開口，不確定是不是真的能借給他。

「會騎吧？」四叔問。

志峰面露猶豫，其實不肯定。雖然會騎，卻沒騎過幾次，擔心一說不會，四叔會將車子收走。

四叔大概看出他的心思，說：「摔過幾次就會了。」

總算大功告成，宋志峰握著手把，眼神卻不受控地往屋裡偷瞄。父親坐在裡頭跟大伯說話，說得太久了，四叔才說想起有台腳踏車，借給志峰玩。提議的當下，志峰偷看父親一眼，父親說好，他才隨四叔走。現在也是，手裡都握著車把了，仍舊會怕。

此時內屋的紗門開了，母親走出來，手上拿著一瓶水，放到車籃裡。她朝四叔感激地笑了笑，後對志峰說：「出去晃一晃，沒有關係，等到午飯要回來。你手錶呢？」

志峰亮出手腕上的錶。

母親說：「十二點前，不要忘了。」

四叔也說：「騎出去玩，要去哪就去哪，沒有人管你。」

原先再多的拘謹，一跨上腳踏車，嘴上的笑容就忍不住。宋志峰搖搖晃晃騎了兩步，回頭看了母親一眼，確認她真的同意，突然就騎得穩，車輪轉動，涼風吹過耳側，彷彿聽見四叔在後頭說，怕他爸怕成那樣子。接著更多志峰沒有聽，他等不及到處去看，這刻他好像真成了一個小大人，能掌控自己的每一步。

騎出老房子，漫遊在小村裡，途經老廟，遠處是水田。首先是雙手緊握手把，接著鬆開一隻手，再過來雙手都一併放開，感受流動的風穿過十指。

宋志峰好高興，只有一小時的自由也可以，至少去哪裡都行。

◈

賴彥如是在丈夫的工廠裡，看見了宋志誠的媒體訪問。

這陣子，彥如都在工廠裡幫忙處理會計跟行政的工作。她的辦公室位於工廠一樓，用簡單的鐵片跟隔板搭出一個方形的空間，裡頭置放了兩張鐵灰色的辦公桌，放著各式財務、貨單資料的資料夾任意擺放，外殼沾著一些不明的油漬。冷氣好似要證明自己有在運轉，費勁力氣發出巨大的噪響，吹出來的冷意像是帶著碎冰。無論外面多炎熱，踏進這裡，彥如總要套一件外套，一整日裡，凍得手腳發冷、嘴唇乾裂。

丈夫的工廠其實是公公的事業，規模不大，就建在聯結車來往的產業道路邊，時常是砂石漫天，不遠處座落了兩個檳榔攤，不分日夜亮著廉價的霓虹光。大車經過，整座工廠就隨著地面晃動，空隆、空隆……。

過去還有工作的時候，賴彥如假日也會到工廠幫忙，現在離職了，理所當然地開始接手所有跟文字、數字有關的東西，說實話，做得得心應手，她好像天生能在一片麻亂資訊中梳整出條理來。

不遠處，丈夫踩在懸空的鋼架上，戴著面罩，眼前爆出一陣焊接的火花，像是巨大的仙女棒，一陣焦味衝進鼻腔。

也是在這時候，賴彥如注意到了那台小電視上的新聞。小電視放在好像隨時要倒塌的置物櫃上，木板已經凹成一個淺淺的U字型，仍在費力支撐電視機的重量。

她看見了宋志誠，對著鏡頭說到：「我會承繼父親的精神……」賴彥如看了好一會，伸手關掉了電視。暗色的螢幕玻璃上，映現她失落的表情。

◈

重新踏進美術館，不曉得有沒有時隔半年？站在久違的白色場館裡，不曉得這裡運用的是什麼建築原理，從天井透入的陽光特別朦朧發散，像是微塵飄在空中各自發光。

宋千慧抬頭看，上回注視的那幅掛報已經收走了，取而代之的是新展的宣傳海報。浮世繪的風格。千慧的臂彎裡，夾著一幅用布包起來的畫。

有一組家庭走過來，攀在天井邊想拍照，宋千慧不再逗留，熟門熟路地往五樓走去。樓梯通往五樓時，入口被用伸縮圍欄拉起來，標示了「Staff only」。宋千慧視而不見，撥開通過，閒晃到館長室前，透明的辦公室裡一覽無遺，裡頭沒人，門也上了鎖，宋千慧晃了一圈，沒找到進去的方法。

好吧，雖然有點可惜。宋千慧想。她將包起的畫小心地擱在館長室前，留下便條，上頭寫著自己的名字。

日光穿過雲層，遠方山稜看得見一片虹光。

「閑」美術館五樓的館長室，白日裡，能俯瞰整片的草原。宋曉立走進辦公室前，助理提醒她，今早門口放了一件要給她的東西，問是什麼，說像是畫。宋曉立只當是尋常的公務內容，沒想太多，一工作起來就忘了這件事，直到休息空檔，想泡杯咖啡，才在工具櫃上看見助理說的那件東西。她湊近一看，看見了便籤上的名字。

宋千慧。曉立心裡頓了一下。當初請千慧把畫給她看，後來卻一直沒有聽說她的消息，以為千慧不願意。沒想到竟然在這種時候又重新與她牽上聯繫。她揭開外層的布，將畫作捧在手裡細看，神色訝異，確實感到驚艷。當初做出那樣的承諾，其實也沒有想到千慧真會這麼努力，一個學畫不久的人，竟有這樣飛快的進步，即使仍有很大的成長空間，但作品中的靈光難以忽視。

曉立其實很欽佩，看著宋千慧，像是看見自己。十幾歲時對一切充滿質疑，面對未來，只感到茫然與害怕，但逞強不讓任何人發現自己內心的猶豫。看著這幅畫，想像千慧用多少時間創作，終於將作品帶到她面前。她想說些什麼？

放下畫作，宋曉立找來助理交代：「幫我聯繫這位同學，請她親自來找我談。」

◆

顛簸的砂石道路上，躁熱的風挾帶沙礫，迎擊肌膚時，針刺一樣疼痛。使用多年的安全帽扣帶鬆弛，即時拉到了最緊，西瓜皮狀的安全帽還是不斷飛到腦杓後，得分神拉回頭頂。

宋志誠坐在後座，瞇著眼躲避風裡的沙塵。約莫一個小時的車程，讓他再度對自己心生懷疑，到底為什麼要相信阿傑？什麼騎車鑽小路更快、一下子就到了這種模糊的說法，他怎麼會信？

阿傑這回倒是騎得很有自信。「老闆，我這台新車啦，算是載你來兜風，我都還沒有女朋友，後座都沒有載過妹妹，就先載你，你看我這樣……」

志誠無奈地說：「阿傑，如果我不是你老闆，我會以為你在對我性騷擾你知道嗎？」

「啊？」阿傑嚇一跳。「沒有啦！誤會！我是要說，我這樣忠心，說不定可以加薪……」一台巨大的聯結車經過，再度捲起滿臉的黑煙，阿傑總算閉上嘴了。

不曉得又騎了多遠，車速遲疑地慢下來，看見了兩人一路找尋的那間工廠。雖然董事長選舉落幕，但關於孅輕素的風波卻仍在繼續，為了要提出對「康興生技」有利的證據，宋志誠不得不再找上彥如，最好的情況，是能以彥如的證詞，證實「孅輕素」事件是大哥的手段，甚至於進一步證明當初說謊、置換孅輕素原料的人就是宋志峰。雖然花了點時間，但志誠總算輾轉得知彥如丈夫的工廠地址。說實話，今天登門拜訪他心情忐忑，並沒有十足的把握。

正午時分，工廠內靜悄悄地，好似沒有開工。

隔著一張辦公桌，陳巧玲的語氣生硬地向宋志峰報告工作進度，她說得極慢，像是吃了一口又乾又黏口的餅，難以下嚥，又吐不出來，卡了一嘴難受。面前的宋志峰看似在聽，注意力卻關注著手機。

其實從以前宋志峰就是這樣子，他太過忙碌，永遠有無數人要向他彙報消息，陳巧玲早就習慣，與他說話時，永遠有一半的宋志峰神遊在各項訊息與公務當中。對關係有無窮希望的時候，陳巧玲覺得這樣的他很可愛。沒辦法將全副精神都給她也無所謂，又不是學生戀愛，與成功的男人在一起勢必有所犧牲，她不是為瑣事鬧脾氣的無聊女人。

然而現在看著他，陳巧玲感受不到甜蜜，胸口剩下強酸侵蝕後的灼傷。報告到一半，她突然不想說了，靜靜地看著宋志峰。志峰竟然一時間也沒有察覺，兀自皺眉回覆訊息，好一會才後知後覺地發現她的靜默。

宋志峰奇怪地問：「怎麼了？然後呢？」

「有筆金額沒弄清楚，我待會問一下祕書。」

宋志峰不耐地說：「妳都來到我面前了才發現沒搞清楚，巧玲，妳怎麼回事，以前做事情不會這樣，最近越來越打混。」

「對不起。」她習慣地迴避他的視線，對他仍有畏怕。然而這麼一來，就看見了他壓在桌面下的家庭照。宋志峰喜歡經營這樣的形象，愛家、愛孩子，邀請商業夥伴到辦公室談生意時，免不了也要提提自己的家庭，陳巧玲總是在一旁微笑著聽，無論他做什麼都喜歡。夢境褪去後，對自己的催眠就現出原形。

討厭他談家庭，討厭他在自己說話時總看著手機，彷彿她陳巧玲只是個可有可無的擺飾，反正無論如何糟蹋她，她都不會離開。這才是這段關係的真相，不是她特別，只是因為她方便。

盯著那張照片，陳巧玲突然覺得幾年來的忍耐到了極限。她的妒恨如吹氣般漲大，感到渾身快要破裂般的疼痛。

「算了，妳出去吧。」宋志峰說。
「老闆。」
「嗯。」志峰輕應，示意她繼續說。
「我……」喉嚨緊縮，發聲艱難。陳巧玲逼迫自己往下問：「今天晚上的飯局要我一起去嗎？」
「飯局？」志峰想起來。「喔，不用了。」
陳巧玲裝作不明白，又問：「怎麼這幾次都不找我了。」
宋志峰這才把視線完全地放到陳巧玲身上。他覺得好笑，詫異地看著她。「早點下班不好，非要跟著我去應酬？」
「我……我只是想知道，如果我做得不好，希望你告訴我。」
他將手機往桌面上一放，靠在椅背上，檢視貨物般地看著陳巧玲。
「沒有什麼不好。」語末停頓片刻，又說：「思瑀會跟我去。」
陳巧玲臉上的笑容幾乎撐不住。「老闆娘以前不應酬。」
「她現在喜歡，況且夫妻關係好對創業也有幫助。」
換言之跟著小三對形象不好。陳巧玲喉嚨裡都是苦澀的味道，志峰其實已經說得很明白，正如吳思瑀曾告訴過她，妳還年輕，以為名份不重要。揮霍的青春在大夢初醒時才知道浪費。
她死死咬著牙。
「那我呢？」她再也忍不住，明知道宋志峰忌諱她公私不分，心意卻是暴漲的水，沒有一扇門鬧得住猛烈的洪流。她說：「那我到底算什麼？」

果然宋志峰臉一沉，冷冷地看著她，像在看一個無理取鬧的三歲幼童。

「我想知道我是什麼。」陳巧玲顫抖著說。

宋志峰嘆氣，從她說出這句話的時候，就將她判了出局。他的神色這麼清楚，毫無掩飾，陳巧玲心碎一地。他在說她麻煩，畢竟她唯一的價值就是不吵不鬧，乖巧溫順。

過了一會，宋志峰說：「妳出去吧。」

她倒抽一口氣。「老闆，對不起……。」

「妳冷靜一下，自己想想。」

「老闆……。」

「巧玲，」志峰坦然地看著她，輕輕地問：「我從來都沒有勉強妳，對吧？」

陳巧玲渾身發冷，回不出一個字。她成了宋志峰穿過的舊鞋，壞了就丟，不懂匱乏的人家怎麼會可惜。

◈

吳思瑪在女員工廁所裡撞見陳巧玲時，正好看見她拿水抹臉，水滴在睫毛側結成珠，乍一看像在哭，但看她的神情，又不像曾有過那樣的情緒波動。她站到陳巧玲身邊，從小巧的包包裡拿出口紅，旋開精緻的瓶蓋，兩人都沒有說話。

陳巧玲看著鏡中的自己，睫毛沾了水，在眼尾處印了一塊淡淡的黑漬，而在她身邊愜意補妝的吳思瑀，表現得好像壓根沒看見她，當她只是一個偶然現身的幽靈。陳巧玲內心忿忿，抽了紙巾擦臉。

見她要走，吳思瑀又捨不得。開口說：「巧玲，都忍了這麼多年，這時候鬧起來，妳不像這麼不聰明啊。」

陳巧玲瞪著她，好像從未見過吳思瑀這麼不要臉的人。

看她兇狠的目光，吳思瑀忍不住笑起來。「妳是怎麼了，我好心提點妳，其實也算是過來人給點建議。妳暗地裡說我是個小三，其實更應該拿我當妳前輩好好討教，是吧？我要是妳，」她收起口紅，朝鏡子抿了抿嘴唇，接著說：「我就會裝傻裝到底，他又不是傻子，只要妳乖巧懂事，把妳放在身邊又不費事，有一天又心軟，就想起妳多好玩。」

陳巧玲胸口起伏，仍是一句話都說不出來。她分不清吳思瑀的用意，更覺得她是刻意在嘲笑自己，假意同情，其實是藉機將她的自尊廁紙一樣丟進糞污的水裡。

吳思瑀又說：「但妳有一點不好，就是對他太真心。」

陳巧玲以為自己聽錯，好像聽見她的話語裡有真實的嘆息，可惜一閃即逝，無法辨認。

吳思瑀已經塗抹好的深色口紅嘴唇彎成弧形，像是野鹿遭剖開的血紅肚皮，在陳巧玲看來異常可怕。吳思瑀說：「我請妳聯繫徐子青，妳就做得很好，難怪這幾年來志峰這麼倚重妳。」

陳巧玲扯著嘴角，好像吳思瑀是在說笑話。「徐子青現在窮瘋了，給點錢什麼話都能說。」

「我也佩服他跟在曉立身邊這麼多年，到底都把錢花到哪裡去。」

「他離婚後到處都找不到工作，沒有人敢聘用他，宋曉立那個女人早就把能收的東西收回來，他能怎麼做。」

「宋曉立不是會吃虧的人。」吳思瑀又好笑地說：「不過妳怎麼說得有點替徐子青抱不平，巧玲，妳有時候真是讓我很吃驚，我沒想到妳這麼天真可愛。」

吳思瑀踩了一步湊在她面前。鏡子裡，兩人靠得極近，形貌親密，鏡象裡卻清楚看見陳巧玲恐怖的神情。

吳思瑀語調又輕又冷，沒有情緒。她說：「我叫妳給他點錢，沒有說妳能幫他弄到教職。我不管妳對他起什麼同情的心思，不要開玩笑了陳巧玲，妳自己多髒又不是不知道，還想裝好心。我要他現在就丟了工作。妳告訴他，我想要的話，他犯的罪隨時能讓他坐牢。」又說：「至於妳，我剛剛說了，妳最可惜的就是對志峰太真心。真可憐，如果再也見不到志峰，妳是不是會去死？」

◆

宋志誠跟阿傑頂著艷陽，在炙熱的午後裡造訪了那座被遺落在蒼茫公路邊的鐵工廠。賴彥如果然在裡面，第一時間看見他們，神色惶惶好像想躲，但下一秒又站住了腳步。彥如重新看向志誠，提起勇氣。

他們到冷氣房裡說話，宋志誠打量滿室的資料卷宗，白板上寫著好多的時程，一塊白板髒得驚人，有些字跡實在擦不掉了，乾涸成一塊斑，烙在上頭。

彥如好不容易清出兩張椅子來，順道拿了兩罐冰礦泉水給他們。抱歉地說：「這裡……很亂，不好意思。」

「我們突然跑來才不好意思。」志誠說。

彥如搖頭，忐忑地用手指摳著牛仔褲的縫線，說：「師傅們正在休息……有什麼話可能要趕快說。」

宋志誠知道有更重要的事情應該趕快得到解答，但看她不斷向窗外看，想是怕談話會被丈夫中斷。他忍不住問出最擔心的事：「妳老公，對妳很兇嗎？」

賴彥如一時有些困惑，隨後才反應過來，志誠的問法委婉了，他想說的是暴力跟脅迫。她趕緊說：「沒有，你們誤會了。他沒有……他不是那樣的人。」

嘆口氣，賴彥如想著自己該怎麼說。

「那時候，其實是莊政永來找我。」

賴彥如重述這個故事。那天，她回到家，發現莊政永來了。莊政永這人本來就擅長說話，三言兩語地讓丈夫相信他是彥如過去的上級，剛好過來拜訪。丈夫很擔心，以為彥如闖了什麼禍，趕緊請他進客廳。彥如回到家的時候，只能被迫坐在客廳裡，聽著莊政永與丈夫說話，心裡不知道他到底打什麼主意。果然，沒多久，莊政永就講起了官司，有意無意地說，彥如捲進這起事件裡，訴訟纏身，恐怕不是什麼好事。

丈夫是個純樸的男人，知道彥如最近確實受公司波及，到地檢署去了一趟，他本來就忌諱這種事，覺得晦氣，直到莊政永說，才知道彥如竟然牽扯這麼深、還打算幫老闆繼續打官司。

當天晚上夫妻就起了衝突，丈夫憤怒地禁止她再插手、也不願意她再去上班。本來丈夫的看法，就是希望她回來工廠幫忙，不要每天跑這麼遠去替別人打工……。

說到這裡，賴彥如停頓了好久，很難再說下去。好不容易鼓起勇氣，她盯著志誠的眼睛，一鼓作氣地說：「後來莊政永送了錢來，工廠正好需要錢。我們收了。」說完，愧疚無比，再次低下頭，不敢看宋志誠的反應。

好久，宋志誠不曉得該說些什麼，失望大概是有一些，還有憤怒，對莊政永、對大哥都是。他問：「彥如，我想知道妳自己的想法。」

彥如低著頭，肩膀緊張地縮在一起。

這些日子，她總是想起那通電話。那時候志誠在電話裡說，不希望因為自己的緣故，導致彥如非得離開她早已適應的工作。其實，一開始時很傷心，漸漸地麻木習慣了，她在這裡也能待得很好，丈夫需要她，她並不一定要回去「康興生技」工作。

但是午夜夢迴想起宋志誠即使在這麼為難的時刻，仍替她著想，她的內心就覺得很難受。無法反駁，跟大家工作的這半年來，她過得真的很開心。不回去也沒關係，但好想回應他的這份好意。一直這麼想。現在終於有機會把這些話說出口，卻擔心自己沒有能力。

賴彥如說：「能不能，再給我一點時間。」

◈

宋千慧忐忑地踏進咖啡店內。

隱身在鬧區的小店，霧玻璃朦朧了光線，店內堆砌了各式古董家具，風格不一，懷舊的華麗。角落的紅絨布簾低垂，走近，就能看見宋曉立正低頭喝咖啡的側臉。

宋千慧在她的對座坐下，竭力地掩飾臉上的緊張。她的面前擺放著一張菜單，宋曉立也不說話，示意她點餐。

說實話，對於咖啡，一點都不熟悉。宋千慧翻看了幾眼，憑藉名稱，隨意地選一杯。她總覺得自己在宋曉立面前就像是蹩腳的演員，任她再怎麼比同年齡的孩子早熟，但內裡露出布偶棉絮，看出是小孩子。千慧不安地將靠枕放在膝上，強作冷靜。

宋曉立打量著她。一陣子不見，宋千慧頭髮稍微長了一些，齊平的髮尾在肩上晃動，這回染成了藍灰色。耳骨上的耳釘似乎比往常多了一兩個。瞳孔變色片倒是拔掉了，其實她原本的眼睛就非常漂亮，圓潤清澈，像她的母親。穿著也有點改變，不再追逐拒人於千里之外的冷漠裝扮。觀察她的變化，宋曉立覺得很有趣味，像是看見十幾歲時的自己，不斷地在摸索屬於自己的模樣。

「唇膏。」宋曉立說：「妳有橘色的嗎？」

宋千慧一下子沒反應過來，稍微想了會，說：「沒有。」

宋曉立打開包包的夾釦，掏出一條嶄新的唇膏，放到她面前。「是新的，說不定妳會適合。」

宋千慧有點狐疑，還是抗拒不了漂亮的唇膏包裝，拿起來檢視了一會，一直都想要這個牌子的化粧品。「妳該不會特地為我買的吧？」

「想太多，說不定在我包包裡放到過期了，妳最好是注意一下。」

「這是新款。」千慧說。

「再囉唆就還給我了啊。」曉立笑說。

「妳又不缺。」千慧收進口袋裡，神情總算輕鬆了一點。她說：「說吧。」

宋曉立對她不客氣的態度啼笑皆非。她說：「我之後會離開臺灣，也會辭掉基金會執行長的職務。」

宋千慧楞了楞，不明白她的意思。「所以呢？妳不贊助我了？」

「在離開以前，我們規劃了一個長期培育青少年藝術家的計畫，我已經將妳的作品提供給評委，能不能通過還是要看妳的實力，這不是我能控制的事。」

宋千慧聽了有點興致缺缺。「什麼，還有一關啊？」

「我還以為妳有骨氣不想走後門。另外還有一個消息。」她拿出一張彩色的簡章，放到宋千慧面前。「我接下來會去新加坡，正好認識幾個在地的藝術家，所以就規劃了幾個名額，提供入選的學生去做短期藝術交流。」

簡章介紹的是一個短期的駐村計畫，宋千慧一翻開，一張來回機票就夾在裡面。

宋曉立說：「我不知道那時候妳是不是要上課，或者妳爸媽有沒有意願讓妳到新加坡去，但反正，想要的話，妳應該就能做到對吧？」

簡章上的文字心不在焉地看了兩行，宋千慧神情猶豫，她說：「我其實也不想要就這樣欠妳人情。」

宋曉立訝異地挑眉，猜到她還有後半截話要說。

「我知道是誰讓徐子青在畫展上說那些話。」宋千慧說。她並不確定這對曉立而言，究竟是不是有意義的資訊。

宋曉立沒想到千慧是要說這件事。她僵滯的表情一瞬間非常明顯。片刻，收回驚訝的神色，她與千慧共同陷入一小段靜默中。

咖啡廳的音樂仍在繼續，這時才意識到，周遭有這麼多的聲音。

宋曉立平靜地說：「我不是為了人情幫妳。至於徐子青，對我來說已經是陌生人，他跟我無關，也應該跟妳無關。」她無比認真地看著千慧，甚至於有些嚴厲。「妳現在可能不信，但妳會比他更遼闊。」

千慧答不出話。她低下頭，看見自己緊張握成拳的手背，薄嫩的皮膚可見血管。她才十幾歲，經歷的故事這麼單薄，如果少了徐子青，那一年，她會不會變得更乏善可陳？她一直害怕，所以不斷追逐，宋曉立卻成了迷霧中淺淺可見的路徑。

看了一眼時間，差不多了，宋曉立收拾包包起身。她對千慧說：「考慮清楚了聯繫我。再見。」

◈

吳思瑀跪在師父面前，心中充滿感恩。是師父的力量，讓她撥雲見日。十年，像是住在地道裡，矮著腰、匍匐著身軀，猜測洞穴外的天光。現在不了，終於走上地面，抬頭能看見滿眼的星辰或者藍天。這一切都是師父的功勞。

小巧金潤的香爐內升起絲滑的白煙，像是牛乳，香氣清甜，還有一股沉穩的後味。吳思瑀籠罩其中，內心平靜。

在她身邊，同樣跪著接受祝福的還有宋志峰。以前志峰並不喜歡她來到道場，時常瞧不起，現在不了，看他多虔誠，跪了近半小時，也不敢說一句不高興。吳思瑀偷偷地看他，內心充滿愉悅。

兩人起身，在這場特別的法會上，站在最顯眼的位置。十年來，宋志峰從公司裡套現的錢，一部分就交給吳思瑀處理，吳思瑀不知道該怎麼辦，與師父商量，就洗入道場中，一部分捐獻給道場，竟不知不覺地成了大功德主。這一回志峰需要幫忙，師父可是出了不少力。真是多虧師父，否則怎麼有今天。

志峰還不習慣，唸經的時候，好幾個字唸不出來、跟不上速度，表情也很勉強，彷彿在忍耐。吳思瑀最喜歡看他這個樣子，喜歡宋志峰不快樂。

途中，志峰的手機響了。雖然早已轉成靜音，但震動聲仍然擾人。螢幕亮起又暗，暗了又亮，吳思瑀也看了一眼，看見無數通來自陳巧玲的電話。又是來電又是訊息，稍微讀到了幾個字，說想見面、現在就得見到面、拜託、求求你……。

宋志峰似乎也有些猶豫，看了吳思瑀一眼，吳思瑀也不表示，就靜靜地看著他。誦經聲還在繼續，平和安詳，夫妻間卻有較勁的火花。吳思瑀絲毫沒有退縮，睜著一雙生來就顯得無辜的眼睛，直到宋志峰緊繃的手臂緩緩放鬆。他深吸了一口氣，將手機關機。閉上眼，嘴裡開始唸經文。

吳思瑀忍不住，她控制不了，眉開眼笑，好開心。太好了，從來沒有這麼好過。她想跟師父分享、跟千慧分享，她真的做到，熬到了頭，過往放棄的都不算什麼。太好了，原來一直以來就是要這樣，抓住這個男人的軟肋，控制他，走進他的地盤，才能影響他的世界……。

婚姻果然是恐怖平衡遊戲，這一回終於輪到她當贏家。

夜深人靜，陳巧玲無助地趴伏在方向盤上大哭。她究竟做錯了什麼變成現在這樣子？想要的盡數落空。她難道有一點點虧待了宋志峰？這些年來在他面前扮演好一個無聲的洋娃娃，隨時裝扮成他想要的模樣。可靠的祕書、無聲的戀人，在他最脆弱的時候，成為任其發洩的靠港。不論誰說他們關係畸形都無所謂，哪有一種感情是真正乾淨無暇，只要她的愛意足夠堅定，她根本不需要任何世俗的約定來承認這段關係，甚至也不用宋志峰表態，他只需要默許，剩下的她都會替他完成。既然如此，現在的她又是怎麼回事？為什麼這麼動搖，心中充滿畏懼？

陳巧玲一向依據眼淚來判斷自己是否已經足夠成熟，像個穩重自若的女人，成為宋志峰最可靠的臂膀。她踏入社會沒多久就到宋志峰身邊工作，那時太過年輕，不敢妄想志峰對自己有好感，隨著與宋志峰關係的忽近忽遠，她的心情也時常大起大落。時常前一刻還能笑著喝酒應酬，下一秒就趴在廁所裡嘔吐大哭。她的內心有黑水漩渦，水流急促，淘空她的一切，心臟傷痕累累，甚至有時不知怎麼地，走在街上以為下雨，後才發現是眼淚。數次站在街頭心想要死，今天就死，但她捨不得這場精彩的愛情。她太喜歡了，為了宋志峰可以活著也能去死的自己，比此前任何時候的陳巧玲都還要值得自己敬佩。漸漸地她的眼淚能伸縮，她能習慣這段關係的飄忽不定，正是這樣的愛情才讓她難以輕易割捨。

但現在她怎麼了？本就從未真正到手的東西，怎麼會為此不甘心。她竟然也變得跟其他人一樣庸俗，要可笑的口頭承諾。她從來沒有這麼想要平凡的愛情，與戀人牽著手散步，心意通透，關係內只有彼此。但那人不能是別人，她誰也不要，只能夠是宋志峰。

第十九章

如露

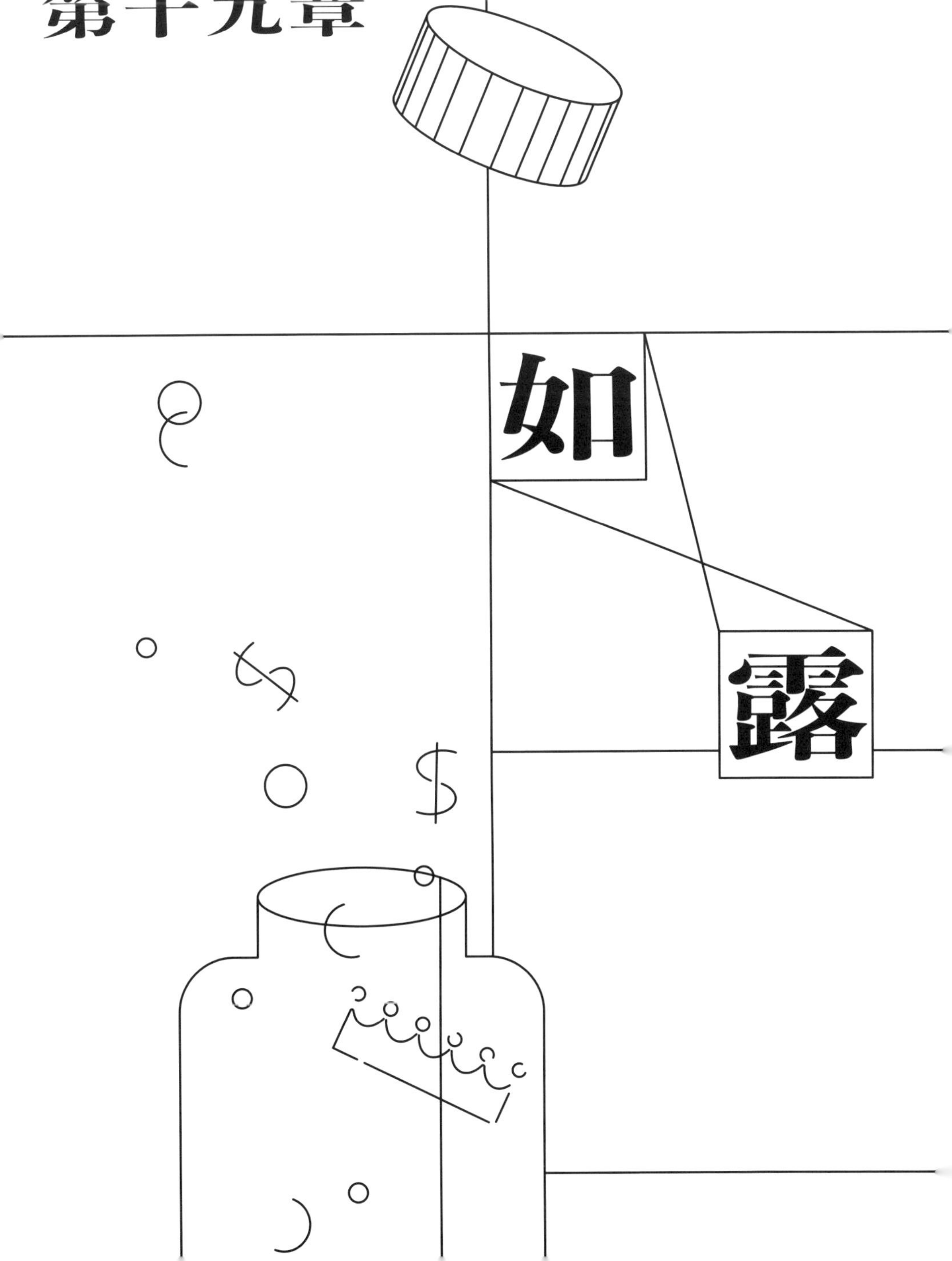

◈

宋茜一下子沒有發現旁人是在叫她。

她正低頭看自己的裙襬，昨天媽媽帶她去百貨公司買的，翠綠格紋上繡了一隻金色小鳥，橙紅色的鳥喙上揚，似乎也在與她對望。她記得媽媽付錢時心痛的表情，回程時向她抱怨，一件童裝竟然要五千元。宋茜七歲，已經很明白五千元不是一筆小金額，換算餐費，母女能活半個月，這方面她甚至比媽媽計算得還要清楚。

昨天晚上，媽媽突然想起來要給她買一件新衣服。總不能再穿別人給的衣服，以後不一樣了。媽媽這樣說。究竟哪裡不一樣，宋茜不明白，至少有一件事情非常不同，她改名作千慧。宋茜很抗拒，喜歡媽媽叫她茜茜，媽媽說，以後我還是能叫妳茜茜，況且「千慧」是特別請算命師算出來的名字，代表阿嬤很疼妳。妳知道請那算命師要多少錢嗎？

每一件事都是錢，比如眼前這幢蓋在山裡的大豪宅，也是錢堆疊出來的。站在宅邸內的花園，宋茜看著噴泉出神，幻想著這能堆出多少個一塊錢的山。有時她跟媽媽去吃大餐，得打破撲滿，堆一塊錢的山。媽媽說，現在工作不多了，妳爸爸也不喜歡我去工作，因為我們很快就要住進大房子。

媽媽不工作了，錢越來越少，仰賴爸爸時而記得時而忘記的零用錢。她們卻去買了五千塊的童裝，看來真是要住進大房子裡了。正發楞的時候，有人喊她「千慧」。一聲、兩聲，宋茜總算發現是在喊自己。

回過頭，看見媽媽尷尬在笑，跟在阿嬤身邊。實在難以把阿嬤兩個字與這個優雅的女人聯想在一起，她臉上的笑容總是濃淡合宜，但眼裡沒有親近的暖光。媽媽正責備地看著宋茜，乾笑說：「媽，千慧還不習慣。」

阿嬤彎了彎嘴角，不說話，似乎對她嘴裡那聲「媽」也不以為然。

「怎麼了，她本來不叫千慧？」她們身邊的另一個女人說話了。背光下，宋茜第一時間沒有看清楚她的容貌，直到這個年輕女人幾步踏上前來，濃重的光影從她五官上褪去，現出一張清秀精緻的臉，眉眼的形狀略帶英氣。在之後的數年裡，宋千慧對這個女人的崇拜與憧憬會逐漸扭曲成妒恨，整個青春期，都在追逐踩踏她的足跡。

宋曉立蹲下身，看著她問：「嗨，妳叫什麼名字？」

◈

宋志峰坐進車內時，臉上如盤據烏雲，黑雲間隙強忍著悶雷。

「妳來這裡做什麼？」

陳巧玲第一時間沒聽明白，她壓根不覺得自己在這裡有什麼不對勁。這是她替宋志峰挑選的新家，環境、價格，好的壞的條件她都悉心比較，想像著志峰在新屋裡生活的樣貌，逛樣品屋遂成了她最幸福的時光。既然是她一手挑選，她想見志峰，為什麼不能來？

陳巧玲的車停在公園旁，路燈照不到的距離，車內無光，更能清晰看見馬路對側，嶄新建築樓面上各家暖燈。

「我想見你。」陳巧玲說。

宋志峰顯得洩氣。「巧玲，我們說好不會這樣。」

陳巧玲雙手搭在方向盤上，輕觸柔軟的皮革質地。她低著頭，安安靜靜地。其實宋志峰一來什麼都好了，只要他在身邊，頃刻就能澆熄她心中那片濃煙惡臭的火場。志峰生氣也沒關係，她能道歉。只要他願意一次又一次地應她的要求見面，胸口劇烈的痛苦就能再度被緩和。

宋志峰此時才看清楚陳巧玲的臉。他問：「妳哭了？為什麼？」

陳巧玲仍是低著頭，擔心眼睛腫不好看，委屈又實在難以解釋。

宋志峰一手搭在椅座上，忍不住嘆氣。「妳知道我不喜歡用猜的。」

「我想要像以前那樣。」她鼓起勇氣去看宋志峰的眼睛，果然看見他皺緊的眉頭和責備的神態，彷彿她又成了那個二十出頭剛進公司的小女生。

「我已經跟妳說得很清楚。」

「她一定得在公司裡嗎？」太過著急，孩子氣的話又不小心說出口，急煞住的抱怨全是憤恨妒忌，她不敢再說，將話掐死了在喉嚨。

宋志峰凝視著她，沒有說話。

陳巧玲知道自己近期一再挑戰志峰的底線與玩火無異，但她實在太過心慌，任何一點志峰給予她的關注跟情緒，哪怕是憤怒也無所謂，都能讓她感到些微的安心。太過痛苦了，即使是幻覺她也想要。只是這一回，志峰的神情讓她感到不安，她跟在他身邊這麼久，早已習慣卑微求愛，戒慎恐懼地感受他任何細微的情緒，最自豪的就是她懂宋志峰如鑽研一門學問，才能夠反反覆覆地測試他的耐心。現在他不說話也已經太過明白，她知道他心中困惑的迷霧散去，現出一塊清晰的想法。而他這念頭於她有毒。

陳巧玲心慌地說：「你去了道場？身上都是檀香的味道。」

「看來我是太過寵妳。」

宋志峰說的話無異於宣判了陳巧玲的死刑。陳巧玲錯愕地看著他，雙手汗濕，十指冰冷。彷彿是怕她沒聽懂，宋志峰又說：「巧玲，妳不該過得這麼不快樂。」他的聲音格外溫柔，也許因為是在道別。他說：「我不適合妳。」

陳巧玲喘不過氣。「我不是要這樣。」

宋志峰沒有再說，眼神轉涼，幾年的關係他幾句話就作結，絲毫不可惜。陳巧玲知道自己愛的就是他性格中的猶豫又無情，一下定決心就是風捲殘雲，並不留戀。

「我只是想回到從前那樣。」陳巧玲哭，她是太急了才會用眼淚挽留志峰，心裡卻很明白這不會起半點作用，宋志峰哪會同情她。但她還能怎麼做，哭泣或者下跪，甚至要剖開自己的心讓他看真誠，她都可以接受。

宋志峰看都不想看，就要下車，陳巧玲驚叫，抓著他的手腕不放，苦苦哀求，宋志峰實在厭煩得不得了，用力扯掉她，甩車門的聲音聽在陳巧玲耳裡如雷劈，她大大地瑟縮了一下，眼中激滿淚水。

「不要，我不要。」她哭得胸腔都痛，從車窗玻璃看見宋志峰已經大步跨過對街。陳巧玲心中只有一個念頭，不能讓宋志峰離她而去。

宋千慧輕快的腳步踏在人行道上，感受腳下紅磚因她的步伐而微微晃動。磚塊間隙溢出積水濺濕鞋面，她並不在意。好久沒有用這種愉快的心情返家，原來豁然開朗是這樣的感覺。

一台腳踏車打響車鈴，自她身側快速經過，捲起潮熱的風。風曾經走過城市，浸泡過喧鬧擁擠的人群，質地澎鬆柔軟，勾起宋千慧久未記起的回憶。她想起那件五千元的童裝。那時的風與今晚類似，她提著百貨公司的紙袋，與媽媽手牽著手，踏過熱鬧的街。媽媽雖抱怨童裝價格簡直是搶劫，嘴角倒是帶著愉悅的笑意，那時她抬頭看著媽媽，母女心意相通，知道媽媽很開心，後來想起，明白那笑容是始於對未來有了美好期待。現在的她也是，臉上有笑容，因為總算擁有值得等待的未來。

穿過熟悉的街巷，人潮漸少。宋千慧在心裡盤算著與曉立約定的事該如何向媽媽開口。繞過半座公園，總算要抵達家門口，此時，千慧看見那輛熟悉的轎車就停在對街。她停下腳步，看見宋志峰下了車，臉上有濃厚的怒意，跨著大步朝自己這方向走來。隔了幾步的距離而已，志峰似乎仍沉浸在情緒中，一時沒有發現她。

宋千慧跟她父親一向沒什麼話好說，父女如同陌生人。她也知道宋志峰不知道該怎麼和自己相處，家庭聚會少了她，大家都更自在。因此看見他，千慧本想迴避，卻又注意到他身後那兩盞車燈如燃燒中的憤怒隕石，電光石火間，就要撞上他們二人。

在真空般凍結的時刻，宋千慧只來得及聽見自己的聲音，她說，爸爸。

撞擊如爆炸，車體與人盡燃成火球。

◈

暴雨驚醒宋志誠。他毫無預警地睜大眼睛，彷彿未曾入睡。窗外，天色灰濛濛地亮，一看時間逼近六點鐘，宋志誠躺在床上，心臟急得不對勁，卻記不起夢裡依稀是什麼令他這樣驚惶。突然有敲門聲，一陣響完，來不及等志誠應聲，急著又再拍門，兼著喊：「志誠。」是劉瑾嫻的聲音。

志誠完全清醒了，此情此景熟悉如某段時空的複製。見到志誠，劉瑾嫻心急地站不住，拉扯著他的手臂快要軟倒在地上。

宋志誠趕緊托著她，驚恐地問：「媽媽，怎麼了？」

劉瑾嫻要說卻說不出來，快要暈厥。見她的模樣，志誠有了恐怖的預想。

醫院裡，宋志誠如看著另外一齣戲，太過震撼，一切都不像真的。守在醫院裡的吳思瑀一見到他們就哭，志誠從未見過大嫂這副模樣，畢竟是親歷一場至親的生死交關。聽轉述，昨天夜裡發生了一場嚴重的車禍，那台車攔腰撞上人卻還去勢未停，鐵了心要玉石俱焚，車身如流星衝撞大樓外圍石牆，車身頃刻翻覆，轉瞬遭惡火吞沒。劇烈爆炸聲響驚動住戶，吳思瑀也好奇查看，一眼看見宋千慧，心涼一半。

千慧身上四處是挫傷，手臂遭爆炸的餘火波及，有一片觸目驚心的燒傷，皮肉綻開，每一條肌肉都還在後怕裡，緊繃如石塊。宋千慧看見她，顫顫地說，他。「他」指的是父親。陳巧玲的車攔腰撞上了宋志峰，宋千慧看得很仔細，場景映在腦子裡，荒誕地聯想馬戲團，父親的身姿就像在攀著大鞦韆的馬戲團演員，在天空蕩出一條圓弧線，失足，硬生生地砸碎在地。爆炸未正面波及父女兩人，但宋志峰送急救，性命垂危，直到志誠陪伴母親來到醫院，宋志峰都還在手術室裡。吳思瑀哭沒了眼淚，宋千慧則像是少了幾條魂魄，她的傷口已經處理完畢，此時像株植物一樣地坐在醫院內，沒有知覺，失去五感，當然也聽不見吳思瑀的哭聲。

宋志誠心情複雜，走到吳思瑀身邊，說：「大嫂，別哭了。」

吳思瑀癱軟在地上，捂著臉哭嚎，像是要把堆積在體內的驚嚇與恐懼全喊出來。倒不像是流淚，更似嘔吐。

志誠說：「大嫂，大嫂。嫂子！看著我。」

吳思瑀勉強地抬起臉，無神地望著他。

「妳聽我說，千光還在家裡對吧。」

吳思瑪點頭。
志誠又說：「手術不曉得要多久，媽媽陪妳一起回家裡去，梳洗完，待會再來。」
「我不要。」吳思瑪說。
宋志誠卻不打算給她商量的空間。他對劉瑾嫻說：「媽，帶大嫂回去休息。」
吳思瑪還要搖頭，志誠厲聲說：「妳難道要哭死在這裡？」
劉瑾嫻雖然掛心志峰，倒也同意志誠說的。她帶吳思瑪走，千慧留了下來，仍是楞楞地出神。
宋志誠一屁股坐到千慧身邊，長廊寂靜。
志誠放緩了嗓音問她：「妳還好嗎？」
千慧點頭，乾燥的喉嚨動了動。
「想吃什麼？還是喝飲料？」志誠問。
「不用。」千慧說。
宋志誠看了她一會。他與這個姪女不親近，知道她性格剛烈固執，此時卻不知道她是嚇得丟了魂還是過於堅強，目睹那樣的場景，竟然靜得無聲無息。
「那好吧。」志誠說。
「我問你。」倒是千慧開口，清冷的一雙眼睛看著志誠。「我爸爸如果死了，你開心嗎？」
宋志誠臉色微變，第一時間想辯駁，又發現她意不在挑釁，發問得很真誠。於是他將千慧的問題放在心中，認真地想過了一圈，如石子磨豆，才回答：「我不會因此開心，也不會因此不開心。」

千慧想了想，說：「你不在乎我爸爸。」

「嗯。」他誠實地回應。「妳呢？」

其實在出神的時候，這問題已經在千慧心中長成一條魚，靈活得游動，捉不住，卻將牠身上的每片鱗片都看得清晰。

「我不知道。」千慧說：「我以為我會開心。」

宋志誠理解地點頭。「人心本來就很複雜，這很正常。」

「恨或不恨都可以？」

宋志誠微笑。「妳擔心自己不恨他？」

「我不知道。」千慧仍是這樣說。「我以為憤怒是我的燃料。」

「妳又不是機器。」

「你不懂，我喜歡自己壞一點，敢愛敢恨。」

「為什麼？」

宋千慧鄙夷地看他，像在說兩人品味不同，不在一個檔次。

「你一點都不酷，宋曉立好一些。」

真是被千慧打敗，宋志誠真心地笑起來，後又發現情況不適合。他坦率地說：「曉立確實很耀眼，其實你爸爸也是，只是我們彼此都不承認。」他收起笑容，淡淡地說：「說不定有一天妳會發現，不需要這些燃料也能繼續生活。」

宋千慧不再說，似乎不信，仍是神情鬱鬱。志誠留給她空間，走開來要打電話給曉立說目前的狀況，發現剛剛忙，沒有注意到手機裡的訊息。一早就搶著擠進手機裡的各式公務訊息當中，賴彥如特別顯眼。

彥如說，董事長，我想好了，我願意作證，你哥哥當時回覆我的信件，我都還留著。幾個文字拼湊起來並不長，他卻反反覆覆讀了好幾遍。

回頭看仍緊閉的手術房，裡頭宋志峰生死未卜。志誠想起千慧剛剛的問話：你會不會開心？

◈

屋內一盞燈也沒有。宋千慧直愣愣地站在玄關，直到雙眼逐漸能分辨低光。她貿然踩出一隻腳，正好壓到一只翻倒的跟鞋。成對跟鞋的另外那只則落在幾步之外，同樣翻了幾圈。如此循著步跡走，還有丟在地上的鑰匙、攤倒的包包，像是童話故事糖果屋裡小姊弟落下的線索，一路走到了陽台。

宋千慧心跳急促，提了好幾口氣，粗魯地扯開拉門。

城市燈火如顛倒星空。吳思瑀蹲在地板上抽菸，菸頭乍紅，似笑非笑地看著千慧。「妳怎麼了？」她問。

宋千慧有些虛脫，並不答話。她堪堪地扶牆坐下，問：「幹嘛不開燈？」

「又沒有人，開燈做什麼。」她點掉菸灰，問：「傷口還好吧？」

千慧點頭。記憶裡已經很久沒有見到吳思瑀拿菸，過去吳思瑀當歌星，為了保護嗓音並不碰菸，後來要嫁給宋志峰，等待的焦慮化為一天數根菸、乃至數包菸。有人一夕蒼老，吳思瑀倒是短短數月內燒了嗓子，像是預言她再也回不去的舞台人生。

「千光呢？」

「我把他送去鄉下，跟他說是夏令營。」

「他也有權利知道這些事。」千慧說。

吳思瑀收回眺望城市的眼光。她怪笑地看向千慧，雖然是笑，眼裡卻都是恐慌。她淺淺地吸了一口菸，吐出白霧，說：「我自己都處理不好，該怎麼面對兒子的情緒？放過我吧。」

「醫生怎麼說？」

「說可能會醒來，也可能不會醒來，醒來了可能也……」她收了聲，嘆氣說：「叫我考慮一下，要不要繼續治療。」

千慧面色惴惴。「那妳怎麼說？」

吳思瑀低頭點掉煙灰，附著在灰燼上的火花轉眼即逝。「我還沒回覆。」

「陳巧玲呢？」

「死了。」

母女陷入一陣沉默，共同聽著遠方的車流與喇叭聲。

「那個時候，」許久，千慧開口說：「是他把我推開。」

感覺到吳思瑀的目光，宋千慧刻意看向遠方，談起這話題，不敢直視任何人。她說：「陳巧玲開車撞過來的時候，是爸爸把我推開，所以我沒事。」

吳思瑀的菸擺在嘴邊，幾乎忘了抽。她眨了眨眼，彷彿跟著千慧的敘述，也看見當晚的畫面。急光刺眼，如殺人砲彈，疾速朝父女撞來。宋志峰的第一反應，是伸長了手，用盡全身的力氣推開了宋千慧。千慧嘴裡的爸爸還沒喊完，親眼看見宋志峰的身體像是最柔軟的舞者，在空中翻滾如靜止，千慧的眼珠子裡映上父親的每一道身姿，一瞬，父女視線相交。宋志峰的眼裡也映出她的臉，隨後，轟然落地。

「是嗎。」吳思瑀乾乾地說，心有餘悸。

「嗯。」千慧不再說下去。

吳思瑀摸來張紙，放到千慧身邊。一看，是宋曉立給她的簡章。

吳思瑀解釋：「我不是故意要看，就放在妳包包裡，替妳收拾的時候就看見了。」

宋千慧低下頭，彷彿被抓到了背叛的證據。

「我去見了宋曉立。」

「我知道。」夜晚的風吹散香菸白氣，吳思瑀的表情，淺淺地蓋在煙的那一頭。她說：「想去就去吧，發生這種事，我本來也希望妳跟千光走遠一點，去散散心。」

宋千慧伸手說：「給我抽吧。」

吳思瑀猶豫，卻也並無不可。她遞出剩下的半支菸，看著微風中短髮凌亂的千慧，眉眼都與她神似。她笑：「像誰都好，卻偏偏像我。」
宋千慧冷淡地看她一眼，捏著菸抽一口，說：「那妳做好決定了沒？」
吳思瑀知道她問的是宋志峰。她說：「我不想放棄他。」
千慧低笑。「妳究竟是不是恨他。」
吳思瑀詫異地笑說：「妳怎麼會不知道。我是因為愛他。」
宋千慧楞楞地看著她一會，說：「妳真是沒救了。」
「茜茜，我也是個人。」她側著臉看著千慧，神態認真地說：「就算我想要把人生搞砸，也是我的決定。讓我選擇吧。」
宋千慧將菸捻熄在地磚上，紅光熄滅。
「我知道啊。其實我喜歡妳這樣。」

◈

「妳確定不跟我一起去？」
手指勾在行李箱的扣環上，扣環在齒軌上顫抖著前行，偶爾卡在半途，用力一扯，總算是走完了全程。宋曉立收拾好行李，起身扭開拉桿，向她的母親詢問。
劉瑾嫻坐在曉立的床畔，不正面回答，拿起她攤在床上的幾件洋裝說：「這幾件妳不要了？」
「就是帶得少，去了才能再買呀。」

劉瑾嫻嫌棄地說：「我怎麼會把妳養得這麼浪費？」

「我是在開玩笑。我的行李箱都被妳裝得這麼滿，怎麼還帶得了？」宋曉立拿起一件洋裝在劉瑾嫻身上比畫。「送妳吧，是妳的了。」

劉瑾嫻笑說：「這我怎麼能穿？」

「劉小姐，妳比我還瘦，怎麼不能穿？」

「我都六十幾歲了。」話雖這麼說，倒是舉著宋曉立的洋裝細細在打量。

「六十幾怎麼了？」宋曉立失笑，一把抓起床上好幾件衣服，全塞進劉瑾嫻懷裡。「都給妳。」嘴上不說，這幾件漂亮衣服劉瑾嫻看了還是很高興，抱著她價值昂貴的洋裝欣賞。

宋曉立雙手搭在拉桿上，還是不捨，再問了一次：「妳真的不跟我一起去？」

「去了做什麼，人生地不熟，天天在家裡等妳回來？還是跟在妳屁股後面，當跟屁蟲媽媽？」

「不見得啊，說不定妳去了發現很好玩，活動比我還多。」

「不要了。」劉瑾嫻輕聲說：「我還有一些事情想做。」

「妳想做什麼？」

「之前不是跟妳說想學開車嗎？我想說，妳爸爸走了，想自己開車，跟幾個姊妹出去玩。」劉瑾嫻斂起笑容。「況且志峰現在這個樣子。」

宋曉立詫異地說：「妳想了多久了這些事情。」

「怎麼樣，聽起來不錯吧？」劉瑾嫻斂起笑容，說：「曉立，媽媽會學著自己過生活。」

站在窗邊，宋曉立覺得陽光太熱，不安地撫摸著曬燙的手臂。

她看著劉瑾嫻的臉龐，一向覺得媽媽柔弱。從懂事以來，母親身體就不好，時常生病，聲音總是細細嫩嫩的，從來沒聽過她大吼。永遠這麼知性漂亮，像個少女。她不知道從什麼時候開始，就將保護母親、保護弟弟，當作是自己的生活目標。所以她必須要表現得足夠強悍跟聰慧，才能替他們建造出城牆。現在想想，不是母親沒有離開過她，而是她從來沒有離開過母親身邊。

「真的嗎？」宋曉立聽出自己語氣也不確定。「妳不會怕吧？」

「我有什麼好怕的。」劉瑾嫻望著宋曉立，溫柔地說：「宋曉立，妳也是，去過妳自己的生活了，這次要開心一點。」

感覺喉嚨因情緒而一陣緊縮，宋曉立抿了抿嘴巴，深呼吸一口氣，笑著說：「那我要走了，妳不要後悔喔。」

宋曉立拉著行李箱往外走，擔心回頭會哭，真是丟人，三十幾歲了，又不是都不回來，怎麼告別還是難受。她一路加快腳步，到了一樓，宋志誠的車橫在大門口等她。

宋志誠下車替她搬行李，宋曉立一言不發，趕快上了車，緩和自己羞恥的情緒波動。

回到駕駛座時，志誠側頭看她一眼，笑說：「怎麼了，妳看起來好緊張。」

「快點開車。」曉立不耐地說。

宋志誠沒有明白曉立突如其來的火氣，順從地上路。離了家門，宋曉立才漸漸緩和過來，調換了個舒服的姿勢窩著。志誠順手替她調整冷氣出風口，記得她怕冷。

曉立說：「等過段時間你也能來新加坡看看。」

「好啊。」宋志誠欣然同意。下到山路口，等待紅綠燈的時候，他打起方向燈。「有妳在，海外的事情我就不用擔心。」

曉立手上的基金會和美術館，經過幾年的堆砌打造，已經發展得非常成熟，於是她決定退居到董監事的位置，讓更合適的人接掌她原先的職務。她選擇轉戰經營「康興生技」的海外事業，拓展據點。志誠對曉立有十足的信心，她總是有打造出一個王國的實力。

「那你呢，官司現在還好吧？」

宋志誠沉默下來，手指輕輕握在方向盤上拍點。

他說：「我在考慮。」

「考慮什麼？」宋曉立等著他說。

他嘆息似地笑。「考慮不將大哥列為共同被告，由我以負責人的身分認罪，負起全責。」

宋曉立睜了睜眼睛。「你說真的？」

「我最近一直在想，這件事上了法庭，一年、兩年，花時間花金錢去爭一個我自己的清白，到底是為了什麼，對公司一點好處都沒有。」通往機場的方向，廣闊的道路茫茫地在眼前展開。天空蒼白，偶有幾隻飛鳥遠行。志誠說：「『孅輕素』的風波開始冷卻了，公關危機我們也處理得很好，就連賠償都比預期來得少。只要我不堅持證明『孅輕素』的成分問題是大哥做的手腳，由我來認罪，那這件事就算落幕了，公司就可以往前走。」

「如果你不在乎自己的話，當然什麼都沒關係。」曉立說，看著他時，臉上有隱約的同情與惆悵。「你能忽略自己的心聲的話，那就這麼做吧，我不會阻止你。」

宋志誠說不上話，知道曉立說的都是事實。

「但這樣真的可以嗎？」曉立又問。「你一點都不會不甘心？」

◈

臥室內，以往總是收得整整齊齊的櫃子被翻開，整層櫃抽出來倒在地上，衣櫃大開，陳年堆積的衣服像是小山一樣堆積在床上、地板上⋯⋯。

整個房間像是經過怪手挖掘、炸藥破壞，幾乎沒有一處可以立足的地方。劉瑾嫻一屁股坐在衣物上，實在收得累了，看著這一室的凌亂發呆。

以前，每樣東西都捨不得，把回憶的殘跡當作是歲月的拼圖，一塊塊都留下來，深怕老了會忘記。現在卻不了，每一件都想丟，心裡面沒有捨不得，觸目所及的破壞令她的胸口起伏加遽，覺得好快意，想在亂土裡，看見冒出的新芽。

唯一是牆壁上那幅夫妻合照沒有拆掉，那是兩人結婚時唯一一張合照。當時沒什麼錢，於是穿了最喜歡的衣服，一起到相館拍照。過後一年其實補拍了婚紗，但不曉得為什麼，看來看去，還是最喜歡這張樸素的合影。宋再興穿著年輕時喜歡的皮衣，她穿著自己製作的洋裝，兩個人坐在一塊，手牽著手。

劉瑾嫻搖搖晃晃地站起身，望向這張照片，眷戀又懷念地看著年輕時的宋再興，在心裡最後一次地與他道別。

◈

「康興生技」的新廣告上架。

由阿傑負責策劃的品牌廣告，以家庭傳承為題，陳述「康興生技」走過四十年，如何陪伴一個又一個的家庭成長茁壯、又孕育出下一代。幾個畫面特別觸動宋志誠的內心，比如一個開計程車養育家庭的父親，夜半開車，累了睡在路邊，後照鏡上掛著與女兒的合照，還有一個姐姐，一邊開車，一邊兜售妹妹販賣的咖啡濾掛包，為了要陪妹妹一同完成開咖啡廳的夢想。最後一行字幕，獻給每個心有所愛、努力生活的你。

這支全長四分鐘的廣告，在網路上架後，旋即取得很大的迴響。歷經當初的風波、終於選定了董事長人選，「康興生技」重新站穩腳步，而當初「孅輕素」成分標示疑慮這件事，也漸漸從人們的嘴裡淡忘，只是官司仍在進行，尚未產生出定論。

同時，唐東易在新加坡子公司的任務已經告一段落，準備要回臺了。確認他飛機落地的時間，宋志誠很認真看待，一早就到機場等候。來到接機大廳，人群裡等了一陣，總算看見了唐東易。見到他，志誠由衷地開心，朝他頷首說：「東哥，歡迎回來。」

唐東易摘下頭上的帽子，幾個月不見，頭髮花白了不少。他仍是那副熟悉的揶揄笑容，看見志誠，滿眼欣喜。說：「真的是好不容易。」

向大門走去，電視牆上正播放「康興生技」的最新廣告。唐東易駐足看了一陣，志誠問他：「感覺怎麼樣？」

唐東易先又是嘴硬，硬是要說：「太煽情。」後笑了笑，又真心地說：「但做得很好。志誠。」

宋志誠不好意思地掩飾臉上一瞬間的感動。他想起剛剛回到臺灣時，初次造訪「康興生技」，當時，父親還在昏迷中，他被迫踏入一場未知，對於回到家族企業任職的決定，內心仍有一絲不安。在一切變動裡，唯有唐東易的身影像是一棵挺直的樹，自在安然。告訴他，既然你回來，希望你會喜歡董事長的事業。

唐東易在新加坡這幾個月，花費了好大一番功夫，總算讓子公司經歷一陣大換血，也勉強地清理過往志峰任職時的一些爛帳。根據他的清查，發現大約自五年前開始，宋志峰就使用與在臺灣同一套的掏空手法，從海外挖錢。子公司因為沒人約束，自成一個體系，成了他的私人金庫。大體上唐東易發現的模式是，志峰在外開了一個原料商，以高價出售原料給子公司，等到子公司完成生產之後，再由志峰另外開設的銷售公司，以低價購入產品，並以不合理的極高市價販售給市場，以此賺中間的價差。至於賣不出去的貨品，就盡數退回子公司的倉庫。

唐東易去走了這麼一趟，首先就是看見倉庫裡成堆要被打掉的庫存，即使已經花了把個月整理，也尚未完全地完成報廢工作。粗估下來，認列損失可能高達三億台幣。父親在世時，還不知道金額這麼驚人，但也已經大略知道子公司的慘況，那時他只說「就處理看看」。宋志誠認同，他也並不打算因此就放棄海外市場，畢竟再早幾年，子公司業務還不在大哥的掌握中時，也還算是做得有聲有色。

現在，經過唐東易親手調整，海外的事情大致上是塵埃落定。他年紀也大了，沒有意願在新加坡久待，這次回來，要將責任全權轉交宋曉立。

宋志誠與唐東易一起回到公司，向他說明這幾個月發生的事情，以及官司目前的狀況，唐東易聽完後，低笑說：「真是難熬，對吧？」

「是不太容易。」志誠說。「多虧東哥幫了我這麼多。」

「我也沒做什麼，幸好是你自己挺過去。」又說：「況且無論如何，老董事長交代我要好好地幫助你。」

他這次回來明顯比以往蒼老了不少。雖仍是從前幹練的模樣，但積年累月的疲憊卻騙不了人。

唐東易突然支吾一陣，似乎想提什麼事。好一會，才不好意思地說：「本來我跟老董事長說，差不多今年底就想要退休。但現在這情勢，如果董事長你不棄嫌，請讓我繼續留下來幫你吧。」

宋志誠嚇了一跳，不曾想到唐東易會用這種請求的姿態對自己說話，在他心中，東哥一直都是敬重如父親般的長輩。他趕緊說：「東哥願意留下來當然很好，我才要謝謝您。」

唐東易抱歉地笑。「你畢竟是年輕人，我都已經這麼老了，很多事情力不從心，時代不同，過去幫老董事長還可以，但也許已經跟不上你們的新思維。」

「千萬不要這樣說。」宋志誠認真地說：「請您留下來，我很需要您。」

唐東易乾皺的臉微微拉扯，低下頭，遮掩觸動的神情。

「那就一起努力吧。」他笑著說。

第二十章

彼方

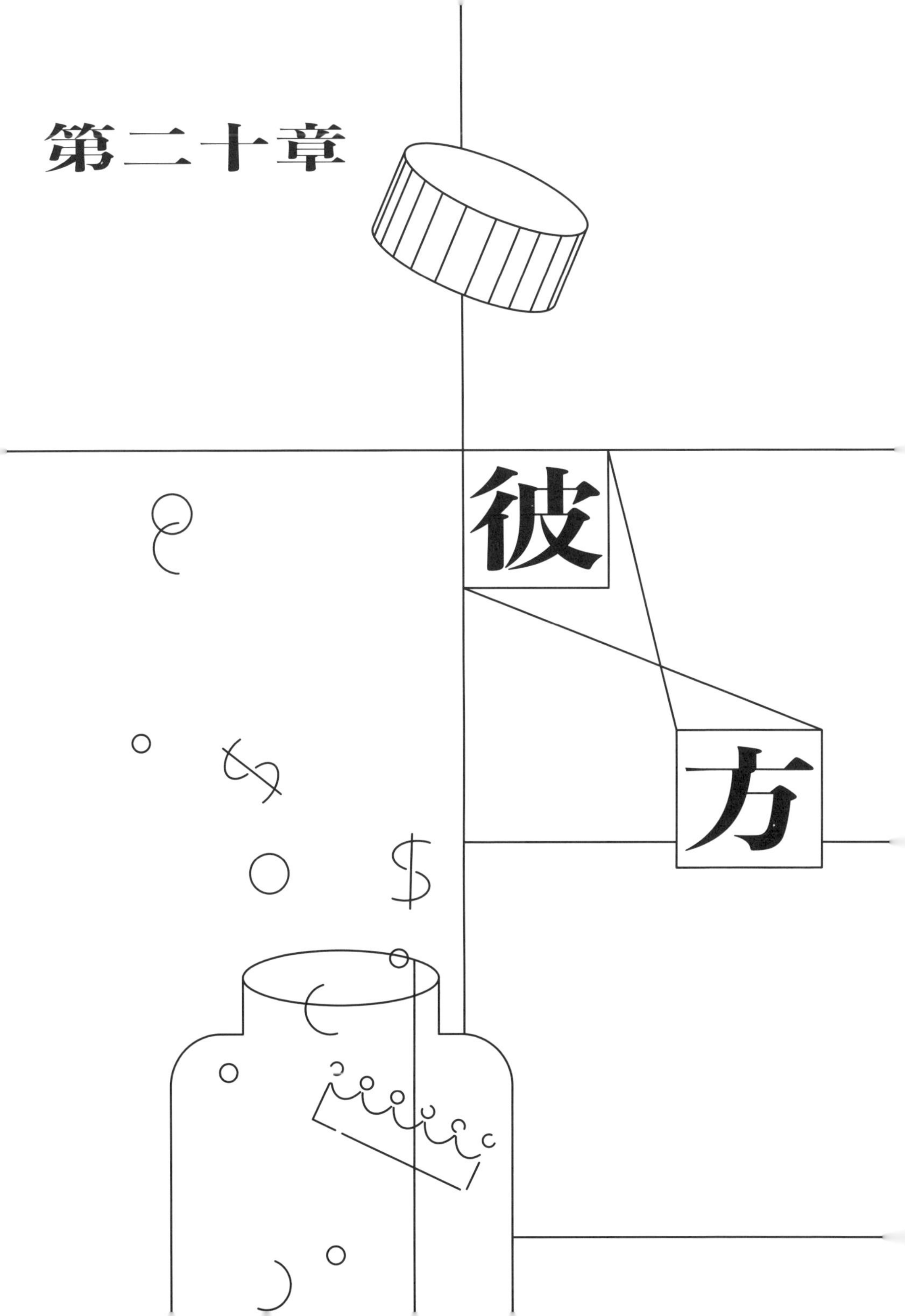

◈

車鍊扯動兩輪，剛補上的新油在烈日下飽含光澤。鄉下的日頭好像是野生的，在陽光中溜達沒多久，皮膚上就都是曬傷的輕微疼痛。宋志峰賣力踩著剛剛從四叔手中借得的腳踏車，他學得很快，即使起步時搖搖晃晃，也曾數度跌倒，但在大人看不見的地方，他就顯得足夠大膽，雙腳都是挫傷也不怕。當第一陣風平穩地迎面吹來時，他已經可以放掉一隻手騎車，也能平穩地閃避田間小路上偶然出現的小動物。能夠自由自在地探索實在太快樂了，以致於等他回過神來，差點趕不上開飯時間。他拚命地踩動踏板，往老厝奔去。車輪溜進了三合院入口的坡道，他慶幸地發現午飯尚未開始。

推開灶房紗門，撲面就是灶房油煙熱氣。母親與阿嬸還在備菜，熱得整張臉都是油光。看見志峰，她說：「飯還沒煮好，你先出去玩。」正中午，灶房不開燈，採光僅依靠磚牆上的那扇黏滿油漬的紗窗，母親又說：「把你弟弟也帶出去。」志誠此時七歲，生得比一般男孩來得瘦小，個性害羞怕生，靠在灶神像邊窩著，靜靜地等待母親忙完，若沒有母親提醒，志峰根本沒看見他。宋志峰有點尷尬，他與志誠平時根本說不上話，現在要帶他出去，去哪裡？雖然內心有諸多猶豫，仍是答應了母親，走到志誠面前，說：「走吧。」

兄弟倆一前一後出了灶房，站在廊下瞇眼看太陽，不知還要等多久。宋志峰注意到弟弟始終看著那台紫色腳踏車。宋志峰心念一動，問：「你要騎嗎？」

志誠搖頭，說：「我不會。」眼神卻還是發亮地看著車。

宋志峰於是說：「我會。我能載你。」這句話是脫口而出，一說出口就心虛。他自己都還不熟悉，真的能載人嗎？

還來不及反悔，志誠就說：「要。」他答應得一秒都沒有猶豫，語氣很堅定。他這樣一口答應，反而令宋志峰心生猶豫。即使尚且年幼，從小吃足了父親嚴厲教養苦頭的他，早早能夠分明人與人之間時而廣闊時而幽微的差異。比如他與這個弟弟，就處處不同。志峰外表神似父親，比起同齡朋友來得高大，遇事卻時常膽怯，瞻前顧後地擔心挨罵。為了保護自己，又學會狡辯。父親最恨他狡辯，只要他一開口「我沒有」、「我不是」，就會被打得更兇。志誠則不一樣，也許是將大哥的遭遇都看在眼裡，為了不落入跟大哥一樣的處境，他比尋常的孩子更謹慎、更安靜，懂得察言觀色讀父母的心，又加上他從小身體不好，幾乎沒有被父母打罵的記憶。大約就是因為這樣，志誠外表瘦弱，做決定卻很快，一雙大眼充滿興味地閃爍時，就代表他已經決意要冒險，也不在乎代價，還不懂恐懼。大人說他貼心，看在宋志峰眼裡，只覺得他討厭。他一向厭惡這個弟弟。

話既說出口就沒有回頭路，宋志峰怕怕地上了車，說：「上來吧。」

後座一沉，明顯與剛才截然不同的份量。宋志峰緊張地雙手僵直，得花好大的力氣才能抓穩握把。他說：「要走囉。」車鍊費勁的轉動，他咬緊牙齒，半站起身，奮力地往下踩、再踩。輪胎開始流暢滾動，兄弟上路。微風像是獎賞，吹拂兄弟倆的頭髮與發燙的皮膚。

宋志峰往後望，看見弟弟開心的笑臉。志誠從小病弱，膚色白皙近乎病態，此時雙頰被曬得粉紅，與母親神似的眼睛新奇地將行經的每一種景色納進眼底。志峰第一次感覺他可愛。

「好玩嗎？」志峰問。

志誠點頭。「你剛剛騎去哪裡？我也想去。」

宋志峰現在才後怕，擔心摔車怎麼辦？要是讓弟弟受傷，回家肯定是他挨揍，但此時兩人就在路上，前方展開的都是冒險，好似只要不斷往前騎，兄弟倆就會穿破邊境，到達只有他們知道的新世界。宋志峰心臟跳得好快，其實也想要向弟弟誇耀自己剛剛的新發現，哪處的風景、某個角落有隻肥大的青蛙、一條大水溝旁長滿了燈籠似的草……興奮壓過恐懼，他太急於向手足述說他私密的探險經歷，那片他親自找到的視野。

於是他的腳步沒有停，車鍊仍拉扯著雙輪，不斷往前行進。志峰更起勁地踩動踏板，說：「那我帶你去剛剛我看到的……」

兄弟倆行經農田與魚塭，魚塭連綿，對孩子來說，廣闊地像是一片海。水車不斷拍打魚塭水面，撩起泡沫水花，水氣經海風傳遞來到鼻間，又腥又甜。

多年後宋志誠會回想起這一日，已記不清細節，只記得那圈不斷轉動的車鍊，以及在單車行駛過程中，大哥奮力踩動踏板而微微晃動的身姿，以及汗濕一片的髮尾與衣領。日頭曬人，兄弟身影在烈陽底下泛白，在回憶中蒸發。

◈

宋志誠安靜地聽著律師說話。律師事務所外，矮白牆切面崎嶇，弧度模仿遠山，斜陽透入室內，恍惚看見山中日落。大片陰影籠罩在志誠臉上、肩頭，他攏著雙手，坐姿前屈，身上的黑影彷彿浸過海水一般又沉又黏。律師正在向志誠說明現在的狀況，若是他現在想改變策略，律師團隊也絕對會尊重他的意思。宋志誠幾度嘆氣，像是要將體內最深的那口煩悶給吐出來。他煩躁地閉上眼，眉頭緊促，身體不安地微微晃動。

「真是……」他無奈地輕笑，抹掉眼皮上的疲憊。

◈

宋千慧在候機的時候偶然看見報導，快速地讀了兩句，內容大概提到「康興生技」的案子已於幾個月前落幕，千慧並不關心，草草地閱讀兩句就滑過這則文章，正好看見母親的訊息。吳思瑀問：「到了？」宋千慧回：「到了。」母親沒有來送機，千慧也並不覺得需要有誰來替她送行。況且父親雖然脫險，也已經恢復神智，遭逢重創的身體仍需要時間復原，這段時間公司由母親代管，看她經營得風生水起，哪裡是老闆娘，已經把自己當作老闆。宋千慧心裡很清楚她這個母親，等待這麼久，要的不就是一切由她作主的這一刻。

宋千慧的行李輕便，就一個後背包，帶上她慣用的畫具，這樣而已。未知且尚未塑形的遠方就像是一張看不見邊際的空白畫布，可以是任何樣子，她不擔心第一筆、第二筆，她在乎的是畫布最終的樣貌。廣播作響，登機的時間到了。臨行前，千慧想起還有最後一件事。她登錄大學生的論壇，欣賞自己一早發的貼文：藝術家徐子青於任職講師期間與多名女學生發生不倫關係。佐以她親自拍攝的照片為證，很快在論壇引起熱度不小的討論。她得意地揚眉竊笑。

宋曉立說徐子青已經與她倆無關，她可沒有宋曉立那種心腸，她最擅長的是破壞，也最喜歡破壞。她開了另一個帳號，混跡在眾多討論中再度散播一則謠言：「徐子青本來就不是什麼好東西，當初他性侵未成年少女，前妻跟他離婚，怎麼會有學校敢聘這種人啊。」這則不清不楚毫無根據的回覆因為血腥味夠重，很快引來眾多詢問：未成年少女是誰？你有什麼證據？宋千慧開心地關了網頁，不再回覆，任憑流言長翅，化為蝗蟲過境，將徐子青啃食得一點不剩。

宋千慧喝完最後一口咖啡，將紙杯塞入垃圾桶中，扛起背包步上飛機。沒有注意到在幾公尺之外，她與宋志誠錯身而過。

宋志誠同樣也看見了那則報導。一個月前，經過多方考量，他終於下決定讓「孅輕素」的紛爭終結在自己身上。當時律師也說了，即使爭取彥如上庭作證，畢竟志誠任期內，有成分疑慮的「孅輕素」仍在販賣，出貨單上也曾蓋有他的章，無論如何志誠都難以撇清責任，強行要走無罪抗辯路線也許成效不彰，緩起訴會是這場官司最好的結果。相對地，志誠得要先認罪。

與律師溝通完後的那一個晚上，宋志誠難以入睡，山中各種細微的聲音竄入耳中，他想起父親說的責任、母親說的忍讓，以及宋曉立問他是否決定將自己擺在最後。艱困入眠後，夢境卻出奇明亮，是七歲那年隨家人返回鄉下老厝，他無聊地窩在灶房等母親燒菜，渾身都是油煙菜肉味，忘記是怎麼了，後來竟與大哥一起騎車出遊。記憶如從深水中打撈上岸，在眾多沉積的回憶中，他根本忘了有過那樣的一個白天，他坐在後座，看著大哥奮力騎車的背影，後來兩人找到一處雜貨店，共同坐在路邊喝涼水。已經不記得兄弟倆當時有過什麼樣的對話、又究竟有沒有趕上午飯，但憶起這段過去時感到平靜，想必那是一段很好的往事。醒來後，宋志誠思考了很久，打了通電話給大嫂，問候大哥的病況。

此時，宋志誠準備登機。趁著公務之便，他打算順道回一趟美國，處理尚未瞭解的瑣碎事物。旅程緊湊，短短四天的時間就要來回。重新踏上前往美國的班機，飛機起飛、穿透雲層，志誠閉上眼，感到一切恍如隔世。

歷經十多小時的飛行與轉乘，他總算回到與未婚妻生活過的那間臨海小屋。打開門，窗簾飄盪，屋子內是停滯一年多的空白。當初離開時，他沒有想過自己會就此定居在臺灣，因此僅簡單地處理掉一些能轉送朋友的傢俱。能用的搬走、沒人想要的就留下來，剩下的這個屋子，看起來東缺西缺，零零散散的，直到完全失去生活感，志誠才與它道別。

這是搬來ＬＡ之後，宋志誠用自己的積蓄買下來的二手屋，當時跟未婚妻看了好多間，有的太舊有霉味、有的鄰居看起來很可疑……看來看去找到了這一間，大小適中、看得見海。她說，最喜歡的就是臥室的那一面大窗子，白色窗櫺、還殘留了一小塊上一個屋主留下來的花窗，太陽照進來時，恰好折射虹彩。

他好喜歡剛搬進來時，兩個人一起置辦傢俱、規劃空間的回憶，那時最好，因為有未來。每個早晨她在房間寫歌，寫累了就搬起吉他到窗邊彈奏，他在客廳工作，喜歡屋內有人的感覺。

站在空屋玄關，幾乎還能看見兩人生活在這間屋子各處的身影。宋志誠想起前些時候，徐子青散佈那則重傷他的謠言，說他出軌才導致未婚妻自殺。偶爾還是會有人非常委婉地問起這段往事的真相，宋志誠不願多說。怎麼會有必要跟他人解釋一段感情的結束？他只能簡單地說，未婚妻是個很有音樂天賦的女性，我跟她在一起，一直都很快樂。他總是說得簡潔快速，中間細節盡數省略，因為不重要，只想留下最好的。唯有對宋曉立，後來他講得比較明確，他說，交往後期，相處中佈滿爭吵的傷痕，他曾狠心提過分手，最後因為未婚妻日益嚴重的身體疾病而留了下來。她說，假裝還相愛是最傷人的謊言。她愛好自由，身體頹敗與同情的愛，都讓她難以忍受。

出事時，她也是從那扇窗跳了出去。好一段時間，宋志誠閉上眼就驚醒，醒著卻好像腦中有雲霧，粘膩潮濕，終年悶雷，提不起精神、無法生活。他在自己意想不到的時候哭，想哭的時候卻沒有半點眼淚，時常在後悔，也努力想要振作，花大把時間想著要走上岸，但海水太過刺骨，他的四肢僵硬，每一分每一秒都想著要放棄。但混沌裡依然記得她說過的一段故事：「突然有一天就發現自己濕漉漉的身體乾了，可以清爽地站起來，可以踩在溫暖的沙子上奔跑，全身弄髒都沒有關係。那時就走在白日裡了。」忘記當時確切聊得是什麼，卻一直把這段話當作信念。

然後有一天，他就在該醒的時候清醒，該睡著的時候睡著。父親來過又走了，告訴他，撐不下去就回家。宋志誠花了好幾天的時間思考，心中的聲音越來越響亮，跟他說，真的好想要回家了。做決定的那天，宋志誠有一個夢。夢裡的她跳出窗子，竟飛了起來，騰空踩在陽光上，再也沒有拘束，輕盈如一片葉子，在生命恰好時脫落危危細枝。一切都正是時候。

打從一開始相遇的時候，宋志誠就愛她這麼自由。倒是他，顧慮重重、體貼過度，好希望自己也變成像她那樣自在的人。

宋志誠花了一整天迅速整理，總算是清空這個地方，可以等待下一個屋主來接手。最後，他想起來還有件事。從背包裡拿出那張屬於宋千光相機的記憶卡，放在窗台。窗戶未關，海風大時，也許會捎走這張帶有祕密的卡片。宋志誠無所謂，是捲入海裡或者被誰踩碎，甚至是來不及遭破壞就被誰好奇地拾去使用，都沒關係。反正裡頭的影片對他人而言，不會有任何意義。

離開前，他回望那扇未婚妻常眺望的窗，心想，我可能成為妳嗎？知道這是傻話，於是說：「我要走了，不會再回來。」看最後一眼，正式結束在異鄉的一切牽掛。

◈

一年多後。

劉瑾嫻一早就忙得團團轉。備足了宋再興生前最喜歡的菜色，彷彿重演年節，為了替宋再興做祭日。曉立答應了會回家，志峰沒有明確的回覆，但劉瑾嫻在心裡期待，他畢竟不能一輩子不回來。

這段時間以來，「康興生技」逐漸走出陰霾，新產品在市場創造佳績，公司終於從谷底復生，轉虧為盈。新季度開始時股價就一路飆漲，令不少仍在觀望的人跌破眼鏡。大概是因為這樣，四叔對志誠的態度好多了，現在見面，雖然還是喜歡刁難，但已經能說上幾句閒話，偶爾語氣中也有稱讚的意思。至於官司，在志誠認罪之後，付出一千五百萬，算是了結這場無妄之災。志誠沒有讓彥如上庭作證，畢竟已經沒有必要，倒是彥如最終也沒有回到公司任職，留在丈夫的工廠工作，已經很久不見她。阿傑在叔陽調回業務部之後，成了行銷部的主管，聽說整條菜市場都知道他高升。

這次宋再興祭日，幾個伯伯叔叔也過來探望，志誠一早就忙著接待他們，氣氛有如過年。劉瑾嫻在廚房裡實在走不開，不斷問志誠，還有誰沒來、曉立要回來了沒有？聽見車聲，就催促志誠去看。此時又聽見有人，宋志誠自覺地去迎接。一台黑頭轎車開入大門，下來的是吳思瑀與宋千光。志誠再多往車內看一眼，問：「大哥沒來？」

吳思瑀說：「你大哥身體還是很不好。」

志誠了然點頭。他看向千光，孩子彷彿一夕間抽高，過去稚嫩的雙頰鑿上小少年的線條，也許是到了彆扭的年紀，看見志誠的眼神不再親近，顯得防備與疏離。

「千光，好久不見。」

宋千光低應一聲，往吳思瑀身後站。吳思瑀表情無奈，抱歉地向志誠說：「他都這個樣子，你不要在意。」

「沒有關係。先進去吧，大嫂。」

劉瑾嫺沒看見志峰，果然有點失望，但近一年來婆媳倆的關係反而因為志峰的病而有了正向的維繫，見到吳思瑀，也已經很能聊兩句。吳思瑀接掌了宋志峰的公司，已經成了實質上的負責人，性格變得更自信大方，現在與婆婆相處，沒有以前畏縮的模樣。她大方地詢問劉瑾嫺正在做什麼菜，自然地接手。宋志誠插不上話，回頭去尋千光，最後在後院看見他。

宋千光正靠坐在矮籬上，百無聊賴地看遠方市景。今日多雲，景色泰半藏在雲霧裡。天陰雲低，水氣濕重，隨時會降雨。

志誠笑著問他：「還記得這裡嗎？」

千光悶聲點頭。

「最近還好嗎？學校呢？」志誠又問。

「還好。」

志誠估算了一下，說：「你現在應該是五年級吧？」

千光沒有回答，好像他在問不重要的事。

「你爸爸還好嗎？」

千光總算抬頭看他，眼神冷漠，甚至充滿敵意。他也不說話，就一直這樣看著志誠。宋志誠其實也聽母親說過，大哥出事以後，公司由大嫂代管，照母親的說法「什麼代管，那女人整碗都拿去了，志峰的錢全都在她身上」，而宋千慧出國念書一直沒有回來，千光成了困在家中的孩子，陪伴父親的責任落到他頭上。沒有人知道是什麼原因，在這些日子裡，千光變得越來越沉默，害怕人群，迴避與人的交集。

宋千光眼神裡的厭惡跟仇恨太過明顯，志誠感到不自在，率先撇開了視線。他說：「快點進屋吧，快要下雨了。」

正要走，千光卻開口了。他說：「你為什麼要問？」

「什麼？」

宋千光說：「你們所有人都拿到好處。」

志誠更是不解。「千光，你說的是什麼意思？」

千光沒有回答。他滿臉都是怨恨。看著他的臉，志誠感到一股涼意。這段時間內，朝夕與千光相處的志峰，是否餵養了他屬於自己的挫折跟疼痛？他說了些什麼？志誠無從得知，曾以為的鬥爭也許並未結束，手足的恨刻在血液裡，化作基因碼，隨時會在不久的未來死而復生。

烏雲閃過悶雷，沉得彷彿一伸手就能處碰到雨雲。宋志誠收起笑容，慎重地說：「千光，我不知道你怎麼了，也許我說的你也不會明白。但你沒有必要是你父親的延伸。」

宋千光沒有說話，仍是憤恨，但目光微動，不知道聽懂多少。

宋志誠不再說。他轉身離開。

屋內仍會有蒸騰著香氣的飯桌，而家人還未到齊，也或許永遠無法湊齊。同脈血緣裡，各人內心揣藏祕密，在心中無邊的生長變幻，猶如野草，雖然時生時死，但從未根絕。

宋志誠已經不再在乎。

◈

多年以後。

不曉得走了多久，他終於找到那片山中的大水。

那時，山中滴滴答答地雨已然停歇。他的袖口捲起，因為連日的旅途，露出的肌膚曬出膚色不均的色差，此外，還有被草鋒割過、樹枝劃過所留下來的痕跡。創口不大，即使不刻意擦拭，血也一下就止住了。這一路上山，他沒有多看幾眼這些痕跡，只是此時雨停、日頭探頭，他才看清，竟然一身的傷痕累累。感覺不到疼痛，因為他知道目的地就在眼前。

撥開最後一根枝葉，眼前豁然開朗，走入了一條綿長的山脊。天空寬廣地驚人，好像從前是住在盒子裡，一下子才知道，世界可以這麼巨大，原來人類的雙眼，能夠裝進這麼廣闊的視野。

他難掩心中的撼動，一步步地踏上了狹長的山稜線。夏風潮暖，空氣裡，是泥土和爛葉的清爽氣息。伸手，能觸摸及腰的青草。此處野草綿綿，不再扎人，風吹來，就往人的身上靠，像是溫順的小羊。

此時，身後也有腳步聲，是一路上曾遇見的旅人，看見他，說：「宋先生。」他回過頭，笑著與旅人寒暄，旅程再度錯肩而過。

繼續上路。他循著記憶中的步伐，一步兩步，終於找到了記憶裡那片山中的大水。大水太過澄澈，如一面大鏡，幾乎與天空連作一片。

看著眼前的畫面，久久回不了神。

他要的自由與遠方一直都在這裡，刻在記憶中、刻在血緣裡。多年以後，一片晴朗的天氣底下，終於能完整地看見父親曾見到的風景。

權力製造

作　　者：柯映安
責任編輯：柯惠于、林芳如
整合行銷：何文君
裝幀設計：木木 Lin
責任企劃：林宛萱
副總編輯：林毓瑜、劉璞
總 編 輯：董成瑜
發 行 人：裴偉

出　　版：鏡文學股份有限公司
114066 台北市內湖區堤頂大道一段
365 號 7 樓
電　　話：02-6633-3500
傳　　真：02-6633-3544
讀者服務信箱：MF.Publication@mirrorfiction.com

總 經 銷：大和書報圖書股份有限公司
242 新北市新莊區五工五路 2 號
電　　話：02-8990-2588
傳　　真：02-2299-7900

內頁排版：宸遠彩藝
印　　刷：漾格科技股份有限公司
出版日期：2022 年 3 月 初版一刷
I S B N：978-626-7054-06-2
定　　價：430 元

國家圖書館出版品預行編目 (CIP) 資料

權力製造 / 柯映安著. -- 初版. -- 臺北市：
鏡文學, 2022.03
面 ; 14.8×21 公分 . -- (鏡小說 ; 49)
ISBN 978-626-7054-06-2(平裝)

863.57　　110017037